Esconderijo
MORTAL

Conheça os outros títulos da Série Mortal

Nudez Mortal
Glória Mortal
Eternidade Mortal
Êxtase Mortal
Cerimônia Mortal
Vingança Mortal
Natal Mortal
Conspiração Mortal
Lealdade Mortal
Testemunha Mortal
Julgamento Mortal
Traição Mortal
Sedução Mortal
Reencontro Mortal
Pureza Mortal
Retrato Mortal
Imitação Mortal
Dilema Mortal
Visão Mortal
Sobrevivência Mortal
Origem Mortal
Recordação Mortal
Nascimento Mortal
Inocência Mortal
Criação Mortal
Estranheza Mortal
Salvação Mortal
Promessa Mortal
Ligação Mortal
Fantasia Mortal
Prazer Mortal
Corrupção Mortal
Viagem Mortal
Celebridade Mortal
Ilusão Mortal
Cálculo Mortal
Celebração Mortal
Esconderijo Mortal

Nora Roberts
escrevendo como

J.D. ROBB

Esconderijo MORTAL

Tradução de
Renato Motta

1ª edição

BERTRAND BRASIL
Rio de Janeiro | 2023

CIP-BRASIL. CATALOGAÇÃO NA PUBLICAÇÃO
SINDICATO NACIONAL DOS EDITORES DE LIVROS, RJ

R545e

    Robb, J. D., 1950-
        Esconderijo mortal / J. D. Robb ; tradução Renato Motta. - 1. ed. - Rio de Janeiro : Bertrand Brasil, 2023.
    (Mortal ; 38)

        Tradução de: Concealed in Death
        ISBN 978-65-5838-240-9

        1. Ficção americana. I. Motta, Renato. II. Título. III. Série.

23-86687   CDD: 813
                                CDU: 82-3(73)

Gabriela Faray Ferreira Lopes - Bibliotecária - CRB-7/6643

Copyright © Nora Roberts, 2014.

Texto revisado segundo o Acordo Ortográfico da Língua Portuguesa de 1990.

Todos os direitos reservados.
Não é permitida a reprodução total ou parcial desta obra, por quaisquer meios, sem a prévia autorização por escrito da Editora.

Direitos exclusivos de publicação em língua portuguesa somente para o Brasil adquiridos pela:
EDITORA BERTRAND BRASIL LTDA.
Rua Argentina, 171 — 3º andar — São Cristóvão
20921-380 — Rio de Janeiro — RJ
Tel.: (21) 2585-2000,
que se reserva a propriedade literária desta tradução.

Seja um leitor preferencial.
Cadastre-se no site www.record.com.br
e receba informações sobre nossos
lançamentos e nossas promoções.

EDITORA AFILIADA

Atendimento e venda direta ao leitor:
sac@record.com.br

Tu és o meu abrigo;
tu me preservarás das angústias;
e me cercarás de canções de livramento.

— SALMOS 32:7

Uma criança comum,
que suavemente respira
e sente a vida pulsar em cada membro...
O que pode entender da morte?

— WORDSWORTH

Capítulo Um

A negligência pode destruir um prédio tijolo por tijolo. Para ele, isso era mais traiçoeiro que um furacão ou um terremoto, porque a morte era mais lenta e silenciosa; não era resultado de um ato de raiva passional, e sim de desprezo total.

Ou talvez ele estivesse sendo poético demais com uma estrutura que já não tinha qualquer outra serventia além de abrigar ratos e viciados havia mais de doze anos.

Mas com visão e muita grana, aquele velho prédio, esquecido no bairro antes conhecido como Hell's Kitchen, tomaria seu posto novamente, e com um propósito.

Roarke tinha visão, assim como muito dinheiro, e gostava de fazer o que bem entendesse com ambos.

Ele já estava de olho naquela propriedade havia mais de um ano, à espreita, feito um gato junto à toca do rato, aguardando o momento em que o fundo imobiliário quase falido que era dono do lugar ficasse ainda mais abalado em termos financeiros. Tinha ouvido boatos de reforma ou demolição e sobre financiamento adicional e até de falência completa.

Como fora o previsto, não tinha sido nem uma coisa nem outra, mas a propriedade apareceu à venda no mercado. Mesmo assim, ele esperou um pouco pela oportunidade perfeita, até que o alto preço pedido — para ele totalmente fora da realidade — baixou para um valor mais razoável.

Então esperou um pouco mais, ciente de que os problemas do grupo proprietário certamente o tornariam mais propenso a aceitar uma oferta bem abaixo do valor pedido — com a ajuda de uma pressão extra.

A compra e venda de propriedades — ou de qualquer outra coisa, na verdade — obviamente era um negócio. Mas também era um jogo; um que ele adorava jogar, que adorava vencer. Ele considerava o jogo dos negócios quase tão empolgante e divertido como roubar.

No passado ele já tinha roubado para sobreviver, e então continuou quando tudo se tornou outro tipo de jogo, porque... Bem, ele era muito bom naquilo.

No entanto, seus dias de ladrão tinham ficado para trás, e ele quase nunca se arrependia de ter abandonado sua vida antiga. Roarke podia ter construído sua fortuna naquela época, mas tinha agregado valor à sua vida e agora exercia poder sobre tudo em plena luz do dia.

Quando comparava as coisas das quais abrira mão às que ganhara ao fazer isso, sabia que tinha tomado a melhor decisão da sua vida.

Agora ele estava em meio aos escombros de sua mais nova aquisição; um homem alto e magro com músculos bem trabalhados. Estava com um terno cinza-carvão de corte perfeito e uma camisa engomada na cor de fumaça. Postou-se ao lado do empreiteiro Pete Staski, seu mestre de obras, e da curvilínea Nina Whitt, sua arquiteta-chefe. Os operários andavam perto deles com ferramentas, gritando uns para os outros, formando uma bela melodia que Roarke já tinha ouvido em incontáveis canteiros de obras, tanto no planeta quanto fora dele.

— O prédio tem uma estrutura boa — anunciou Pete, mascando um chiclete de amora. — Temos muito trabalho pela frente, mas devo ressaltar mais uma vez que seria mais barato demolir tudo e reconstruir do zero.

— Talvez — concordou Roarke, e o sotaque irlandês surgiu de leve.

— Mas o prédio merece mais do que uma bola de demolição. Vamos deixar só a estrutura e implementar o que a Nina aqui projetou.

— Você que manda.

— Com certeza — riu Roarke.

— Vai valer a pena — garantiu Nina. — Eu sempre acho essa a parte mais emocionante do meu trabalho: destruir só o que já cumpriu o seu destino e começar a construir algo novo em cima do que sobrou.

— E a gente nunca sabe o que vai encontrar durante uma demolição. — Pete ergueu uma marreta. — Uma vez eu achei uma escada inteira escondida atrás de um painel de madeira aglomerada. Ainda havia pilhas de revistas de 2015 nos degraus.

Com um movimento de cabeça, ele estendeu a marreta para Roarke.

— Os primeiros golpes são seus. Dá sorte quando o dono faz isso.

— Ótimo, porque eu adoro ter sorte. — Divertindo-se com aquilo, Roarke tirou o paletó e o entregou a Nina. Olhou para a parede suja muito arranhada e sorriu diante do grafite escrito nela com erros de grafia.

Fodasse a porra do mundo!

— Vamos começar por aqui, o que acham? — Ele pegou a marreta, testou seu peso, balançou-a para trás e lançou-a contra a parede com força suficiente para fazer Pete grunhir de aprovação.

O material barato cedeu ao golpe, expelindo poeira e soltando blocos cinzentos.

— Essa parede não foi erguida segundo as normas de construção — comentou Pete. — Foi uma sorte ela não ter se esfarelado e caído sozinha. — Balançou a cabeça, indignado. — Se quiser, é só dar mais um ou dois golpes que ela desmorona.

Roarke refletiu que era um sentimento bem humano se empolgar tanto ao destruir coisas. Bateu com a marreta na parede novamente, lançando lascas de gesso para todos os lados, e então uma terceira vez. Como previsto, a maior parte da parede desmoronou. Além dela, havia um espaço estreito feito de tábuas finas, outra violação das normas, e então outra parede.

— Que porra é essa? — Pete mudou de posição e enfiou a cabeça no buraco.

— Espere aqui. — Deixando a marreta de lado, Roarke se apoiou no braço de Pete e, detendo-o, e entrou pelo espaço recém-aberto.

Entre a parede que tinha aberto e a que estava alguns metros atrás havia dois pacotes grandes embrulhados em plástico preto grosso.

Mas dava para ver, nitidamente, o que era aquilo.

— Ah, é... Foda-se a porra do mundo, sem dúvida! — reagiu Roarke.

— Aquilo é...? Puta merda!

— O que foi? — Nina, ainda segurando o paletó de Roarke, empurrou Pete para o lado e enfiou o rosto para ver. — Ah! Ai, meu Deus! Aquilo é...? Esses embrulhos são...?

— Cadáveres — completou Roarke. — Ou o que sobrou deles. Você vai ter que interromper a equipe de demolição, Pete. Pelo visto, vou ter que ligar para a minha esposa.

Roarke pegou o paletó da mão de Nina e tirou o *tele-link* do bolso.

— Eve — disse ele ao ver o rosto que na tela. — Preciso de uma policial aqui.

A tenente Eve Dallas se viu parada diante de um prédio de tijolinhos de três andares manchado de fuligem, todo grafitado, as janelas com tábuas e as grades, enferrujadas. Perguntou a si mesma onde diabos Roarke estava com a cabeça quando comprara aquela ruína.

De qualquer modo, se ele tinha comprado aquele lixo é porque vira naquilo algum valor de retorno. De algum jeito.

Mas no momento não era essa a questão.

— Talvez não sejam corpos.

Eve olhou para a detetive Peabody, sua parceira, que parecia uma esquimó embrulhada no casaco que usava... se é que os esquimós usavam jaquetas *puffer* roxas no vento gélido de dezembro.

Nesse ritmo, o ano de 2060 iria terminar com pés congelados.

— Se ele disse que tinha cadáveres é porque tinha cadáveres.

— É, provavelmente. Divisão de Homicídios: nosso dia começa quando o seu termina. Para sempre.

— Você devia bordar essa frase numa almofada.

— Estava pensando numa camiseta.

Eve subiu os dois degraus de concreto rachado até a porta dupla de ferro. Seu trabalho, refletiu, começava a qualquer momento do dia.

Eve era alta e magra; estava com botas resistentes e um sobretudo de couro. Seu cabelo curto e repicado refletia o tom de uísque dos seus olhos enquanto esvoaçava ao vento forte. A porta rangeu como uma mulher com a laringite atacada quando ela a abriu.

Fino como o corpo, seu rosto com uma covinha rasa no queixo demonstrou por breves instantes um ar de espanto ao analisar a sujeira, o entulho e o completo desastre no interior do primeiro andar.

Então ela adotou uma expressão fria, os olhos apáticos de uma policial em serviço.

Atrás dela Peabody disse, baixinho:

— Eca!

Embora concordasse, Eve não falou nada e andou em direção aos dois volumes embrulhados junto de uma parede quebrada.

Roarke foi até ela.

Ele devia parecer deslocado naquele chiqueiro, pensou Eve, com seu terno caro de imperador do mundo dos negócios, seu emaranhado de cabelos pretos que pareciam seda e lhe caíam quase até os ombros em torno de um rosto que mostrava a generosidade dos deuses.

No entanto, ele parecia em sintonia ali, no controle — como acontecia quase em qualquer lugar.

— Olá, tenente. — Os olhos azuis selvagens dele se fixaram no rosto dela por um momento. — Oi, Peabody. Desculpem pelo inconveniente.

— Você encontrou cadáveres?

— Parece que sim.

— Então não é inconveniente, é trabalho. Estão ali, atrás da parede?

— Exato. São dois corpos, pelo que me parece. E não, eu não toquei em nada depois de quebrar a parede e encontrá-los; nem deixei que ninguém fizesse nada. Conheço bem o procedimento.

Era verdade, do mesmo modo que ela o conhecia. Estava no comando, com tudo sob controle, mas por baixo ela percebeu uma centelha de raiva.

Aquela propriedade pertencia a ele e tinha sido usada para um assassinato.

Então ela falou no mesmo tom rápido:

— Não saberemos ao certo até confirmarmos tudo.

— Você saberá. — Roçou a mão no braço dela, num toque muito leve. — É só você dar uma olhada. Eve, acho que...

— Não me conte o que você acha, por enquanto. É melhor eu entrar sem nenhuma ideia formada.

— Tem razão, é lógico. — Ele a acompanhou. — Tenente Dallas e detetive Peabody, este é Pete Staski. Ele é o mestre de obras.

— Prazer — disse Pete, e bateu com o dedo na aba do boné encardido do Mets. — Espera-se todo tipo de porcaria numa demolição, mas não algo assim.

— Nunca se sabe. Quem é aquela outra executiva? — perguntou a Roarke, olhando para a mulher sentada num balde imenso virado ao contrário, com a cabeça entre as mãos.

— Nina Whitt, a arquiteta. Ela ainda está meio abalada.

— Ok. Preciso que vocês se afastem.

Depois de selar as mãos e as botas, Eve foi até o buraco. Era irregular e desigual, mas tinha uns bons sessenta centímetros de diâmetro, e ia quase do chão ao teto.

Ela viu, tal como Roarke dissera, as duas formas empacotadas, uma empilhada na outra. E confirmou que ele estava certo.

Pegou a lanterna do kit de serviço, ligou-a e passou pelo buraco na parede.

— Cuidado onde pisa, dona... quer dizer... tenente — corrigiu Pete. — Esta parede aqui, as vigas estão frágeis. Eu deveria pegar um capacete para você.

— Não precisa. — Ela se agachou e iluminou os sacos.

Só havia ossos ali, pensou. Nenhum sinal de roupa, nenhum pedaço de pano visível. Mas dava para ver onde os ratos — imaginou — tinham roído o plástico para chegar à refeição.

— Sabemos quando essa parede foi erguida?

— Não com certeza — disse Roarke. — Dei uma olhada, enquanto esperávamos você, se havia uma licença para erguer uma parede aqui e não achamos nada. Entrei em contato com o proprietário anterior... quer dizer, com a representante dele. Segundo ela, essa parede já estava aqui na época em que eles compraram o imóvel, uns quatro anos atrás. Estou à espera de uma resposta do proprietário anterior a essa data.

Eve poderia dizer que ele deixasse aquilo por conta dela, mas por que perder tempo e saliva?

— Peabody, chame os peritos e peça que o Instituto Médico Legal envie um antropólogo forense. Diga aos técnicos que precisamos de uma busca por possíveis cadáveres atrás de todas as paredes e em todos os andares.

— Entendido.

— Você acha que pode haver mais corpos, certo? — perguntou Roarke, baixinho.

— Temos que verificar.

Ela saiu novamente e olhou para ele.

— Vou ter que parar a obra até segunda ordem.

— Foi o que eu imaginei.

— Peabody anotará os depoimentos e as informações de contato de vocês, então estarão liberados para ir embora.

— E você? — quis saber Roarke.

Ela tirou o casacão.

— Vou começar a trabalhar.

De volta ao espaço atrás da parede, Eve filmou cuidadosamente os corpos embrulhados, de todos os ângulos.

— Os restos mortais de duas vítimas estão embrulhados individualmente no que parece ser plástico grosso — recitou para a filmadora. — Há buracos no plástico. Parece que roedores rasgaram o material. Isso fez aumentar a entrada de ar, calor e frio sobre os corpos — disse baixinho, quase para si mesma. — Provavelmente acelerou a decomposição. Não há dados, neste momento, sobre quando esta parede secundária foi construída. É impossível, a partir de uma avaliação *in loco*, determinar o momento exato da morte.

Deixando o plástico no lugar por ora, ela ligou um sensor para determinar a altura das vítimas.

— Esse é o resultado em pés, droga! — Ela fez uma careta para a tela do aparelho. — Converter o valor para metros. — A careta permaneceu enquanto ela analisava os resultados. — A Vítima Dois, que está por cima, tinha mais um menos um metro e meio de altura. A Vítima Um, que está por baixo, tinha um metro e quarenta e oito.

— Crianças — disse Roarke, atrás dela. — Eram crianças.

Ele não tinha passado pela abertura, mas estava parado junto dela.

— Vou precisar do especialista forense para determinar a idade exata dos corpos. — Balançou a cabeça. Ele não era apenas uma testemunha, era também seu marido. Trabalhara com ela, lado a lado, em tantos casos que ela já havia perdido a conta. — Sim, provavelmente eram crianças, mas não posso confirmar isso. Vá lá prestar seu depoimento a Peabody.

— Ela está pegando o depoimento da Nina. — Ele olhou para onde a robusta e simpática Peabody, que exibia um ar de pena, lidava com a arquiteta abalada. — Ainda vai demorar um pouco. Eu poderia te ajudar.

— Não é uma boa ideia, pelo menos não agora. — Com muito cuidado, começou a abrir o plástico da Vítima Dois. — Não vejo nenhum buraco no crânio; portanto, não existe evidência óbvia de traumatismo craniano. Não há dano visível no pescoço, nem cortes ou marcas na região do tronco. — Ela colocou os óculos de visão microscópica. — Vejo uma pequena rachadura no braço esquerdo, acima do cotovelo. Talvez uma lesão antiga. O osso de um dos dedos está torto, mas não tenho certeza. Sim, parece torto. Não consigo ver nenhum dano ou ferimento para poder determinar a *causa mortis*, no momento. A identificação dos restos mortais deverá ser feita pelo médico legista e pelo perito forense. Não há roupas, sapatos, joias nem pertences pessoais.

Eve agachou e olhou para Roarke outra vez.

— Só conheço o básico de antropologia forense, mas geralmente o queixo dos homens é mais quadrado, e este aqui me parece mais arredondado. Além disso, a região da pelve costuma ser maior nos homens. É só um palpite que ainda precisa de confirmação, mas este corpo me parece o de uma mulher.

— Menina.

— É só um palpite, e eu nem tenho a hora exata da morte, nem a causa. Imagino que a gente consiga estimar quando essa parede foi construída, porque as chances de ela ter sido erguida para esconder os corpos são grandes. Com esse dado e mais a perícia forense, poderemos fazer uma estimativa da hora da morte. — Ela se levantou. — Vou precisar da ajuda dos peritos forenses para determinar a identidade das vítimas. Assim que soubermos quem elas são, poderemos tentar descobrir como chegaram aqui.

Como aquilo era o que ela conseguia fazer no momento, saiu pelo buraco e parou ao lado de Roarke.

— Elas tinham quase a mesma altura — comentou ele.

— Sim. É possível que sejam ambas vítimas do sexo feminino e mais ou menos da mesma idade, talvez da mesma raça. É possível que tenham sido mortas juntas, ou talvez não. Eu não consegui ver qualquer sinal de trauma, mas testes adicionais poderão revelar isso. Espere aqui.

Ela foi até Peabody, que terminava de pegar o depoimento de Nina.

— Queria poder ajudar mais. Isso é tão perturbador. Eu nunca vi... — Nina olhou para a parede aberta e tornou a desviar o olhar. — Não cheguei a ver direito, mas...

— Você chegou a avaliar as paredes e os pisos do prédio? — começou Eve. — Quando pegou este trabalho?

— Fizemos várias visitas, é lógico; para tirar medidas. A diretriz de Roarke era de deixar só a estrutura do prédio e projetar espaços que a tivessem como base. Temos todas as plantas e especificações... arquitetônicas, mecânicas e de engenharia. Quanto ao esqueleto do prédio... — Ela parou de falar e empalideceu pela palavra usada. — Isto é... a casca e a estrutura da construção... são muito sólidas, mas o interior, não. Foi usado muito material barato; o design não era dos melhores, as muitas gambiarras ao longo de várias décadas denotam os muitos anos de negligência.

— Quantos anos de negligência?

— Nossa pesquisa indica que o prédio não é usado, oficialmente, há cerca de quinze anos. Pesquisei um pouco da história dele, só para ter informações que me ajudariam a projetar o novo design.

— Mande-me o que você tiver. Está liberada para ir embora. Você está de carro?

— Posso pegar um táxi. Estou bem. Normalmente não sou assim tão... frágil. Posso falar com Roarke um momento, antes de sair?

— Com certeza. — Eve se virou para Peabody. — Acho que são crianças.

— Ah, que merda, Dallas!

— Não tenho cem por cento de certeza, mas é a minha avaliação inicial. Preciso que você pegue o depoimento do Roarke, é mais fácil assim. Vou conversar com o mestre de obras. — Ela viu quando o primeiro dos peritos entrou pela grande porta de ferro. — Um minuto.

Com pouco mais a fazer além de dar as instruções iniciais, Eve colocou os peritos para trabalhar, pegou um breve e elaborado depoimento de Pete, e então se voltou para Roarke.

— A melhor coisa que você pode fazer por mim é descobrir tudo sobre este prédio ao longo dos últimos quinze anos. Quem era o dono, o que era isso aqui, essas coisas.

— Você acha que foi quando elas foram colocadas lá?

— Se o lugar não foi muito utilizado ao longo desse tempo, meu palpite é que, sim... deve ter acontecido em algum momento nos últimos quinze anos. Esse tempo é suficiente para a decomposição completa. Se você puder me fornecer dados sobre isso e outra leva de dados detalhando... digamos, mais uns cinco anos para trás, a gente vai ter com o que brincar.

— Você terá tudo isso.

— O que é aquilo ali, onde parte da parede foi removida?

— Deve ter sido algo feito pelos proprietários anteriores, para dar uma olhada na fiação antiga. Há um buraco semelhante no segundo andar, que eles fizeram para avaliar o encanamento.

— Pena que eles não chegaram até este ponto. Teríamos encontrado os restos mortais antes e você teria comprado o prédio por um preço mais abaixo.

— Foi muito barato. A inspeção oficial da troca de fiação e encanamento para poder vender o imóvel foi o fator que os levou a uma corrida louca em busca de mais financiamento ou investimento. Não conseguiram nenhum dos dois.

— Mas você apareceu e arrebatou tudo.

— Mais ou menos. O imóvel e tudo que está nele.

Eve entendeu como ele se sentia.

— Posso te garantir que você não era o dono deste lugar quando essas pessoas foram colocadas atrás da parede. Você as encontrou, e elas precisavam ser encontradas. Você não pode fazer mais nada aqui por enquanto, Roarke. Pode ir para o seu escritório e ter as dez mil reuniões que provavelmente foram agendadas para esta manhã.

— São só duas mil para hoje, então vou ficar um pouco mais. — Ele observou dois dos peritos em macacões brancos e botas, enquanto eles escaneavam outra parede com um aparelho interessante.

— Tudo bem, mas eu preciso... — Eve parou de falar quando a porta se abriu mais uma vez.

A mulher que entrou parecia uma atriz de cinema. Usava um longo sobretudo de um vermelho vibrante e uma echarpe esvoaçante que misturava o mesmo vermelho com tons prateados. Uma boina francesa vermelha e ousada enfeitava seu cabelo preto curto e elegante. Botas cinza com saltos finos muito altos apareciam por debaixo da bainha do sobretudo.

Ela tirou um par de óculos escuros com armação vermelha e revelou olhos azuis gelados que faziam um contraste exótico com sua pele em suave tom de marrom-claro. Guardou os óculos em uma bolsa cinza do tamanho de Plutão, pegou um *tele-link* com capa protetora ornamental e começou a filmar a cena.

— Quem diabos é essa mulher? — Em passadas grandes e rápidas, Eve atravessou o espaço empoeirado. Alguma repórter, pensou, tentando uma reportagem exclusiva. — Esta é uma cena de crime — avisou a tenente.

— Sim, eu sei. Acho útil ter um registro evidente do ambiente. Sou a dra. Garnet DeWinter. — Ela estendeu a mão, apertou a de Eve e deu duas sacudidas firmes. — Antropóloga forense.

— Eu não conheço você. O que houve com o Frank Beesum?

— Frank se aposentou no mês passado e se mudou para Boca Raton. Eu assumi o cargo dele. — Ela analisou Eve durante um longo tempo. — Eu também não conheço você.

— Tenente Dallas. — Eve tocou o distintivo que trazia preso ao cinto. — Preciso ver a sua identidade, dra. DeWinter.

— Tudo bem. — Ela enfiou a mão na bolsa onde Eve calculou que poderia caber um pônei e pegou as credenciais. — Fui informada de que você tem esqueletos... restos mortais. Dois.

— Isso mesmo. — Eve devolveu as credenciais. — Estão envoltos em plástico grosso que acredito terem sido semidestruídos por vermes. Foram descobertos atrás daquela parede quando a demolição começou.

Ela apontou para o local e levou DeWinter até lá.

— Ora, mas *você* eu conheço! — O sorriso de estrela de cinema se iluminou ao avistar Roarke. — Você se lembra de mim? — quis saber ela.

— Garnet DeWinter. — Para surpresa de Eve, ele se curvou e deu um beijo em cada bochecha dela. — Já faz cinco anos? Talvez seis?

— Sim, acho que seis. Li em algum lugar que você se casou. — DeWinter ampliou seu sorriso sobre ele e Eve. — Parabéns para vocês dois. Certamente não esperava encontrar você aqui, Roarke.

— Ele é o dono do prédio — explicou Eve.

— Ah, que má sorte! — Ela olhou para cima, para baixo e pelo entorno. — Isto aqui está uma ruína, não é? Mas você é um gênio em restaurações.

— Assim como você é com ossos. Temos sorte em ter Garnet aqui. Eve, ela é uma das melhores antropólogas forenses do país.

— *Uma* das? — brincou DeWinter e riu. — Eu estava insatisfeita no laboratório da Foundry em East Washington, então agarrei a oportunidade de assumir este cargo aqui, onde posso colocar a mão na massa, por assim dizer. Achei que seria uma boa mudança para a Miranda, minha filha — disse a Eve.

— Ah, que ótimo. — reagiu Eve. — Talvez a gente possa se encontrar depois para tomar umas e comer uma coisinha... ou, sei lá... talvez você queira dar uma olhada nos corpos, agora. Só para termos o que fazer.

— Ai, quanto sarcasmo! — Imperturbável, DeWinter tirou o sobretudo. — Você se importa de segurá-lo para mim? — perguntou, entregando-o a Roarke. — É por ali? — Ao receber um aceno de cabeça de Eve, ela foi até a abertura na parede e mais uma vez usou seu *tele-link* para gravar tudo.

— Eu já fiz gravação de tudo — informou Eve.

— Sim, mas gosto de ter um registro próprio da cena. Você abriu a embalagem plástica dos restos mortais, certo?

— Sim, depois de gravar tudo.

— Mesmo assim...

— Você não selou suas mãos e seus sapatos — disse Eve quando DeWinter tentou passar pela abertura.

— Você tem toda razão, é óbvio. Ainda estou me acostumando com os protocolos daqui. — Da bolsa imensa ela tirou um macacão branco. Abriu o zíper das botas, descalçou-as e vestiu o macacão por cima do vestido tubinho preto. Em seguida, pegou uma lata de Seal-It, o spray selante, e aplicou nas mãos.

Carregou a bolsa com ela para dentro da abertura na parede.

— Amiga sua? — murmurou Eve para Roarke.

— Apenas conhecida, mas ela impressiona.

— Ah, isso com certeza — garantiu Eve e passou pelo buraco na parede.

— Os restos mortais que estão por cima...

— Da Vítima Dois.

— Tudo bem, a Vítima Dois parece ter em torno de um metro e meio de altura.

— Sim, alguns centímetros mais alta, eu medi. A Vítima Um tem quase a mesma altura, pouco menos de um metro e meio.

— Sem ofensas, mas vou medir também com meus aparelhos, para meu registro pessoal. — Assim que o fez, DeWinter assentiu. — Pelas imagens vistas na cena sobre a forma do crânio e região púbica, a Vítima Dois era do sexo feminino e tinha entre doze e quinze anos. Provavelmente era branca. Não vejo nenhum sinal externo que indique trauma. A rachadura no úmero direito, logo acima do cotovelo, indica uma fratura ocorrida provavelmente entre os dois e três anos. O osso não se regenerou por completo. Há também uma fratura no indicador direito.

— Parece que o dedo foi torcido, e não quebrado.

— Concordo, tenente. Você tem um olho bom. Foi como se alguém tivesse agarrado o dedo e o torcido até quebrar.

DeWinter pegou os óculos de visão microscópica, colocou-os, clicou em algum lugar e uma luz se acendeu.

— Ela tinha algumas cáries e seus molares de doze anos estavam nascendo. Falta um dente. Também vejo alguns danos na cavidade ocular esquerda. Uma lesão antiga.

Devagar e de forma sistemática, DeWinter desceu sua análise pelo corpo.

— Uma lesão no manguito rotador, onde um grupo de tendões cobria o ombro. De novo, parece um ferimento doloroso; alguém lhe agarrou o braço e torceu-o com força. Há outra fratura fina do tipo "fio de cabelo" no tornozelo esquerdo.

— Abuso. Esse é um padrão de agressão física.

— Concordo, mas preciso estudar melhor essas lesões no meu laboratório. — Ela olhou para Eve, os olhos enormes por trás dos óculos de proteção. — Poderei descobrir mais coisas se eu a levar para lá. E preciso movê-la para examinar os restos mortais da Vítima Um.

— Peabody!

Peabody surgiu na abertura.

— Sim, senhora!

— Ajude-me a levantar estes restos mortais.

— Cuidado — alertou DeWinter. — Gostaria que vocês as retirassem e pedissem a Dawson que as acomode bem para transporte. Vocês conhecem o Dawson?

— Sim. Vamos levantá-la e levá-la para fora, Peabody.

— Pobrezinha — murmurou Peabody ao agarrar o saco plástico e levantá-lo como se fosse uma rede. — Quem é a estilosa? — perguntou, baixinho, enquanto elas moviam os restos mortais para a sala principal.

— Uma nova antropóloga forense. Dawson!

Quando o chefe dos peritos olhou para Eve, ela acenou.

— Diga a ele para proteger o material e providenciar transporte — ordenou a Peabody e voltou para se juntar a DeWinter.

— Mesma faixa etária da outra vítima. Pelas características do crânio, acredito que ela era birracial. Provavelmente asiática e negra, duas linhagens da minha herança genética. Como no outro caso, nenhum sinal externo de trauma. Vejo uma antiga fratura reta na tíbia, que teve uma recuperação muito boa.

DeWinter moveu-se de forma lenta e cuidadosa ao longo dos despojos.

— Não vejo outras fraturas nem lesões. Todos os ferimentos, tanto na Vítima Um quanto na Dois, mostram que foram bem tratados; nenhum deles foi a *causa mortis* nem ocorreu no momento da morte.

Quando a luz de DeWinter iluminou os ossos, Eve viu um brilho de relance.

— Espere! — Ela se agachou e olhou para baixo através da cavidade ocular. — Tem alguma coisa aqui.

Tirando uma ferramenta do kit de serviço, ela estendeu a mão e pegou algo minúsculo e brilhante.

— Excelente olho, de fato — elogiou DeWinter. — Essa eu não tinha visto.

— É um brinco.

— Acho que é um piercing de nariz, ou de sobrancelha. É muito pequeno, então diria que é um piercing de nariz mesmo. Ele simplesmente se soltou e caiu durante a decomposição do corpo.

Eve deslizou o objeto para dentro de um saquinho de evidências e o lacrou.

— Vamos mapear o DNA de ambas para começar a reconstrução facial. Imagino que você queira a identidade delas assim que conseguirmos determiná-las.

— Exatamente.

— A causa e a hora exata da morte talvez demorem mais. Eu gostaria de receber um histórico detalhado do prédio, quando essa parede foi construída e quais eram seus propósitos.

— Tudo isso já está sendo levantado.

— Excelente! Dawson também pode proteger os dois restos mortais. Vou começar a trabalhar neles imediatamente e entrarei em contato com você assim que tiver algo útil. Estou ansiosa para trabalhar com você, tenente.

Eve pegou a mão novamente estendida, mas a soltou quando ouviu um grito.

— Encontramos mais uma vítima!

Eve fixou os olhos nos de DeWinter.

— Parece que seu trabalho aqui ainda não acabou.

— Nem o seu.

Antes de terminarem, encontraram doze vítimas.

Capítulo Dois

Eve percorreu cada parte do prédio. Primeiro a parede sul, onde os peritos cortaram meticulosamente uma imensa placa de gesso, embalando parte da poeira e alguns pedaços para análise. Dentro da abertura estreita, três restos mortais embrulhados jaziam empilhados. Ela os examinou junto de DeWinter.

Mulheres, todas entre doze e dezesseis anos. Como nas duas primeiras, algumas exibiam lesões mais antigas, mas nenhuma apresentava trauma evidente que pudesse ser determinado como *causa mortis*.

Junto aos restos mortais, Eve encontrou três brincos *stud* e uma argolinha de prata.

O restante do andar principal tinha um punhado de divisórias e dois banheiros pequenos havia muito despojados das suas instalações.

Quando Eve, acompanhada de DeWinter, subiu as escadas de ferro que levavam ao segundo andar, viu que os peritos tinham encontrado mais cinco vítimas.

— Novamente vemos uma mistura de etnias aqui — declarou DeWinter —, e, de novo, vemos que são todas mulheres mais ou menos da mesma faixa etária. Algumas dessas lesões eu suspeito que foram resultado de abuso infantil, mas não determinei nenhuma delas como *causa mortis*. Quem fez isso caçava mulheres na puberdade, pouco antes de chegarem à idade adulta. Escolhia mulheres dessa faixa etária, algumas das quais provavelmente já tinham sofrido agressão física.

— Este lugar foi, durante alguns anos, uma espécie de abrigo.

Eve olhou para Roarke, que voltou enquanto ela ensacava o que imaginou ser um anel para dedo de pé.

— Que tipo de abrigo?

— A documentação é irregular. Foi usado como abrigo para crianças e adolescentes durante as Guerras Urbanas, um lugar para jovens que perderam os pais. Uma espécie de orfanato improvisado.

— Esses corpos não estão aqui desde o tempo das Guerras Urbanas.

— Seria possível — discordou DeWinter. — Conseguirei determinar a época exata da morte de forma razoavelmente acertada depois de analisar todos os restos mortais em meu laboratório.

— Elas *não estão* aqui desde as Guerras Urbanas — insistiu Eve. — A parede para escondê-las não foi construída há tanto tempo. E não haveria necessidade de mantê-las aqui, dessa forma. As pessoas morriam em massa durante as Guerras Urbanas. Se alguém queria matar algumas garotas e precisava se livrar dos corpos, bastaria... tirá-las daqui e largá-las na rua. Além do mais — continuou, antes que DeWinter tivesse chance de retrucar —, como diabos você poderia matá-las, embrulhá-las, empilhá-las, depois construir paredes e escondê-las quando o lugar estava fervilhando de gente? Seria necessário tempo e um pouco de privacidade.

— Sim, você tem razão. Eu quis apenas dizer que, em termos forenses, os restos mortais podem datar daquele período, e não saberemos até que testes específicos sejam feitos para determinar ao certo.

Eve se empertigou e entregou as sacolas de evidência para Peabody.

— Há alguma documentação que especifique durante quanto tempo este lugar abrigou órfãos das Guerras Urbanas?

— Estou trabalhando nisso — garantiu-lhe Roarke. — Este andar e o de cima foram usados como dormitórios, de forma pouco estruturada. Havia dois banheiros comunitários, um no segundo andar e outro no terceiro.

— Pelo que posso deduzir — interveio Pete —, este lugar foi erguido no fim das Guerras Urbanas, ou logo depois. Digo isso com base no material utilizado, mas a maior parte dos registros do que foi feito aqui desapareceu há muito tempo. Ninguém se importava com licenças, inspeções nem códigos naquela época. Pelo que consigo ver do encanamento que sobrou, da fiação e da infraestrutura básica, parece que tudo foi vandalizado ou remendado. O mesmo aconteceu com a cozinha do primeiro andar e com os dois banheiros do subsolo.

— Nenhuma melhoria foi feita?

— Ahn... — Ele coçou a cabeça. — Alguns remendos aqui e ali, gambiarras. Tudo com base em custo mais baixo. É por isso que não nos concentramos muito nas paredes. Reparamos que elas não faziam parte da estrutura original do prédio, mas o lugar todo foi muito mexido ao longo dos anos.

— Dormitórios. — Saindo pelo buraco da parede, Eve examinou o espaço grande e aberto. Imaginou-o abarrotado de beliches, camas estreitas, cômodas ou baús baratos para guardar pertences.

Ela já tinha vivido a experiência de passar noites num dormitório administrado pelo Estado como aquele; abrigos para crianças desfavorecidas, marginalizadas e problemáticas. Supôs que tinha sido as três coisas. Mas lembrava-se, acima de tudo, dos dias e das noites de sofrimento.

— Aqui caberiam entre vinte e vinte e cinco pessoas, o dobro se fossem beliches.

— Ficaria apertado — comentou Pete.

— Lugares desse tipo são sempre apertados e geralmente medíocres. — Ela saiu, deixando DeWinter com seu trabalho, e analisou o espaço além de um corredor estreito.

— Outro dormitório, talvez? — sugeriu Pete.

Não, pensou Eve. Provavelmente aquela era a sala de "grupo", onde as crianças iam fazer terapia, ouvir palestras, receber tarefas ou atribuições. Mais sofrimento.

Desceu para o que tinha sido o banheiro comunitário daquele andar.

E teve uma nítida lembrança de tudo que tinha enfrentado.

Espaço para seis cabines, talvez sete apertadas, decidiu. Uma banheira, considerada um privilégio; cabines de chuveiros abertas, talvez três duchas que ofereciam um fiozinho ridículo de água nos dias bons; três pias.

Voltou a prestar atenção aos sons e ouviu a voz meio abafada de Pete.

— Arrancaram tudo que era de cobre antigo, mas isso já era esperado. Também levaram alguns canos de PVC. Fizeram buracos nas velhas paredes para chegar até eles. Arrancaram as privadas e a banheira. Com certeza havia uma banheira ali, pelo que consigo ver da tubulação interna. O banheiro do terceiro andar está praticamente a mesma coisa.

— Meninas em um andar e meninos no outro, era o mais provável. Ainda mais se houvesse adolescentes. — Pelo menos aquela era a experiência de Eve.

— Tenente! — Dawson se aproximou dela com o rosto abatido. — Encontramos mais.

Então eram doze no total; embrulhadas, empilhadas e escondidas entre as paredes. Algumas com pequenos fragmentos de brilho misturados com os ossos... lembranças da vida que um dia tinham levado.

Quando Eve terminou tudo que podia adiantar ali, parou na calçada ao lado de Roarke. O frio, o barulho e a agitação da vida do lado de fora tiraram um pouco da poeira, da sujeira e da morte que pareciam grudadas em seu rosto e em sua mente.

— Vamos para a Central. Qualquer informação que você conseguir levantar sobre o local, linhas do tempo, proprietários e uso, envie para mim, por mais insignificantes que pareçam. Vamos usar isso como ponto de partida para encontrar mais detalhes.

— Enviei cópias de tudo que já tenho para seus computadores, incluindo informações sobre os donos que me venderam o prédio. — Ele observou a forma como ela analisava a construção. — Você não gostou de deixá-las com DeWinter, certo? As suas mortas.

— Ela é especialista. E não — admitiu Eve —, não gostei. Mas não consigo olhar para os ossos daquelas meninas e descobrir tudo que aconteceu com elas. Ela consegue. Ou pelo menos espero que consiga.

— Ela é muito competente. Ela vai trabalhar com Morris?

Eve pensou no chefe dos legistas, outro profissional muito competente. Alguém em quem ela confiava de olhos fechados.

— Sim, vai. Vou mexer os pauzinhos para que isso aconteça. Doze meninas — refletiu. — Em quatro esconderijos diferentes, espalhados por três andares. Por que espalhá-las? Essa é uma pergunta que ficou na minha cabeça. Todas com o mesmo tipo físico, de raças diferentes. Mas a altura e a idade eram próximas. Talvez o tipo de corpo também. Quem as matou foi desleixado ou simplesmente não se importou a ponto de remover todos os adornos dos corpos.

"De qualquer forma — continuou, deixando aquelas questões de lado por ora —, eles vão lacrar o lugar até que o esvaziemos por completo, e não sei dizer quanto tempo a operação vai levar."

— Isso não me preocupa. Quero saber o nome delas.

Ela assentiu, compreendendo o que ele dizia.

— Eu também. Nós encontraremos os nomes, descobriremos o que aconteceu com elas. E vamos descobrir *quem* fez isso.

— Você é a especialista. — Ele deu um beijo em sua testa antes que ela tentasse evitar, porque precisava daquilo. — Nos vemos em casa.

Ela contornou o carro e sentou-se ao volante. E então soltou um longo suspiro.

— Santo Cristo!

Ao lado dela, Peabody também suspirou.

— Eu não consigo aceitar que sejam crianças. Não consigo superar o fato de que doze crianças foram embrulhadas e jogadas lá como se fossem lixo.

— Você não precisa superar. Você usa isso que está sentindo. — Eve saiu com o carro e entrou no fluxo de trânsito. — Mas não creio que elas fossem consideradas lixo, não para o assassino.

— Então o que elas eram?

— Não sei, pelo menos por enquanto. A maneira como foram embrulhadas, a forma como ele as espalhou pelo prédio e empilhou algumas juntas. Será que isso significa alguma coisa? Vamos chamar Mira para este caso — disse ela, referindo-se à principal psiquiatra e formadora de perfis criminosos da Polícia de Nova York. — E nós já vamos começar a trabalhar com os dados que Roarke levantou sobre o prédio. E vamos cobrar o trabalho dessa DeWinter como cães famintos.

— Você reparou nas *botas* dela? — Os olhos escuros de Peabody reviraram como uma mulher em êxtase. — Elas pareciam macias como manteiga! E o vestido? O corte, o material e os botões fofinhos descendo pelas costas?

— Quem é que usa botas que nem aquelas e botões fofinhos em uma cena de crime?

— Tudo combinava muito bem com ela. E o sobretudo era totalmente *mag*. Não *supermag* como o seu, mas o dela tinha uma pegada mais feminina.

— Meu casaco é útil, é prático.

— Ele é mágico! — acrescentou Peabody, pois sabia que o sobretudo de Eve, apesar de leve, era à prova de balas. — Mas ela é ótima. Além do mais, o Dawson disse que ela é um "gênio dos ossos". Acho que ele tem uma quedinha por ela, o que é compreensível, porque ela é linda, mas ele disse que ela consegue encontrar mais respostas no osso de um dedo do que um monte de técnicos de laboratório num corpo inteiro.

— Vamos torcer para que ele esteja certo, porque não temos nada além de ossos, um punhado de bijuterias e um prédio com qual ninguém se importou durante anos.

— Temos o material da parede — acrescentou Peabody. — Os peritos conseguirão descobrir a data em que os painéis de gesso e os piercings foram fabricados. Talvez até o plástico dos sacos.

— Pelo menos isso. É material barato — considerou Eve. — O plástico me pareceu comum, bem vagabundo. Do tipo que você compra em rolos grandes para cobrir coisas que não podem molhar, forra o chão quando está pintando paredes ou qualquer coisa, e depois joga fora. Mesma coisa o painel da parede. Não é um grande investimento, mas foi um trabalho bem decente, coisa de carpinteiro, então ninguém mexeu nas paredes antes disso.

— Então o assassino tinha alguma habilidade com obras.

— O suficiente para levantar paredes que ninguém iria olhar e pensar: "Que diabos isso está fazendo aí?" Ficou tudo muito bem integrado ao ambiente. Mas por que diabos ele iria esconder os corpos lá dentro? Por que não buscar um jeito melhor de descartá-los? Abandonar ou sumir com os corpos... tirá-los daqui e enterrá-los seria mais fácil. Só que ele preferiu escondê-los porque não queria que fossem encontrados, já que poderiam levar a ele. E ele precisaria ter acesso fácil ao prédio, para alguém fazer essa ligação. No entanto, manteve os corpos lá mesmo assim.

— Para mantê-los por perto?

— Talvez quisesse visitá-los.

— Isso é ainda mais doentio.

— O mundo está cheio de doentes — respondeu Eve, e refletiu sobre aquilo enquanto dirigia para a Central.

Estacionou em sua vaga reservada. Sem identidades, sem rostos, sem nomes... mas não significava que ela não iria fundo na investigação.

— Vou começar a registrar tudo e montar o quadro dos crimes — anunciou ela, andando a passos largos para o elevador. — Pegue todas as informações que Roarke enviar sobre o prédio e sua história, e depois pesquise mais. — Ela entrou no elevador. — Quero saber tudo o que há para saber sobre o lugar: quem o usou, os donos anteriores, quem trabalhou nele, quem viveu nele. Principalmente depois das Guerras Urbanas, mas não exclusivamente.

— Deixa comigo.

— Vamos considerar a estimativa que DeWinter fez no local como a mais próxima e traçar a linha do tempo mais provável. — Parou de falar e trocou de posição quando mais pessoas entraram no elevador. — Começamos de quinze anos para cá, depois que o prédio foi fechado. Mas precisamos saber quem teve alguma ligação ou interesse nele, antes e depois disso.

No andar seguinte em que o elevador abriu as portas, dois guardas entraram com um homem em condição de rua muito fedorento. Eve optou por sair, seguida por Peabody, e as duas seguiram para a passarela aérea.

— Ela me pareceu saber das coisas, e não só em termos de moda.

— Vamos descobrir. — Eve saltou da passarela e seguiu para a Divisão de Homicídios. — Vamos descobrir *tudo*, Peabody — repetiu. E faria uma pequena pesquisa sobre a dra. Garnet DeWinter.

Eve entrou na sala de ocorrências e foi recebida pelos aromas conflitantes de café muito ruim, açúcar refinado e produtos de limpeza fortes. Cheiros familiares.

Detetives consultavam *tele-links* e computadores em suas respectivas mesas, guardas faziam o mesmo em suas respectivas estações de trabalho. Ela reparou que a mesa do Detetive Baxter e a do seu estagiário, policial Trueheart, estavam vazias. Na mesma hora lembrou-se de que ambos tinham ido depor no tribunal.

Separou-se de Peabody e seguiu para a sua sala, despindo o sobretudo pelo caminho. Lá, em seu pequeno espaço com uma única janela estreita, estava seu AutoChef com café de verdade, de excelente qualidade, graças a Roarke.

Jogou o casacão na patética cadeira de visitas — a instável cadeira que, com o casaco por cima, conseguiria desencorajar a presença de visitantes. Em seguida, programou um café e se jogou na cadeira à sua mesa.

Redigiu o relatório antes de qualquer outra coisa, enviou cópias para seu comandante e para a dra. Mira. Na mensagem para Mira acrescentou o pedido de consulta.

Em seguida, prendeu as fotos tiradas na cena do crime ao seu quadro. Doze restos mortais, refletiu.

Meninas jovens, que, se o sensor de DeWinter fosse exato, já seriam mulheres adultas agora, mais ou menos da mesma idade que ela. Mulheres com emprego, carreira, família, histórias, amantes, amigos.

Quem tinha roubado tudo aquilo delas? E por quê?

— Computador, procure e liste todo e qualquer relatório de pessoas desaparecidas na área de Nova York; quero mulheres entre doze e dezesseis anos que nunca foram encontradas. Parâmetros de pesquisa: de 2045 a 2050.

Entendido. Processando...

Aquilo levaria algum tempo, pensou Eve.

Também levaria algum tempo para alguém matar uma dúzia de garotas, a não ser que fosse assassinato ou envenenamento em massa, ou algo do gênero. Mas não era o que via ali. Um assassinato em massa teria resultado, mais logicamente, numa vala comum, não em esconderijos dispersos.

Portanto tinham sido um ou dois, possivelmente três de cada vez, com o fardo adicional de ocultação dos corpos.

Um prédio fechado ou abandonado proporcionaria ao assassino o tempo e a privacidade necessários. Restaria esperar as horas exatas de cada morte e descobrir quem tivera oportunidade, acesso... e as habilidades necessárias para erguer as paredes.

Era um pouco irritante, ela admitia, depender de outra pessoa que não fazia parte de sua equipe habitual para determinar a hora exata da morte de alguém. Mas analisou o quadro e lembrou a si mesma de que aquelas garotas, que jamais teriam emprego, amantes ou família, exigiam que ela trabalhasse com qualquer um que pudesse fornecer respostas.

Só que aquilo não significava que ela não devesse pesquisar quem era aquele alguém.

Pediu uma busca rápida pelo nome de DeWinter.

Trinta e sete anos, solteira, nunca se casou; tem uma filha de dez anos. Oficialmente não mora com ninguém. Nasceu em Arlington, na Virgínia; seus pais ainda vivem, estão juntos há muito tempo e ambos são cientistas. Não tem irmãos.

A listagem de cursos era extensa, e Eve reconheceu que era bem impressionante. DeWinter tinha doutorados em antropologia física e biológica, ambos pela Universidade de Medicina de Boston — onde às vezes atuava como palestrante convidada; tinha mestrado em várias outras áreas relacionadas, como DNA forense e toxicologia. Tinha trabalhado em várias instituições, mais recentemente na Foundry, em West Washington, onde chefiara um departamento de nove técnicos de laboratório.

Ganhou honestamente a grana necessária para o casaco e suas botas elegantes no circuito de palestras, deduziu Eve, depois de examinar a lista... e também como consultora em escavações e projetos em todo o mundo. Aquela lista ia do Afeganistão ao Zimbábue.

Fora presa duas vezes, notou. Uma vez num protesto contra a destruição das florestas tropicais e outra pelo... roubo de um cachorro.

Quem é que roubava um cachorro?

Ambas as vezes tinha se declarado culpada, pagado multa e prestado o serviço comunitário exigido.

Interessante.

Ela estava começando a investigar mais profundamente as acusações criminais quando Mira bateu no batente da porta.

— Puxa, a senhora respondeu depressa. — No mesmo instante, Eve se levantou.

— Eu estava numa consulta externa e li seu relatório no caminho. Pensei em passar por aqui antes de ir para o meu consultório.

— Obrigada.

— Essas são as suas vítimas? — Mira foi até o quadro.

Eve não pensava em Mira como alguém que usava roupas da moda. Mas a considerava elegante. O vestido claro cor de pêssego e a jaqueta combinando realçavam os cabelos escuros dela e seus suaves olhos azuis. O brilho das pequenas contas de ouro em volta do pescoço combinava com os brincos, e tanto o pêssego quanto o ouro se fundiam num padrão elaborado nos sapatos de salto agulha.

Eve nunca conseguia entender como algumas mulheres conseguiam combinar cores diferentes e mesclá-las com tamanha precisão.

— Doze meninas — murmurou Mira.

— Ainda estamos esperando os dados para identificá-las.

— Sim. Você está trabalhando com Garnet DeWinter.

— Parece que sim.

— Eu a conheço um pouco. É uma mulher interessante, e, sem dúvida, brilhante.

— É o que todos dizem. Ela roubou um cachorro.

— O quê? — Mira arregalou os olhos, depois os franziu de curiosidade. — Cachorro de quem? Por quê?

— Não sei. Acabei de fazer uma pesquisa sobre ela. Já foi presa por roubar um cachorro.

— Isso é... peculiar. De qualquer forma, a reputação que ela tem em sua área de atuação é exemplar. Ela vai ajudar você a descobrir quem elas eram. Posso me sentar?

— Ah, com certeza! Deixa eu... — Mira era uma visita especial. Eve pegou o casaco da cadeira e apontou para a sua mesa. — Sente-se na minha cadeira, por favor. Essa aí ninguém merece.

— Eu já notei. — Como isso era verdade, Mira aceitou a cadeira de Eve.

— A senhora aceita chá, que aprecia tanto? Ou café?

— Não, obrigada, eu... Ah, *eu amei* esse desenho!

Mira tornou a se levantar e foi analisar o desenho que Eve ganhara, onde aparecia com pose de poderosa.

— Sim, ficou muito bom. Ahn... Nixie Swisher fez esse desenho para um projeto, tarefa escolar... algo assim.

A pequena Nixie — que conseguira sobreviver por acaso, sorte ou destino à invasão brutal e sangrenta do seu lar, ocasião em que toda a sua família foi morta.

— Ficou maravilhoso! Eu não sabia que ela era tão talentosa.

— Acho que ela recebeu uma ajuda de Richard.

— Mesmo assim é um trabalho excelente e que capturou a sua essência. Ela ficaria muito feliz em saber que o desenho está na sua sala.

— No Dia de Ação de Graças, que foi quando ela me deu o desenho, eu falei que iria fazer isso. Toda vez que eu olho para ele, me lembro de que mesmo quando o pior acontece e você acha que não consegue sequer dar um passo à frente, você faz isso. E consegue sobreviver.

— Eu só a vi rapidamente quando Richard e Elizabeth vieram a Nova York com as crianças, mas pude ver que Nixie fez mais que apenas sobreviver. Está se tornando uma jovem muito bonita. — Ela se virou, olhou para o quadro de novo e completou: — Algo que elas nunca vão conseguir.

— Pois é. As avaliações preliminares indicam que as vítimas vêm de várias linhagens étnicas. Isso torna improvável que tenham a mesma cor de pele ou semelhança de traços. Sobra apenas a idade e possivelmente o tipo físico como pontos em comum. Meu primeiro instinto no momento — continuou Eve, enquanto Mira tornava a se sentar — é que a idade das vítimas era o mais importante para o assassino.

— Jovens... provavelmente ainda não desenvolvidas física ou sexualmente.

— E de baixa estatura, o que indica que mesmo aquelas que atingiram o topo da escala de idade poderiam parecer... e provavelmente pareciam... mais jovens. Como eu disse, pelas observações preliminares, não há sinal de violência no momento da morte. Se algo desse tipo aconteceu, foi bem antes da morte, e os ferimentos foram curados por completo.

— Sim, eu vi no relatório preliminar que há suspeitas de abuso em várias das vítimas. Meninas acostumadas com a violência — disse Mira — não confiam nas pessoas com facilidade. Considerando a natureza do prédio durante o intervalo de tempo provável, elas... ou algumas delas... podem ter sido fugitivas.

— Comecei uma busca em relatórios de pessoas desaparecidas. Talvez... — Eve parou de falar quando seu computador emitiu um sinal sonoro. — A busca acabou. Computador, liste os resultados.

Trezentos e setenta e quatro casos não resolvidos que se encaixam nos critérios solicitados.

— Tantos casos — reagiu Mira, mas, pela sua expressão, o número não a surpreendeu mais do que a Eve.

— Alguns desses casos são de crianças que sumiram por vontade própria, misturaram-se ao restante da população e conseguiram uma nova identidade.

— Alguns — concordou Mira —, mas não a maioria.

— Não, não a maioria. É possível que encontremos nossas vítimas entre esses nomes. Certamente vamos encontrar algumas delas. Acontece que nem todos os pais ou responsáveis relatam oficialmente o desaparecimento de uma criança. Muitos até gostam quando ela foge.

— Você não fugiu.

— Não. — Havia poucas pessoas com quem Eve se sentia à vontade para falar do seu passado. Mira era uma delas. — Não fugi de Troy. — Não fugira do próprio pai que a espancava, estuprava e atormentava. — Nunca me ocorreu que eu pudesse fazer isso. Se houvesse contato com outras crianças de fora, talvez eu tivesse fugido.

— Richard Troy e Stella mantiveram você em cárcere privado, separada do mundo. Portanto, o confinamento e o abuso que você sofria lhe pareciam normais. Como você poderia saber, principalmente tendo oito anos, que aquilo era tudo, menos normal?

— É comigo que a senhora está preocupada, diante da investigação com todas essas mulheres? — Eve apontou para o quadro.

— Só um pouco. É sempre mais difícil quando são crianças, em especial para quem trabalha com a morte, como é o seu caso. Será mais difícil para você, considerando que elas são meninas um pouco mais velhas do que você era; algumas delas sofreram abusos dos pais ou responsáveis. Até que alguém acabou com a vida delas. Talvez mais de uma pessoa.

— Você tem um ponto.

— Você escapou e sobreviveu, elas não. Então... sim, será difícil para você. Mas não consigo pensar em ninguém mais perfeito para o trabalho. Só com base no sexo e na idade aproximada não é possível construir um perfil sólido. O fato de não haver roupas nos corpos pode indicar abuso sexual, tentativa de humilhação ou que elas eram vistas como troféus. Entre outras possibilidades. Saber a *causa mortis* nos ajudará, assim como as histórias das vítimas, quando forem identificadas. Qualquer coisa que você puder me informar vai ajudar.

Mira parou por um instante, mas logo continuou:

— Ele tinha habilidades específicas e planejava tudo. Teve acesso ao prédio e meios materiais para encontrar as meninas. Isso exige planejamento. Não foram mortes por impulso, mesmo que a primeira delas possa ter sido. Os restos mortais não mostram sinais físicos de tortura nem de violência, mas pode ter havido tortura emocional. Nenhuma delas estava escondida sozinha?

— Não.

— Sempre em pares ou pequenos grupos. Pode ser que ele não quisesse que elas ficassem sozinhas. Ele as envolveu numa mortalha, por assim dizer. E construiu para elas uma espécie de cripta. Isso mostra respeito.

— Doentio.

— Ah, sim, mas mostra respeito por elas. Eram fugitivas, meninas abusadas e enterradas... de certo modo... num prédio com histórico de abrigar órfãos. Essa é uma conexão interessante. — Mira se levantou. — Vou deixar você voltar ao seu trabalho. — Ela olhou mais uma vez para o quadro. — Elas esperaram muito tempo para serem descobertas e terem alguma possibilidade de justiça.

— Pode haver outras. O assassino parou nessas doze ou *começou* com elas? Por que parar? Vamos examinar predadores conhecidos que tenham sido assassinados, morreram ou foram encarcerados na época da última vítima... assim que a descobrirmos. Só que muitos criminosos desse tipo não são conhecidos. De qualquer modo, vamos procurar crimes semelhantes e predadores fichados. Muitas vezes garotas dessa idade fogem em grupo, certo?

Mira sorriu.

— Sim, é comum.

— Portanto, é provável que uma ou mais das vítimas tivessem amigos ou fossem amigas. É possível que encontremos alguém que era amigo de uma delas e viu ou ouviu algo. Ainda não temos nomes, mas temos por onde ir começando.

Eve sentou-se em sua cadeira quando Mira saiu; olhou mais uma vez para a lista de meninas desaparecidas.

E começou a trabalhar.

Já tinha eliminado um punhado delas, muito mais altas que os restos mortais recuperados, quando Peabody apareceu com a cabeça no batente da porta.

— Encontrei alguns nomes.

— Encontrei centenas.

Confusa, Peabody olhou para a tela.

— Ah, meninas desaparecidas. Nossa, isso é triste. Mas tenho alguns nomes ligados ao prédio durante o período em questão. Philadelphia Jones e Nashville Jones... irmãos. Eles administraram uma casa de recuperação e centro de reabilitação para jovens naquele mesmo prédio... de acordo com o que Roarke descobriu... entre maio de 2041 e setembro de 2045. Depois disso eles se mudaram para outro prédio que foi doado por Tiffany Brigham Bittmore. Eles ainda estão nesse endereço, no Centro Poder Supremo para Recuperação de Jovens.

— Para começo de conversa, quem batiza alguém com o nome de uma cidade?

— Eles também têm uma irmã, Selma... acho que é uma cidade no Alabama. Ela mora na Austrália. Também tinham um irmão, Montclair, que morreu logo depois que eles trocaram de prédio. Ele estava numa viagem missionária para a África e foi basicamente comido por um leão.

— Nossa. Não se ouve isso todos os dias.

— Decidi que ser comida viva por qualquer coisa é minha última escolha entre causas de morte.

— Qual é a primeira?

— Bater as botas aos duzentos e vinte e cinco anos, minutos depois de ter sido sexualmente satisfeita por meu amante espanhol de trinta e cinco anos e seu irmão gêmeo.

— É uma escolha interessante — declarou Eve. — Quem era o dono do prédio na época dos Jones?

— Eles mesmos... mais ou menos. Eles batalhavam muito para pagar a hipoteca e as contas altas de um prédio decrépito em Nova York. Ficaram inadimplentes, o banco tomou o imóvel e depois o vendeu. Levantei o nome da empresa que o comprou... um pequeno grupo que decidiu atrair investidores para reformar o prédio e transformá-lo em um punhado de apartamentos de luxo. Só que isso também não deu certo e eles acabaram vendendo... com prejuízo... para o grupo do qual Roarke comprou, e que também perdeu dinheiro com o negócio.

— Um imóvel de má sorte.

Peabody olhou para o quadro e as fotos da cena do crime.

— Pelo que vimos, é mesmo.

— Muito bem. Vamos conversar com Pittsburgh e Tennessee.
— Os nomes são Philadelphia e Nashville.
— Quase acertei.

O Centro Poder Supremo para Recuperação de Jovens ficava em um prédio simpático de quatro andares, perto do East Village. Localizado na Rua Delancey, não tinha o ar artístico e descolado dos tempos do East Village; também não aproveitara a renovação da região da Bowery ocorrida em fins do século XX. Os bombardeios, as pilhagens e o vandalismo tinham infectado toda aquela área durante as Guerras Urbanas.

A maioria dos prédios ali eram velhos, alguns reformados. Muitos tinham sido gentrificados, mas outros continuavam com sua aparência antiga.

O prédio de tijolinhos brancos ostentava um pequeno pátio onde alguns arbustos pareciam estremecer de frio. Dois adolescentes, insensíveis à baixa temperatura, estavam sentados em um banco de pedra brincando com seus tablets.

Eve passou por eles a caminho da entrada principal. Ambos usavam moletons com capuz da CPSRJ. Tinham vários piercings no rosto e nas orelhas; exibiram expressões idênticas de desaprovação e suspeita.

Veteranos da rua acostumados a farejar policiais, concluiu Eve.

Diante do olhar firme de Eve, eles deram sorrisos arrogantes, mas ela notou que a garota — ou o que ela imaginou ser uma garota — pegou a mão do seu companheiro.

Ela ouviu os sussurros roucos e a risadinha curta (definitivamente feminina) quando ela e Peabody subiram os três degraus que levavam à porta da frente.

A segurança do lugar incluía uma câmera, uma placa de impressão palmar e um alarme antifurto. Eve tocou a campainha, que ficava sob um aviso muito prestativo que aconselhava: POR FAVOR, TOQUE A CAMPAINHA.

— Um dia limpo e saudável para vocês. Em que posso ajudá-las?

— Somos a tenente Dallas e a detetive Peabody, da Polícia de Nova York. Viemos aqui falar com Philadelphia e Nashville Jones.

— Sinto muito, mas não vejo o nome de vocês nas agendas de hoje da sra. Jones nem do sr. Jones.

Eve exibiu seu distintivo.

— Este é o meu agendamento.

— É lógico. Vocês poderiam, por favor, colocar a palma da mão na placa de identificação?

Eve obedeceu e sua mão foi escaneada por uma luz.

— Obrigada, tenente Dallas. É um prazer.

Ouviu-se um longo zumbido, seguido pelo estalido de fechaduras que se abriam. Eve empurrou a porta e entrou num saguão estreito de onde saíam corredores que provavelmente levavam a quartos dos dois lados. Ao fundo, havia uma escada para o segundo andar.

Uma mulher se levantou de uma escrivaninha no fim da sala e sorriu enquanto cruzava o piso de lajotas bege.

Respeitável era a única descrição possível para a mulher de cabelo preto com corte em cuia que vestia um suéter cor-de-rosa largo sobre um vestido floral e sapatos que combinavam.

— Bem-vindas ao Centro Poder Supremo para Recuperação de Jovens. Sou a supervisora Shivitz.

Tem cara de supervisora, pensou Eve.

— Precisamos falar com Jones e Jones.

— Sim, sim, vocês disseram. Eu ficaria feliz em avisá-los sobre que assunto vocês vieram conversar.

— Aposto que sim — disse Eve, e deixou o silêncio pairar por um momento. À esquerda, havia uma placa na porta onde se lia "Nashville Jones". A porta da direita tinha o nome da irmã. — É assunto de polícia.

— Sim, com certeza! Receio que o sr. Jones esteja em sessão no momento, bem como a sra. Jones. Ela deve ser liberada em breve. Se vocês decidirem esperar, eu adoraria lhes servir um pouco de chá.

— Vamos esperar, sim, mas dispensamos o chá, obrigada.

Eve vagou pelo espaço e olhou por uma porta aberta onde três crianças mexiam em computadores.

— É nossa área de aparelhos eletrônicos — explicou Shivitz. — Os residentes vêm aqui fazer determinadas tarefas ou pesquisas para as tarefas. Ou se receberem o privilégio de algum tempo livre.

— Como eles ganham esse privilégio?

— Cumprindo tarefas e obrigações, participando de atividades, conquistando méritos pelo bom trabalho, pela gentileza, pela generosidade. E, óbvio, permanecendo limpos de corpo e espírito.

— Há quanto tempo você trabalha aqui?

— Ah, quinze anos, desde que a casa abriu. Comecei como assistente e consultora de estilo de vida, em meio período. Será um prazer oferecer uma visita guiada à nossa casa, se vocês quiserem.

— Parece ótimo. Por que nós não...

Eve parou de falar quando uma porta se abriu subitamente e uma garota saiu do escritório de Philadelphia Jones. Muito vermelha e com os olhos marejados de lágrimas, o cabelo num redemoinho de roxo e laranja, ela disparou para as escadas.

— Quilla! Ande com calma dentro de casa, por favor.

A garota lançou para Shivitz um olhar furioso com seus olhos castanho-claros e fez uma saudação desafiadora com o dedo médio, antes de subir a escada.

— Acho que ela não vai ganhar privilégios hoje — comentou Eve.

Shivitz simplesmente suspirou.

— Alguns espíritos jovens são mais problemáticos que outros. O tempo, a paciência, a disciplina adequados e as recompensas acabam abrindo todas as portas.

Assim como alguns bons chutes na bunda, pensou Eve, mas Shivitz já corria para a porta ainda aberta.

— Com licença, sra. Jones, mas há duas policiais aqui para conversar com a senhora e o sr. Jones. Sim, lógico, lógico. — Ela se voltou para Eve e Peabody. — Por que vocês não vão entrando? Avisarei ao sr. Jones que vocês estão aqui assim que a reunião dele terminar.

Eve se aproximou. Analisou o que parecia ser um escritório simples junto de uma sala, que Eve concluiu que devia seria usada para as "sessões" e para receber visitantes. Pessoas do Serviço de Proteção à Criança e ao Adolescente, tutores, eventualmente um policial, talvez um ou dois doadores.

Em uma área de trabalho em forma de U, uma mulher com cabelos castanhos brilhosos puxados para trás e presos por pentes trabalhava diante de um computador. Seu perfil mostrava um queixo forte e pontudo, uma boca com lábios grandes que formavam uma linha reta, um brilho suave nos olhos verdes.

— Já vou atendê-las, policiais. Por favor, sentem-se — acrescentou sem erguer a cabeça.

Como ainda não queria se sentar, Eve simplesmente foi até uma estação de trabalho e encostou-se em uma das duas cadeiras colocadas diante da mesa baixa.

— Mil desculpas — continuou Philadelphia. — Tive uma dificuldade com a minha última sessão. Muito bem, em que posso ajudá-las?

Ela girou a cadeira onde trabalhava e olhou para Eve com um sorriso educado no rosto.

De repente, levantou-se da cadeira. Tornou-se uma mulher alta e magra com horror nos olhos. E apertou o pescoço na região da garganta.

— Alguém foi assassinado. Alguém está morto!

Intrigada, Eve ergueu as sobrancelhas.

— Na verdade, está mais para doze pessoas. Vamos conversar sobre isso.

Capítulo Três

Philadelphia Jones equilibrou-se com dificuldade, como se Eve tivesse lhe dado um soco.

— O quê? Doze? Minhas crianças! — Ela contornou a estação de trabalho e teria passado direto por Eve se ela não levantasse a mão para detê-la.

— Espere!

— Preciso...

— Sente-se! — interrompeu Eve. — Primeiro, me explique por que você deduziu logo de cara que se tratava de um assassinato.

— Eu *conheço* você. Sei quem você é e o que faz. O que aconteceu? Foi uma das nossas crianças? Qual delas?

O Caso Icove, pensou Eve. Quando escreviam um best-seller e faziam um filme de sucesso baseado em um de seus casos, as pessoas começavam a reconhecer a policial responsável.

Além do mais, ela era casada com Roarke.

— Estamos aqui por causa de vários assassinatos, sra. Jones, mas eles não são recentes.

— Não estou entendendo. Talvez seja melhor eu me sentar — decidiu, e foi até a sala. — Não tem a ver com minhas crianças? Sinto muito, peço desculpas. — Ela respirou fundo algumas vezes. — Eu não costumo ter reações tão... drásticas.

— Quer que eu pegue um copo de água para a senhora? — ofereceu Peabody.

— Ah, não, obrigada, mas peça à supervisora que nos traga um pouco de chá, por favor. E peça a ela para remarcar minha próxima sessão.

— Pode deixar.

— Você é muito gentil.

— Não é trabalho algum. — Peabody saiu.

— Por favor, sente-se — ofereceu Philadelphia, olhando para Eve.

— Mais uma vez, sinto muito. Eu li *O Caso Icove*, é óbvio, e saí uma noite dessas com um amigo para assistir ao filme. Ainda está tudo muito recente na minha cabeça e então, quando vi você, cheguei à pior conclusão possível.

— Eu compreendo. — Eve pegou uma cadeira e analisou Philadelphia. Estava mais calma agora, reparou Eve, mas ainda abalada.

Quarenta e poucos anos, avaliou. Vestia-se de forma conservadora, cabelo simples, brincos pequenos.

Era como aquela sala: limpa, arrumada e nada extravagante.

— Você e seu irmão já tocaram esta organização em outro local, certo?

— Não. Na verdade, a localização do CPSRJ sempre foi esta. Você deve estar se referindo ao Santuário. É assim que chamávamos nossa casa original. A gente batalhou por aquele lugar, viu! — exclamou ela, com um leve sorriso. — Em todos os sentidos. Havia pouco financiamento, a equipe não dava conta; a manutenção do prédio em si também era um pesadelo. Não conseguimos honrar as prestações do financiamento. Compramos aquele lugar sem refletir direito, hoje eu entendo isso. Ele abrigou órfãos provenientes das Guerras Urbanas.

— Sim, eu sei.

— Na época aquilo nos pareceu um sinal, então Nash e eu corremos atrás. Descobrimos que existe uma razão para que os anjos tenham receio de intervir — disse, com aquele sorriso fraco novamente.

— Mas aprendemos bastante com aquilo e, com a graça de Deus e a generosidade da nossa benfeitora, conseguimos criar este lar e oferecer às crianças que precisam de nós muito mais que de um santuário.

Peabody voltou a entrar.

— O chá já será servido.

— Muito obrigada, detetive. Por favor, sente-se. Eu estava explicando à tenente Dallas como Nash... o meu irmão... e eu conseguimos expandir nossos horizontes quando nos mudamos para cá. Fez quinze anos em setembro. O tempo passa tão rápido... às vezes rápido até demais.

— O que vocês fazem aqui, exatamente? — quis saber Eve.

— Oferecemos às crianças de dez a dezoito anos um ambiente limpo e seguro, bem como auxílio psicológico, espiritual e físico necessários para ajudá-las a vencer vícios, fazer boas escolhas na vida e desenvolver um caráter forte. Somos um caminho para as crianças e seus responsáveis em direção a uma vida protegida e feliz.

— Como vocês conseguem as crianças?

— A maioria é matriculada por seus tutores, como residentes diurnos ou em período integral; algumas vêm por meio do sistema judicial. Nossas crianças chegam até nós com problemas; muitas são viciadas em várias substâncias, todas têm pouco autocontrole, problemas de autoimagem e uma infinidade de maus hábitos. Oferecemos a elas estrutura, limites, terapia em grupo ou individual e orientação espiritual.

— Era isso que vocês faziam no antigo prédio?

— Nós não conseguíamos ajudar de forma tão eficaz na reabilitação de dependentes químicos lá, pois não tínhamos uma equipe preparada para isso. No Santuário éramos pouco mais que um sistema de retenção para a maioria das crianças. Um lugar para se proteger do frio. Muitas estavam em condição de rua... fugitivas ou abandonadas. Eram crianças perdidas. Tentamos dar a elas um lugar seguro, uma cama quente, comida saudável e alguma orientação, mas fomos prejudicados pela falta de financiamento, até que a sra. Bittmore, nossa benfeitora, entrou em nossa vida. Ela doou este imóvel para nossa instituição e abriu um fundo fiduciário para nos ajudar com grande parte das despesas.

— Ah, obrigada, supervisora.

— Fico feliz em ajudar. — Shivitz carregava uma bandeja com um bule branco simples e três xícaras brancas. — Posso ajudar em mais alguma coisa?

— Por enquanto, não, mas, por favor, mande o sr. Jones entrar aqui assim que ele ficar livre.

— Pois não. — Shivitz recuou e fechou a porta silenciosamente.

— Estou feliz em falar sobre o CPSRJ. — Philadelphia serviu o chá enquanto falava. — Eu adoraria levar vocês pessoalmente para dar uma volta pelo lugar, se tiverem tempo. Mas confesso que estou intrigada com o interesse.

— É que hoje cedo começou a primeira etapa da reforma do prédio da rua Nove. O seu antigo prédio.

— Eles finalmente resolveram fazer algo com aquilo. É uma boa notícia. Tenho ótimas lembranças, mas também sofro de pesadelos com aquele prédio. — Ela riu baixinho e ergueu a xícara. — O encanamento não era confiável, as portas emperravam e a energia elétrica acabava sem explicação. Espero que a instituição que o comprou desta vez tenha bolsos bem grandes. Imagino que uma reforma completa daquela propriedade custará muito dinheiro.

Ela olhou para o lado, na direção da porta que se abriu.

— Nash, venha conhecer a tenente Dallas e a detetive Peabody.

— Será um prazer. — Ele entrou na sala. Era um homem impressionante com um emaranhado de cabelos pretos no qual havia algumas mechas brancas, um nariz proeminente e o mesmo queixo pontudo da irmã. Usava terno, gravata e sapatos tão bem engraxados que pareciam espelhos brilhosos. — Eu já a conheço, tenente — anunciou ele, com um aperto de mão firme —, pela sua conexão com Roarke. Conheço *vocês duas* — completou, oferecendo a Peabody o mesmo aperto de mãos forte e profissional —, graças às reputação de vocês como policiais... principalmente por causa do Caso Icove.

— Vou pedir à supervisora mais uma xícara de chá.

— Se for por minha causa, não precisa. — Nash dispensou a oferta da irmã e se juntou a ela no sofá. — Sou um homem do café, apesar de a Philly não permitir cafeína de qualquer tipo nesta casa, nem mesmo do tipo falso.

— *Principalmente* a do tipo falso. Todos aqueles produtos químicos! — Ela fez cara de desaprovação com um aceno de cabeça. — Tomar aquilo é o mesmo que beber veneno.

— Mas é um veneno muito gostoso. Então, o que traz duas das melhores profissionais de Nova York ao nosso CPSRJ?

— A tenente acabou de me dizer que hoje começou a reforma do nosso antigo prédio, Nash. O Santuário.

— Reforma sempre foi a palavra de ordem por aqui, só que aquele antigo lugar estava, e estaria até hoje, muito além dos nossos limites. Foi um dia feliz quando nos mudamos para cá.

— Um dia de sorte — acrescentou Eve. — Não é todo dia que alguém doa um prédio inteiro a alguém.

— A sra. Bittmore é o nosso anjo. — Ele recostou-se no sofá; um homem à vontade, com seus olhos um pouco mais penetrantes que os da irmã focados diretamente nos de Eve. — Todos sabem que ela perdeu o marido durante as Guerras Urbanas; anos depois perdeu o filho mais novo para o vício e para as ruas. Quase perdeu a neta também; geração após geração sua família parecia destinada a esse caminho sombrio. Mas Seraphine nos procurou... foi para o Santuário.

— Conseguimos salvá-la — continuou Philadelphia. — Nós a ajudamos a sair desse caminho escuro, trazê-la de volta à luz e devolvê-la à sua família. A sra. Bittmore ia nos ver, via o que tentávamos fazer e sabia das dificuldades que enfrentávamos. Ela nos deu este prédio como uma homenagem à neta, que hoje é uma de nossas conselheiras. Somos muito gratos a ambas e ao poder superior, por nos unir.

— Seraphine está aqui nesta casa hoje?

— Não sei exatamente como está a agenda dela, mas eu acho que ela tem a tarde de folga hoje. Posso confirmar isso com a supervisora.

— A gente vê isso depois. Como eu dizia, durante a demolição no prédio da rua Nove, várias paredes falsas foram descobertas.

— Paredes falsas? — Philadelphia franziu o cenho. — Não sei se entendi direito.

— Paredes foram construídas a uma curta distância das originais, deixando uma lacuna entre ambas.

— Será que é por isso que havia tantas correntes de ar lá dentro? — Ela balançou a cabeça. — Nunca conseguimos pagar muito mais do que reparos de emergência; mesmo assim, tínhamos que improvisar mais do que deveríamos. Suponho que alguém possa ter construído essa nova parede, já que a original estava em péssimo estado.

— Não creio que tenha sido isso, porque o propósito da obra foi de servir de esconderijo.

— Nós pintamos, tentamos fazer pequenos reparos... muito pequenos — enfatizou Nash. — Reformamos os banheiros e a cozinha, mas nunca erguemos paredes novas. Esconderijo, você disse? Um lugar feito para esconder objetos de valor ou adquiridos de forma ilícita? Tenente, posso garantir que se tivéssemos algo valioso, teríamos gastado esse dinheiro para manter o Santuário com a cabeça fora da água, em vez de escondê-lo. O que vocês encontraram? Dinheiro, joias, drogas ilegais?

— Cadáveres — disse Eve, na lata, e assistiu à reação de ambos. — Doze corpos.

A xícara de chá escorregou dos dedos de Philadelphia e quicou no tapete; um líquido âmbar claro escorreu e formou um pequeno rio sinuoso. Nash simplesmente olhou, seu rosto gradualmente empalidecendo, inexpressivo.

— Doze! — exclamou Philadelphia em meio ao engasgo. — Você disse... eu achei que... você disse doze. Isso significa que... ah, Jesus misericordioso... você quis dizer doze *cadáveres*?

— Do que vocês estão falando? — exigiu Nash.

— De doze cadáveres — disse Eve —, encontrados entre a parede original e a que foi construída para escondê-los. Para ser mais precisa, eram doze restos mortais... esqueletos... a princípio identificados como sendo do sexo feminino, entre doze e dezesseis anos.

— Meninas? — Como a jovem no banco havia feito, Philadelphia pegou a mão do irmão. — Mas como? Quando? Quem faria algo assim? Por quê?

— Todas boas perguntas. Estou trabalhando para obter as respostas. Mais uma vez: a princípio, calculamos que as vítimas foram colocadas naquele esconderijo, todas envoltas em plástico, há aproximadamente quinze anos. Mais ou menos na época que vocês deixaram o antigo prédio e se mudaram para este.

— Você acha que nós... — Philadelphia se inclinou para a frente, com o olhar intenso. — Tenente, detetive, dedicamos nossa vida a *salvar* jovens. De si mesmos, do ambiente em que viviam, de influências destrutivas. Nós nunca, nunca faríamos...

— Isso não pode ter acontecido enquanto estávamos lá. — Ainda pálido, Nash pegou a xícara de chá que havia recusado, mas que viera mesmo assim, e bebeu o conteúdo, mesmo frio. — Nós teríamos visto. Além do mais, havia moradores, funcionários. Isso não pode ter acontecido enquanto estávamos lá. Não.

— Como vocês deixaram o lugar?

— Nós simplesmente saímos de lá, a conselho do nosso advogado. Pegamos tudo que era nosso. Móveis, equipamentos, o pouco que tínhamos. As roupas extras que mantínhamos à mão para os que chegavam até nós com pouco ou nada, esse tipo de coisa. Só fizemos as malas e trouxemos tudo o que conseguimos para cá.

— Você chorou — disse ele à irmã. — Mesmo que o lugar tenha se tornado um desastre, uma pedra em nossos sapatos, você chorou quando a gente teve que sair.

— Chorei, sim. Eu senti que a gente tinha fracassado. Mas não era verdade. Fizemos um bom trabalho lá, com os recursos que tínhamos. As pessoas diziam que tínhamos perdido nosso investimento e mal conseguíamos arcar com os custos. Mesmo assim, acredito que ganhamos mais do que perdemos. E de repente recebemos este presente incrível. Essa monstruosidade deve ter acontecido *depois* que saímos de lá.

— Quem tinha acesso ao local depois que vocês transferiram os residentes do antigo endereço?

— Continuamos a ter acesso, por um curto período. — Nash esfregou a mão no rosto como as pessoas fazem quando acabaram de acordar de um sonho estranho. — Acho que alguns dos funcionários e até mesmo algumas das crianças poderiam ter entrado lá, se quisessem. Nossa segurança não era muito boa. Foi outro motivo pelo qual precisávamos nos mudar dali.

— Também por aconselhamento jurídico, nós não devolvemos o imóvel de imediato ao banco. — Enquanto falava, Philadelphia levantou-se e pegou alguns guardanapos numa gaveta. Enxugou o chá derramado e colocou a xícara de lado. — Tivemos que apresentar todos os documentos, mas nos disseram para simplesmente esperar o banco executar a hipoteca. Garantiram que levaria algum tempo para isso acontecer. Na verdade, ainda ficamos no prédio durante quase seis meses depois de pararmos de pagar a hipoteca. Poderíamos ter ficado mais tempo, mas parecia...

— Roubo — murmurou Nash. — Você disse que fazer isso era o mesmo que roubar. Estávamos nos preparando para fechar as portas, achando que a nossa missão tinha terminado, quando a sra. Bittmore nos deu esse prédio. Foi como um presente de Deus. Acreditamos que foi uma obra de Deus realizada através dela.

— Quanto tempo ainda levou antes de o banco fechar de vez o outro prédio?

— Acho que entre seis e oito meses depois de sairmos. Pelo menos — repetiu Philadelphia. — Já tínhamos a notificação de execução hipotecária e toda a papelada arquivada.

— Eu gostaria de ter cópias de tudo.

— Vou cuidar disso. O que vocês precisarem, basta dizer.

— A lista de funcionários, dos trabalhadores manuais, do pessoal da manutenção. Todos eles. E uma lista dos residentes. Vocês têm tudo guardado?

— Do pessoal, sim. Da maioria dos trabalhadores contratados para reparos também. Nosso irmão, Monty, fez alguns dos consertos menores. E eu tentei fazer mais algumas coisas, Nash não tem jeito com ferramentas. Monty foi morto na África há vários anos. Tínhamos uma lista das crianças, embora nossas regras fossem menos rígidas naquela época. Conseguimos uma licença, então tínhamos a responsabilidade de abrigar algumas crianças por ordem judicial. Mas a gente também abrigava o que você poderia chamar de crianças em condição de rua. Imagino que muitas delas tenham dado nomes falsos, e muitas estiveram lá só por uma, duas noites... ou esporadicamente. Mas vou providenciar para que você tenha cópias de tudo que temos.

— Doze garotas — disse Nash, baixinho. — Como isso pode ter acontecido?

— Elas podem ter sido *nossas* residentes. — Os nós dos dedos de Philadelphia ficaram brancos quando ela apertou a mão do irmão. — Podem ter sido garotas que vieram até nós, Nash, e depois voltaram para nos procurar. Nós não estávamos lá, e então alguém... alguém as capturou.

— Somos responsáveis? — Ele protegeu o rosto com a mão livre. — Esse peso terrível está em nossa alma?

— Acredito que não. — Philadelphia se aproximou e o abraçou. — Não mesmo. E você, tenente? — Ela encarou Eve com os olhos suplicantes. — E você?

— A pessoa responsável é a pessoa que os matou.

— Vocês têm certeza de que elas... óbvio que têm certeza. — Nash baixou a mão e endireitou os ombros. — Embrulhadas em plástico, você disse, escondidas atrás de uma parede. Lógico que isso foi assassinato. Mas como elas foram mortas?

— Não tenho como lhe dar essa informação no momento. — Eve se levantou. — Agradeço muito a cooperação de vocês. Se eu puder ter essas cópias e falar com qualquer pessoa da equipe que tenha trabalhado ou morado lá naquela época será muito útil.

— Vou pedir a Ollie que faça um levantamento. Oliver Hill — explicou Philadelphia. — É o nosso gerente. Ele não fazia parte do Santuário. Mal podíamos pagar pelo prédio, que dirá alguém para gerenciá-lo. Nossa supervisora, Brenda Shivitz, trabalhou em meio período lá, no último ano em que estivemos naquele local. Depois, veio conosco para cá, em tempo integral. Havia Seraphine, como eu disse. Ah, e Brodie Fine. Ele tinha acabado de começar seu negócio e trabalhava bastante para nós. Até hoje ele é o nosso faz-tudo. Abriu o próprio negócio, uma pequena empresa de prestação de serviços. Chamamos Brodie para diversas coisas.

— Eu gostaria das informações de contato dele.

— Pode deixar, tenente. Agora, se me derem licença. — Philadelphia se levantou do sofá. — Vou cuidar disso imediatamente.

— Há alguma coisa que você possa acrescentar? — perguntou Eve a Nash quando sua irmã saiu da sala.

Ele fitou as próprias mãos.

— Não há mais nada que eu possa lhe dizer. Sinto muito, muitíssimo. Você vai nos dizer os nomes das meninas? Talvez eu me lembre delas. Acho que eu devo me lembrar delas.

— Farei isso quando essas informações estiverem liberadas. Se pudermos falar com a supervisora agora, resolveremos tudo por aqui.

— Sim, vou chamá-la. Por favor, usem esta sala, por questões de privacidade. — Ele ia sair, mas se virou para trás. — Espero que a alma dessas meninas esteja em paz, mesmo depois de tanto tempo. Vou rezar para que estejam.

— Faça uma avaliação rápida — disse Eve para Peabody assim que elas ficaram sozinhas.

— Eles parecem dedicados e um pouco devotos a Deus, mas não obcecados. São muito unidos. Por outro lado, um deles ou ambos tinham acesso irrestrito ao prédio, e provavelmente às vítimas, mais do que todos ,pelo que sabemos até o momento.

— Concordo com tudo. Eles também não parecem burros, e seria estupidez esconder corpos num prédio que você está deixando para trás. Eles seriam os primeiros suspeitos se o banco fizesse alguma demolição quinze anos atrás. Mesmo agora, são os primeiros suspeitos que encontramos.

— Às vezes o desespero leva a atos burros.

Eve assentiu.

— Pode apostar que leva. Vamos descobrir mais sobre o irmão morto e a irmã. E daremos uma boa investigada em qualquer um que tenha trabalhado no Santuário, até mesmo os operários que iam de vez em quando.

— A reação dela me pareceu bem genuína. Choque e horror verdadeiros.

— Pois é, mas se eu trabalhasse com adolescentes todo dia por anos a fio, teria desenvolvido habilidades excepcionais de atuação, para que ninguém soubesse que muitas vezes eu gostaria de pregá-los numa parede e tacar fogo neles.

— Ai!

— Estou só dizendo. — Eve se virou quando Shivitz entrou na sala.

— O sr. Jones me contou... ele disse que a senhora queria falar comigo. Ele me contou que... — Ela não terminou de falar, seus olhos já marejados produzindo mais lágrimas.

Sabendo que parte do seu trabalho era conversar com testemunhas muito emotivas, Peabody se levantou, colocou um braço em volta do ombro da mulher e a guiou até uma poltrona.

— Sei que é um choque terrível.

— É... é *indescritível!* Alguém matou *doze* garotas? E elas podem ter sido *nossas* garotas? Depois simplesmente as deixou sozinhas naquele lugar horrível? Quem seria capaz de fazer uma coisa dessas? — Shivitz bateu com o punho na coxa. — Que tipo de monstro sem Deus fez isso? Vocês têm que encontrá-lo. Vocês *precisam* encontrá-lo. *Devem* fazê-lo. Deus o castigará, acredito nisso. Mas a lei do homem deverá puni-lo antes. Vocês são a lei.

— Não tem como discordar disso. — Vendo que a raiva ardente lhe secara as lágrimas, Eve se aproximou. — Pense bem. Há alguém de quem você se lembra que a preocupou, que talvez tenha dado o tipo errado de atenção às garotas do Santuário... ou mesmo aqui... Principalmente no início do negócio?

— Isso não seria permitido. Somos responsáveis pela segurança das crianças que vêm ao nosso lar. Jamais permitiríamos que alguém se aproximasse delas para machucá-las.

Peabody sentou-se na cadeira ao lado de Shivitz e inclinou-se para conversar.

— Às vezes as pessoas têm um trabalho de bem, parecem levar uma vida normal, mas alguma coisa nelas nos desperta um sentimento estranho. Uma sensação de que algo pode estar errado, em algum lugar.

— Sei exatamente o que você quer dizer. — Assentindo várias vezes, Shivitz levantou um dedo no ar. — Eu costumava fazer compras num mercado, mas o homem que o administrava me dava um mau pressentimento, então troquei de mercado. Depois, soube que o homem foi preso, acusado de — ela baixou a voz — promover apostas ilegais! Eu sabia que tinha algo de errado com ele. Tive essa sensação que você descreveu.

— Está bem. — Eve se perguntou o quanto as apostas estavam no alto da lista de pecados de Shivitz. — Alguém do Santuário já provocou essa sensação em você?

— Na verdade, não. Sinto muito, mas... ahn, espere. — Enquanto se concentrava, ela fazia bicos. — Brodie Fine, nosso faz-tudo. Na verdade, não me refiro a Brodie, em especial. Ele é um homem muito simpático, pai de família e muito confiável. Até contratou alguns dos nossos filhos depois que eles se formaram. Mas ele tinha um assistente... acho que era assim que o chamava algum tempo atrás, quando ainda estávamos no outro prédio. Esse sujeito me provocava esse sentimento. Por duas vezes ouvi aquele homem usar linguagem grosseira, e não há espaço para esse tipo de coisa aqui, principalmente perto de crianças. E *tenho certeza* de que senti cheiro de álcool em seu hálito uma ou duas vezes. Ele esteve lá em poucas ocasiões, mas não gostei do jeitão dele, para ser sincera.

— Você pode me dizer o nome?

— Ah, Deus, eu não me lembro. Mas era um jovem forte e... sim, quando penso nisso, havia um olhar estranho em seus olhos, que eu chamaria de selvagem.

— Tudo bem, vamos verificar isso. Alguém mais?

— Somos tão cuidadosos e já se passou tanto tempo. Ah, pobres meninas!

As lágrimas voltaram, e Eve se apressou em fazer outra pergunta antes de ficar intenso demais.

— E quanto aos visitantes? Pais, tutores?

— Naquela época, era raro ver algum dos pais ou das mães. O mais triste é que a maioria das crianças tinha fugido de casa ou porque era um lugar ruim, ou porque elas mesmas tinham feito escolhas erradas. De vez em quando, alguns pais apareciam para levar uma criança de volta para casa; se os tribunais não se opusessem, não podíamos impedi-los. Na verdade, alguns pais faziam o melhor que podiam, mas a criança não ajudava. Eu me lembro, agora que você mencionou, de um casal de pais que veio buscar a filha. A mãe estava quieta e chorosa, mas o pai! Ele fez uma cena terrível. Passou o tempo todo gritando e nos acusando de ser uma *seita*! — Ela bateu com a mão no peito, onde fica o coração, e deu uns tapinhas ali, como se aquilo conseguisse amenizar o choque da acusação. — Acusou-nos de incitar sua filha a desafiá-lo, de permitir que ela fizesse o que bem queria e assim por diante, mas não fazíamos tal coisa. Ah, agora eu me lembro do nome dele... Jubal Craine. Achei que ele fosse partir para a violência com o sr. ou a sra. Jones. Eles eram de Nebraska, tenho certeza dessa informação. Eram fazendeiros, a garota fugiu e acabou aqui.

Ela hesitou e parou de falar.

— E...? — incentivou Eve.

— Bem, lamento dizer que ela se vendeu mais de uma vez por comida ou por um lugar para ficar. O nome dela era Leah, e fizemos o melhor que pudemos por ela. Ah... ah... e depois ele voltou. Sim, voltou mais ou menos um mês depois, quando Leah tinha fugido de novo. Queria vasculhar o lugar à procura da filha, mesmo que ela não estivesse lá, e nós juramos que ela não estava. Chamamos a polícia dessa vez, e eles o levaram embora. Agora que você mencionou, foi bem na época em que estávamos fazendo as malas para a mudança.

— Isso foi muito útil, supervisora Shivitz. — Peabody imprimiu encorajamento em seu tom de voz. — A senhora consegue pensar em mais alguém?

— Esses são os nomes que me vieram à mente, mas prometo que vou pensar mais no assunto. Só de pensar que eu poderia conhecer quem fez essa coisa terrível já vai me manter acordada à noite. Mas o fato, senhorita, é que nós somos... isto é, a sra. e o sr. Jones... são muito cuidadosos com quem trabalha aqui, com quem entra na casa e interage com as crianças. Eu simplesmente não sei como isso pode ter acontecido.

— As crianças nem sempre estão em casa, certo? — interveio Eve.

— Elas saem. Vocês não as deixam confinadas aqui vinte e quatro horas por dia, sete dias por semana.

— Lógico que não! É importante que elas tenham uma rotina normal, um equilíbrio saudável e aprendam a lidar bem com o mundo exterior. É crucial construir confiança. E elas têm tarefas que as levam para fora, é óbvio. Visitam feiras, fazem viagens de campo e têm tempo livre. Ah! Entendo o que você quer dizer, tenente! Alguém de fora! Só pode ter sido alguém de fora que fez isso. Atraiu as meninas de volta para o prédio antigo. Foi alguém de fora! — repetiu, com um longo suspiro de alívio. — Não foi um dos nossos.

Talvez sim, pensou Eve. Ou talvez não.

— Agradecemos a sua ajuda. Caso você se lembre de mais alguma coisa ou qualquer outra pessoa, entre em contato conosco.

— Prometo que farei isso. Vocês ainda não sabem o nome das vítimas. — Ela se levantou. — O sr. Jones disse que sobraram apenas ossos. Mas você nos dirá quando souber quem são, tenente? Eu tento construir relacionamentos com todas as crianças. Tento saber quem são, quem esperam ser. Sempre tentei! Quando eu souber quem elas são, poderei orar melhor por elas.

— Avisaremos assim que pudermos. Seraphine Brigham está aqui na casa hoje?

— Esta tarde, não. Ela só tinha sessões e deveres de manhã. Ainda não sabe o que aconteceu. — Shivitz levou a mão ao coração novamente. — Isso vai ser muito difícil para ela. Seraphine foi uma delas, sabia? Uma das meninas.

— Não quero interromper — disse Philadelphia da porta, com hesitação. — Trouxe o que você pediu, tenente. — Ela entregou os discos. — Estão todos etiquetados. É tudo em que conseguimos pensar para ajudar.

— Obrigada. — Eve os pegou. — Você sabe onde podemos encontrar Seraphine?

— Sei que ela costuma almoçar com a avó nas tardes livres. Às vezes eles visitam um museu, ou fazem compras. Ela está... saindo com alguém. Parece sério, então também pode estar num encontro.

— Você não aprova?

— Ah, não, não é isso. — Philadelphia corou um pouco. — Não quis parecer crítica. Ele é um jovem muito simpático. Um artista. Ele se ofereceu para fazer esboços das crianças, isso foi muito gentil.

— Mas...?

— Ele segue os preceitos da Família Livre.

Peabody, a seguidora dos preceitos da Família Livre que estava atrás de Eve, pigarreou com força.

— Esforçamo-nos muito para incutir limites sobre sexo, é óbvio — explicou Philadelphia. — E embora sejamos abertos a todos os tipos de fé, tentamos passar aos jovens uma estrutura judaico-cristã mais tradicional. Os entusiastas da Família Livre são muito...

— Livres? — sugeriu Peabody.

— Sim. Exatamente. Mas, como eu disse, ele é um homem muito bom, e queremos apenas o melhor para Seraphine. Tenente, sinto que devo contar ao restante do pessoal e às crianças. Quero que elas façam algum tipo de reunião para reflexão, em respeito às vítimas. Sei que as crianças, com seu apego aos brinquedos eletrônicos, vão ouvir falar disso. Quero protegê-las, mas também quero ser aberta com elas.

— Isso são vocês que decidem. Entraremos em contato quando tivermos mais informações. Por favor, se pensarem em algo que possa estar relacionado, entrem em contato com a gente.

— Acho que nenhum de nós vai pensar em outra coisa hoje. Espero que a gente tenha ajudado.

Ela levou Eve e Peabody até a porta. Ao ouvir um ruído discreto, Eve olhou para a escada e viu a garota — Quilla, ela se lembrou do nome — sentada nos degraus, olhando para ela.

Uma vez lá fora, ela andou até o carro, mas simplesmente se encostou nele e ficou esperando.

— Você quer que eu rastreie esta Seraphine, que tem o mau gosto de namorar um simpatizante da Família Livre?

— Não seja tão sensível, Peabody. Muitas pessoas consideram os simpatizantes da Família Livre meio esquisitos.

— Porque acreditamos na escolha pessoal, na aceitação, no respeito ao planeta, a tudo e a todos que estão nele?

— Sim, tem isso — reagiu Eve, com descontração, curtindo o momento. — E porque fabricam próprios tecidos, vivem em comunidades, basicamente criam ovelhas, cultivam cenouras e homenageiam a Deusa Brilho de Luar pela colheita.

— Não existe Deusa Brilho de Luar.

— Bem, é um engano comum achar que existe, já que metade das mulheres da Família Livre se chama Brilho de Luar... ou Arco-Íris... ou Gota de Sol.

— Eu só tenho um primo chamado Arco-Íris, mas tenho um monte de primos. — Bufando de raiva, Peabody também se apoiou no carro. — Você está me sacaneando.

— Que palavra bonita, garota Família Livre. Mas sim, confesso que estou te sacaneando, sim. Quanto a Philadelphia, ali dentro... Ela gosta de falar de maneira inclusiva, e acho que ela acredita de verdade que é sincera. Mas sua ideia do que todos deveriam acreditar e seguir, segundo Deus, caberia em uma caixa bem pequena. Com uma tampa bem apertada.

— Ok, é, isso é verdade. E ela até me parece alguém que não quer descartar as crenças dos outros, ou até mesmo a falta delas. É que ela tem uma certeza inabalável de que a *dela* está certa... e mais, que é a *única* certa.

Peabody pausou um momento.

— O que estamos esperando?

Eve empurrou o queixo na direção do prédio quando a porta da frente se abriu.

— Ela!

Quilla se espremeu para fora da porta. Parou diante da placa de reconhecimento palmar, tirou algo do bolso e o passou pelo sensor. Em seguida, desceu os degraus com jeito casual e seguiu para o banco, agora vazio, do pequeno pátio.

Então, subitamente desviou do caminho ao chegar a algum ponto cego das câmeras, pelo que Eve percebeu. Correu para a cerca e pulou por cima dela.

Empertigou-se enquanto ia até Eve e disse:

— Oi.

— Oi para você também.

— Vocês são as verdadeiras policiais do Caso Icove.

— Somos policiais de Nova York — corrigiu Eve, e recebeu como reação da menina um revirar de olhos.

— Você entendeu.

— O que você colocou na placa de segurança para conseguir sair?

Quilla deu de ombros.

— É um misturador de sinais. Temos alguns *e-geeks* no grupo. Paguei a um deles para me fazer um. Você veio por causa das garotas mortas que encontraram hoje de manhã, certo?

— Que garotas mortas?

— Ah, qual é? Aquelas que estavam tão mortas que só sobraram os ossos, em Midtown. Na porra do prédio que era da sra. Jones. Vocês vieram aqui por causa disso.

— Vamos começar por aí. Como você sabe de tudo isso?

— Eu saco quem é policial de longe, tá? Reconheci o rosto de vocês de tanto ver reportagens e oba-obas sobre o filme. Então, depois de levar o último esporro da sra. J, fiz algumas pesquisas. Eu sei pesquisar. Sou escritora.

— Ah, é?

— E vou ser uma boa escritora, assim que conseguir sair deste lugar. Como elas foram mortas?

— Por que você acha que eu contaria isso a você?

Quilla deu de ombros.

— Porque eu poderia escrever a respeito. Mas não precisa me contar, eu vou descobrir tudo. Como eu disse, sei pesquisar. Mas se você acha que o sr. ou a sra. J as mataram, você não é uma boa policial.

— Por que diz isso?

— Eles são muito sagrados. É óbvio que algumas pessoas se fingem de sagradas e enfiam a mão por dentro das suas calças na primeira oportunidade. — Quilla enfiou as mãos no bolso do moletom. — Mas eles não são fingidos.

— Quantos anos você tem? — quis saber Peabody.

— Dezesseis.

Eve inclinou a cabeça.

— Talvez você *chegue* aos dezesseis daqui a alguns anos.

A garota jogou os cabelos coloridos para o lado, num jeito de quem dá de ombros.

— Um ano e meio, qual a diferença? Não significa que não sei das coisas. Escritores precisam observar muito. Aqueles dois são um pé no saco completos, mas não seriam capazes de matar um monte de garotas. É só isso que estou dizendo. Se você forçar os olhos vai conseguir ver as auréolas deles. — Ela fez um aro com as mãos sobre a cabeça.

— Não percebi isso. Por que você se importa com o que nós pensamos sobre os Jones?

— Estou pouco me lixando para isso, só estou dizendo. Agora preciso voltar. — Outro revirar de olhos. — Não tenho o privilégio de sair hoje até concluir minhas "tarefas de escola e as coisas de casa" — explicou ela, com ar solene, num tom cerimonioso. — Mas ficarei de olho, então você deve perguntar a mim quando quiser saber alguma coisa. — Ela deu alguns passos correndo e saltou por cima da cerca. — Posso escrever sobre isso — completou ela. — Sei escrever tão bem quanto a repórter que escreveu sobre a porra do Caso Icove, só que analisando tudo por um ângulo diferente. Porque sou como elas. Sou igual às garotas mortas.

Ela foi em direção ao banco, desviou por trás, entrou no prédio e desapareceu ao passar pela porta.

— O que você acha? — perguntou Peabody.

— Muita coisa. Para começar, acho que quase todo grupo de crianças tem pelo menos um *geek* decente. Se eles têm alguém habilidoso o suficiente para misturar os sinais de um sistema de segurança razoavelmente decente, é uma boa aposta que o grupo do Santuário também tivesse alguém que conseguia passar livremente pelo sistema de segurança fraco de lá. Fica aí a reflexão.

Eve começou a dar a volta até a porta do motorista.

— Que diabos essa expressão significa? Por que usamos expressões tão idiotas?

— Por que elas estão em nosso idioma?

— São expressões para idiotas — murmurou Eve e sentou-se ao volante. — Vamos pressionar DeWinter.

— Eu topo, mas antes posso comer algo? Eu conheço uma delicatéssen que fica aqui perto.

— Óbvio que conhece.

Peabody estreitou os olhos.

— Isso é uma indireta para o meu apetite?

Eve simplesmente sorriu.

— Fica aí a reflexão.

Capítulo Quatro

Eve quase nunca visitava o que agora era o laboratório de DeWinter no necrotério, mas ainda se lembrava de como atravessar o labirinto, pegar as passarelas aéreas que passavam por *check-ins* e postos de segurança até chegarem a um amplo conjunto de portas de vidro reforçado... e uma última verificação de segurança.

No amplo espaço de dois andares havia uma colmeia de laboratórios, áreas de teste, máquinas e equipamentos. Técnicos, especialistas e supervisores andavam de um lado para outro ou trabalhavam em bancadas, por trás de mais vidros. Usavam jalecos, equipamentos de proteção, roupas normais; um deles vestia algo que Eve tinha quase certeza de se tratar de um pijama.

Alguém, em algum lugar, estava escutando música. Ela sentiu mais do que ouviu a batida pulsante bombeando as paredes. Sem ter certeza do caminho, virou para a direita e olhou por uma porta aberta onde uma mulher de pele escura, cabelo prateado espetado e um jaleco branco feito neve parecia realizar um tipo de autópsia em um rato gigantesco.

Ela ergueu o bisturi ensanguentado e assentiu, com ar simpático.
— Polícia de Nova York, certo? Acho que estamos à sua espera. Vocês procuram pela doutora D?
— Se o D for de "DeWinter", sim.
— É só subir a escada, virar à esquerda e depois à direita; o laboratório dela é bem em frente. Vocês querem que eu as acompanhe?
— Acho que conseguimos, obrigada. Por que você está cortando esse rato?
— Para descobrir se ele e seus amigos comeram a cara desse sujeito, e quando isso ocorreu. Também temos cocô de rato para analisar. A diversão por aqui nunca termina.
— Sim, parece uma festa. — Que ficaria feliz em perder, pensou Eve, dirigindo-se para a escada.
— É cada coisa terrível que se vê quando se é policial — disse Peabody.
— E sempre haverá coisas piores amanhã.
— Sim, mas ainda prefiro ter essa profissão do que abrir um rato para procurar pedaços do rosto de alguém.
— Não posso discordar. — Ela virou à esquerda e passou por outro laboratório, onde um frasco transparente estava repleto de larvas que se balançavam de forma obscena; virou à direita e passou por outra área, de onde vinha a música barulhenta e que parecia lotada de computadores, o que ela pensou ser uma estação holográfica, monitores e um grande quadro coberto com esboços de rostos.

Em seguida, à sua frente, viu luzes bem fortes, mesas de aço, mais equipamentos e prateleiras contendo várias partes de esqueletos.

Mais perto — e mais longe da música —, ouviu vozes. Eram DeWinter e outra voz muito mais familiar.

Foi até a abertura com portas de vidro corrediças e viu DeWinter lado a lado com Morris, o chefe dos legistas.

Ela usava um vestido tubinho preto, e Morris, um de seus ternos cinza-aço. Ele combinara o tom do terno com o de uma camisa um ou dois pontos mais clara e tinha seu cabelo escuro preso numa única trança comprida.

Juntos pareciam dois belos modelos de alta moda enquanto estudavam o esqueleto branco sobre a bancada prateada.

Um segundo esqueleto repousava sobre uma segunda bancada; os monitores exibiam vários ossos separados.

Morris colocou os óculos de visão microscópica para estudar o osso do braço que DeWinter levantou da mesa.

— Sim — disse ele —, eu concordo.

Quando olhou para cima, viu Eve e sorriu.

— Olá, Dallas. Olá, Peabody. Bem-vindas à Sala dos Ossos.

— Oi, Morris! Eu não sabia que você estaria aqui.

— Garnet e eu concordamos que seria mais útil trocarmos ideias aqui. Fiquei sabendo que vocês se conheceram.

— Sim — confirmou Eve e cumprimentou DeWinter com a cabeça. — O que vocês conseguiram?

— Comecei com os dois primeiros restos mortais encontrados — respondeu a antropóloga. — Vítimas Um e Dois. Nós os gravamos, limpamos, gravamos de novo e demos início aos exames e análises. Li e eu concordamos que os ferimentos nos restos mortais ocorreram muito antes do momento da morte. Alguns meses antes, ou até mesmo anos. As lesões da Vítima Dois são consistentes com um padrão de agressão física ao longo da infância, começando, acreditamos, com esta tíbia quebrada por volta dos dois anos.

Será que um osso tão jovem como aquele estalaria ao quebrar?, perguntou-se Eve. O dela ainda teve mais seis anos de desenvolvimento antes de Richard Troy quebrá-lo como se fosse um graveto.

— Uma análise comparativa das suturas cranianas e dos conjuntos de fusão epifisária determinou que a Vítima Um tinha treze anos; a Vítima Dois tinha a mesma idade. Já temos o peso delas. A Vítima Um tinha entre quarenta e dois e quarenta e cinco quilos; a Vítima Dois pesava entre quarenta e sete e cinquenta quilos. Ambas, conforme consta no site, eram do sexo feminino. O que me diz, Li?

— Vamos extrair o DNA dos ossos e fazer testes. Vai levar algum tempo. Será mais rápido se conseguirmos uma correspondência facial e testarmos parentes de sangue. Também vamos realizar vários testes para nos ajudar a determinar a *causa mortis*; eles também vão nos fornecer dados sobre a saúde e nutrição das vítimas e podem até nos informar a região onde cresceram.

— Tudo isso a partir dos ossos?

Ele sorriu novamente.

— Eu também sou um homem que lida com carne e sangue, mas... sim, muitas informações podem ser obtidas dos ossos.

— Nossa idade, nosso sexo, como nos movemos, nossa estrutura facial, como comemos... muitas vezes até o que fazíamos para ganhar a vida. Tudo isso está nos ossos — afirmou DeWinter. — A Vítima Um levou uma vida mais saudável e menos traumática do que a Vítima Dois. Seu único ferimento foi resultado de um provável acidente na infância. Queda de bicicleta ou de um galho de árvore. O ferimento foi limpo e muito bem curado, certamente recebeu tratamento profissional. Seus dentes são retos e uniformes; também foram tratados por profissionais, provavelmente de forma regular e rotineira. No entanto, os dentes da Vítima Dois são tortos e contêm quatro cáries. Embora minha avaliação atual seja baseada em probabilidades, eu diria que a Vítima Um cresceu numa casa de classe média ou alta, enquanto a Vítima Dois vivia mais perto da linha de pobreza, ou abaixo dela.

— Os dedos dos pés — apontou Morris. — Você vê como eles estão ligeiramente tortos e meio sobrepostos?

— Resultado de ficarem apertados em sapatos muito pequenos.

DeWinter sorriu para ela.

— Exatamente! Pobreza ou negligência... provavelmente ambos.

— Isso tudo é útil, mas eu preciso de rostos; preciso de nomes; e de uma *causa mortis*.

— Você os terá. Elsie pode ter algo para nós. Elsie Kendrick faz nossa reconstrução facial, e muito provavelmente será mais rápida que a extração de DNA.

— Rapidez é o que eu preciso. Você consegue dizer quando elas morreram... pelos ossos?

— Sim, dentro de um intervalo razoável de tempo. Os técnicos estão trabalhando para determinar a idade da parede e dos materiais, na área de Berenski.

Dick Berenski, pensou Eve. Também conhecido como Dick Cabeção por um bom motivo, ele faria o trabalho de forma adequada. Também ocorreu a ela que ele provavelmente estava de queixo caído desde que deu uma boa olhada em DeWinter.

— Qual é esse intervalo?

— Considerando o método e o material usado para envolvê-las e a variação de temperatura dentro do prédio ao longo dos anos, o...

— Só uma estimativa inicial — pediu Eve.

— Existem fatores a considerar — insistiu DeWinter, um pouco irritada. — Minhas análises iniciais indicam um intervalo de quinze a vinte anos. Os testes iniciais de Berenski indicam entre doze e quinze.

— Isso já me ajuda. Provavelmente vamos encontrar um período entre a base da sua estimativa e o teto da dele.

— Ainda não determinamos com certeza...

— É o que faz sentido. Os últimos inquilinos desocuparam o prédio quinze anos atrás, completados em setembro, e isso nos abre oportunidades. Pelo menos algumas dessas vítimas terão ligação com o último local de residência... Um abrigo para crianças, fugitivos e enviados do tribunal. É o que se encaixa aqui.

— Sim. — Morris assentiu. — Você vai descobrir, Garnet, que Dallas se destaca em encontrar tudo que se encaixa.

— Muito bem, e certamente é possível. Mas o momento exato da morte ainda precisa ser confirmado pela ciência.

— Vá em frente e confirme — convidou Eve. — Se você achar que o período certo não foi por volta de quinze anos atrás, me avise. Onde está a especialista em reconstituição facial?

— Vou levá-las até ela. Pedi mais mesas para esta sala — disse DeWinter, ao se dirigir para a porta. — Sinto que será útil ter todos os técnicos juntos no mesmo espaço enquanto continuamos o trabalho.

Ela se virou na direção da música.

— Elsie! Como você consegue raciocinar com isso tão alto?

— O som me ajuda a pensar. Desligar música! — Elsie levantou-se da cadeira e colocou de lado o caderno de desenho e o lápis que segurava. Usava o cabelo loiro com mechas azuis em dezenas de tranças finas que terminavam em pequenas contas. Parecia ter dezesseis anos em seu vestido justo e cheio de cores que ia até os tornozelos, exceto pelo fato de que estava gravidíssima.

— Como estão os bebês? — perguntou a antropóloga.

— Agitados. — Elsie passou a mão na barriga do jeito que Eve havia observado mulheres grávidas fazerem.

— Sente-se. — aconselhou DeWinter.

— Não, eu preciso me movimentar.

— Só não saia dessa parte.

— Sim, só não fale nada que me lembre "parto".

— De quanto tempo você está? — quis saber Peabody.

— Ah, me desculpem! — reagiu DeWinter. — Detetive Peabody, tenente Dallas, esta é Elsie Kendrick.

— Prazer em conhecê-las. Estou com trinta e três semanas e quatro dias. Vou começar a contar as horas em breve. Sinto como se estivesse carregando um par de pôneis pequenos e brincalhões. — Ela colocou uma das mãos na lateral da barriga. — Uau. E com cascos muito fortes. Demorei um pouco para começar esse trabalho, desde já peço desculpas. São os hormônios, eu acho. E a reconstrução do rosto das meninas. Minhas bebês são duas meninas. Precisei lidar com minhas questões emocionais antes de começar.

— As vítimas crianças sempre fazem isso com a gente — disse Morris.

— Puxa, e como! Eu estava terminando o primeiro esboço. Sempre faço um esboço final mais elaborado, meio que uma homenagem, depois de uma reconstrução. Deixem que eu mostre a vocês a primeira garota.

— Vítima Um? — quis saber Eve.

— Sim, Garnet sugeriu que usássemos números. — Ela foi até a mesa holográfica e apertou alguns botões. — Já tenho mais de noventa e seis por cento de probabilidade quanto ao rosto dela, então estou bem perto. Pelo menos o bastante para começarmos uma busca.

O holograma tremeluziu.

Rosto fino, pele marrom, olhos asiáticos escuros, uma mecha curta de cabelos lisos e escuros, boca carnuda, nariz forte, queixo levemente curvo.

Uma garota bonita, pensou Eve, com o potencial da verdadeira beleza que nunca seria concretizada.

— Seu perfil étnico pesava mais para o lado asiático, então segui a probabilidade e usei cabelo liso. Seus ossos faciais e estrutura eram finos e uniformes. Excelentes ossos. Acrescentei o piercing do nariz, já que Garnet disse que você encontrou um, mas posso retirá-lo.

— Não importa. Isso está bom, muito bom. Precisamos de uma cópia. Vamos tentar associar esse rosto ao de alguém.

— Estamos trabalhando para determinar a data exata da morte. É complicado obter um momento preciso.

— Quinze anos, em torno disso — informou Eve. — Se você puder estreitar mais essa faixa já vai ajudar, mas temos certeza de que é por volta disso. Você afirmou que ela provavelmente veio de classe média alta ou até mais rica. — Eve se virou para DeWinter.

— Tinha boa saúde e bons cuidados médicos. Portanto, é provável que encontremos uma pessoa desaparecida para associarmos a ela. E quanto à Vítima Dois?

— Já comecei o esboço básico. — Mais uma vez, Elsie apertou os botões. — Quero trabalhar mais com isso e ajustar as informações que eu tenho. Isso é o que eu consegui até agora.

O segundo holograma, bem menos refinado, mostrava um rosto mais cheio e mais flácido. Olhos menores, notou Eve, boca mais fina. Não era uma garota particularmente bonita, pelo menos não no esboço inicial. Pele pálida, um tanto amarelada, nariz mais largo.

— Vai ficar melhor, preciso de mais tempo. Vou enviar-lhe uma cópia do resultado final.

— Ótimo. Vamos pegar o que você tem por enquanto, para começarmos nosso trabalho.

— Esta menina era triste. — Elsie colocou as mãos na barriga novamente. — Dá para sentir isso. E ela não teve tempo de voltar a ser feliz.

Quando a barriga de Elsie se contraiu visivelmente sob sua mão, Eve deu um passo firme para trás. Peabody deu um passo para a frente.

— Posso tocar?

— Lógico. — Elsie virou sua enorme barriga para as mãos estendidas de Peabody.

— Owwn! — O som de arrulho combinou com o olhar sentimental no rosto de Peabody.

— Pois é. Elas vão se acalmar já, já e ficarão sem espaço aqui dentro. É uma loucura pensar nisso, considerando quantas vezes por dia elas me socam ou chutam, mas confesso que vou sentir falta disso.

— Você já escolheu os nomes?

— Papai e eu ainda estamos escolhendo, mas até agora os que eu mais gosto são Harmony e Haven.

— Nomes bonitos.

— Então tá — comentou Eve.

— Olhem, vou fazer uma cópia dos dois hologramas e atualizar a segunda imagem enquanto a refino. Provavelmente consigo começar um terceiro holograma ainda hoje — completou Elsie, enquanto programava as cópias. — E possivelmente fazer mais três ou quatro amanhã. Espero entregar a vocês todos eles em três dias. Só penso nos pais, na dor de não saber. Deve ser uma tortura, mesmo depois de tantos anos.

— Não quero que você se aflija com isso, Elsie — alertou DeWinter. — Não deve adicionar estresse à sua vida neste momento.

— Não é estressante, não mesmo. Sinto que estou fazendo algo bom por elas ao trazer seus respectivos rostos de volta, porque isso também recobrará os nomes. Elas não devem ser números. Nenhum de nós deveria ser um número.

Ela entregou o disco a Eve.

— Seu trabalho é muito bom. Entrarei em contato, dra. DeWinter. Até logo, Morris.

— Estarei de volta à minha sala de trabalho antes do fim do dia, caso você precise de mim — disse ele.

Eve desceu e tentou encontrar o caminho para fora daquele labirinto. Quando já estavam evidentemente longe do alcance das pessoas, Peabody falou:

— Eles ficam bem juntos.

Perdida em pensamentos, Eve franziu o cenho.

— O quê? Quem?

— Morris e DeWinter.

— O quê? — repetiu Eve. — Para com isso!

— Ah, eles ficam, sim. Não vejo o brilho entre os dois, como havia entre Morris e a detetive Coltraine, falo apenas do nível visual. Ambos são meio exóticos e artísticos. Eu sempre me pergunto se McNab e eu chegamos perto de parecer bem juntos — continuou Peabody, falando do homem com quem dividia um apartamento e que era uma das feras da Divisão de Detecção Eletrônica. — Afinal, sou meio baixinha. Mas hoje resolvi ser gentil comigo mesma, então completo: baixinha e *zaftig*.

— Zaftig? — Eve conseguiu chegar à porta e andou a passos largos até seu carro. — Que língua é essa?

— É uma linguagem chique para "encorpada". E McNab é todo ossudo e magricela.

— Vocês combinam, isso é melhor do que "parecer bem juntos". Completamente atordoada, Peabody parou na mesma hora.

— Essa é a coisa mais legal e simpática que você já disse sobre mim e McNab.

Eve deu de ombros.

— Já me acostumei com vocês dois... mais ou menos. Entre na droga da viatura!

Ruborizada de prazer, Peabody obedeceu.

— Você realmente acha que ficamos bem juntos?

— Vocês se apertam em zonas erógenas sempre que têm uma chance, então por que não? Agora, só por diversão, talvez possamos nos concentrar em resolver doze assassinatos.

— A reconstrução facial vai ajudar muito. Elsie é superfera nisso. Aaah, e as bebezinhas gêmeas! Tem coisa mais bonitinha? Você devia ter sentido os... — Encolhendo-se ao ver o brilho duro nos olhos de Eve, Peabody pegou seu tablet. — Vou começar agora mesmo a busca pela primeira imagem que ela gerou.

— Sério? Que boa ideia. Não sei por que não pensei nisso.

Sabiamente, Peabody não disse nada até começar a busca.

— Para onde vamos agora, Dallas?

— Falar com o faz-tudo. Quero ter uma noção de como ele é, e também vou catar o tal ajudante sobre o qual a supervisora sentiu uma *energia pesada*. Depois, talvez consigamos encontrar Seraphine Brigham e sua avó. Precisamos investigar toda a equipe do Centro do Poder Superior e bater um papo com qualquer outra pessoa que tenha trabalhado no prédio antigo. Não podemos...

— Puta merda! Puta merda, Dallas! Eu a encontrei. Consegui uma correspondência do esboço com uma foto dela. Logo de cara!

— A Vítima Um?

— Sim, eu a encontrei! Espere, vou colocar na tela do painel para você ver.

Lá estava ela, pensou Eve. Olhos escuros e amendoados, a curva do queixo, os lábios cheios, o cabelo de ébano muito brilhante. Não era uma probabilidade, era a pessoa do esboço.

Uma imagem profissional e posada, decidiu Eve. Uma foto de estúdio tirada para identificação oficial, na qual Linh Carol Penbroke, de treze anos, olhava de uma forma muito concentrada — com um leve ar de desafio — para a câmera.

Desaparecida desde 12 de setembro de 2045.

O relatório informava sua altura, que combinava com a Vítima Um, e o peso: quarenta e sete quilos. DeWinter acertou nisso também, calculou Eve. Menina miúda, corpo pequeno e rosto bonito, já com todos os vislumbres de uma beleza que não se realizou.

— Encontrei os pais dela — informou Peabody. — Havia um irmão e uma irmã mais velhos, e temos um endereço em Park Slope. Lugar de gente rica.

— Pesquise os dados atuais. Veja se os pais, ou um deles, ainda estão no mesmo endereço ou se mudaram.

— Estou vendo isso agora. Mesmo endereço para os dois.

Eve fez uma curva, depois outra, e seguiu para o Brooklyn.

— Vamos fazer o comunicado a eles.

— Acho que já esperaram tempo suficiente — respondeu Eve. — E eles poderão nos fornecer amostras de DNA. Como Morris disse, vamos ter certeza mais depressa com uma análise do DNA dos pais, para poder comparar.

— Sim. Nunca fiz o comunicado de localização sobre um desaparecimento tão antigo. Você já?

— Alguns. Eles não são mais fáceis de fazer.

— Imagino que não. Ambos os pais são médicos. Ela é obstetra, ele é pediatra. Os dois dividem um único consultório, ao lado da casa — leu Peabody. — Acho que isso faz sentido. O irmão também é médico, cardiologista. Também trabalha no Brooklyn. A irmã é violinista, primeiro violino da Sinfônica de Nova York. Não encontrei ficha criminal de nenhum deles. As finanças deles são... Uau! Médicos ganham muita grana! Eles também têm casas em Trinidad e nos Hamptons. É o primeiro e único casamento de cada um; casaram-se há trinta e cinco anos. Tudo isso me diz que são pessoas influentes, estáveis e bem-sucedidas.

— A não ser pela filha morta — disse Eve.

— Sim. — Peabody soltou um suspiro. — A não ser por isso.

A casa transmitia aquela ideia também: moradores ricos, estáveis e bem-sucedidos. Ficava na esquina de uma rua cheia de construções antigas e elegantes. Eve presumiu que os Penbroke ampliaram a propriedade em algum momento. Tinham incorporado a casa vizinha, formando uma unidade duas vezes maior, que acomodaria com folga dois profissionais e três filhos.

Reparou numa árvore de Natal junto ao trio de janelas altas na frente da casa e lembrou por um momento que o Dia de Ação de Graças tinha passado e as pessoas já se planejavam para o próximo grande feriado.

Merda! Ela precisava ir às compras.

Ao lado de Peabody, ela subiu os degraus impecáveis da frente, de tijolinhos, e tocou a campainha.

Segundos depois, a porta se abriu.

— Frank, você não precisava se incomodar em me trazer o... Ah, desculpem, pensei que fosse o meu vizinho.

O homem usava moletom com as mangas cortadas sobre uma camiseta e exibia uma camada brilhante de suor sobre uma constituição forte e impressionante. Ele ficou encarando Eve com seus olhos alguns tons mais escuros que a pele, depois Peabody, e então voltou a encarar Eve, enquanto ele passava a mão pelo cabelo cortado muito rente à cabeça.

— Posso ajudá-las em alguma coisa?

— Samuel Penbroke? — perguntou Eve.

— Eu mesmo. Desculpe, acabei de terminar um treino. — Ele usou a toalha pendurada no pescoço para esfregar o rosto.

— Sou a tenente Dallas, e esta é a detetive Peabody. — Eve exibiu seu distintivo. — Somos da Polícia de Nova York. Podemos entrar, dr. Penbroke?

Ela notou a mudança imediata no rosto e nos olhos do homem. Do ar de educada curiosidade surgiu uma terrível mistura de esperança e tristeza.

— Linh? Essa visita tem algo a ver com a Linh?

— Seria mais fácil se entrássemos para conversar.

A esperança morreu quando ele deu um passo para trás, um pouco desequilibrado, e exclamou:

— Ela está morta!

Eve entrou em um saguão amplo e acolhedor, perfumado por imensos lírios vermelhos sobre uma mesa. Peabody fechou a porta.

— Temos várias informações e algumas perguntas. Podemos entrar e nos sentar?

— Por favor, diga-me, tenente... isso tem a ver com a Linh?

— Sim, senhor, estamos aqui por causa da Linh.

— Minha esposa... — Ele parou de falar abruptamente, como um homem que recobrava o fôlego. — Ela ainda está na academia. Preciso que vocês... Acho que ela deve ser chamada. — Ele seguiu lentamente até o interfone doméstico. — Tien! Tien, há pessoas aqui que vieram nos ver. Você precisa vir à sala.

Demorou um momento, depois mais um pouco, antes que uma voz feminina e discretamente irritada respondesse:

— Sam, eu ainda não fiz minha meditação. Mais dez minutos e...

Ele a interrompeu.

— Por favor, venha agora mesmo! — Ele virou para a direita, onde havia uma grande e frondosa árvore diante das janelas. — Por favor, me acompanhem. É que minha esposa e eu estamos sem trabalhar hoje. Tiramos um dia de folga juntos.

Ele olhou para um piano de cauda e as várias fotos de família dispostas sobre ele. Entre elas estava a foto de Linh que eles tinham usado para emitir o alerta de pessoas desaparecidas.

— Minha família — começou ele, e Peabody pegou seu braço para guiá-lo até uma poltrona enorme.

— O senhor tem uma linda família, dr. Penbroke. Esses são seus netos?

— Sim, temos dois netos. Um menino de quatro anos e um menorzinho que acabou de fazer dois.

— Eles devem estar animados com o Natal.

— Sim, muito ansiosos. Eles... aqui está Tien.

Ela era pequena, como a filha, e esbelta, mas com uma tenacidade forte que Eve reconheceu de imediato.

Tinha o mesmo corte de cabelo em cuia que Elsie tinha imaginado para Linh. Seus olhos, de um verde forte que contrastavam com a pele marrom, ainda carregavam aquele ar de irritação silenciosa, mas ela sorriu de forma educada ao entrar na sala e disse:

— Desculpem. Estávamos usando nossa academia e não estávamos esperando visitas.

— Tien. Elas são da polícia.

Mais uma vez aconteceu uma mudança súbita em seu comportamento. Tien agarrou com força a mão do marido.

— Linh. Vocês a encontraram. Vocês encontraram nossa filha.

— Sinto informar a vocês que sim — começou Eve.

— Não! — Dessa vez a dor, na voz e no rosto da mãe... Mesmo depois de quinze anos... pareceu muito recente, como se tivessem passado apenas quinze segundos. — Não!

— Senta aqui, Tien... aqui. — Samuel simplesmente puxou sua esposa para baixo, acomodou-a na imensa poltrona junto dele e a abraçou. — Tenente, você vai nos dizer que nossas ilusões acabaram, que a esperança à qual nos apegamos todo esse tempo se foi por completo. Que nossa garotinha nunca mais voltará para nós.

Não havia maneira fácil, e um comunicado curto e direto era o melhor.

— Dr. Penbroke, descobrimos vários restos mortais de meninas com idades entre doze e dezesseis anos. Acreditamos ter identificado uma delas como a sua filha.

— Restos mortais? — ecoou Tien.

— Exatamente, senhora. Meus sentimentos. Vocês podem nos ajudar a confirmar a identidade dela. Sua filha teve alguma lesão na infância? Fraturou algum osso?

— Ela caiu uma vez — disse Samuel. — Quando andava de skate aéreo no parque. Foi uma queda feia, ela quebrou o braço logo acima do cotovelo. — Ele agarrou o próprio cotovelo. — Tinha onze anos.

— Peabody.

Atendendo à ordem silenciosa de Eve, Peabody pegou a foto da reconstrução em sua pasta de arquivos.

— Conseguimos uma imagem aproximada do rosto dela.

Samuel estendeu a mão e pegou a foto.

— Linh! — Foi tudo o que ele disse.

— É o meu bebê. É o nosso bebê, Sam. Mas o cabelo está diferente. Nossa filha tinha cabelos compridos, lindos cabelos longos. E... e o nariz dela, a ponta era um pouco levantada. E ela tinha uma pintinha no canto superior direito da boca.

— Tien...

— A imagem é fiel! — Lágrimas escorreram em rios silenciosos por seu rosto, mas ela continuou. — Ficou bem precisa. Ela tinha muito orgulho do cabelo!

— Vamos acertar o que estiver um pouco diferente — disse Eve. — Vamos consertar.

— Doze, foram doze — murmurou Samuel. — Ouvi de manhã cedo que vocês tinham encontrado doze restos mortais, na cidade. Ela era um deles?

— Era, sim.

— Quando foi? Como aconteceu? Quando ela morreu? *Como* ela morreu? Quem fez isso com ela?

— Posso prometer a vocês dois que estamos fazendo todo o possível para descobrir. Posso adiantar que, neste momento, acreditamos que ela tenha morrido há cerca de quinze anos.

— Estava morta o tempo todo! — Tien virou a cabeça e enterrou o rosto no ombro do marido. — O tempo todo nós procuramos, rezamos e esperamos. Mas ela já tinha morrido.

— Isso é muito difícil, eu sei — continuou Eve. — Vocês podem nos dizer por que motivo ela saiu de casa? O que aconteceu?

— Ela estava muito brava. As meninas passam por períodos de raiva, em que se sentem infelizes e se tornam rebeldes. Ela queria fazer uma tatuagem, queria colocar um piercing na sobrancelha, queria sair com garotos, não fazia nenhum dever de casa, nem nenhuma tarefa doméstica. Deixamos que ela colocasse um pequeno piercing no nariz... uma forma de atendê-la em algo, pelo menos... mas ela queria mais. É um momento, uma fase pela qual muitos adolescentes passam — disse Tien, com um apelo na voz. — Depois eles superam.

— Ela queria ir a um show — explicou Samuel. — A gente não deixou porque ela havia matado aulas duas vezes. E tinha se comportado mal em casa. Ela disse que éramos muito injustos, todo mundo disse coisas das quais se arrependeram. Nós a proibimos de usar seus aparelhos eletrônicos como castigo. Foram momentos difíceis, mas...

— Foi normal — interveio Peabody.

— Sim, foi. — Tien conseguiu sorrir através da enxurrada de lágrimas. — O irmão e a irmã dela também passaram por essa fase. Não foi tão dramático quanto com Linh, mas ela sempre foi a mais passional. E era a mais novinha. Talvez a gente tenha mimado ela demais.

— Na manhã de 12 de setembro — continuou Samuel —, ela não desceu para tomar o café da manhã. Achamos que estava de mau humor e eu mandei a irmã dela ir buscá-la. Hoa desceu e nos disse que Linh não estava no quarto e algumas das suas coisas tinham sumido, bem como sua mochila.

— Primeiro revistamos a casa, depois ligamos para amigos e vizinhos. Por fim, procuramos a polícia.

— Ela tinha amigos na cidade? — quis saber Eve. — Em Manhattan?

— Os amigos dela moravam por aqui, mas ela sempre gostava de ir à cidade. Adorava! — Tien fez uma pausa para se recompor novamente. — A polícia a procurou, e contratamos um investigador particular. Fizemos vídeos, oferecemos recompensas. Eles descobriram que ela pegou o metrô para a cidade, mas não conseguiram encontrá-la.

— Ela nunca entrou em contato com vocês, nem com algum amigo?

— Não. — Tien enxugou as lágrimas. — Ela nem levou o *tele-link*. É uma garota muito esperta. Sabia que tínhamos ativado o rastreamento parental no aparelho e saberíamos onde ela estava. Ela não queria que soubéssemos.

— Deve ter comprado outro *tele-link* — disse Samuel —, ela tinha algum dinheiro. Tinha quinhentos dólares. Sua irmã nos disse, quando ficou evidente que nossa filha havia fugido, que Linh tinha economizado dinheiro e o escondera em seu quarto, mas fez a irmã jurar que não nos contaria. Ficamos felizes por ela ter dinheiro, por ter o suficiente para comprar comida. E imaginamos... achamos que em algum momento ela voltaria para casa.

— Só que ela não fez isso. Nunca voltou para casa.

— Vamos trazê-la para casa agora. — Samuel beijou os cabelos da esposa. — Vamos trazer nosso bebê para casa agora, Tien. Precisamos vê-la.

— Dr. Penbroke...

— Somos médicos — disse ele. — Entendemos o que acontece com o corpo. Entendemos que você só tem os ossos dela. Mas precisamos vê-la.

— Vou tentar providenciar isso. Estamos trabalhando para identificá-la, e também às outras. Se pudéssemos recolher amostras do DNA de vocês, isso aceleraria o processo oficial para a identificação da Linh.

— Sim. Nossos genomas estão registrados — explicou Tien. — Mas recolham novas amostras para que não haja engano. Alguém a feriu?

Tenha muito cuidado agora, advertiu Eve a si mesma.

— Eu acho que alguém a impediu de voltar para casa... para vocês. Estamos trabalhando para descobrir quem foi. Posso prometer que faremos o melhor por ela, por todas elas.

Ela olhou para Peabody e sua parceira pegou dois kits de DNA na bolsa.

— Só mais algumas perguntas — continuou Eve, quando Peabody se levantou para colher as amostras.

Capítulo Cinco

— Leve as amostras para DeWinter — ordenou Eve a Peabody assim que elas saíram da residência dos Penbroke. — Vamos confirmar isso o mais rápido possível. Informe à especialista em reconstituição facial forense sobre o cabelo comprido, a pinta acima do lábio direito, a ponta do nariz levemente arrebitada. Vamos tornar a imagem mais real.

— Sim, vamos.

— Se houver uma reconstituição completa da próxima vítima, certifique-se de que eu a receba logo. Dê uma boa olhada no relatório de pessoas desaparecidas e nas anotações dos investigadores. Se houver um buraco na narrativa, vamos tapá-lo. Depois, entre em contato com o detetive que chefiou a busca e converse com ele ou ela.

— Ok.

— Vou falar com o faz-tudo, com a benfeitora e com a neta dela. Se terminar as tarefas que estou lhe dando, pesquise tudo sobre esse tal de Jubal Craine e me traga tudo que encontrar. Faremos uma busca por correspondência facial em cada rosto que chegar até nós. Assim que descobrir qualquer coisa, me avise.

— O mesmo vale para você.

— Sim, o mesmo vale para mim — concordou Eve e olhou mais uma vez para a casa. — Essa jovem tinha uma boa família, pelo que parece. Bem de vida, mas normal. Seguia regras, tinha tarefas, um skate aéreo e uma irmã que sabia guardar segredos.

— Ela deve ter passado por aquela fase em que tudo que os pais diziam, queriam e esperavam dela era, ou parecia ser, exatamente o oposto de "descolado". E nessa idade todo mundo só quer ser descolado.

— Ela cometeu um erro. "Vou mostrar a eles que eu faço o que bem quiser, quando quiser. Não sou mais criança, eles não podem mais mandar em mim." Só que nunca teve a chance de consertar isso. É a minha sensação — completou Eve.

— Mesmo assim você vai investigar os Penbroke.

— Eles amavam a filha e nunca a espancaram. Mesmo assim... Você podia conversar com o detetive que acompanhou o caso e eu vou, sim, investigar um pouco mais a fundo. É melhor ter certeza.

Ela largou Peabody a dois quarteirões do laboratório e foi em frente, mas logo teve uma ideia.

Usou o *tele-link* do painel da viatura para entrar em contato com Roarke.

Ele atendeu na mesma hora.

— Olá, tenente.

Como Eve suspeitava, em qualquer reunião na qual ele pudesse estar, em quaisquer conferências que estivessem marcadas para aquele dia, a cabeça dele... assim como a dela... estava voltada para as meninas.

— Obrigada pelas informações que você está nos enviando — agradeceu Eve. — Elas estão sendo muito úteis. Queria colocar você a par das novidades. Acho que... droga, tenho certeza... que já identificamos a primeira vítima.

— Qual era o nome dela?

Óbvio que aquela seria a primeira pergunta que Roarke faria. E ele iria guardar o nome em sua memória.

— Linh... l-i-n-h... Penbroke. A probabilidade de ser ela é muito alta. Acabei de notificar os pais e coletamos amostras de dna de ambos para podermos confirmar, mas...

— Como você disse, já tem certeza.

— Tenho, sim. Estou seguindo para a zona norte da cidade para falar com uma potencial testemunha ou suspeita. Mandei Peabody investigar outros ângulos, então se você estiver interessado em esticar um pouco as pernas e tiver algum tempo livre...

— Pode me passar o endereço. Eu te encontro lá.

Ela chegou antes de Roarke, mas resolveu não esperar por ele. Usou sua chave mestra para entrar no prédio robusto de quatro andares, passou reto pelo elevador, subiu pela escada até o terceiro andar e seguiu para o apartamento que ficava no canto sudoeste.

Bateu à porta.

Quando a porta se abriu, Eve ajustou sua linha de visão para baixo.

O garoto tinha cerca de dez anos, supôs. Tinha um sistema solar de sardas no rosto redondo, e uma espécie de gosma roxa borbulhava nos cantos da sua boca.

— Não te conheço — declarou ele com firmeza, e começou a fechar a porta.

Eve enfiou o pé no vão, o que fez com que a criança gritasse a plenos pulmões:

— Mãe! Mãe! Uma dona vai invadir nossa casa!

— Eu não sou uma... dona! Quer ver? — Eve exibiu seu distintivo enquanto escutava passos fortes e apressados no andar superior do que ela viu ser um sobrado espaçoso de dois andares.

— Mãe! Tem uma policial aqui!

— Trilby, venha para cá! — A mulher com rabo de cavalo loiro, calça jeans larga e uma camisa social xadrez, afastou a criança da porta enquanto analisava o distintivo de Eve. — Vai lavar o rosto, pelo amor de Deus, Trilby, você está com geleia de uva na cara inteira. E vai terminar sua lição de casa. Deixe sua irmã em paz!

— Caraca! Eu tenho que fazer *tudo*!

— Tadinho, você sofre muito. Desculpe — disse a Eve, quando o garoto se afastou de mau humor. — Posso ajudar em alguma coisa?

— Preciso falar com Brodie Fine.

— Acabamos de chegar do trabalho, mas ele me venceu na corrida até o chuveiro. — Olhou ao redor para confirmar que seu filho já estava longe e baixou a voz. — Isso é sobre o que aconteceu no prédio na Rua Nove? Os corpos encontrados? Ouvimos tudo no noticiário — explicou ela, ao ver que Eve não respondeu. — Brodie e eu éramos dois adolescentes inocentes e namorávamos quando ele ainda fazia trabalhos manuais lá. Conversamos sobre aquela época desde que ficamos sabendo do ocorrido. Sou uma das carpinteiras dele — explicou ela. — Também sou sua esposa. E mãe dos filhos dele.

— Ainda preciso falar com ele.

— Certo. Desculpe. Por favor, não fique no corredor. Pode entrar e... — Ela parou de falar quando viu que Roarke caminhava até Eve.

— Meu consultor — explicou Eve.

— Mandou bem.... se não se importa que eu diga. Entrem. Preferia falar sobre isso quando as crianças não estivessem por perto, mas de que adianta? Elas escutam tudo mesmo. Eu estava prestes a tomar uma cerveja. Vocês aceitam?

— Eu beberia uma cerveja agora — disse Roarke, entrando com a descontração costumeira no ambiente aconchegante do duplex. Do mesmo modo como Eve imaginou que ele deslizava ao entrar em uma das suas salas de reunião.

— Sou consultor civil — lembrou ele, olhando para Eve. — Ela não vai tomar cerveja, pois é uma policial de serviço. Vocês têm um espaço muito bom aqui. Devo chamá-la de sra. Fine?

— Sim, fui tradicional e adotei o sobrenome de Brodie, mas pode me chamar de Alma. Nós que reformamos toda essa casa. Levamos seis anos e ainda não ficou pronta, mas estamos quase lá.
— Belos acabamentos em madeira. — Roarke passou os dedos por algumas das guarnições frisadas. — Castanheira, não é?
— Você entende de madeira! — Ela o analisou. — Meu avô tinha uma fazenda na Virgínia, e lá tinha um monte de pranchas de castanheira estocadas. Eu e Brodie empilhamos, limpamos e aplainamos tudo. Achamos que valia a pena. Hoje não existem oportunidades para trabalhar com madeira de verdade. É óbvio que isso é um prazer.
— Imagino que sim.
— Sentem-se, vou pegar a cerveja. Você quer alguma outra coisa? — perguntou a Eve. — Tenho água, lógico, mas posso fazer café, e tenho Coca-Cola em algum lugar... escondido das crianças.
— Na verdade, uma Coca-Cola seria ótimo.
— É pra já!
Eve olhou ao redor e viu que Roarke tinha razão: aquele era um espaço impressionante. Um ambiente familiar com crianças; um pouco bagunçado, talvez, mas aquilo aumentava o charme do lugar. Eles tinham projetado um primeiro andar totalmente aberto, usando de forma inteligente balcões ou bancadas para separar a área de estar da sala de jantar e da cozinha, mais adiante. Tudo formava uma imensa área de convivência.

Um segundo andar circundava três lados do andar de baixo. Era aberto e tinha uma grade decorativa em madeira que parecia robusta, formada por estacas muito próximas umas das outras para evitar que até mesmo uma cabeça pequena passasse.

Toda aquela madeira contrastava com muita cor, ela notou, e tudo era acentuado por imensas janelas que deixavam entrar bastante luz.

Qualquer um que pudesse fazer aquele tipo de trabalho, pensou Eve, certamente saberia construir paredes falsas que se mesclassem bem com as paredes originais, sem deixar emendas aparentes.

— Mãe! Trilby está pegando no meu pé!

— Trilby, o que foi que eu te disse?

— Eu num tô não fazendo nada com ela!

— Você *não está* fazendo nada com ela — corrigiu Alma enquanto trazia as bebidas. — E não faça mesmo, ou então nada de *Max Adventure* no telão hoje à noite para nenhum dos dois.

Desta vez veio uma reclamação em estéreo.

— Mãe!

— Estou falando sério. — Direcionando-se a Eve e Roarke, ela disse: — Me desculpem.

— Tudo bem — disse Eve. — E o seu marido?

— Ah, sim, vou subir e dizer a ele para vestir uma roupa. Por favor, me deem só um minuto.

— Que barulhada é essa? — A voz do homem era um trovão, mas o tom não era ameaçador, e sim divertido. — Não vamos ter *Max Adventure* hoje à noite?

— Pai! — Mais estéreo.

— É melhor se comportarem, ou jamais saberemos o que acontecerá com Max e Luki no Planeta Crohn. Ei, querida, você poderia... Oi, desculpem! — Ele parou no patamar quando olhou para baixo e viu Eve e Roarke. — Não sabia que tínhamos visita.

— São policiais, Brodie.

Seu sorriso desapareceu quando ele assentiu e começou a descer.

Seu cabelo, um emaranhado castanho encaracolado, ainda pingava um pouco do chuveiro. Ele vestia jeans, uma camiseta marrom de manga comprida e meias grossas.

— Eu estava me perguntando se vocês iriam aparecer aqui. Alma e eu conversamos sobre se devíamos ou não entrar em contato e nos oferecer para prestar depoimento. Íamos conversar mais a respeito disso depois que as crianças fossem dormir. Não houve algum engano? Naquela notícia divulgada pela imprensa?

— Não, não houve.

— Vou pegar uma cerveja para você — avisou Alma, passando a mão pelo braço dele.

— Obrigado. Acho que todos nós deveríamos nos sentar.

— Sou a tenente Dallas — começou Eve. — Investigadora principal deste caso. Este é o meu consultor.

— Roarke. Eu reconheci você! — exclamou Brodie. — Já fiz uns pequenos trabalhos em alguns dos seus imóveis.

— É mesmo?

— Sim, algumas coisas aqui e ali.

— Se os trabalhos que você fez para mim forem tão bons quanto as coisas que fez para vocês aqui, tenho certeza de que fiquei muito satisfeito com o resultado.

— Bem, você me pagou bem e no prazo certo. Não posso dizer o mesmo de todo mundo.

— Que tipo de trabalho você fez no prédio da Rua Nove, para o Santuário? — perguntou-lhe Eve.

— Basicamente tapar buracos, passar massa e fazer remendos. — Ele afastou da testa o cabelo úmido no que pareceu ser um hábito inconsciente. — Eles não podiam me pagar muito, e eu cobrava o menor preço que conseguia, tendo em vista o que eles tentavam fazer por aquelas crianças. Eu estava começando o meu negócio e quase não conseguia fazê-lo funcionar, então o que eu fazia por eles geralmente era nos tempos vagos e por conta própria.

— Você levantou alguma parede lá?

— Não. Mas coloquei muita massa e tapei alguns buracos. — Alma voltou, sentou-se no braço da poltrona em que o marido estava e entregou-lhe uma cerveja. — Também pintei muitas paredes, mas nunca cobrei por isso. Geralmente eram eles mesmos que pintavam... para economizar, entendem? Fiz o que pude com o encanamento e troquei alguns fios do sistema elétrico. Devo confessar que não tinha licença para trabalhar com encanamento e eletricidade naquela época, mas eles não podiam pagar um profissional habilitado. De qualquer modo, eu sabia o que estava fazendo.

— Ele consegue consertar qualquer coisa — disse Alma. — Deus sabe que isso é verdade.

— Você também consegue, foi por isso que me casei com você.

— Não estou preocupada com violações de código ou licenças — disse Eve. — Quando foi a última vez que você esteve no prédio?

— Ah, puxa, deixe-me pensar. — Ele passou a mão pelo cabelo novamente. — Foi logo depois que eles conseguiram o novo espaço e ainda estavam levando as coisas para lá. Eles me pediram para dar uma geral por lá, só para ver se havia algo que pudesse causar problemas quando o banco fosse fazer a vistoria. Eu consertei mais algumas coisas, só para garantir. Alma estava comigo, lembra? — Ele olhou para a esposa. — Já estávamos namorando.

— Estávamos só ficando.

— Consegui ficar de vez com você, não foi? Enfim, foi só isso. Também comecei a fazer algumas coisas no prédio em que eles estão atualmente. Essa, sim, é uma bela propriedade. Bonita, com estruturas sólidas. Bem diferente do velho lixão. Alguém devia deixar o prédio antigo no osso e reformar tudo para salvá-lo. Eu mesmo faria isso se tivesse grana. É uma pena vê-lo morrer do jeito que está.

— Mas você não disse que não esteve lá recentemente?

— Não, mas acompanhei a decadência de longe. Fizemos um trabalho naquela região, faz uns seis meses. É de partir o coração, se você quer saber, absurdamente errado. Janelas pregadas com tábuas, todas quebradas, marcas do tempo em todo lado. O telhado provavelmente não vai durar mais um ano, pelo que parece. De qualquer forma, não é da minha conta.

— Se Brodie tivesse muita grana — disse a esposa —, ele salvaria todos os prédios do mundo.

— Começaríamos com Nova York.

— Você tinha um ajudante naquela época, que fazia alguns trabalhos com você no prédio.

— Ah, é verdade... Clip — disse ele à esposa, que expressou sua opinião lançando os olhos para o teto. — Jon Clipperton. De vez em quando ainda o indico para alguns trabalhos, mas ele não é da minha equipe.

— Por quê?

— Ele é um bom trabalhador, quando está sóbrio. Até quando está só meio sóbrio.

— Ou seja, numa terça-feira a cada dois meses — acrescentou Alma.

— Ele não é tão bebum assim, mas quase — admitiu Brodie.

— Usei mais os serviços dele quando ainda estava começando. O problema dele com a bebida não era tão grave naquela época, e eu não podia pagar muito a quem me ajudava. Mas ele só trabalhou para mim no Santuário duas ou três vezes, porque... — Ele hesitou ao ver que Eve o olhava fixamente. — Bem, porque ele apareceu um pouco mais mamado um dia e... — Brodie se remexeu como se estivesse sentado em uma pilha de pedras. — É, então, ele era meio babaca quando enchia a cara.

— Brodie, ele é sempre babaca. E vira um babaca completo quando bebe.

— Você parou de levá-lo para trabalhar no Santuário porque ele apareceu bêbado para trabalhar e agiu como um babaca. Pode me contar o que ele fez?

Brodie quase se encolheu diante de Eve.

— É que... sabe como é... alguns caras nesse tipo de trabalho podem fazer comentários quando uma mulher bonita passa. Pode-se dizer que às vezes é um comentário grosseiro.

— Ah, para com isso! — Alma deu um soco no ombro dele e riu.

— Todos nós fazemos isso. Dependendo do lado da cerca em que estamos, quando aparece alguém gostoso, a gente olha e comenta. — Ela deu de ombros. — É uma tradição consagrada em nosso trabalho.

— Tudo bem, o problema não era Clip comentar, mas é que estamos falando de crianças, entende? Ok, a gente era garoto na época, mas velho o bastante para não fazer comentários sobre meninas tão novas. Eu disse para ele parar. Era inapropriado, entende? Ele geralmente me escutava, mas eu já o vi encarando as meninas, ou batendo papo com alguma delas de um jeito meio... íntimo, eu acho, quando ele devia estar curtindo seu dia de folga. Aquilo simplesmente não me caía bem, então eu o tirei de lá e passei outros trabalhos.

— Que tipo de comentários?

— Não me lembro exatamente, juro por Deus — disse ele a Eve. — Só lembro que não gostava daquilo, muito menos da ideia de ele estar dando em cima de adolescentes.

— Ele deu em cima de mim — anunciou Alma, deixando o marido boquiaberto.

— O quê? Como assim? Quando?

— Naquela época, algumas vezes, e outras vezes depois.

— Que filho da puta!

— Você acha que eu não consigo lidar com isso, querido?

— Não, eu sei que você consegue. Mesmo assim... Que filho da puta!

— Ele estava sempre trêbado, doidaço. Caraca, ele deu em cima da Lydia. Ela tem oitenta e três anos — explicou Alma —, é a nossa contadora. Ele é um tarado, sem dúvida; eu consigo imaginá-lo passando a mão em qualquer uma, basta ser mulher. Idade não é problema. Mas não consigo vê-lo machucando alguém. Nunca!

— Não, não, ele jamais machucaria alguém. É um babaca, mas... passar a mão? Ele fez isso com você?

— Lembra aquele vexame que ele deu no churrasco do 4 de Julho uns seis, sete anos atrás? Quem você acha que o embriagou?

Desta vez, ambas as mãos foram para o cabelo dele.

— Alma, caraca! Por que você não me *conta* essas coisas?

— Porque você teria dado umas porradas nele, e eu já tinha feito isso. Foi a última vez que ele tentou se meter comigo. Ele me pediu desculpas quando ficou sóbrio. O lance, tenente, é que... digamos que você está sentada num bar, esperando alguém ou simplesmente tentando tomar um drinque em paz. Ele é o tipo que chega junto de você, acha que está sendo divertido, sexy, sei lá, quando não passa de um bêbado burro e inconveniente. Mas não é o tipo de cara que te seguiria para fora do bar, tentaria te agarrar, se irritaria ou ficaria agressivo quando você o mandasse se foder. Entende o que estou dizendo?

— Entendo, mas quero falar com ele, de qualquer modo. Vocês poderiam me passar o seu contato?

— Com certeza, tudo bem. Droga! — Brodie pegou o *tele-link* no bolso da calça e recitou os dados dele. — Agora estou com vontade de dar um soco na cara do Clip, mas devo dizer que ele nunca faria algo assim. Ele jamais teria feito algo desse tipo com aquelas garotas. Lógico que ele pode ter ficado bêbado o suficiente, naquela época, para tentar passar a mão em uma delas, mas jamais teria matado alguém.

— Ok. Você se lembra de já ter visto alguém esquisito andando pelas redondezas, alguém que trabalhava lá te passou uma sensação estranha?

— Acho que não. Eu fazia milagre, rodava o dia todo, ia para vários pequenos trabalhos na época, tentando conseguir me sustentar. Não estava lá todos os dias, nem nada desse tipo. Às vezes eu ficava alguns dias seguidos, mas na maioria das vezes fazia serviços pontuais. Eles me chamavam para alguma coisinha que não conseguiam arrumar, ou para refazer algo que tinham tentado consertar e deixaram pior do que antes. Eu conseguia mais trabalho com indicações deles... fazendo coisas para alguns membros da equipe e consertos para pessoas a quem Nash e Philly me recomendavam.

— Quero saber o que você achava dos funcionários do Santuário, incluindo Nash e Philly.

— Eles faziam um bom trabalho, ainda fazem. Isso exige muita dedicação, pelo que posso ver. Por lá ninguém tinha horário de entrada nem de saída.

— Mais uma coisa. — Eve mostrou a imagem de Linh no tablet. — Ela parece familiar para vocês?

— Uau, uma garota muito bonita. Não. — Ele olhou para a esposa, que balançou a cabeça para os lados em negativa. — Ela foi uma das...

— Foi, sim.

— Por Deus! — Ele passou as mãos pelo rosto, virou de lado e deu outra olhada mais demorada. — Ela não me parece muito familiar. Nem sei se eu me lembraria depois de tanto tempo, mas a verdade é que ela tem um rosto bem diferenciado, sabe? Uma bela menina, quase pronta para florescer.

— Agradecemos o seu tempo. — Eve se levantou. — Se vocês se lembrarem de mais alguma coisa, entrem em contato comigo.

— Pode deixar que eu entrarei... nós entraremos — assegurou Brodie. — Acho horrível só o fato de eu pensar naquelas meninas.

Eve imaginou que faria pouco mais do que pensar nelas, ainda mais quando a segunda reconstrução chegou, assim que eles saíram do prédio.

— Tenho mais um rosto.

Roarke olhou para a tela dela e estudou a imagem de rosto magro e olhos tristes.

— Você quer que eu dê uma busca por esse rosto?

— Peabody já está fazendo isso com a imagem preliminar que obtivemos antes, agora ela vai usar esta. Mas espere aqui, já volto.

Ela correu de volta até o prédio e deixou Roarke na calçada. Para passar o tempo, ele pegou seu tablet e fez algumas pesquisas por conta própria.

Ela voltou cinco minutos depois.

— Ele reconheceu esta jovem. Pareceu muito confiante, até acrescentou um piercing de sobrancelha que não havia na reconstrução facial. Também disse que ela tinha cabelos malucos em tons de roxo, rosa e verde. Tinha tatuagens nos dois braços e ainda disse que ela não devia ter mais de doze ou treze anos. Ele se lembrou de tudo isso porque, quando estava trabalhando no pátio, ela atacou uma das outras crianças. Ele não se lembra do motivo, mas disse que vários membros da equipe tiveram que separá-las.

— Isso indica que ela estava no prédio como residente, teve pelo menos uma altercação física e, pela descrição, não era o tipo de garota quieta e retraída.

— Você não consegue fazer tatuagens nessa idade sem que um responsável legal assine, mostre sua identidade e compareça ao local. Seus restos mortais indicam que ela era espancada regularmente, então não vejo seu tutor legal se dando ao trabalho de fazer algo desse tipo em companhia dela. Isso me diz que ela provavelmente esteve na rua por algum tempo e tinha contatos. Talvez tenha sido apanhada algumas vezes. Vamos pegar a identidade dela para termos o nome completo.

— Vamos conversar com o idiota que raramente está sóbrio enquanto Peabody a procura?

— Ainda não. Vou chegar nele, mas quem fez isso provavelmente não estava bêbado. Provavelmente *não é* um bêbado contumaz; esses daí costumam tagarelar e cometer erros burros, como dar em cima da mulher do chefe.

— Algumas mulheres de chefes — disse Roarke, batendo com o dedo na covinha do queixo de Eve — cuidam de si mesmas.

— Verdade. Sempre que um dos seus meio zilhão de funcionários me atacar, eu vou derrubá-lo. Não se preocupe.

— Não tenho dúvida alguma quanto a isso.

— No momento, estou mais interessada numa ex-residente do Santuário, atual funcionária e neta da mulher que doou o novo prédio. Seraphine Brigham, neta de Tiffany Brigham Bittmore.

— Eu conheço a Tiffany Bittmore. — Como ela não queria que *ele* fizesse uma busca, Roarke contornou a viatura e assumiu o volante. — Filantropa, com interesse particular em crianças e viciados. Trabalhou como auxiliar geral para uma organização ativista política onde conheceu e se casou com Brigham quando eles eram bem jovens, eu acho. Tinha vinte e poucos anos e teve dois filhos com ele antes da morte do marido, num acidente com seu jatinho... cerca de quinze anos depois. Ele era rico... fortuna de família... era político com uma forte inclinação liberal. — Ele seguiu o fluxo de tráfego no sentido norte enquanto falava. — Ela se casou de novo alguns anos depois da morte dele. Os Bittmore eram ainda mais ricos que o primeiro marido. Eles tiveram mais dois filhos, pelo que eu me lembro, antes de ele morrer em um terremoto na Indonésia, para onde tinha sido indicado como embaixador de uma organização global de saúde.

— Você sabe muito sobre ela.

— Complementei meus conhecimentos desde hoje de manhã. Ela é conhecida por ser generosa em tempo, dinheiro e influência quando a causa lhe diz algo especial. Perdeu um filho, pai dessa neta, por overdose. Aparentemente a filha dele estava determinada a seguir os passos do pai, antes de ir parar no Santuário. Bittmore mostrou sua gratidão doando um prédio novo para eles e um belo fundo para mantê-lo em atividade.

— E agora a Seraphine trabalha para a Jones & Jones.

— Sim, é uma terapeuta respeitada, tem uma excelente reputação. E ficou noiva recentemente.

— Ora... Acho que preciso ter certeza de que meu próximo marido também será um sacana rico. Mas não sei ao certo se conseguirei encontrar um sacana mais rico do que você. O mercado anda escasso.

— Talvez o mercado esteja mais favorável daqui a oitenta ou noventa anos.

— Sim, é algo a considerar. Como é que você sabe para onde estamos indo?

— Você me disse que queria conversar com Seraphine Brigham. Com isso em mente, fiz uma pesquisa rápida assim que você me ligou; descobri que a neta tinha marcado um jantar na casa da avó, que é onde ela fica quando vem para Nova York. Na verdade, a casa da avó não fica muito longe da nossa.

— Eu já disse isso antes, mas vou repetir: você pode ser muito útil. Ele lançou um olhar de soslaio para ela.

— Você deve considerar isso ao procurar pelo sacana mais rico que eu nesse mercado escasso: ele precisa entender o cérebro dos policiais e ter os contatos certos.

— Esses atributos vão para a minha lista. — Ela também lançou um olhar meio de lado para ele e brincou:

— Você procuraria outra policial com quem se casar daqui a oitenta ou noventa anos?

— Nem pensar! Da próxima vez vou atrás de uma mulher gente fina e calma, talvez alguém que pinte aquarelas e cozinhe bolinhos amanteigados.

— Meu marido mais rico faz tortas. Gosto de torta.

— Eu também gosto de torta. Seria legal conhecê-lo.

— Espere algumas décadas. O que ele está fazendo há quinze anos?

Dessa vez ela não pensava em seu sacana mais rico, percebeu Roarke. O processo mental de Eve o fascinava.

— Como ele parou de matar? — refletiu Eve, em voz alta. — Será que parou? Encontrou outro jeito de se livrar dos corpos? Será que morreu, ou acabou seus dias numa prisão? Será que encontrou Deus? Ele matou doze meninas. Provavelmente no intervalo de poucas semanas ou meses. Ninguém para de fazer isso de repente. Fico me perguntando onde ele está agora. O que faz da vida? Lógico que fiz uma busca completa por crimes semelhantes e encontrei casos desse tipo aqui e ali com garotas nessa faixa etária, ou envoltas em um plástico e outros elementos. Mas não achei nada que se encaixe nisso, pelo menos não em todos os critérios. Múltiplos assassinatos, o tempo e esforço que ele teve para esconder os corpos, a falta de violência. Como ele as matou, caramba?

— Acho que você precisa dar um pouco de tempo a DeWinter.

— É, eu sei. Ela e Morris estão analisando o caso juntos.

Ela estava frustrada, concluiu Roarke, por ainda não ter todas as informações, o que a impedia de começar a usá-las para estreitar suas pistas até o assassino.

— Notificamos os pais da primeira vítima que identificamos. Classe média alta, mais para alta. Ambos são médicos, estão no primeiro e único casamento, têm muitos anos de casados, dois outros filhos... já adultos agora. Têm uma bela casa, são financeiramente estáveis, ricos. Não há sinal algum de abuso nos restos mortais, e tudo indica que a vítima foi bem cuidada em termos médicos e físicos.

— Ela foi sequestrada?

— Não. Pelo menos não de casa. Ficou revoltada por causa de um show a que pretendia ir. Estava passando pela fase rebelde, o que aparentemente é bem normal. Partiu para o centro da cidade; morava no Brooklyn, mas levou alguma grana com ela. Eu acho que ela se manteve com essa grana durante alguns dias, experimentou o lado selvagem da vida e gostou daquilo. Mas não tinha nada a ver com a garota com a qual o assassino a envolveu. Se tivesse continuado limpa, não teria insistido em trilhar aquele caminho e teria voltado para o seu lar. Quanto à outra? O último lugar do mundo para onde ela teria ido seria a própria casa, porque eles a machucavam lá.

Roarke simplesmente pegou na mão de Eve. Era tudo o que ele precisava fazer.

— Não foi como eu — murmurou Eve. — No meu caso, nunca houve um lar, para começo de conversa, e talvez isso tenha sido uma vantagem. Eu não esperava que alguém cuidasse de mim. E não sabia, até ele morrer, que eu poderia fugir. Mesmo depois, não consegui ir muito longe. Fugir foi o que a matou ou a colocou na mira de ser uma vítima.

Ela pegou seu *tele-link* quando o aparelho tocou e leu o texto que Peabody enviara.

— Shelby Ann Stubacker. Ela tem um nome agora.

— Fale-me dela.

Esconderijo Mortal

— Tinha treze anos. O pai estava cumprindo dez anos de cadeia em Sing-Sing... Sua segunda pena por agressão. A mãe também tinha uma ficha policial longa, envolvida com drogas ilegais. Eles não deram parte do desaparecimento da filha, então não poderíamos tê-la encontrado na época. Ela foi apanhada algumas vezes. Faltava aula, furtava lojas, passou algum tempo num reformatório juvenil e cumpriu uma reabilitação ordenada pelo tribunal quando foi encontrada doidona e com posse de drogas ilegais. Tinha nove anos quando foi presa pela primeira vez. Nasceu e morreu aqui. Tinha ficha no Serviço de Proteção à Criança e ao Adolescente, mas isso não serviu de nada a ela. O sistema falhou com ela, *todos* falharam com ela.

— Você não vai falhar.

Roarke estacionou na frente de um edifício branco com adornos em dourado e com vidraças imensas que cintilavam. Considerando a aparência simples da viatura, não foi uma surpresa para Eve ver o queixo do porteiro se erguer, seus lábios se apertarem e seus pés baterem com mais força sobre a passadeira azul-rei que se estendia da porta de vidro até o meio-fio.

Agora, pensou Eve, Roarke teria uma amostra do que ela sempre aturava. Ansiosa por aquilo, ela se apressou em saltar do carro e colocar os pés na calçada.

Porém, no instante em que Roarke também pisou na calçada, o porteiro passou de cão feroz a cãozinho acolhedor.

— Olá, senhor! Vai visitar alguém no Metropolitan esta noite?

— Por acaso estou acompanhando a tenente Dallas nesta visita. Tenho certeza de que ela vai gostar que você mantenha a viatura protegida até ela concluir sua missão.

— Cuidarei disso pessoalmente. Devo anunciar sua chegada a algum dos moradores?

— Por favor, avise à sra. Bittmore que a tenente Dallas está aqui para vê-la. Assuntos da Polícia de Nova York.

— Avisarei, senhor. Siga até o primeiro conjunto de elevadores, à esquerda do saguão. A porta principal da sra. Bittmore fica no quinquagésimo terceiro andar, apartamento 5300.

— Obrigado.

Eve fez uma careta ao entrar no prédio.

— Quanto você colocou na mão dele?

— Cinquenta dólares.

— Eu não suborno porteiros — disse Eve, com ar de integridade.

— Não, querida, você os reduz a figuras trêmulas de medo e admiração, mas do meu jeito é mais rápido e limpo.

— De qualquer forma, ele reconheceu você. Eu notei. Ei... Você não é o dono deste lugar, é?

— Não, não sou. — Ele olhou ao redor do espaçoso saguão dourado e branco e virou-se para os elevadores. — Uma pena. O espaço é muito interessante.

— Na próxima vez quero ver figuras trêmulas de medo e admiração.

Ele a deixou entrar primeiro no elevador para poder lhe dar um tapinha na bunda.

— Na próxima vez.

Capítulo Seis

Uma androide doméstica os recebeu na porta de um pequeno e elegante saguão onde havia a exuberante pintura de uma parreira nas paredes e no teto, com um banco de pedra na base. A androide, sóbria com um vestido cinza simples e salto baixo, pediu a identificação dos visitantes.

Eve mostrou seu distintivo e esperou a androide escaneá-lo.

— Por favor, entrem. A sra. Bittmore e a srta. Brigham estão na sala de estar.

O cômodo não poderia ser chamado de espaçoso, mas seguia o mesmo tom elegante graças a uma bela combinação de tecidos claros contra paredes da cor de um bom vinho. As obras de arte apresentavam paisagens do Velho Mundo, com belas representações de florestas enevoadas, lagos tranquilos e campinas floridas.

Duas mulheres se levantaram de uma poltrona cor de trigo. Atrás delas havia portas duplas de vidro que davam para um pequeno terraço com uma bela vista do imenso Central Park.

A mulher mais velha deu um passo à frente. Tiffany Bittmore tinha deixado o cabelo totalmente branco, mas Eve decidiu que a decisão tinha elementos de vaidade, pois o resultado refletia o mesmo tipo de classe e elegância da decoração.

Seus olhos tinham um tom sonhador de azul, mas exibiam uma astúcia apurada. Seu rosto, infantil e suave apesar da idade, não seria considerado belo no sentido clássico, mas sem dúvida era cativante.

A curva de seus lábios não suavizava as marcadas protuberâncias das maçãs do rosto.

— Tenente Dallas, é um prazer conhecê-la. Você também, Roarke, é um prazer recebê-lo. Só escuto falar muito bem de vocês.

— Digo o mesmo da senhora — devolveu Roarke, com um charme que ele usava como se fosse uma gravata de seda. — É realmente uma honra, sra. Bittmore.

— Os deuses presentearam você com um visual projetado para parar o coração das mulheres. Eu teria babado por este homem — disse a Eve — na minha época.

— Aprendi a contornar as poças que surgem.

Com uma risada, a sra. Bittmore deu um tapa amigável no braço de Eve.

— Acho que vou gostar de você. Venha conhecer a luz da minha vida, e depois vamos tomar um café. Eu li *O Caso Icove* e vi o filme, algo que eu quase nunca faço, então sei que você gosta de café de verdade. Clarissa?

— Sim, senhora, vou providenciar o café.

A androide saiu da sala.

— Esta é minha neta, Seraphine.

— É um prazer. Seria maior, certamente, se não tivéssemos ouvido as notícias. — Ela estendeu a mão. Era uma mulher com os mesmos olhos da avó, mas num rosto mais suave e menos dramático. — Entrei em contato com o CPSRJ assim que soubemos e falei brevemente com Philadelphia. Ela me contou que você foi conversar com ela e com Nash.

— Você trabalha no cpsrj e foi residente no Santuário, certo? — começou Eve.

— Por favor, vamos nos sentar. — A sra. Bittmore apontou para as poltronas. — Essa situação é horrível e angustiante para Seraphine.

— Pode ser que eu tenha conhecido algumas das vítimas — disse Seraphine, antes de se sentar num sofá de dois lugares. — Tenho certeza de que devo conhecer algumas delas, mas o noticiário não divulgou os nomes.

— Eles ainda não tinham nada para divulgar. — Eve debateu consigo mesma, por um instante, sobre que ângulo deveria abordar primeiro. Pegou seu *tele-link* e exibiu uma das fotos de identificação. — Esse rosto é familiar para você?

— Meu Deus! — Seraphine respirou fundo e pegou o *tele-link* com a foto de Linh Penbroke. — Foi há muitos anos, mas achei que eu me lembraria. Ela era tão bonita. Mas não lembro. Acho que nunca vi essa garota. Morei no Santuário por meses. Tanta gente entrava e saía... Mesmo assim, acho que me lembraria desse rosto.

— Ok. — Eve pegou de volta o *tele-link* e exibiu a segunda imagem. — E quanto a esta?

— Ah! É a Shelby! Eu me lembro dessa garota. Shelby... Não sei se algum dia eu soube o seu sobrenome. Ela esteve lá na mesma época que eu. Era mais ou menos um ano mais nova, pelo menos era o que me parecia, mas ela era muito mais durona. Conseguiu algumas doses de Zoner para mim. Desculpe, Gamma — acrescentou ela, olhando com tristeza para a sua avó.

— Foi há muito tempo.

— Nas primeiras semanas em que estive lá, eu só estava procurando um lugar para dormir. Não tinha intenção alguma de me desintoxicar nem mudar minha atitude, dizia isso apenas da boca pra fora.

— Você tinha tanta raiva — acrescentou a avó.

— Ah, sim, eu estava *revoltada* com tudo e com todos. — Ela deu uma risada suave, quase descontraída, e beijou a bochecha de

Tiffany. — Especialmente com você, que resolveu que jamais desistiria de me salvar.

— Nunca!

— Então eu ia a todas as sessões de terapia e cumpria as tarefas, pois isso me garantia cama e comida. Eu os achava uns otários... os Jones. Eu roubava drogas ilegais, álcool, tudo o que podia, quando me dava na telha. Só que a coisa não foi tão fácil quanto eu imaginei porque eles *não eram* otários. Troquei uma pulseira de contas que tinha pelo Zoner. Todo mundo sabia que Shelby podia conseguir o que a pessoa encomendasse; levava o que bem queria lá para dentro, desde que você desse a ela algo que ela gostasse e lhe dedicasse um pouco de tempo.

Seraphine fez uma pausa quando a androide chegou com a bandeja de café e saiu tão silenciosamente quanto havia chegado.

— O pessoal da equipe não sabia? — quis saber Eve.

— Ela era muito esperta... *sagaz* é a palavra mais apropriada. Shelby era muito sagaz. Chegou a ser pega por coisas menores uma ou duas vezes e agora... quando eu penso em antigamente, não só como adulta, mas como terapeuta... essas vezes provavelmente foram propositais. Deslizes menores eram esperados, e os castigos eram leves. Acho que éramos dez internos para cada membro da equipe. Eles faziam tudo que podiam para nos manter seguros, fora das ruas e longe dos assédios sexuais, faziam de tudo para nos ajudar. Mas para nós, muitas de nós... Eles eram apenas otários.

— E quanto ao ajudante de carpinteiro? John Clipperton.

— Não me lembro do nome dele, talvez não o tenha conhecido, mas me lembro bem do homem que Brodie levou com ele algumas vezes, nas últimas semanas em que estivemos naquele prédio. Tem homens que olham para você — disse ela para Eve — e você percebe que eles estão imaginando você nua. Às vezes tudo bem, porque você também está. Só que outras vezes é um insulto. Ou coisa pior. Eu era jovem, mas já estava na rua havia algum tempo. Percebia o jeito como ele olhava para mim e algumas das outras garotas. E não me sentia bem com aquilo.

— Ele fez mais do que olhar?

— Não sei. Acho que ele levou cerveja para Shelby uma vez, mas ela nunca me contou. Não éramos amigas íntimas. Para ela, eu era apenas uma cliente. Como foi que as meninas morreram?

— Ainda não posso responder a isso. Alguma vez você tornou a entrar naquele prédio, depois que eles se mudaram de lá?

— Não. Nunca quis voltar lá. Eu mudei muito, antes mesmo da transferência deles para o novo prédio. As coisas mudaram na minha vida, foi um momento de transição. As sessões de terapia de que eu fingia gostar só da boca pra fora, em troca de cama e comida, começaram a funcionar, embora eu ainda resistisse um pouco. Philadelphia trabalhou comigo individualmente... mesmo eu resistindo; apesar dos bloqueios que eu ergui como defesa, ela começou a superar a raiva e o ódio que eu tinha de mim mesma. E finalmente me convenceu a conversar com Gamma, a minha avó.

— E a senhora doou um prédio e os fundos para a manutenção do trabalho dos Jones.

— Exatamente — confirmou a sra. Bittmore. — Não vou dizer que eles salvaram a vida de Seraphine, mas certamente ajudaram-na a voltar para casa e a descobrir quem ela realmente era. — Tiffany deu um tapinha no joelho de Seraphine enquanto tomava um gole de café. — Eles faziam o seu trabalho no espaço inadequado de um prédio precário e não conseguiam pagar as prestações do financiamento, muito menos cumprir com a manutenção adequada, fazer reparos e manter uma boa equipe. Eles deram uma chance a Seraphine. Eu dei uma chance a eles.

— Srta. Brigham, você disse que Clipperton causava em você uma sensação ruim. Havia mais alguém que conseguisse provocar esse tipo de sentimento, ou a deixasse desconfortável?

— Alguns dos meninos que entravam e saíam, mas a gente aprendia a evitá-los. Tenente, éramos uma casa de viciados e de crianças com problemas emocionais. Alguns de nós, como eu por um tempo, queríamos apenas coisas grátis e um jeito de nos dar bem. Quando a equipe encontrava drogas ilegais, álcool ou armas, tudo era confiscado. Ninguém jamais foi convidado a sair enquanto eu fui residente lá. Esse era o ponto. O lugar era um santuário, e o risco disso é oferecer um porto seguro para quem procura encrenca. Mas os benefícios superam os riscos. Eles me salvaram, ou me colocaram num caminho que eu poderia me salvar. Estou longe de ser a única.

— Você consegue se lembrar de alguém que tivesse motivos para ferir Shelby?

— Ela me assustava muito, e a várias colegas — disse Seraphine, com um leve sorriso. — Eu achava que conseguiria cuidar de mim mesma. Tinha a arrogância da juventude durante os poucos meses que passei na rua, a maior parte do tempo doidona. Mas até no meu pior momento, eu não a teria confrontado. Shelby tinha inimigos, sem dúvida, mas eles procuravam se manter longe dela. Porque Shelby sabia lutar. Eu a vi derrubar outra garota que provavelmente tinha dez quilos a mais e não era frouxa. Mas a Shelby era muito feroz. — Ela parou por um momento. — Minha raiva — disse ela, baixando a voz —, eu entendo agora como adulta e como terapeuta, não era nada comparada à dela.

— Com quem ela andava?

— Ahn... havia duas garotas e um garoto. Calma... — Enquanto tomava um gole de café, Seraphine esfregou a têmpora, como se quisesse reavivar a memória. — DeLonna, uma garota negra muito magra — continuou Seraphine, fechando os olhos. — Ela cantava muito bem. Sim, sim, eu me lembro dela. Tinha uma voz incrível, um verdadeiro dom. Outra das garotas era Missy ou Mikki. Acho que Mikki. Um pouco rechonchuda, com um olhar duro. O garoto todo mundo conhecia como T-Bone. Inteligente, um pouco assustador. Ele tinha mãos e pés leves como eu nunca vi igual. Conseguiria arrancar seus molares sem que você percebesse. Tinha marcas de queimaduras nos braços, as quais tentava cobrir com tatuagens, mas dava para ver; e ele tinha uma cicatriz na bochecha. Eles nem sempre andavam juntos, mas eram muito próximos, mais do que qualquer um entre os outros.

— Alguém da equipe de atendentes teve problemas com Shelby ou com esses outros? Você sabe se alguém os ameaçou?

— Eles sempre estavam encrencados, e eu diria que, no caso de Shelby, em particular, era um campo de batalha constante com a equipe. Aquele é um trabalho frustrante e difícil, tenente, cheio de conflitos e lutas. Mas também é extremamente gratificante. Suponho que muitas vezes você sinta a mesma coisa ao respeito do seu trabalho.

— Acho que sim. Você sabe alguma coisa sobre um sujeito chamado Jubal Craine? A filha dele, Leah, era residente.

— Sim, eu conhecia Leah. Ela era quieta e buscava se manter fora de encrenca. Não só isso, ela tentava se manter invisível, se é que você me entende.

— Entendo, sim.

— Eu me lembro dela muito bem, porque... no fundo, ela foi a minha transição.

— Como assim? — quis saber Eve.

— Estávamos em uma aula. Não me lembro de que matéria, mas éramos obrigados a dedicar certo número de horas por semana aos requisitos educacionais. Um dia, estávamos em aula quando eu escutei... o pai da Leah. Ele estava gritando, muito bravo, chamando pela filha aos berros e avisando que ela deveria levar sua bunda preguiçosa para fora da sala. Ele gritava muito com a equipe. Leah ficou pálida. Eu me lembro bem disso, ainda consigo ver a expressão no rosto dela. Primeiro o terror, do tipo que nunca senti; depois a resignação, que foi quase pior. Eu me lembro de tudo, inclusive da forma como ela simplesmente se levantou, sem protestar, sem pedir de ajuda, e saiu da sala. — Seraphine largou a xícara de café e juntou as mãos no colo.

— Foi a coisa mais triste que eu já vi, o jeito como ela simplesmente se levantou e foi embora. Eu me lembro daquele momento porque pensei nas coisas sobre as quais Philadelphia e eu conversávamos em nossas sessões individuais. Pensei em como era assustador estar na rua quando você está sem dinheiro, com fome, com frio... e quando ouve histórias de estupros e espancamentos. Percebi que Leah não tinha ninguém fora do Santuário a não ser aquele homem que gritava que ia lhe arrancar a insolência à força, esse tipo de coisa. Pensei em Gamma, e no fato de que ela nunca me machucaria. Nunca! Comecei a pensar que eu gostaria de ter alguém que cuidasse de mim, que me protegesse. E entendi que eu *tinha* esse alguém. E Leah, não. Eles tiveram que entregá-la ao pai, sabe? Ele era o guardião legal da filha, e ela nunca disse que ele a machucava. Simplesmente declarou que iria para casa com ele.

— Pobrezinha — murmurou a sra. Bittmore.

— Eu vi a Leah alguns meses depois disso.

— Ela voltou? — quis saber Eve.

— Para ser sincera, eu não sei dizer, isso aconteceu na rua. Eu estava fazendo compras com uma amiga. Gamma confiava em mim... *eu mesma* confiava mais em mim, a essa altura. Ou *estava começando* a confiar. Vi Leah entrando em um ônibus. Quase gritei para chamá-la, mas tenho vergonha de dizer que não quis que minha amiga soubesse que eu conhecia aquela garota com jaqueta rasgada e o rosto machucado. Então eu não a chamei. Mas ela me viu e olhou para mim. Por um único e breve momento, ficamos nos encarando. — Seraphine ficou com os olhos marejados de lágrima. — Ela sorriu para mim. Então entrou no ônibus e eu nunca mais a vi. Mesmo assim eu pensei: Ela fugiu. Pelo menos escapou dele de novo.

— Fiquei sabendo que ele também voltou.

— Eu não sabia disso. Já devia estar em casa, de volta. Ele não deve tê-la encontrado no Santuário. Ela não voltou mais, pelo menos enquanto eu estava lá; para ser sincera, acredito que ela foi esperta e estava assustada o bastante para não voltar ao lugar onde ele a tinha encontrado. Pouco tempo depois eu voltei para casa, para a minha avó, e logo em seguida eles se mudaram para o novo prédio.

— Eu tinha aquele prédio — explicou a sra. Bittmore. — Quando voltei para agradecer a Philadelphia, a Nash e aos outros, já havia acertado tudo para doar o imóvel a eles, caso o quisessem. Tinha feito minhas diligências — continuou ela, com um sorriso afiado. — A essa altura eu já sabia que eles eram legítimos e corretos. Perguntei se estariam dispostos a permitir que meus advogados e administradores do meu dinheiro analisassem seus livros e registros contábeis, e eles aceitaram. Ficamos satisfeitos. Eu tinha conseguido minha neta de volta, estava mais que feliz. Você nunca me contou sobre essa garota... essa Leah.

— Não. Acho que fiquei com vergonha de não ter ido até lá e falado com ela.

— Podemos procurá-la, descobrir onde ela está.

— Deixe isso por minha conta — aconselhou Eve. — Obrigada — completou, enquanto se levantava. — Você foi muito útil.

— Fui mesmo? — Seraphine também se levantou. — Mas você já sabia o nome de Shelby.

— Já, mas você me forneceu uma imagem mais completa dela.

— Qualquer uma dessas meninas poderia ter sido eu. Qualquer uma dessas doze. Farei tudo que puder para ajudá-la, tenente.

— Pode ser que eu cobre essa oferta.

Eve olhou ao redor enquanto eles seguiam até o saguão, para ir embora.

— Ela tem sorte de haver alguém em casa para quem voltar. Não falo do dinheiro, nem dos privilégios, mas sim de alguém que não desistiu dela e a quis de volta.

— Muitos não têm essa sorte. — Ele tinha sido um daqueles meninos, pensou Roarke. Summerset o tinha acolhido quando ele não passava de um rato de rua. Por motivos que Roarke não conhecia até agora, Summerset quis ficar com ele.

— Devo procurar Leah Craine?

Eve olhou para ele.

— Eu não me importaria de saber onde ela está. Tomara que não esteja no laboratório de DeWinter.

— Ela escapou — afirmou Roarke, e por conseguir imaginar aquela terrível situação muito bem, quis acreditar que ela conseguira ficar longe do pai. Em segurança. — Devemos ter fé na possibilidade de ela ter construído uma vida para si mesma.

— Dados são melhores que fé.

— Típica fala de policial.

— Exatamente, e já que estamos por perto, quero verificar Clipperton antes de encerrarmos o dia.

Imaginando que ela diria aquilo, Roarke tomou a mão de Eve e balançou seu braço num gesto brincalhão.

— Gosto de intimidar idiotas bêbados nas minhas noites livres.

— Se Seraphine estiver certa, ele conseguia arranjar bebidas para uma menor, e talvez tenha exigido sexo em troca disso. Pode ser que tenha feito isso mais de uma vez, e talvez desenvolvido um relacionamento doentio.

— O que o levou a matá-la, e a outras onze meninas.

Eve conferiu suas anotações e recitou o endereço antes de entrar no carro.

— Ela era lutadora, uma garota durona. Tinha essa reputação e mantinha uma pequena equipe à sua volta. Mas eles me dizem que não houve sinais de violência no momento da sua morte de acordo com os ossos. Todas as lesões aconteceram bem antes disso. Você não mata uma guerreira sem deixar marcas.

— A menos que a guerreira confie em você.

— Exatamente. Talvez ele tenha embebedado a tal guerreira ao levá-la para sair, no dia do pagamento. Talvez a tenha asfixiado... talvez tenha lhe fornecido mais do que bebidas e ela acabou tendo uma overdose na frente dele. Numa situação dessas, o que você faria?

— Subiria uma parede para esconder o corpo?

— Reação burra e extrema. E tem mais... de onde vieram as outras crianças? Essa é uma boa pergunta.

— Por que matar todas as outras? Se começou com esta tal de Shelby, por que matar mais onze?

— Todo serial killer precisa começar de algum lugar. Sempre haverá uma primeira vítima. Ele matou essa primeira e pensou: "Uau, isso foi divertido, quero repetir a façanha." — Ela tamborilou os dedos na própria coxa enquanto Roarke dirigia. — Ele conhecia essa primeira vítima, e devia conhecer algumas das outras. Precisava ter acesso àquele lugar para conseguir entregar a bebida à sua vítima. Conhecia o prédio, tinha as ferramentas e sabia construir paredes. Pode-se dizer: "Tudo bem, ele é um molengão bundão, mas não mataria ninguém." Pessoas que conhecem assassinos raramente pensam que conhecem um assassino. — Ela pegou seu tablet. — O cara já teve um bocado de problemas com a lei, principalmente relacionados a álcool, dirigir alcoolizado, perturbação da paz, vandalismo e destruição de propriedade. Pegou duas condenações por má conduta sexual. Negou tudo, passou algum tempo limpo, cumpriu serviços comunitários e fez terapia, por ordem do tribunal.

— A ficha criminal de um molengão.

— Molengões matam tanto quanto qualquer um.

— Eu tento manter o meu sempre longe de violência.

O sorriso que surgiu no rosto de Eve era um bom sinal.

— Seu molengão até que é bem duro.

— Obrigado, querida. Eu adoraria dar um soco bem duro em você, mais tarde.

— Você sempre quer me socar.

— Isso se chama amor.

Divertida, ela inclinou a cabeça e o estudou.

— Talvez eu te devolva esse soco.

— Isso se chama esperança.

— E aqui está outra coisa sobre o molengão... não o seu, falo do ajudante de carpinteiro. Ele mora a três quarteirões da minha cena do crime. O que me leva a perguntar o que diabos você vai fazer com aquele lixo de prédio?

— Depois que eu mexer nele, não vai ser mais lixo.

— Ok, o que você planeja fazer com ele depois?

— Acho que deveríamos construir algo parecido com o Dochas.

O abrigo para mulheres vítimas de abusos que ele tinha construído, pensou Eve. E também o lugar onde ele ficou sabendo sobre o destino da sua mãe.

— Como assim? — quis saber Eve.

— É um ciclo, certo? Muitas vezes é assim. Jovens perdidos ou que sofrem abusos acabam com alguém que os machuca. Ou se tornam agressores e abusadores mais tarde. Já conversei sobre isso com a equipe do Dochas e um pouco com a dra. Mira.

— Ah, já?

— Gosto de saber onde estou pisando. Meus planos são construir uma instalação adequada para crianças, aquelas que são sugadas pelo sistema sem terem culpa, mas acabam sendo maltratadas ou negligenciadas por aqueles que deveriam cuidar delas. — Como tinha acontecido com ela, pensou Eve. — E também temos os outros... os perdidos, podemos chamá-los assim... que acabam nas ruas tentando encontrar um jeito de sobreviver. — Como tinha acontecido com ele. — Trabalharemos com o Serviço de Proteção à Criança e ao Adolescente. Teremos educadores, terapeutas e profissionais da área. Suponho que não será muito diferente do que o Santuário era quando Seraphine estava lá. Talvez o destino daquele prédio seja abrigar jovens problemáticos e perdidos, dar a eles um refúgio, uma chance. Nós não tivemos algo assim, nem você nem eu.

— Não, não tivemos.

— Eles terão um lugar seguro, mas com limites e estrutura. Regras, já que você gosta tanto de *regras*. Também terão acesso a terapia, tratamento médico e recreação; acho a diversão importante, e muitas vezes ela é deixada de lado. E educação, é óbvio, de modo que que eles também terão oportunidade de aprender coisas práticas. Summerset me proporcionou isso.

— Ele também te ensinou a roubar.

— Ele não me ensinou, eu *já sabia* roubar. Mas reconheço que ele refinou minhas habilidades. — Ele sorriu. — Enfim, eram habilidades práticas, de certa forma. Não teremos aulas de como arrombar cadeados ou roubar carteiras, tenente.

— Bom saber. — Ela pensou por um momento e disse: — É muita coisa para você controlar.

— Bem, vou ter muita gente treinada em todas essas áreas para assumir suas funções quando estivermos em funcionamento.

E seu toque vai estar em toda parte, pensou Eve. Ele não vai simplesmente despejar o dinheiro e depois sumir do mapa.

— Você já tem um nome para esse lugar?

— Ainda não.

— Deveria chamá-lo de "O Refúgio", já que é assim que você imagina o lugar. E deve manter os nomes originais em irlandês, como fez com o Dochas. Qual é a palavra em irlandês para "O refúgio"?

— Didean.

— Então este deve ser o nome do lugar.

Ele tirou uma das mãos do volante para pegar nas de Eve.

— Então é assim que vamos chamá-lo.

Ela virou a mão sob os dedos entrelaçados dele e avisou:

— Acho que vou te socar um pouco mais tarde.

— Glória a Deus!

Ele encontrou uma vaga no nível da rua a meio quarteirão do prédio de Clipperton. Eve deduziu que poucas pessoas estacionavam ao longo daqueles dois quarteirões, pois queriam voltar e encontrar o carro inteiro.

Ela não ficou preocupada, não com a blindagem, nem com as fabulosas proteções contra roubo da sua viatura personalizada, o TED Urbano, ou... Tenente Eve Dallas Urbano.

— Você devia comprar este prédio — sugeriu Eve, quando eles se aproximaram. — É mais do tipo lixão que o outro.

— Vou pensar no assunto.

— Só não precisa... Ok, tivemos sorte. Ali vem ele, saindo de um botequim para voltar ao seu lixão.

Roarke viu o homem com uma jaqueta de trabalho de lona acolchoada tropeçar para fora de um lugar chamado Bud's e virar se na direção deles.

— Aparentemente ele aproveitou bem o botequim — comentou Roarke.

Ele estava obviamente bêbado e quase não conseguia se manter em pé, mas sua visão e seu radar antipoliciais pelo visto não tinham sido afetados. Avistou Eve e Roarke a meio caminho entre o botequim e o seu prédio; girou a cabeça 180 graus para encontrar uma rota de fuga, tomou uma decisão muito rápida e saiu em disparada.

— É sério isso? — Eve balançou a cabeça em reprovação e saiu correndo atrás do homem.

Ele empurrou os pedestres e conseguiu derrubar na calçada uma mulher com sua sacola de compras. Um trio de laranjas anêmicas rolou da bolsa para o chão. Eve saltou sobre elas com agilidade.

— Cuide dela — gritou para Roarke. — Pode deixá-lo comigo.

Seu alvo optou por desviar para a direita na esquina, isto é... sua metade superior tentou fazer a curva, enquanto a metade inferior mal conseguia acompanhar o movimento.

Ele tropeçou nos próprios pés e derrapou na calçada, atropelando outro pedestre.

Eve pressionou sua bota na nuca de Clipperton e olhou para o pedestre atordoado, de bunda no chão, segurando uma maleta esfarrapada.

— Você está bem? — Ela exibiu seu distintivo. — Está machucado?

— Eu... acho que não.

— Posso conseguir assistência médica, se quiser.

— *Eu* quero, estou ferido! — gritou Clipperton.

— Cala a boca! E então, senhor?

— Estou bem. — O homem se levantou e passou a mão enluvada pelo cabelo. — Tenho que prestar depoimento? Para ser sincero, não tenho certeza do que aconteceu. Acho que ele meio que despencou em cima de mim e eu perdi o equilíbrio.

— Tudo bem, então. Pegue isto aqui. — Eve conseguiu puxar um cartão do bolso e aumentou a pressão com a bota quando Clipperton se contorceu debaixo dela como uma cobra. — Se você precisar entrar em contato comigo por causa deste incidente, ligue para este número.

— Ah, obrigado, ok. Ahn... posso ir embora, então?

— Sim, senhor. — Ela pegou as algemas, abaixou-se e colocou-as em Clipperton.

— Ele estava fugindo de você? — quis saber o homem atingido.

— Ele estava mais tropeçando que fugindo.

— É um criminoso?

Eve deu ao espectador um último olhar.

— É o que eu quero descobrir. Vamos lá, Clip.

— Eu não fiz nada!

Seu hálito fedia a cerveja barata e amendoins velhos. Para evitar ser sufocada por aquilo, Eve se afastou um pouco do homem algemado.

— Por que fugiu de mim?

— Eu não estava fugindo, estava só... andando com pressa. Tenho um compromisso.

— Seu compromisso é comigo agora. Na Central de Polícia.

— Por quê? Me larga!

— Você derrubou duas pessoas e agora está tentando envenenar uma policial com esse seu bafo horroroso.

— Ahn?

— Bebedeira e desordem urbana, meu chapa. Você já passou por isso antes.

— Mas eu não fiz nada!

— Foi ele! — A mulher com as laranjas apontou um dedo acusador. — Foi ele que me derrubou.

— Não fui eu, não!

— Quer prestar queixa dele, minha senhora?

— Ah, qual é?!

As mulheres olharam com cara feia para Clipperton.

— Acho que não. Este simpático senhor me ajudou a levantar e recolheu minhas compras espalhadas. Depois, me disse que você faria este sujeito me pedir desculpas.

Eve lançou um olhar para Roarke e deu uma cotovelada nas costelas de Clipperton.

— Faça isso. Peça desculpas! — ordenou ela, num tom mais sombrio. — Senão vamos acrescentar agressão ao seu delito.

— Caraca, tudo bem. Desculpe, dona. Eu não vi a senhora, foi só isso.

— Você está bêbado! — reprovou a mulher, com ar severo. — E é muito rude e mal-educado. Mas você é um cavalheiro — disse ela, olhando para Roarke. — Muito obrigada pela ajuda.

— Não precisa agradecer. Ficarei feliz em acompanhá-la até sua casa.

— Vejam só, um cavalheiro completo! — Lançou para Clipperton um olhar de seca pimenteira e pareceu ver o sol quando tornou a olhar para Roarke. — Obrigada, mas não é necessário, eu moro no próximo quarteirão. — Exibiu um último sorriso para Roarke, pegou sua bolsa com as laranjas anêmicas e seguiu caminhando até a esquina.

— Vamos lá, Clip.

— Eu não quero!

— Ah, que pena que você não quer! — Ela o empurrou rapidamente até a viatura e o forçou a entrar no banco do passageiro. — Se você vomitar dentro desta viatura eu vou obrigar você a lamber tudo!

Ele não vomitou — para a própria sorte, mas choramingou o tempo todo e resmungou amargamente a respeito de uma mulher chamada Mook. O ganido se tornou um lamento de pânico quando Roarke entrou na garagem da Central.

— Escute, escute, é tudo mentira, cara. Os peitos dela estavam bem ali, na minha frente.

— Ah, foi mesmo? — Eve o arrancou para fora do carro.

— Porra, eu juro! — assegurou ele, cambaleando, enquanto era arrastado até o elevador. — Ela tem uns peitões imensos, sabe como é? E estavam bem na minha cara. — Eve o empurrou para dentro do elevador e recitou seu andar e setor. — Fala sério, cara! — Ele se virou, apelando para Roarke. — Quando uma gostosa esfrega os peitos gigantescos bem na sua cara, você não passa a mão?

— Eu invoco a Quinta Emenda.

— Eu também invocaria essa tal emenda, se tivesse grana para isso. Qual é?

— Foi essa tal de Mook que se opôs a você tirar uma casquinha dos peitos gigantescos dela? — quis saber Eve.

— Ela ficou muito puta, começou a reclamar e disse que aquilo era o mesmo que estupro, ou algo assim. Eu nem botei o pau pra fora nem nada desse tipo. Tenho testemunhas. Não tentei sequer balançar o taco para a primeira rebatida, mas ela veio logo com um papo de que ia chamar a polícia. De repente você surgiu do nada, correndo atrás de mim. Como foi que conseguiu chegar tão depressa?

— Sou mais veloz que o vento.

Mais policiais e mais figuras como Clip foram se apertando no elevador lotado enquanto ele subia. Eve se manteve firme e aproveitou para elaborar seu plano para pressioná-lo.

Ela se contentaria com uma simples sala de reuniões, caso as Salas de Interrogatórios estivessem marcadas, mas quando o empurrou pelo corredor, encontrou a Sala A vazia. Jogou-o lá dentro e empurrou-o em uma das cadeiras.

— Senta aí! — ordenou, e tornou a sair.

— Ele é o seu principal suspeito? — quis saber Roarke.

— Poderia ser, e, eu sei, ele parece muito burro. Só que está bêbado. De qualquer forma, preciso interrogá-lo.

— Vou fazer algo útil como mandar desinfetar sua viatura, por exemplo.

— Você sempre faz coisas úteis, excelente ideia. Ele está tão bêbado que a gente não deve demorar.

— Entendido. Só me avisa quando terminar.

— Antes de fazer coisas úteis, que tal me trazer uma lata de Pepsi? Antes que você me pergunte, sim... ainda estou boicotando a máquina de venda automática. Elas são rancorosas comigo, mas eu nunca fiz nada contra elas.

Ele a atendeu e voltou com uma lata de refrigerante.

— Quando você é gentil com as máquinas, elas são gentis com você.

— Não pela minha experiência. — Ela pegou seu comunicador e reservou oficialmente a Sala de Interrogatório A enquanto Roarke se afastava.

Clipperton poderia ficar sentado ali e suar durante mais alguns minutos, decidiu Eve, e foi até sua sala para montar um arquivo sobre o caso.

Quando voltou para o interrogatório, Clipperton estava com a cabeça tombada sobre a mesa. Seus roncos arranhavam a tinta feia das paredes.

— Ligar filmadora! Aqui é a tenente Eve Dallas entrando para interrogar Jon Clipperton. Acorde! — Ela se sentou em frente a ele, colocou seus arquivos sobre a mesa com um baque surdo e o sacudiu pelo braço. — Acorde, Clipperton!

— Há? — Ele ergueu a cabeça e a fitou com olhos caídos e vermelhos.

— Você precisa ou deseja tomar um Sober-Up antes de começarmos o interrogatório? — Ela sacudiu a latinha que levara consigo.

— Não estou bêbado. — Ele tentou cutucar o peito, com cara de indignado. — Estou só cansado. Quando um cara trabalha o dia inteiro como eu, fica muito cansado.

— Sei... Entende que essa recusa de tomar o Sober-Up que eu ofereci a você para anular a embriaguez vai impedir qualquer alegação futura de que você foi interrogado quando estava incapacitado?

— Eu não estou incapacitado, ok? Será que um cara não pode nem tirar um cochilo depois de um dia difícil?

— Você que sabe. — Ela colocou o Sober-Up de lado. — Vou ler os seus direitos, para sua proteção. Você já passou por essa rotina. Tem o direito de permanecer calado — começou.

— Eu não fiz nada! — reclamou Clipperton.
— Vamos chegar nessa parte. Você entendeu todos os seus direitos e obrigações?
— Sim, entendi, mas...
— Você foi empregado como ajudante de carpinteiro por Brodie Fine, quinze anos atrás?
— Já fiz alguns trabalhos para Brodie, óbvio. O último foi algumas semanas atrás.
— E o trabalho de quinze anos atrás incluía um prédio na Rua Nove, conhecido na época como Santuário?
— Hã?
— O Santuário, um abrigo para jovens carentes.
— Ah... aquele lugar caindo aos pedaços na Rua Nove. Sim, fizemos alguns reparos e outras coisas lá. E daí?
— Quantas vezes você esteve lá sem a presença do sr. Fine?
Seu rosto pálido de feições harmônicas — que talvez tivesse sido razoavelmente atraente em algum momento do passado — formou linhas duras e marcadas enquanto ele pensava.
— Por que eu faria isso?
— Para ver as meninas bonitas, Clip. Como Shelby, a garota de treze anos com quem você trocava cerveja por sexo, lembra?
— Não sei do que você está falando. Se ela te disse isso, é mentirosa.
— Mentirosa como a Mook?
— Isso mesmo, cacete!
Eve se inclinou para a frente.
— Tenho testemunhas em ambas as acusações, Clip. Mentir para mim não vai te ajudar e, com o seu histórico, posso manter você preso durante um bom tempo.
— Espere um minuto... só um instante. Eu te disse que a Mook estava com os peitos bem ali na minha frente. Foi só um mal-entendido, foi só isso.
— E quanto a Shelby?

— Não me lembro do nome dela.

— Então havia mais de uma menor de idade com quem você trocava bebidas alcoólicas por sexo.

— Não. Caraca! E não era sexo. Eram só uns boquetes. Isso não é sexo.

— Então você está dizendo que cerca de quinze anos atrás uma menor de idade residente no Santuário praticou felação em você em troca de álcool?

— Foi um boquete! — Por um momento ele pareceu genuinamente horrorizado. — Não fizemos nada de esquisito que nem esse troço que você disse. Foi só um *boquete*.

— Em troca de bebidas alcoólicas.

— Não era álcool; foram só algumas cervejas.

Eve se perguntou por que aquela atenuação a divertia, mas tentou ir direto ao ponto.

— Vamos colocar desta forma, então: uma menor de idade fez um boquete em você como pagamento por algumas cervejas.

— Pois é, só isso. — Ele recostou-se na cadeira, obviamente aliviado por tudo ter sido entendido da forma certa. Mas logo ajeitou a postura novamente. — Espere! Isso aconteceu já faz muito tempo, certo? Existe uma estátua de limitação para isso, né?

— O nome é "estatuto de prescrição". — Ela deslizou a foto de identidade de Shelby Stubacker sobre a mesa. — É esta a jovem de quem estamos falando?

— Qual é? Não sei como é que eu poderia me lembrar de algo que... Ah, sim! Isso, foi essa mesma. Essa garota era uma chupadora nata. Foi ela quem *se ofereceu* para me fazer um boquete em troca da bebida.

— Ela tinha treze anos!

— Porra, ela me disse que tinha quinze! — Cruzando os braços sobre o peito magro, ele assentiu com satisfação. — Eu não te disse que ela era mentirosa?

— E faz tanta diferença assim você ter aceitado sexo oral de uma garota que você *presumiu* ter quinze anos?

— Ela já tinha um belo par de peitos!

Eve apenas olhou fixamente para ele, até que ele piscou.

— Quantas vezes você trocou cervejas por boquetes?

— Uma ou duas. Talvez três.

A maneira como ele desviou o olhar para o lado fez Eve se inclinar para ele mais uma vez.

— Quantas outras garotas, Clip? Ela não foi a única.

— Só mais uma, e foi a garota da foto quem a trouxe para mim. Só que ela não era tão boa naquilo quanto a primeira. Uma mina meio gorda, do tipo corpulento. Ficava rindo o tempo todo, sabe? Quase não consegui gozar.

— E onde esses famosos boquetes aconteceram?

— Lá mesmo. Quer dizer, do lado de fora. A garota sabia entrar e sair do prédio à hora que quisesse, enganava o sistema de segurança. Era uma excelente chupadora, como eu disse. E se ela está tentando se vingar de mim tanto tempo depois, isso é papo furado, porque *foi ela* que me pediu, e tem essa tal de estátua de prescrição.

— Algumas coisas não têm *estátua*, Clip. Como sujeitos que são uns merdas nojentos como você.

— Ei!

— E fazem coisas assim.

Ela jogou a foto dos restos mortais de Shelby sobre a mesa.

— Que diabo é isso?

— Essa é Shelby Stubacker.

— Ah, qual é?! Isso é... — Ele acenou com a cabeça para a primeira foto. — Isso aqui parece um esqueleto velho, daqueles feitos para o Halloween ou algo assim.

— É assim que Shelby está agora, depois de ter sido assassinada; depois de ter sido enrolada num plástico e ter ficado escondida durante quinze anos atrás de uma parede que *você* construiu.

— Você só pode estar de sacanagem comigo! Nós não construímos paredes naquele lugar. Remendamos algumas delas, pintamos outras, mas não construímos nenhuma parede. E se tivessem feito... alguém que não fomos nós, com certeza teríamos visto a parede nova. Pode perguntar ao Brodie. Não vimos nada disso, pode confirmar com ele.

— Eu não disse que você e Brodie construíram a parede. Eu disse que *você* a construiu, depois de matar essa garota e outras onze.

— Você está querendo zoar com a minha cara? — Seu rosto pálido assumiu um tom de cinza pastoso. — Que porra é essa? Eu nunca matei essa garota. Eu nunca matei ninguém! Recebi uns boquetes, só isso. Apenas umas chupadas, mais nada!

— Quantas vezes você voltou àquele prédio e se encontrou com essa garota depois que eles fecharam aquele lugar?

— Nunca mais voltei lá depois que Brodie me tirou do trabalho. Não havia razão para voltar. Dá para conseguir boquetes em um monte de outros lugares. Às vezes até de graça.

Por Deus, pensou Eve, aquele era um idiota genuíno. Mesmo assim o pressionou.

— Seria bem conveniente, porque fica a poucos quarteirões de distância da sua casa.

— Eu não conseguiria entrar lá nem que quisesse. Era a garota que saía para me encontrar. Eu nem sabia que eles tinham se mudado daquele lugar, só soube muitos meses depois, quando passei por ali uma noite. Estava tudo fechado com tábuas, muito escuro lá dentro, e eu pensei: "Droga, a garota dos boquetes sumiu." Nunca entrei lá sem ser para trabalhar, juro por Deus. E nunca mais tornei a ver aquela garota, mesmo depois que Brodie me tirou dali para trabalhar em outro lugar. E nunca matei ninguém!

Capítulo Sete

Eve encontrou Roarke em sua sala. Despejou os arquivos sobre a mesa, foi direto ao AutoChef pegar café e se jogou em sua cadeira.

Esperando até ela se acomodar, Roarke guardou seu tablet no bolso.

— E então, como foi?

— O melhor que consegui foi enquadrá-lo por bebedeira e desordem pública. Ele merece muito mais, mas não creio que tenha matado aquelas garotas. É burro demais para uma coisa dessas. Estou falando de um cara profunda e sinceramente burro.

Roarke fez que sim com a cabeça.

— Você já terminou aqui na Central? — quis saber ele. — Existe mais alguma coisa que você não possa fazer de casa?

— Acho que não.

— Então vamos para casa, e você pode me contar tudo no caminho.

Ele ouviu. Ela se acostumou a ter alguém que a ouvia e, melhor ainda, compreendia tudo *tim-tim por tim-tim*.

— Que cara doente! Ele realmente acredita que não tem nada de errado em uma criança chupar o pau dele. Que não tem nada de errado em pagar umas cervejas para uma garota de treze anos em troca de um boquete, afinal de contas, foi ela que ofereceu.

— Mas você não acredita que esse sujeito doente a matou, nem qualquer uma delas?

— Não, não acredito. É óbvio que ele merecia ter seu pau amarrado com um nó, coberto com ácido e depois incendiado, sob o aplauso de milhares de pessoas, mas mesmo assim...

— Você tem um jeito especial de construir imagens. Mas é, ele não as matou. É um furúnculo medonho na bunda da humanidade, mas não tem mente assassina. É um completo idiota, e não foi um idiota que fez isso. Eu o pressionei por cima, por baixo, por trás, pela frente, forcei a barra. Ele não sabe de nada. Vamos ficar de olho nele, não apenas para o caso de eu estar errada, mas porque eventualmente ele vai colocar as mãos em outra pessoa, possivelmente outra menor de idade. Nesse dia ele poderá choramingar em uma jaula durante alguns anos. — Ela recostou-se, expeliu o ar com um chiado e lamentou: — Não tenho nada.

— Você sabe que isso não é verdade, você só está decepcionada por não conseguir tacar fogo no pau desse idiota. Você já eliminou... ou quase eliminou... várias pessoas em sua lista de suspeitos. E tem mais: conseguiu o nome de duas vítimas.

— Não tive muito a ver com essa parte.

— Você acha mesmo? — Ele olhou para ela ao passar pelos portões de casa.

— Não sei. — Ela passou os dedos pelos cabelos. — Acho que não tive a ver, simplesmente não vou ter. Não sou cientista. Não consigo olhar para aqueles ossos e descobrir a quem pertenceram. Sei que é uma idiotice eu me ressentir por conseguir esses dados através de uma fonte externa, uma especialista.

— Mas você não é burra, nem mesmo superficialmente ou de forma insincera.

Isso a fez rir.

— Não, não sou burra, e essas garotas merecem todos os recursos que eu puder usar para descobrir quem as matou.

Ela olhou para a casa, seu espaço maravilhoso, as torres grandes e as pequenas, as incontáveis janelas. E pensou nas meninas — entre elas a própria Eve — que viviam ou tinham vivido em dormitórios apertados, compartilhando banheiros sujos; jovens que ansiavam por liberdade e sonhavam com a possibilidade de alcançá-la.

Muitas nunca conseguiram.

— Muitas delas nunca conseguiram — disse, em voz alta.

— Ah, deixa eu te contar sobre uma que conseguiu — declarou Roarke.

Quando ele parou o carro, ela o fitou.

— O quê? Quem?

— Leah Craine, que agora se chama Leah Lorenzo. Ela se casou há dezenove meses... com um bombeiro de uma grande família italiana. Eles estão esperando o primeiro filho para a próxima primavera. Ela é professora do ensino fundamental. Eles moram no Queens.

— Você a encontrou enquanto eu interrogava o idiota?

— Isso mesmo. Ela conseguiu superar e, ao que tudo indica, construiu uma vida plena e feliz. Você vai interrogá-la?

Ela se recostou por um momento e deixou-se ficar ali.

— Se for preciso, sim. Caso contrário, prefiro deixá-la em paz. De qualquer modo, você pode enviar as informações dela para Seraphine Brigham.

— Já fiz isso.

— Ok. — Eve percebeu que Roarke tinha esperado para lhe contar a notícia boa até ela colocar para fora toda a sua frustração. Pontos para ele. Muitos pontos.

— Você vai me mostrar os seus planos para aquele lixão que você comprou? Como vai melhorar aquilo lá?

— Vou, com certeza.

Quando saíram do carro, ele pegou a mão dela.

— Eu me perguntei hoje o que poderia ter acontecido se eu não tivesse comprado aquele lugar. Essas garotas talvez ainda continuassem lá durante muitos anos. Mas logo pensei: "Não, de jeito nenhum. Era para ser *agora*, comigo e com você."

— Você é um típico irlandês, às vezes.

— Foi coisa do destino — confirmou ele e deu de ombros. — Encontramos essas crianças e não estivemos muito longe de sermos como elas, no passado. Portanto, nenhum de nós dois vai sossegar até descobrir quem elas são, o que aconteceu e quem roubou o resto da vida delas.

— Quem fez isso ficou impune por quinze anos.

— E agora?

— Agora...? Nós vamos roubar o resto da vida dessa pessoa, colocando-a numa jaula.

Ela entrou no saguão e viu que Summerset, o espantalho de terno preto, e Galahad, o gato gordo, já estavam à sua espera.

Naquela mesma manhã, ao sair de casa, Eve tinha deixado para trás um saguão grande e arejado. Agora ela entrava na Terra do Natal. Sentiu cheiro de pinho e canela... apreciou o cintilar deslumbrante das luzinhas presas no corrimão da escada, o elaborado arranjo das plantas grandes com folhas vermelhas, típicas do Natal — como era mesmo o nome? Bico-de-papagaio —, junto de uma belíssima árvore branca.

E o brilho, ela notou, da sala da frente, onde uma espiada rápida revelou que a gigantesca árvore estava completamente adornada com luzes e brilhos.

— Onde estão os elfos?

— Espero que já tenham ido dormir — disse Roarke. — Voltarão amanhã para enfeitar o lado de fora.

— Tenente, você teria conseguido ver alguns deles se tivesse chegado em casa em um horário normal — lembrou o mordomo.

Eve lançou para Summerset um olhar duro como pedra.

— Estivemos passeando de trenó, bebendo conhaque e discutindo o que *não dar* para você no Natal. O nosso dia foi muito divertido.

— No entanto, toda essa diversão não ajudou a melhorar o seu humor nem as suas maneiras.

— Ah, o calor do regresso ao lar! — Roarke balançou a cabeça e começou a tirar o casaco enquanto o gato se esfregava nas suas pernas e nas de Eve. — É sempre um prazer.

— Não fui eu que comecei a... — Eve parou de falar e pegou seu *tele-link*, que começou a tocar. — Eles conseguiram mais um rosto — avisou, subindo as escadas correndo enquanto pedia a imagem.

— Foram doze vítimas, pelo que vi no noticiário — disse Summerset.

— Isso mesmo. Eram bem jovens, quase crianças.

— Existem peças feias no quebra-cabeça do mundo.

— Ela vai encontrá-las e colocá-las onde devem ficar.

— Não tenho dúvida. A noite está fria. Teremos *bife à bourguignon* no jantar. Um pouco de carne vermelha fará mais bem a vocês dois do que a pizza que ela certamente escolheria.

— Cuidarei disso. Obrigado.

Quando chegou ao escritório de Eve, Roarke descobriu que ela já tinha colocado na tela a imagem reconstruída da nova vítima.

Ainda mais jovem, ele pensou. Aquela nova garota parecia mais nova que as outras duas.

— Vou compará-la com a lista que tenho do Centro do Poder Superior. Se ela tiver registro lá, será mais rápido achá-la do que fazer uma busca ampla por pessoas desaparecidas.

— Vá em frente. Posso montar seu quadro dos crimes. Sei como você gosta de fazer — disse ele, antes de ela ter chance de objetar.

— Ok, obrigada. Isso vai agilizar as coisas.

Roarke se pôs a trabalhar, assim como ela. O jantar, pensou ele, poderia esperar um pouco mais.

Já havia uma pequena árvore de Natal junto da janela do escritório de Eve, ele notou. A que ele tinha encomendado para aquele ano era simples e tradicional, como sua esposa se imaginava, ainda que ela estivesse longe de qualquer uma das duas coisas em quase tudo.

Uma mulher simples e tradicional não passaria a noite procurando nomes de garotas mortas. Não trabalharia até se exaurir física, mental e emocionalmente para descobrir quem as matou.

Por mais difícil, frustrante e doloroso que aquilo fosse em determinados momentos, ele sempre agradecia a Deus por não ter se apaixonado por uma mulher simples e tradicional.

— Consegui identificá-la.

Ele parou o que fazia e olhou para o telão. Eve tinha dividido a tela em duas e colocara lado a lado as imagens da reconstrução e a foto de identidade de uma jovem menor de idade.

— Sim, você a encontrou. Tinha só doze anos?

— Segundo a identidade dela. Estou verificando os antecedentes e a Lista de Pessoas Desaparecidas.

Lupa Dison, ele leu. Havia um endereço de Nova York, alguns quarteirões ao norte do prédio onde ela fora encontrada. Sua tutora era uma tia... Rosetta Vega.

Olhos cheios de sofrimento, pensou Roarke. Como alguém tão jovem adquiriu um olhar daquele?

— Ela foi listada pela tia como Pessoa Desaparecida. Parece que os pais morreram num acidente e a irmã da mãe, única parente viva nos Estados Unidos, foi nomeada como tutora. Havia outros parentes maternos espalhados pelo México.

Enquanto ela continuava a analisar os dados, Roarke foi até a unidade de refrigeração embutida na parede e pegou uma garrafa de vinho.

— Ok, ok, a tia era camareira do Faremont Hotel, no West Side. Um dia sofreu um assalto quando voltava do trabalho para casa; foi espancada e retalhada. Precisou passar algumas semanas no hospital e na reabilitação. Foi quando pediu que a sobrinha fosse levada para o Santuário; ela conhecia alguém que tinha um filho no local. O tribunal lhe concedeu permissão temporária para isso. A menina foi para o Santuário, ficou um tempo, depois voltou para casa. Três semanas depois, sumiu. Foi declarada desaparecida em 17 de setembro de 2045. Cinco dias depois de Linh Penbroke.

— Alguém a atraiu de volta ao prédio.

— Pode ser. Ela desapareceu quinze dias depois que o Santuário mudou de endereço. O lugar já estava vazio. Ela nunca teve problemas com a lei, nem a tia. Estou pesquisando os dados atualizados da tia.

— Não era uma fugitiva típica — declarou Roarke. — Estava perturbada, sim, mas pela perda dos pais. — Aí está, pensou ele, a razão dos olhos tristes.

— A tia é casada há dez anos com um sujeito chamado Juan Delagio. Agora é supervisora das camareiras no turno diurno do Antoine Hotel, um lugar chique do East Side. Ela também mora no East Side, não num lugar especialmente elegante, mas decente.

— Esse hotel é um dos meus — informou Roarke.

— Bem, não conseguiríamos ficar sem esbarrar em algo seu em algum momento. — Eve ergueu a cabeça. — Você a conhece?

— Não, mas posso conseguir a ficha completa dela com o gerente.

— Ainda não. Ela e Juan têm três filhos. Ele é policial na 226ª DP.
— Ela se virou para o *tele-link* e franziu a testa para a taça de vinho que Roarke colocou na frente dela.

— Vou providenciar o jantar — avisou ele.

— Mas eu...

— Vamos jantar e conversar sobre o que descobrimos enquanto comemos — determinou ele.

— Tudo bem, tudo bem. Ótimo. Alô, aqui é a tenente Dallas, da Central — disse Eve ao telefone, quando Roarke caminhou para a cozinha e o AutoChef. Quando ele voltou, ela conversava com alguém e fazia algumas anotações. Ele presumiu que era a pessoa que tinha acompanhado o caso do desaparecimento.

Ele a deixou sozinha e usou a mesinha para servir a refeição.

— Obrigada — disse Eve. — Pode deixar que vou manter você informada sobre o caso.

Ela desligou e franziu a testa para o vinho novamente. Mas daquela vez pegou a taça e tomou um gole.

— Falei com a detetive que chefiou a investigação. Ela tem uma memória excelente. Disse que se lembra desse caso em especial porque sua filha tinha a mesma idade da menina que sumiu.

— Vamos comer e aí você me conta tudo.

Ela achou que uma fatia de pizza teria sido mais fácil, já que ela poderia continuar trabalhando enquanto comia. No entanto, revisar com Roarke o que já tinha conseguido não era perda de tempo.

Ela se aproximou e sentou-se diante dele.

— Outra razão pela qual ela se lembra do caso é que ela e a tia ainda mantêm contato. Pelo menos uma vez por ano, uma liga para a outra, só para trocarem uma ideia. O que eu sei é que a criança ficou muito abalada quando os pais morreram, mas ajudou um pouco ela ser tão próxima da tia. Elas receberam aconselhamento e a menina parecia estar superando o trauma.

— Deve ser horrível, mesmo tendo um familiar próximo, capaz e disposto a cuidar de você, perder os pais dessa forma.

— Ela precisou mudar de escola também, pois a tia não tinha dinheiro suficiente para se mudar para mais perto da menina e mantê-la onde ela estudava. Segundo a tia, porém, e a detetive acreditava e ainda acredita nela, a menina estava bem melhor. Então, mais ou menos uma semana antes de desaparecer, ela começou a chegar tarde da escola. A tia precisava trabalhar, mas tinha um vizinho de olho em Lupa, e soube que ela começou a voltar pouco antes da tia chegar em casa. — Eve espetou outro pedaço do bife com o garfo. — Isso está mesmo uma delícia! — elogiou ela.

— Obrigado. Trabalhei feito um escravo para colocar isso no AutoChef durante alguns minutos.

Sorrindo, ela comeu um pouco mais.

— Quando a tia a questionou, a menina alegou que estava apenas saindo com seus novos amigos para fazer os deveres de casa com eles. Mas foi evasiva, e a tia não pressionou, porque sentiu que ela precisava de espaço. Então, um belo dia ela não voltou para casa.

— Pelo que você disse, ela não me parece uma fugitiva.

— Não, eu também não acho que tenha fugido. Acho que foi atraída ou convencida a ir àquele prédio, onde foi morta. Provavelmente, poucos dias antes de sumir, ela conheceu o assassino, ou alguém que a conectou a ele. Por essa época a menina começou a fazer muitas perguntas sobre Deus.

— Como assim?

— Sabe como é... como foi que Deus fez isso, ou por que Ele não faz aquilo? Elas eram católicas muito devotas, segundo a detetive do caso, mas durante a investigação descobriram que ela andava lendo sobre outras religiões e... Como é que se diz? Filosofias alternativas. Usava o computador da casa, pois elas só tinham um, e navegava pela internet até bem tarde da noite, depois que a tia ia dormir.

— Não me parece um comportamento incomum para uma jovem, ainda mais depois de ter sofrido uma grande perda.

— Não, mas fico pensando nessa história de "poder superior", e isso me intriga. É outra conexão possível com o CPSRJ.

Ela gesticulou enquanto segurava o garfo e tornou a usá-lo para atacar o bife mais uma vez.

— Digamos que a garota andava se encontrando com alguém do Santuário... um residente ou funcionário. Alguém que ela conhecia de quando esteve lá e com quem tinha alguma ligação. Eles nunca conseguiram rastrear onde ela passava todo aquele tempo depois das aulas, antes de voltar para casa. Pode ser que alguém tenha usado essa busca espiritual para fisgá-la. *Por que Deus fez uma merda dessas? Eu tenho algumas respostas.*

— Ela pode ter passado pelo prédio indo para a escola — sugeriu Roarke.

— Ela já é a segunda vítima que residiu lá. Não vai ser coincidência, certamente não é acaso. Ela não consumia drogas ilegais, não há qualquer sinal disso em parte alguma.

— Uma boa menina — interveio Roarke —, em circunstâncias difíceis e tristes.

— Sim. Ia à escola todos os dias e tirava notas altas. Fez terapia individual e com a tia, e ninguém a via como uma possível fugitiva. Ela e a tia não brigavam. Além do mais, ela não levou nada. Saiu só com as coisas da escola e a roupa do corpo. Uma criança não vai embora de casa sem carregar alguns pertences.

Não, pensou Eve, aquilo não acontece. Uma criança faz o que Linh fez, sempre leva algumas das suas coisas.

— Ela guardou o pouco dinheiro que ganhou fazendo pequenas tarefas e serviços, esse tipo de coisa. Também não pegou dinheiro da tia. Ninguém pensou em fuga quando ela sumiu. E ninguém contou ter visto alguém suspeito por perto. Vou analisar os arquivos do caso, mas acho que essa detetive foi dedicada e investiu muito tempo e esforço, talvez mais que a maioria.

— Duas das suas vítimas residiram no Santuário ao mesmo tempo.

Ela bebeu mais um gole de vinho enquanto pensava.

— Das três garotas que identificamos, uma tinha experiência de rua, uma fugiu de uma boa casa e a terceira é oriunda de uma família de classe trabalhadora que, segundo todos os relatos, era comportada e estava aprendendo a lidar com a perda. O que elas têm em comum é idade, altura e, em duas delas, uma ligação confirmada com a cena do crime.

— Pelo que você sabe até agora, a idade e a altura continuarão sendo características comuns a todas.

— Portanto, o terceiro ponto em comum deverá ser igual para as doze. Isso reforça a possibilidade de o assassino ter alguma ligação com o Santuário, e provavelmente com o Centro do Poder Superior.

— Outro residente? — sugeriu Roarke. — Você já pensou que isso pode ter sido feito por outra criança?

— Estou correndo atrás dessa possibilidade. Alguém mais velho, talvez. Supostamente eles aceitavam jovens até dezoito anos, mas alguns podem ter ficado mais tempo.

— *Deixaram* que eles ficassem — concordou Roarke. — Talvez alguns tivessem atingido a idade-limite, mas ainda não tinham para onde ir, não tinham nada e faziam alguns trabalhos para a instituição em troca de hospedagem e alimentação.

— Os Jones me parecem pessoas que fariam isso — concordou Eve, refletindo sobre os donos da instituição. — Provavelmente um rapaz. Garotas dessa idade confiam numa garota mais velha, mas são meio burras com relação aos garotos, né?

— Eu nunca fui uma garota adolescente — brincou Roarke —, então não posso garantir. Você pode.

— Eu?! Caraca, eu nunca fui burra com relação aos garotos. Pelo menos até conhecer você.

Ele riu ao tomar o vinho.

— Isso é tão doce de ouvir!

— Tinha muita coisa acontecendo na minha vida para eu me dar ao luxo de ser burra com relação aos meninos. Provavelmente eu nem teria transado tão nova, só que estava curiosa para saber qual era o grande barato. Acabei descobrindo que para mim, pelo menos naquela época, não era tão espetacular assim.

Ele riu novamente, curtindo o que ela dizia.

— Quantos anos você tinha quando fez sexo pela primeira vez? Não acredito que nunca tenha te perguntado isso.

— Não me lembro... uns dezessete, eu acho. Todo mundo, ou quase todos, já transavam como tarados, então eu achei que estava na hora de descobrir o motivo de tanta empolgação. E você?

Ele ergueu o vinho.

— Acho que vou invocar a Quinta Emenda mais uma vez.

— Ah, não, sem essa! Isso deve estar nas regras do casamento. Se eu conto uma coisa para você, você tem que me contar também.

— Essas regras são tão... severas, mas tudo bem. Eu tinha uns catorze anos. As ruas e os becos de Dublin eram muito coloridos, poderíamos dizer.

— Aposto que eram. Ei! — Ela levantou um dedo. — Você contou o ano que tinha a mais e só descobriu recentemente?

Ela observou o rosto dele ficar em branco por um momento — um acontecimento raro.

— Ah, bem. Pois é. — Ele levantou-se e começou a recolher os pratos.

— Treze anos? Sério!?

— Nas minhas circunstâncias eu tinha que crescer rápido ou pagar o preço. Mas, querida, pense em toda a prática que eu já tinha antes mesmo de nos conhecermos.

Ela inclinou a cabeça.

— É sério que você quer que eu pense nisso?

— Talvez não. Então, considere que você é a única pessoa com quem quero passar o restante da minha vida. Ele se inclinou e beijou os nós dos dedos dela.

— Boa desculpa.

— Foi mesmo, mas é a pura verdade. Eu lavo a louça e você continua a trabalhar.

— Obrigada.

Ela olhou para o quadro que ele havia começado a montar. Sim, ele conhecia bem o sistema de Eve. Já havia outro rosto para acrescentar ao quadro agora, e se levantou para prender a foto de Lupa Dison ao lado das outras. Acrescentou a tia Rosetta Vega Delagio, responsável por Lupa, as informações da detetive do caso e a linha do tempo, pelo menos, a tênue linha que havia.

Começou, então, de forma sistemática, a acrescentar ao quadro os funcionários do Santuário.

— São muitos empregados — disse Roarke, ao se juntar a ela.

— Todos eles precisam ser investigados. Peabody já deve ter começado. — Ela lançou um olhar a ele. — Você tem alguma coisa para fazer?

— Algumas, mas nada urgente.

O que provavelmente significava muito mais coisas para resolver do que a maioria das pessoas tinha em uma semana.

— Se você tiver tempo e quiser me ajudar, pode falar com Peabody para ver até onde ela já foi.

— Quer que eu pegue alguns nomes dela para pesquisar?

— Tecnicamente, talvez não seja sua função fazer isso, mas nós ganharíamos tempo.

— Adoro bisbilhotar os assuntos particulares de outras pessoas. E tenho tempo para fazer um pouco disso.

— Quero ver os nomes dos moradores daquele lugar que se encaixam no padrão. Posso eliminar qualquer um que ainda esteja vivo e bem, ou tenha sido registrado como morto.

— Talvez você consiga uma ideia melhor de quem pode estar entre as nove restantes. — Ele tocou com o dedo a foto de Lupa. A menina dos olhos tristes. — Você notificará a tia?

— Amanhã. Fazer isso agora não vai mudar a noite para ninguém. Vou dar mais uma olhada nos residentes mais velhos, homens. Talvez surja alguma coisa.

— Então vou brincar um pouco com os nomes que estão com Peabody. — Mas antes ele a puxou, colou o corpo contra o dela e a segurou com força. — Mais tarde, talvez surja alguma coisa para nós dois.

— Sei... — Ela fechou os olhos por um momento e se permitiu ficar ali. — Poderia ter sido eu. E do outro lado do oceano, em outro prédio desse tipo, poderia ter sido você.

— Éramos espertos demais para escaparmos? Ou simplesmente muito durões?

— Um pouco dos dois, mas mesmo os espertos e durões podem cair num alçapão. De qualquer modo... — Ela ergueu o rosto e o beijou. — Vamos continuar assim: espertos e durões.

— Não conseguiríamos ser de outra forma.

Ele foi para o escritório ao lado e deixou a porta aberta.

Ela voltou para sua mesa e passou as mãos pelo rosto. E então começou a trabalhar.

Em uma hora já tinha eliminado quase todos da lista, com exceção de dezoito nomes. Alguns levavam o que parecia ser uma vida normal, até mesmo produtiva. Outros tinham cumprido pena ou estavam presos, distribuídos em vários estabelecimentos estaduais ou federais. Alguns estavam mortos, todos por morte violenta.

Alguns daqueles dezoito tinham mudado de nome, ela supôs; talvez tivessem falsificado a própria identidade; outros simplesmente tinham desaparecido por completo.

Se precisasse caçá-los, ela iria recorrer à DDE ou talvez a Roarke. Por enquanto, porém, trabalharia com o que tinha.

Usando o outro lado do quadro, marcou os que considerava suspeitos ou vítimas em potencial.

Decidiu mandar o que conseguira para DeWinter e para a especialista em reconstituição de rostos. Talvez aquilo as ajudasse. Depois disso, recostou-se na cadeira para dar uma boa olhada nos residentes do sexo masculino.

Crianças também matavam, refletiu. Talvez não com tanta frequência, e muito dificilmente com a mesma inteligência dos adultos. Mas também matavam.

Ela mesma o fizera quando tinha oito anos.

Não foi a mesma coisa, lembrou a si mesma. Pare de levar isso em consideração.

Ela afastou o pensamento e começou a pesquisar mais a fundo os residentes do sexo masculino.

Estava na segunda caneca de café e já tinha marcado o primeiro nome da lista quando Roarke voltou.

— Peabody adiantou muita coisa — começou ele —, e já terminamos a investigação do primeiro lote. — Ele colocou um disco sobre a mesa. — Ela enviará uma cópia para o seu computador, mas achei que você também gostaria de uma cópia para arquivar.

— Conte o que descobriram.

— Existem vinte e quatro pessoas que trabalham ou servem no CPSRJ, funcionários ou voluntários, em período integral ou parcial. Seis deles já trabalhavam lá ou começaram quando o centro foi inaugurado, quinze anos atrás; quatro deles vieram do Santuário para o CPSRJ.

— Foram poucos funcionários do Santuário para o novo prédio. Não há muitos para investigar.

— Sim, porque a maior parte dos "funcionários" do Santuário eram voluntários, não recebiam pagamento. Desses nomes, somando os funcionários e os voluntários que foram para o CPSRJ ou deixaram de trabalhar lá, nenhum tem antecedente criminal, exceto cinco deles, que receberam condenações entre oito e vinte e seis anos.

— Quero mais detalhes sobre esses cinco.

— Imaginei que sim. Três apreensões ilegais, todos passaram por programas de reabilitação; um foi preso por bebedeira e desordem pública, também passou por reabilitação; o último cumpriu pena por vandalismo. Também achamos uma esposa abandonada que pintou obscenidades com spray no veículo do marido; as acusações contra ela foras retiradas. Nenhum deles tem nada que mostre violência contra crianças ou meninas.

— Não significa que não tenham praticado.

— Verdade — concordou Roarke. — Boa parte das pessoas que trabalharam no Santuário e agora trabalham no CPSRJ tem antecedentes criminais. Todas envolvem prisões por porte ou uso de drogas ilegais. Nesse grupo também há alguns que foram acusados de agressão, mas nada que envolvesse crianças. Também encontramos transgressões menores, furtos em lojas, pequenos roubos, todos também ligados a drogas ilegais. E todos os que foram contratados ou aceitos como voluntários completaram pelo menos um programa de reabilitação, estavam limpos havia um mínimo de dois anos e foram aprovados em avaliações físicas e psiquiátricas.

— Algumas coisas sempre escapam.

— Você tem razão. — Ele se apoiou na quina da mesa dela. — O que estou dizendo é que, pelo menos aparentemente, os chefes da antiga organização e da atual fizeram exatamente o que deveria ser feito no momento da contratação. Investigaremos da mesma forma ao contratar pessoas para trabalhar na nossa Didean.

— Suas investigações não serão superficiais.

— Não, não serão. — Ele olhou para a parte de trás do quadro. — E quanto a estes nomes?

— Dezoito que ninguém sabe se estão vivos e levam uma vida normal ou se estão mortos. É possível que alguns tenham conseguido identidades falsas para escapar da rede da justiça. É provável que pelo menos um ou mais estejam realmente mortos e ainda não tenham sido encontrados ou identificados. Essa é a probabilidade.

Ela pegou seu café novamente e completou:

— Onze desses dezoito vieram de lares onde sofriam abusos físicos. Três eram fugitivos crônicos. Os outros fizeram reabilitação por uso de drogas ilegais e/ou álcool.

Quando o gato nem um pouco magro bateu com a cabeça contra sua perna, Roarke o ergueu para acariciá-lo.

— Onze em dezoito. Essa porcentagem é um péssimo testemunho do estado do mundo.

— Algumas pessoas não deveriam sequer ter permissão para procriar. Pelo menos algumas das nossas nove vítimas restantes estão lá. Seria lógico esperar isso. Quanto aos outros residentes, estou encontrando muitos rebeldes. E vários deles com certeza se tornaram homens maus. Pesquisei exatamente... — ela olhou a tela para confirmar — ... vinte e oito nomes. Dezenove desses vinte e oito cumpriram pena depois de adultos. Sete desses dezenove ainda estão cumprindo sentença ou já estão na segunda condenação. Um deles já cumpre sua terceira sentença. Pode ser que os outros doze desses dezenove tenham aprendido a lição ou ficado mais espertos.

— Grande trabalho policial!

Ela deu de ombros.

— Um dos doze escreveu um livro sobre ser mau, a dor do encarceramento, as alegrias de levar uma vida limpa e o que é preciso para conseguir isso. Ganha a vida dando palestras. Achei absurdamente caros os preços dessas palestras. Não gostei dele.

— Acha que pode ser o assassino?

— Não, simplesmente não gostei dele.

Quando Roarke colocou o gato na mesa, Galahad se esparramou sobre ela como se fosse um pedaço de grama verde de verão ao sol.

Eve o deixou ficar deitado ali... por ora.

— Li trechos de algumas entrevistas que ele deu — continuou. — Ele passa aquela impressão de filho da puta pomposo, levemente coberta por uma humildade gosmenta. O nome é Lemont Frester. Vou rastreá-lo. Ele tem uma casa em Nova York. Seu *pied-à-terre*, como ele o chama. Quem usa esse termo, para mim, não passa de um idiota pomposo.

— Vou me abster de usar esse termo daqui pra frente.

— Ótimo. Dos nove que nunca cumpriram pena, entre os vinte e oito, um deles é policial em Denver; tem ficha boa, mas vou investigar mais a fundo. Dois trabalham no serviço social, um deles é advogado, um trabalha num laboratório médico, um é dono de um bar em Tucson e os outros estão no que você chamaria de emprego comum de nível médio. Os vinte e oito geraram... — ela conferiu a tela mais uma vez — ... treze descendentes, e oito não tiveram filhos. Dos vinte que tiveram filhos, dez ainda moram na mesma casa que os referidos filhos. E do total dos vinte e oito, entre os que estão presos ou não, dezenove têm Nova York como residência fixa.

— Quantos ainda há para pesquisar?

— O triplo disso — disse Eve, apertando os olhos com os dedos.

— Coloque a busca no automático. Sei que ainda não é muito tarde — disse ele, antes que ela tivesse chance de protestar —, pelo menos não na nossa rotina, mas você poderá voltar renovada para analisar os novos dados amanhã de manhã. Você está nesse ritmo há mais de doze horas.

— Sem uma única pista concreta.

— Mas você obteve muita informação, conseguiu a identificação de três das doze meninas, e vários nomes foram eliminados como vítimas ou possíveis assassinos.

— Ok. — Ela esfregou o rosto novamente. — Parece que por hoje não há mais nada a fazer além de mastigar dados, pelo menos até o momento.

Tinha que encontrar mais, eliminar mais, pensou, enquanto ordenava que o computador continuasse as tarefas no modo automático. Fale com mais pessoas, olhe-as nos olhos, disse a si mesma enquanto saía dali com Roarke. Volte à cena do crime, volte ao santuário de DeWinter, fale com a tia da Lupa, rastreie o filho da puta pomposo. E dê uma boa olhada em qualquer residente do sexo masculino que tenha cumprido sentença de longo prazo iniciada após os assassinatos.

Não dava para continuar matando garotas de dentro de uma jaula.

Ela começou a explorar mentalmente aquela teoria quando o gato saiu do escritório.

Um menino, especulou Eve. Alguns anos mais velho e carismático. Ele teria que ser carismático para atrair garotas até aquele prédio vazio. Como conseguira aquilo?

Algumas das meninas — pelo menos algumas — certamente o conheciam, confiavam nele e talvez se sentissem atraídas por sua figura.

Ele as colocou lá dentro e as subjugou.

Como?

Drogas? Muitos daqueles jovens tinham problemas de abuso de substâncias e a esperteza das ruas. Talvez ele as tenha drogado e depois matado.

Como?

Por mais que ela odiasse, teria que esperar que DeWinter contasse a ela.

Frustrada, entrou no quarto.

A árvore de Natal estava perto da janela da frente, como já acontecia havia três Natais. A sala cheirava a pinho e toras de macieira que queimavam na lareira.

O gato estava encolhido bem no centro da cama, como se estivesse ali havia horas.

— Nós não precisamos fazer isso hoje à noite — disse Roarke.

Ela olhou para a pilha de caixas de enfeites e balançou a cabeça para os lados em negativa. Eles já haviam montado aquela árvore juntos duas vezes, nos anos anteriores. E continuariam a manter a tradição por um zilhão de anos, se dependesse dela.

— Esta noite está boa. Esta noite é a certa. — Ela pegou a mão dele e a apertou. — O que você acha de tomarmos um pouco mais de vinho enquanto enfeitamos aquele troço?

— E se a gente estourar um champanhe?

— Melhor ainda.

Capítulo Oito

A primeira vez que ela entrou no quarto e viu uma árvore de Natal foi um pouco avassaladora. Agora era simplesmente uma tradição. Os elfos podiam cuidar do restante da casa, decorá-la com luzes e enfeites, erguer uma dúzia de árvores — Eve não sabia ao certo quantas havia —, mas aquela era deles.

Assim, com a lareira crepitando, o champanhe borbulhando e uma sentimental música de Natal tocando ao fundo, eles começaram a decorar sua árvore pessoal.

O gato se desenroscou e sentou-se por alguns instantes para assistir à cena. Com decidida falta de interesse, espreguiçou-se, balançou as orelhas e o rabo, fez seus três círculos habituais com o corpo e preparou-se para mais um cochilo.

— Nessa época de Natal a cidade inteira parece turbinada e sob o efeito de Zeus — comentou Eve. — E vai piorar. Então teremos as invasões de domicílio, tão tradicionais quanto o Papai Noel. O Ladrão de Natal aparece e rouba todos os presentes debaixo da árvore antes do amanhecer.

— "O Natal é uma fraude", como dizia Scrooge no conto de Dickens.

— Isso mesmo. Era a versão dele para o "ho-ho-ho". Depois temos os furtos em lojas e os batedores de carteira, quando os turistas circulam com as carteiras quase pulando para fora dos bolsos direto nas mãos dos larápios.

— Ah, lembranças felizes — completou Roarke. — Dezembro sempre foi um mês agitado quando eu era um menino batedor de carteiras que quase pulavam dos bolsos.

— Tenho certeza que era. No meu tempo de recruta era impossível acompanhar os relatórios de incidentes sobre assaltos, roubos de bolsas e carteiras surrupiadas ao longo do mês de dezembro. — Ela pendurou um Papai Noel alegre com um saco transbordando de presentes. — É perto do Natal que aumentam as brigas domésticas, os bêbados e os desordeiros, os autoextermínios malsucedidos, os assassinatos e o favorito do feriado: assassinato seguido de suicídio.

— Ah, a minha policial! — disse ele, com tom afetuoso. — Quantos pensamentos alegres ela tem nesta ocasião festiva.

— Eu gosto.

— De assassinato seguido de suicídio? Desculpe, querida, vou ter que decepcionar você nesse item. Talvez ano que vem.

— Não, eu gosto do Natal. Não curtia quando era criança, depois de Richard Troy — explicou. — Ele saía, bebia todas, provavelmente transava. Pensando bem, ele sair era um presente. De qualquer forma, depois dele era sempre estranho quando eu estava em lares adotivos, e deprimente nos orfanatos, então a data não estava entre as minhas preferidas.

— Minhas lembranças também não têm o famoso peru assado nem as rabanadas. Eu geralmente ia para a casa de um amigo ou alguns de nós saíamos e ficávamos fazendo nada.

— Você quer dizer "bater mais carteiras".

Ele lançou um olhar alegre para ela.

— A gente precisava comemorar de algum jeito, ora.

— É verdade. Eu costumava fazer turnos extras para que os policiais com família tivessem folga. E depois que Mavis e eu ficamos amigas, sempre fazíamos alguma coisa juntas. — Ela analisou uma rena prateada brilhante. — Por que essas renas voam? E por que precisam de rédeas?

— Elas precisam de rédeas para o Papai Noel controlar o trenó.

Ela lançou um olhar meio de soslaio para ele.

— Tudo bem. Como eu ia dizendo... quando eu andava com Mavis no Natal, isso quase sempre envolvia muito álcool.

— Podemos seguir essa tradição. — Ele encheu a taça dela.

— Uma vez ela me arrastou para patinar no gelo. — A lembrança a fez rir e, diabos, ela bebeu mais um gole do champanhe. — Nós duas devíamos estar muito mamadas naquele dia, senão ela nunca teria me convencido a fazer isso.

— Eu pagaria um bom dinheiro para ver a cena.

— Ela patinava muito bem. Caraca, ela estava com um casaco rosa cheio de flores roxas e tinha pintado o cabelo de vermelho e verde natalino.

— Isso não mudou. Eu sempre me pergunto como foi que Mavis conseguiu aquele casaco cinza feio que você pegou emprestado. — Ele tocou no botão que sempre carregava no bolso; o mesmo botão que tinha caído do medonho casaco que Eve usava no dia em que os dois tinham se conhecido.

— Era um resquício dos dias em que ela aplicava golpes. Uma roupa comum que não chamava atenção, segundo ela mesma dizia.

— Isso explica tudo. — Ele deslizou o botão novamente para o fundo do bolso. — E você, como se saiu sobre o gelo, tenente?

— É se equilibrar e se movimentar. Eu consegui ficar em pé. Ela também conseguiria numa boa, só que ficava tentando dar aqueles giros extravagantes e caía de cara ou de bunda no gelo. Ganhou hematomas por todo o corpo, e eu ainda tive que arrastá-la para fora da maldita pista de gelo depois de uma hora, mais ou menos. O gelo é muito frio.

— Sim, é o que dizem. Nós deveríamos tentar patinar algum dia.

— Patinar no gelo? — Ela olhou para ele com um genuíno ar de choque. — Você? Eu?

— Sim, é o significado de "nós". Brian, eu e alguns amigos "pegamos emprestados" alguns patins, num inverno. Devíamos ter catorze ou quinze anos, mais ou menos. Tentamos jogar hóquei no gelo seguindo as famosas "regras de Dublin", que quer dizer "sem regras". E sim, por Deus, os hematomas foram majestosos.

— Hóquei... talvez. — Ela pensou na proposta enquanto pendurava outro enfeite. — Pelo menos esse esporte tem um propósito. Caso contrário, você simplesmente prende umas lâminas nos pés e fica de um lado para o outro sobre água congelada. Puxa, qual o objetivo disso?

— Relaxar? Se exercitar? Se divertir?

— Acho que nos divertimos, sim, mas estávamos bêbadas. Ou quase bêbadas. Acho que terminamos de ficar totalmente bêbadas enquanto voltávamos para a minha casa. Que agora é a casa da Mavis. Veja só, minha antiga casa virou a casa dela, do Leonardo e da Bella. Isso é meio estranho, pensando bem.

— São as mudanças da vida. — Ele fez uma pausa para brindar com ela. — Ou mudanças dentro de cada um.

— Acho que sim. — Ela percebeu que já estava meio bêbada, mas tudo bem. — Aqui estamos nós, decorando a árvore. Eles provavelmente também têm uma na casa deles, que antes era a minha casa. Todo ano Mavis levava uma árvore pequena e falsa e me pentelhava até eu ajudá-la a montar o troço. Ela sempre a levava de volta no fim do ano, porque era esperta e sabia que eu ia jogar a árvore fora se ela a deixasse na minha casa. Mas acho que ela estava certa. Aquilo acrescentava algo bom ao ambiente.

Roarke abraçou Eve.

— Deveríamos convidá-los para tomar alguns drinques antes da semana do Natal. Só nós quatro. Bem... cinco, com a bebê.

— Isso seria bom. — Apoiando-se nele, ela analisou as luzes, o brilho, o símbolo. — Isso aqui também é ótimo. Somos tão bons em montar árvores quanto os elfos. Vamos dar uma festa, não vamos? Uma daquelas festas em que meio milhão dos nossos amigos mais próximos vêm aqui comer comida chique e beber o suficiente para fazê-los dançar como lunáticos, certo?

— Vamos, sim. Está marcado na sua agenda, aquela à qual você nunca presta a menor atenção.

— Então como é que eu sabia que iríamos dar uma festa?

— Um bom palpite.

Ela riu porque sabia que era verdade e se virou para que ficassem cara a cara, os braços dela em volta da cintura dele.

— Sabe o que tudo isso me dá vontade de fazer? Essa decoração, essa visita pelas memórias...

— Viagem. A gente diz "viagem" pelas lembranças.

— Viagem, visita, tudo leva a algum lugar. Quanto à ideia de dar uma grande festa? Isso me faz querer socar você... e socar com força.

Ela enganchou o pé atrás do dele e desequilibrou-se quando ambos caíram na cama. Galahad acordou, lançou a eles um olhar de indignação e pulou para fora da cama.

— Com quanta força? — quis saber Roarke.

— *Muita força*. Me avise quando doer.

Ela tomou sua boca — um lugar excepcional para começar. Mordeu o lábio dele de leve e roçou os dentes antes se deixar levar num encontro de línguas.

Estar ali era tudo o que ela queria no mundo.

Ali ela conseguia se livrar dos sofrimentos e frustrações do dia, até mesmo da dor que ela não podia permitir que viesse à tona e atrapalhasse o trabalho. Ali, com ele, ela iria se livrar do cansaço emocional que a arrastava desde que vira doze vidas jovens privadas de todas as possibilidades e potenciais.

Ali havia alegria, e ela podia agarrá-la, segurá-la com a alma e sentir a vida se abrir em flor.

Os músculos fortes dele estavam sob o corpo dela; suas mãos rápidas e habilidosas já vagavam. E veio o beijo longo e ardente.

Ela sentiu sumir a tensão e a preocupação que a perseguia, mesmo durante seu prazer de montar a árvore de Natal. O aperto no peito se afrouxou aos poucos, deslizou para longe e libertou-a.

Agora ela era apenas a Eve dele, apenas a sua mulher, quente e ansiosa por recebê-lo. Atraindo e oferecendo amor.

Ele arrancou a blusa dela do cós da calça, pois queria sentir a pele de Eve sob suas mãos... toda aquela pele macia que lhe descia pelas costas longas e estreitas.

E descobriu que nenhum dos dois tinha notado que ela ainda usava o coldre com a arma.

— Cacete! — murmurou Roarke, movendo-se de lado em busca do botão que soltava o coldre.

— Merda. Eu me esqueci! Espera, eu consigo.

— Certo. — Ele se afastou um pouco dos ombros dela e ignorou a careta que ela fez quando o coldre caiu no chão com um baque seco. — Agora você está desarmada, tenente.

— É melhor você não negar fogo.

Ele riu, rolou e inverteu suas posições.

— Nunca com você por perto. A minha policial.

Ele mordiscou o lábio de Eve enquanto seus dedos se ocupavam em arrancar a blusa dela.

— E você ainda está com esse terno! — reclamou ela e lutou contra o paletó dele. — São muitas peças de roupa.

— Não estou com pressa.

— Fale por você.

— Ah, você tem pressa? — Disposto a atendê-la, ele deslizou a mão para baixo da calça dela, que já estava aberta, e a levou rapidamente ao pico de um orgasmo.

Quando ela gritou de choque e satisfação, ele baixou a boca até o pescoço dela.

— Não é preciso tanta pressa.

Ele se alimentou ali, onde o pulsar dela martelava, então baixou os lábios para o seio, muito firme e suave, onde seu batimento cardíaco trovejava.

O corpo dela era uma fonte constante de alegria e admiração para ele. Muito magro, muito esbelto. Pele acetinada sobre músculos resistentes. Ele sabia onde tocar para fazê-la estremecer; sabia onde lamber para provocar um suspiro.

Ele fez as duas coisas ao mesmo tempo enquanto eles lutavam para tirar as roupas um do outro.

Pronto!, pensou ela. Ali estava ele, completamente nu, duro e faminto de desejo por ela. Tudo em Roarke era muito familiar, e aquele conhecimento íntimo lhe trazia mais emoção. Todo aquele cabelo glorioso que deslizava sobre a pele dela, os ombros fortes, os quadris estreitos.

Ela segurou o membro quente e pronto, como ela — e o teria guiado até seu interior, mas ele a puxou para cima dele. Eve passou os braços no pescoço de Roarke, puxando-o mais para perto.

E se uniu a ele.

Estremecendo sem parar, ela baixou o rosto e o encostou no ombro dele. Era impossível sentir tanto prazer; era incrível saber que havia mais para dar e receber.

A lareira crepitava, lançando sombras e luzes sutis em volta deles. A árvore cintilava, espalhando alegria.

Mais uma vez os lábios deles se encontraram e se colaram com força.

Ela se moveu com ele e o envolveu com força, dentro dela. As mãos de Eve emolduraram o rosto de Roarke em um gesto que quase fez o coração dele explodir.

Somente com ela o amor e a luxúria estavam tão perfeitamente entrelaçados. Só ela satisfazia cada necessidade dele, cada anseio, cada desejo que ele já tinha tido, e todos os outros nos quais nunca sequer havia pensado.

Ela se curvou para trás, presa e apanhada naquela escalada final. Seu cabelo esvoaçava com a luz do fogo, sua pele cintilava.

Mais uma vez ele beijou o pescoço dela — um gostinho para acompanhá-lo no abismo. E se rendeu ao orgasmo ao mesmo tempo que ela.

Todas as moças bonitas estavam sentadas em círculo, de pernas cruzadas no chão. Ela reconheceu três delas — Linh, Lupa e Shelby. Todas as outras usavam máscaras. E as máscaras mostravam o rosto de Eve.

— Somos todas iguais mesmo — disse uma das Eves. — No fundo, somos todas iguais até você conseguir descobrir a verdade.

— Vamos descobrir o nome, o rosto e quem vocês eram — prometeu Eve. — E vamos pegar quem matou vocês.

— Eu só queria me divertir um pouco. Meus pais são muito rígidos, muito conservadores em relação às coisas. — Linh fez uma careta e deu de ombros. — Eu precisava mostrar a eles que não podiam mais me tratar como criança. Isso não devia ter acontecido. Não é justo.

— Essa coisa de ser justo é a maior furada — reagiu Shelby, com uma risada amarga. — A vida é uma bosta. Eu estar morta é mais uma prova disso. Não dá para confiar em ninguém — disse a Eve —, esse é o lance. Você sabe do que eu estou falando.

— Em quem você confiou? — quis saber Eve.

— Você precisa confiar nas pessoas — insistiu Lupa. — Algumas coisas ruins acontecem mesmo quando você é boa. A maioria das pessoas é boa.

— A maioria das pessoas são idiotas que só pensam em si mesmos. — Assim que disse isso, uma lágrima correu pelo rosto de Shelby. — Se eu tivesse uma faca que nem você, não estaria aqui. Você teve sorte. Eu nunca tive uma chance, nunca! Ninguém dá a mínima para mim.

— Eu dou! — disse Eve. — Eu me importo!

— É o seu trabalho. Somos apenas seu trabalho.

— Sou boa no meu trabalho porque me importo. Sou tudo que você tem, garota.

— Você é como nós. Pior que nós! — rebateu Shelby, completamente amargurada. — Eles nem te deram um nome. O que você tem foi simplesmente inventado.

— Não é mais assim. Meu nome é quem eu sou agora. Eu *me tornei* o que sou hoje.

Todas as garotas bonitas sentadas no círculo olharam para ela. E todas disseram a uma só voz:

— Nós nunca teremos chance de ser nada!

Ela acordou com um sobressalto. Roarke se sentou na lateral da cama, já completamente vestido, e acariciou a bochecha de Eve.

— Acorde, Eve!

— Estou acordada, já estou acordada. — Ela se sentou, sentindo-se aliviada por tê-lo tão perto enquanto ela se livrava das tristezas do sonho. — Isso não foi um pesadelo. — Mesmo assim foi consolada por ele e pelo gato que parou de bater a cabeça contra o quadril dela para abrir caminho até o seu colo. — Foi só o meu subconsciente me dando uma trolha mental para começar o dia. Estou bem.

Ele segurou o queixo dela, o polegar roçou de leve na covinha do queixo dela, enquanto ele analisava o seu rosto. Então assentiu ao notar que ela estava bem.

— Então você vai querer café.

— Quero café tanto quanto quero respirar.

Ele se levantou para buscar a bebida e deu a ela mais um momento para se acalmar.

Ela se sentou, relembrando o sonho enquanto acariciava o gato.

— Todas as doze vítimas estavam sentadas em círculo — contou Eve, quando ele voltou. — Todas as que ainda não identificamos tinham o meu rosto.

— Isso é perturbador.

— Estranho, com certeza, mas... apropriado, eu acho. Meninas perdidas e sem nome. É exatamente isso que eu era. — Eve pegou o café preto e forte que ele tinha trazido e tomou um gole. — Shelby Stubacker falou tudo que quis, estava revoltada de verdade. Em quem ela confiava? Em quem confiou o bastante a ponto de baixar a guarda? Porque acho que os instintos dela eram bem fortes e ela não devia baixar para qualquer um, não.

— Certamente era alguém em quem confiava, ou alguém que ela acreditou que poderia manipular. Como fez com Clipperton.

— Numa tentativa de se dar bem. É, pode ter sido isso.

Ela olhou para a saleta onde o telão mudo exibia os relatórios financeiros que interessavam a Roarke.

— Você já está acordado há muito tempo?

— Um pouco.

— É melhor eu me atualizar das novidades. Obrigada pelo café. — Ela mexeu com Galahad, esfregou sua barriga rechonchuda e deslizou para fora da cama.

Quando saiu do chuveiro, aquecida pelo tubo de secagem e pelo robe de caxemira, ela o encontrou conversando com alguém pelo *tele--link*, diante de dois pratos cobertos sobre a mesa, um bule de café e o fluxo ininterrupto de números e símbolos que ainda rolavam no telão.

Aquele homem era o deus das multitarefas, pensou.

Sentou-se ao lado dele e ergueu com cuidado a tampa que cobria o prato. Em seguida, fez uma dancinha no assento macio ao ver grossas fatias de rabanada e uma bela tigela de frutas vermelhas, em vez da aveia que achava que fosse encontrar.

Provou uma framboesa e serviu-se de mais café — enquanto ele encerrava a transmissão.

— Achei que sua trolha mental matinal merecia uma rabanada.

— Talvez valha a pena acordar de um sono desses todos os dias. Você acabou de comprar o quê? Um sistema solar?

— Só um planetinha. — Ele entregou o xarope de bordo para ela e observou-a afogar a rabanada. — Na verdade, foi apenas uma conferência rápida com Caro, para ela fazer alguns malabarismos e acertar a agenda de hoje.

A administradora supereficiente de Roarke conseguia fazer malabarismos com os horários dele, ao mesmo tempo em que se equilibrava sobre uma bola em chamas.

— Você não precisa mudar seus compromissos só por causa das minhas coisas.

— Eu queria um pouco mais de tempo hoje de manhã. Você vai começar a trabalhar aqui do seu escritório, presumo.

— Esse é o plano.

— O meu é o mesmo. As outras coisas podem ser reorganizadas, ainda mais se eu puder ser útil. Não podemos retomar a reforma no prédio até você encerrar o caso — acrescentou. — Num nível menos prático, eu não conseguiria começar as obras até você fechar o caso. Essas garotas não são minhas tanto quanto são suas, Eve, mas...

— Foi você que as encontrou.

— Exato, e preciso saber o nome delas, olhar para o rosto de cada uma e ver o responsável ser punido tanto quanto você. O que esperamos conseguir naquele lugar sobre o qual falamos é manter os jovens, os vulneráveis e os feridos em segurança. Essas doze garotas resumem todo o nosso propósito.

Ela queria que ele virasse aquela página, percebeu, quase tanto quanto queria o mesmo para as mortas e todos os que elas tinham deixado para trás.

Ele queria construir algo bom, forte e necessário. Ela queria dar a ele todos aqueles nomes, para que conseguisse alcançar aquilo.

— Aposto que foi alguém que vivia ou trabalhava lá. É uma aposta baseada em probabilidades, mas são chances muito boas. O lago onde estamos pescando não é tão grande. Além do mais, ele parou de matar, caso DeWinter e Dick Cabeção estejam certos nas estimativas. Portanto, os restos mortais foram todos lacrados atrás daquela parede há aproximadamente quinze anos. O foco da investigação começa em alguém que viveu ou trabalhou lá e que morreu, se mudou ou foi colocado em uma jaula logo após aquele período.

— Ou mudou seu cemitério para outro lugar.

— Já pensei nisso. — Ela deu uma garfada enquanto o gato a observava com um misto de esperança e ressentimento. — Mas por que ele faria isso? A coisa estava funcionando bem. O prédio estava trancado, sem compradores, sem planos. E simbolizava as meninas. É para onde iam as jovens vulneráveis e feridas. Ele sabia como acessar o lugar, o espaço era familiar para ele. Por que iria procurar outro local que não fosse tão adequado?

— Espero que você tenha razão.

— Se ele tivesse que se mudar por algum motivo, certamente teria procurado outro lugar em sua nova área. Mas até agora não encontrei nenhum crime semelhante. E duvido muito que ele conseguisse criar outro mausoléu.

Não, pensou Eve, ele não conseguiria escapar numa boa durante tanto tempo uma segunda vez.

— Este lugar basicamente caiu no colo dele — apontou. — Não podem haver tantas oportunidades como essa. Mesmo assim existem buracos nessa teoria — admitiu, com a boca cheia de rabanada. — Veja Lemont Frester, por exemplo. Ele conseguiu ganhar uma bela grana e agora viaja por toda parte. Caso seja um predador tarado, pode continuar com seus hábitos predatórios doentios em todo o mundo, e até fora dele.

— Que pensamento otimista!

— Estou dando uma pesquisada nele, mas para fazer esse tipo de coisa durante tanto tempo é complicado. Ainda mais alguém como ele, que está sempre sob os olhos do público. É difícil engolir isso. Não que seja impossível, mas não é fácil.

— Você vai interrogá-lo hoje?

— Está na minha lista. Também vou pentelhar DeWinter e sua equipe, informar os parentes mais próximos de Lupa Dison da sua morte, conseguir as informações extras que eu puder sobre ela, talvez dar mais uma passada no CPSRJ e blá-blá-blá. No topo da lista estão as nove meninas que ainda temos que identificar. Então é melhor eu começar logo.

Ela se levantou para ir até o closet.

— Use a calça jeans preta. Aquela mais justa — acrescentou Roarke. — Com a jaqueta preta curta com barra em couro e zíper nas mangas e a camiseta preta com decote canoa e botas pretas em estilo motociclista. Coloque a calça para dentro das botas.

Ela parou dentro do closet para ouvi-lo enquanto ele recitava toda a roupa que ela devia usar naquele dia.

— Você está me sugerindo preto? Você vive me convencendo a usar roupas coloridas.

— Nesse caso serão linhas e texturas fortes, além do preto bruto. Você vai ficar com uma aparência meio perigosa.

— Ah, vou? — Ela se empolgou. — Estou a fim de ficar perigosa.

— Estarei em meu escritório quando você terminar.

Ela pegou tudo que ele tinha sugerido, vestiu-se e então, por curiosidade, olhou-se demoradamente no espelho. Caraca, ele tinha acertado mais uma vez. Ela de fato parecia meio perigosa.

Alimentando a esperança de ter uma chance de usar aquele seu ar de perigo, foi para o seu escritório.

Sentada à sua mesa, consultou os resultados da busca automática.

Examinou os sessenta e três suspeitos restantes. Encontrou quatro deles que tinham morrido um ano após os assassinatos, e os separou como possíveis assassinos.

Também marcou qualquer um que tivesse cumprido pena, principalmente por crimes violentos.

Por fim, buscou alguma indicação de suspeitos que tivessem habilidade ou interesse em construção; em seguida, cruzou seus dados com os das pessoas que Peabody e Roarke tinham investigado.

— Pode ter sido um trabalho de equipe — declarou ela, quando Roarke entrou. — Um matava e o outro limpava, ou ambos faziam as duas coisas. Não gosto dessa possibilidade porque ela envolve muito tempo... quinze anos é muita coisa para duas pessoas suprimirem o desejo de matar e ainda ficarem de boca fechada.

— Ou os dois podem estar mortos ou presos.

— É uma possibilidade. Duplas desse tipo geralmente têm um dominante e um submisso. — Ela tamborilou os dedos na mesa. — O membro mais velho e confiável da equipe explora o lado sombrio do mais novo. Pode ser. Por outro lado, isso significaria manter um segredo guardado durante muito tempo, e duas pessoas geralmente não guardam essas coisas muito bem, ainda mais quando uma delas está na prisão. De qualquer modo, o trabalho em equipe é eficiente. Mas é preciso escolher as garotas, matá-las e escondê-las. É bastante trabalho.

— Não parece trabalho quando a pessoa gosta do que faz.

Ela olhou de novo para o quadro do crime.

— Não, não é, e ele devia gostar. Ninguém continua fazendo algo desse tipo a menos que goste... ou se sinta compelido... ou até que alguém ou algo o impeça.

Ela apontou para a tela onde tinha colocado três rostos e três nomes.

— Estas três eram fugitivas crônicas. Pelo menos uma delas era. São apenas possibilidades, mas é muito provável que ao menos uma esteja no laboratório da DeWinter. Vou mandar essas fotos para a reconstrutora de rostos, caso seja útil.

— Por que você não me dá uma parte dos residentes do sexo masculino para eu investigar mais a fundo? Posso fazer isso nos meus intervalos de hoje, quando aparecer algum tempinho.

— Ok, vou te enviar alguns deles. Se você não conseguir avaliá-los, me avisa. Agora eu preciso ir. Já entrei em contato com Peabody para que ela me encontre no endereço da Rosetta Vega. Vamos fazer a notificação oficial sobre a morte da sobrinha e ver se ela pode acrescentar algo.

— Frester vai dar uma palestra no salão principal do Roarke Palace Hotel, esta tarde.

Eve exibiu um olhar especulativo.

— É mesmo?!

— Sincronia excelente, não acha? É um discurso na hora do almoço, o evento será do meio-dia às duas. Eu não fazia ideia disso. Não me informo sobre reservas de espaço para eventos, mas pensei em verificar o que mais ele agendou para Nova York, e você pode aproveitar um detalhe: haverá uma rodada de vinte minutos com perguntas e respostas após a sua palestra.

— Será muito prático, pois tenho perguntas para fazer a ele. Obrigada, agora eu preciso ir.

— Envie-me os nomes das outras meninas que você conseguir ao longo do dia, ok?

— Ok. — Ela colocou as mãos nos ombros dele. — Agora, vá comprar aquele sistema solar.

— Vou ver se consigo encaixar isso na minha agenda.

— Certo. — Ela o beijou e saiu para contar a uma mulher que qualquer esperança que ela ainda pudesse ter tinha acabado.

Vizinhança nobre, pensou Eve, enquanto estacionava em uma vaga na rua. Casas geminadas muito bonitas, condomínios, lojas luxuosas e restaurantes agradáveis e chiques. Os passeadores de cães, as babás e as empregadas domésticas já se movimentavam em suas primeiras tarefas do dia, junto de algumas pessoas com bons casacos e botas de excelente qualidade a caminho do trabalho.

Sentiu o cheiro de açúcar e fermento vindo de uma padaria quando um dos clientes que vestia um belo casaco entrou; em seguida, ouviu a tagarelice das crianças, muitas com uniformes elegantes, a caminho da escola.

E viu Peabody virar a esquina, com seu casaco grande e roxo e botas de caubói cor-de-rosa.

— Acho que não está tão frio. — Foi a primeira coisa que ela disse.

— Mais ou menos. Talvez um pouco frio, mas não está uma geladeira. Acho que não... — Ela parou de falar e ergueu o nariz, cheirando o ar como um cão de caça. — Tá sentindo isso? É aquela padaria. Ai, meu Deus, você sente esse aroma? Acho que nós deveríamos...

— Você não vai fazer uma notificação de morte e conversar com uma família com bafo de pão de padaria.

— Bunda de pão de padaria, no caso. Acho que ganhei um quilo só de ficar cheirando essa maravilha.

— Então vamos proteger sua bunda e trabalhar.

Eve foi até a porta de uma das lindas casas geminadas e tocou a campainha.

Em vez da habitual análise do sistema de segurança, a porta se abriu quase imediatamente e uma mulher bonita e atraente surgiu vestindo um terninho cinza.

— Você esqueceu o seu... Ah, me desculpem. — Ela ajeitou o cabelo escuro e encaracolado atrás da cabeça. — Pensei que fosse minha filha de volta. Ela acabou de sair e sempre esquece algo quando vai para a escola, então eu achei que... Desculpem — repetiu, com uma risada. — Em que posso ajudá-las?

— Rosetta Delagio?

— Isso mesmo. Na verdade, eu também estou de saída para o trabalho daqui a alguns minutos, então...

— Sou a tenente Dallas, e esta é a detetive Peabody. — Eve exibiu seu distintivo. — Polícia de Nova York.

A mulher olhou para o distintivo e lentamente ergueu o olhar de volta para o rosto de Eve. A descontração em seus olhos desapareceu, substituída por uma velha dor revivida.

— Ah... Ah, Lupa! — Ela colocou a mão sobre o coração. — Tem a ver com a Lupa, não é?

— Isso mesmo, senhora. Lamento informá-la de que...

— Por favor, não. Não me conte na porta de casa. Gostaria que vocês entrassem. Vamos nos sentar. Quero chamar meu marido, vamos nos sentar. Então você me conta o que aconteceu com a Lupa.

Capítulo Nove

— Todo esse tempo! — Rosetta estava sentada numa área de estar muito bonita, cheia de referências à família, de mãos dadas com o marido.

Juan Delagio usava a farda pesada de inverno, muito bem cuidada; os sapatos de policial brilhavam, impecáveis. Tinha um rosto marcante com ângulos bem definidos, realçado por olhos profundos e escuros.

— Acho que eu já sabia — começou Rosetta. — Porque ela nunca iria fugir, como alguns achavam que tinha feito. Nós amávamos uma à outra e, naquela época, não tínhamos mais ninguém no mundo.

— Ela ficou por um tempo acolhida no lugar conhecido como Santuário.

— Isso. Foi uma fase difícil para nós duas. Quando fui atacada e internada no hospital, não havia mais ninguém para cuidar dela. Eu soube do lugar através de um amigo e providenciei para que ela fosse acolhida lá. Eles foram muito gentis e cuidaram dela em troca de uma pequena doação, pois eu não tinha condições de oferecer mais que isso. Um dos conselheiros a levava para me visitar no hospital todos os dias. Mesmo assim, foi difícil. Eu sabia que havia jovens problemáticos naquele lugar, e minha Lupa era muito inocente, muito menininha para a idade, entende? Mas eu estava com medo de que se eles a tirassem de mim e a levassem para o Serviço de Proteção à Criança e ao Adolescente... talvez nunca mais me devolvessem ela.

— Havia algum problema com a sua tutela?

— Não, não havia, mas... Eu também era muito jovem; ainda não tinha obtido a cidadania americana e vivia com medo. Achei que ela ficaria segura no Santuário, e ela ficou. Saiu-se muito bem por lá, embora a sra. Jones tivesse me dito, na época, que Lupa tinha medo de que eu também pudesse abandoná-la. Conversávamos sobre isso nas sessões de terapia.

— Meu relatório afirma que, depois que ela voltou para casa, Lupa começou a chegar tarde e nunca deixava evidente para onde ia.

— Não era do feitio dela. Lupa era uma menina sossegada, talvez até demais. Tinha medo de fazer algo errado ou mesmo questionável e acabar sendo mandada embora novamente. É por isso que eu não a punia. Deveria ter sido mais firme — disse ela, olhando desesperada para o marido. Ele simplesmente balançou a cabeça para os lados em negativa e levou as mãos unidas aos seus lábios. — Eu disse a ela que queria conhecer seus novos amigos; que a gente podia convidá-los para comer uma pizza, ou eu poderia cozinhar algum prato especial para eles. Ela era evasiva, simplesmente dizia que qualquer dia iria trazê-los. Era muito amorosa comigo, um doce de menina, então eu deixava passar. Imaginei que ela simplesmente estivesse em busca de algo só dela por um tempo. Além do mais, por que ela deveria ficar sozinha no apartamento até eu voltar do trabalho? Era uma boa menina e estava fazendo amigos. Talvez isso a ajudasse a lidar com a dor. Ela carregava muito luto na alma e ainda questionava o motivo de sua mãe e seu pai terem morrido. Teria sido culpa dela? Será que ela havia feito algo que provocara aquilo? Ela não tinha sido boa o suficiente? *Eles* não tinham sido bons o bastante?

Nesse momento, olhou para uma mesa cheia de fotos. Eve segurou a foto da irmã de Rosetta; elas eram muito parecidas, jovens e sorridentes.

— Por algum tempo Lupa conversou com nosso padre, mas continuava questionando tudo, principalmente depois que eu fui ferida.

— Ela foi atacada em um assalto — atalhou Juan. — Eram dois homens, e eles a machucaram. Mesmo depois que ela entregou a eles tudo sem criar problemas, ela foi muito machucada. Eles a retalharam toda. Você sabe como são essas coisas, tenente.

— Sim, sei.

— Uma senhora viu o assalto da janela de casa e chamou a polícia — continuou Rosetta. — Então, como eu estava muito ferida e não podia voltar para casa nem cuidar da Lupa, eles tiveram que levá-la embora. Foi então que pedi que ela fosse alocada no Santuário, e isso foi providenciado. Lupa... — Ela pareceu desmontar por um instante, mas logo se recuperou. — Ela ficou muito assustada durante o tempo em que eu passei me recuperando dos ferimentos. Isso a fez questionar tudo, ainda mais. O que ela tinha feito para merecer aquilo... ou deixado de fazer? Por que coisas terríveis aconteciam com as pessoas que ela amava e que a amavam?

— Isso é muito comum — disse Peabody. — Crianças dessa idade acham que são o centro de tudo. Coisas boas acontecem porque elas são boas... coisas ruins acontecem porque elas são más.

— Sim, Lupa era exatamente assim. Então eu achei que amigas e coleguinhas da sua idade que não tinham experimentado tanta dor seriam boas para ela. Então, uma noite, cheguei do trabalho e ela não estava em casa. Liguei para o *tele-link* dela, deixei mensagens, mas ela não retornou. Esperei, esperei muito. Perguntei por ela aos vizinhos, às colegas de escola, a todos de quem eu conseguia me lembrar. Ninguém sabia para onde ela tinha ido nem onde estava. Fui à polícia.

— Sra. Delagio. — Peabody falou com uma voz ainda mais suave quando a voz de Rosetta começou a tremer. — A senhora fez tudo certo; agiu da forma certa, e pelos motivos corretos.

— Obrigada. Agradeço por você me dizer isso. A polícia deu o alerta e procuraram em toda parte por ela. Eu procurei muito por ela. Os vizinhos ajudaram, as pessoas foram gentis. Mas os dias foram passando, as noites também... e ela nunca voltou para casa. Eu nunca mais a vi. Ela teria voltado para casa, se pudesse. Eu sabia disso, já naquela época. Acredito que ela deve ter ficado com medo. Odeio pensar nela sentindo tanto medo, querendo me ver, querendo voltar para casa.

— Existe alguma coisa específica de que você se lembre de ter ouvido durante a busca? — quis saber Eve. — Ao conversar com as pessoas, alguma coisa se destacou?

— Muita gente dizia que a tinha visto aqui... outras a tinham visto ali... As pessoas ligaram para o... como é que se chama mesmo?

— Número de denúncia? — tentou Eve.

— Isso mesmo. A polícia ia sempre até o local, mas nunca era Lupa. A detetive Handy foi muito gentil. Ainda conversamos de vez em quando, até hoje. Eu deveria contar a ela...

— Eu já contei — disse Eve.

— Vou falar com ela também. A detetive Handy nunca parou de procurar Lupa. Era a minha grande esperança, embora nós duas receássemos que... caso ela encontrasse Lupa, poderia ser... desse jeito. Anotei tudo que acontecia, fiz isso todas as noites, durante meses. Até hoje eu tenho os pequenos diários que criei.

— Podemos levá-los? Depois eu prometo devolvê-los à senhora.

— Sim, com certeza.

— Vou pegá-los — ofereceu Juan, levantando-se. — Sei onde você os guarda. Vou pedir uma folga hoje... por você e por mim. Ficaremos em casa. Precisamos tomar providências.

Ela murmurou algo para ele em espanhol, e pela primeira vez os olhos de Rosetta se encheram de água e transbordaram. Ele respondeu baixinho na mesma língua e saiu da sala.

— Eu ainda não conhecia Juan quando perdi Lupa. Eles teriam se dado muito bem. Ele a ama através de mim, porque eu a amo. Juan também procurou Lupa durante muito tempo, depois que ela se foi. Ele sabe que vamos querer marcar um serviço religioso para ela. É possível que eu... Será que posso trazer seus restos mortais para fazermos um serviço religioso e um enterro digno?

— Isso talvez demore um pouco, mas vou fazer de tudo para que vocês consigam.

Ela assentiu, lutando contra as lágrimas.

— E quanto às outras garotas? As que estavam com Lupa? Elas têm família?

— Estamos investigando e procurando.

— Juan e eu somos... afortunados. Gostaríamos de ajudar a cuidar dos despojos de qualquer uma das meninas que esteja... sozinha. Isso será possível?

Quando elas saíram para a calçada, Peabody cavou os bolsos muito fundos do seu casaco e pegou um lenço de papel.

— Desculpe. — Ela secou as lágrima e assoou o nariz. — Lidei com tudo numa boa, mas quando ela perguntou se eles poderiam ajudar a enterrar as outras vítimas...

Eve não disse nada até elas chegarem à viatura e entrarem nela.

— A maioria das pessoas é um detrito humano, na minha visão. Acho que isso tem a ver com a lei das médias... principalmente quando você tem um trabalho como o nosso. Até que de repente você esbarra em pessoas assim. Coisas ruins aconteceram com elas, coisas muito ruins, mas mesmo assim elas conseguem atravessar o inferno e saem do outro lado sem perder a integridade.

Ela entregou os diários para Peabody. Pareciam antiguidades, pensou. Pequenos livros encadernados nos quais a pessoa escrevia à caneta ou a lápis.

— Vamos dar uma olhada nisso. Talvez ela tenha anotado algo que não percebeu ser importante na época.

— McNab e eu poderíamos cuidar dos despojos de alguma das outras vítimas. Acho que dá para encaixarmos isso na nossa vida.

— Peabody...

— Isso não significa envolvimento pessoal, nem perda de objetividade — insistiu Peabody, embora não tivesse tanta certeza. — Significa apenas ser decente.

Eve não retrucou, pois viu Peabody fungar e limpar o nariz em um novo lenço de papel.

— Vamos lá pressionar DeWinter um pouco. Antes, que tal darmos uma olhada no último endereço conhecido de Shelby Stubacker, para ver se alguém lá se lembra da menina ou tem alguma informação nova?

Foi como cruzar a fronteira de um país para outro. O antigo bairro de Shelby Ann Stubacker era cheio de moradias de baixo custo construídas após as Guerras Urbanas e ruínas do que havia antes. Casas de penhores e pichações abundavam ao lado de salões de tatuagem e piercing, clubes de sexo e bares de aparência suja. Ali as pessoas não contratavam passeadores de cães, mas provavelmente tinham androides Dobermans programados para atacar. Em vez de carregar pastas, carregavam facas.

Eve usou sua chave mestra para abrir a porta reforçada de um prédio de oito andares, em meio à miséria sórdida.

O saguão tinha fedor de mijo velho e vômito, tudo misturado com o odor químico de pinho do desinfetante que alguma alma determinada tinha usado para tentar disfarçar.

Sem sucesso, pensou Eve enquanto começava a subir a escada. O fedor estava entranhado no esqueleto do prédio.

— Ela morava no apartamento 305 com a mãe e uma série de namorados que a mãe levava para morar lá, segundo relatório do tribunal que resgatou a menina daqui. Começaremos por lá.

Telões em volume elevado explodiam atrás de portas com trancas triplas e paredes finas como papel. Eve refletiu que um viciado em drogas com alguma determinação conseguiria furar aquelas paredes com um soco.

De repente sentiu o cheiro que aprendera a identificar muito bem devido ao seu contato com Bella: fraldas sujas, misturado com algo que tinha queimado no café da manhã.

— Eu ia precisar de um filtro de ar portátil para morar aqui — comentou Peabody. Com cuidado, evitou encostar nas paredes e no corrimão pegajoso. — E uma câmara de desintoxicação.

Um bebê, talvez o responsável pelo cheiro ruim de fralda, esperneava como se seus pés estivessem em chamas. Alguma alma "bondosa" respondeu à aflição da criança batendo com força em uma das paredes finas e gritando: "Cale a boca desse pentelho!"

— Que mulher simpática! — comentou Peabody, lançando um olhar duro para o corredor do segundo andar. — Eu também estaria chorando se morasse aqui. Deve ser um inferno completo crescer num lugar como este.

Como Eve já tinha morado em lugares como aquele — e até piores — em seus primeiros oito anos de vida, ela podia confirmar aquilo. Era um inferno absoluto.

No terceiro andar, ela usou a lateral do punho para bater na porta do antigo apartamento dos Stubacker. Não viu nenhuma segurança eletrônica, só um olho mágico e duas fechaduras encardidas.

Percebeu uma sombra do buraco do olho mágico e tornou a bater com mais força.

— Polícia de Nova York! — Ela segurou seu distintivo bem à vista. — Abra a porta!

Ouviu o barulho e o deslizar enferrujado de uma barra de segurança interna, seguidos de uma série de cliques fortes, até que a porta se abriu alguns centímetros, ainda presa por uma pesada corrente de segurança.

— Que diabos você quer de mim?

O que ela conseguiu ver no rosto da mulher não pareceu promissor. Ela ainda usava a maquiagem **da** véspera, muito borrada de sono. Seu travesseiro devia estar parecido com uma daquelas estranhas pinturas abstratas que ela nunca entenderia.

— Tenente Dallas e detetive Peabody. Gostaríamos de lhe fazer algumas perguntas.

— Não sou obrigada a falar com você, a menos que tenha um mandado. Conheço meus direitos.

— Só temos algumas perguntas sobre a antiga inquilina deste apartamento.

Algo astuto surgiu nos olhos miúdos da mulher.

— Você vai me pagar?

— Depende do que você tiver para me vender. Você conhecia a antiga inquilina?

— Óbvio. Trabalhei com Tracy na boate VaVoom, onde éramos dançarinas. E daí?

— Você sabe onde podemos encontrá-la?

— Não a vejo desde que ela sumiu da cidade. Já faz uns dez anos. Eu subloquei este lixo, tenho toda a documentação. Sou eu que pago o aluguel agora.

— Você conheceu a filha dela?

— A pirralha? Óbvio que sim. Ela se mandou muito antes da Tracy. Tinha uma boca muito suja, aquela garota, e costumava roubar as pessoas. Levava coisas do camarim da boate. Tracy dava surras homéricas nela, mas não adiantava. Algumas crianças nascem ruins daquele jeito, simples assim. A situação chegou a um ponto em que Tracy tinha que esconder qualquer bebida ou cerveja que houvesse por perto, senão a garota traçava tudo. Tracy me contou que uma noite chegou em casa e encontrou a garota completamente bêbada. Tinha uns dez ou onze anos e estava dando em cima do namorado da mãe. Tentou acusar o cara de tentar embebedá-la e disse que ele tinha dado em cima dela. Aquela garota mentia toda vez que abria a boca.

— Tracy me parece uma mulher do tipo "mãe do ano" — comentou Eve, friamente.

— Ela fazia o melhor com o que tinha. Aquela garota não prestava. Um dia, Tracy chegou no trabalho com um lábio arrebentado e um olho roxo. A garota tinha feito aquilo. Sabem o que aconteceu? A polícia veio e disse que Tracy abusou da pentelha só porque a garota estava com alguns hematomas. Uma mulher precisa se defender e tem o direito de disciplinar sua filha.

— Shelby voltou em algum momento, depois que foi tirada de casa?

— Quem é... ah, saquei, esse é o nome da pentelha. Pelo que eu sei, nunca voltou, a Tracy teria me contado. A garota era uma pedra no sapato da mãe. Eles a levaram embora, colocaram a garota em uma espécie de orfanato, e foi só isso. Alguns anos depois, Tracy foi embora daqui com um cara. Ele apostava em corridas de cavalos e ganhou uma bolada numa aposta tripla, ou uma porra dessas. Eles se mandaram, disseram que iam morar em Miami ou sei lá onde. Nunca mais ouvi falar dela. Mas consegui ficar com o contrato do aluguel.

— Sorte a sua. Você conhecia algum dos amigos da Shelby?

— Por que deveria conhecer? Nem sei se ela tinha amigo. Aquela garota só arrumava problemas. Se um dia ela aparecer aqui como vocês, procurando pela mamãe, vou jogar na cara dela exatamente o que eu penso.

Eve fez mais algumas perguntas, mas ao perceber que aquela fonte tinha secado, passou uma nota de vinte dólares para a mulher pela fresta da porta.

Tentou falar com outros vizinhos, mas saiu com pouco mais do que tinha entrado.

— Que ser humano desprezível! — disse Peabody ao entrar na viatura e prender o cinto de segurança. — Não só a mulher do terceiro andar que reclamou do bebê, mas também a mãe da vítima, pelo que soubemos. Eu simplesmente não entendo como uma mulher pode tratar a própria filha desse jeito. Espancá-la, negligenciá-la e simplesmente se mandar quando...

Peabody parou de falar quando se ligou no que dizia, e se encolheu no banco do carona.

— Desculpe! Desculpe, Dallas.

Eva deu de ombros.

— Pelo menos eu não tive que aturar minha mãe durante doze anos.

— Desculpe mesmo assim.

— O lance é: se Shelby não voltou para a mãe, talvez... Bem, a testemunha megera pode estar enganada, mas pesquise se existe algum registro de ela ter sido levada de volta para casa. E por que Philly Jones e Nash Jones não denunciaram o desaparecimento de uma das meninas?

— Não pensei nisso.

— É por isso que você não é tenente. Investigue e, enquanto faz isso, vamos colar na bunda de DeWinter, para pressioná-la.

— Ela tem uma bunda muito boa.

— Caraca, Peabody! — Espantada, Eve entrou no fluxo do trânsito. — Você conferiu a bunda dela?

— Eu confiro a bunda de todo mundo. É um hobby.

— Escolha um novo hobby, tipo... observar pássaros, ou algo assim.

— Observar pássaros? Em Nova York?

— Você pode contar pombos. Levaria o resto da vida fazendo isso.

— Gosto de ficar conferindo a bunda das pessoas. — Peabody se ajeitou no banco. — Quando vejo uma maior que a minha, fico feliz. Quando encontro uma menor que a minha, isso me ajuda a resistir e não comer um monte de cookies. É um hobby produtivo, observar bundas. E não, não foi feito nenhum registro de rescisão da ordem judicial para remover Shelby Ann Stubacker da casa da família adotiva. Também não existe qualquer registro de alguma petição feita pela mãe para recuperar a filha.

— O que significa que, apesar do registro de ela ter sido alocada de volta na casa dos pais, a menina na verdade sumiu do Santuário sem ter voltado para casa. Interessante.

— Acho que Jones & Jones voltaram para a lista de suspeitos.

— Eles nunca saíram. Mas agora estão na liderança.

Ela forçou passagem, abriu caminho pelo trânsito pesado e considerou novos ângulos.

— Ligue para o CPSRJ, diga a eles que precisamos ver a ordem judicial para a liberação da Shelby. Também quero a documentação do Serviço de Proteção à Criança e ao Adolescente e a recomendação de mandá-la de volta para casa.

— Deixa comigo.

Enquanto Peabody pesquisava, Eve estacionou a viatura novamente.

— A sra. Jones já me respondeu. Disse que vai recuperar os arquivos da liberação — disse Peabody quando elas entraram no labirinto que iria dar no setor de DeWinter. — Ela perguntou se já identificamos mais alguém.

— Diga que as novas informações serão enviadas a ela.

Ela encontrou DeWinter com um jaleco verde-esmeralda aberto sobre outro vestido colado no corpo, dessa vez em xadrez rosa-choque e branco.

Estava ao lado de Morris, que vestia um elegante terno escuro cor de ameixa. Lado a lado, eles analisavam uma tela que exibia formas indecifráveis para Eve, em cores tão ousadas quanto as roupas que eles usavam.

— Essa foi a causa da morte — disse DeWinter. — Você concorda?

— Concordo, sim.

— Qual foi a causa da morte? — quis saber Eve, sem cumprimentá-los.

Ambos se viraram para ela ao mesmo tempo. As três mesas de autópsia com os três restos mortais ficaram entre eles e Eve.

— Afogamento — anunciou DeWinter.

— Afogamento? — Eve se aproximou, olhou para os restos e para a tela. — Você conseguiu determinar isso de forma conclusiva, a partir desses ossos?

— Consegui. Aqui nesta tela temos uma amostra das diatomáceas que extraí da medula óssea da terceira vítima identificada, que se chamava...

— Lupa Dison.

— Exato. Também recolhi amostras semelhantes das duas primeiras vítimas e da quarta. Vou repetir o mesmo procedimento em todos os restos mortais. Mas posso concluir pelos quatro que fiz até agora que essas meninas morreram afogadas. Essas diatomáceas aqui atingiram os pulmões e penetraram na parede alveolar e na medula óssea. Comparando essas amostras às de água que eu retirei da cena do crime...

Eve levantou a mão para interrompê-la.

— Você voltou à cena do crime? Sem notificar a investigadora principal?

— Não julguei que fosse necessário notificá-la antes de chegar às minhas conclusões, o que de fato, depois de consultar o dr. Morris, cheguei. Esses organismos unicelulares têm uma concha de sílica e, como você pode ver, formam uma espécie de escultura deslumbrante. A diatomácea aquática...

— Pare! — Eve ergueu a mão novamente, levantou a outra ao mesmo tempo e pegou Morris sorrindo com o canto do olho. — Eu não quero uma aula de ciências. Preciso saber se você encontrou a *causa mortis*.

DeWinter franziu a testa para Eve.

— Como acabei de dizer, foi afogamento por água do sistema de distribuição municipal... água da torneira. Embora certos aditivos tenham sido alterados ou excluídos da água da cidade nos últimos quinze anos, a biologia básica permanece. Como por exemplo...

— Pode parar com essa aula também. Água da torneira? Não pode ter sido, digamos, água de piscina, água de rio ou água do mar?

— Não, por causa das diatomáceas aquáticas...

— Não precisa explicar, um "não" me basta. Foi uma banheira, então. Não é impossível afogar uma garota em uma pia, ou jogar água por sua goela abaixo e enfiar sua cabeça na privada. Só que pela falta de ferimentos na hora da morte ou perto dela, a banheira faria mais sentido. Além disso ela está bem à disposição, para quem quiser afogar um monte de garotas. — Ela rodeou as bancadas de autópsia enquanto raciocinava. — Elas teriam resistido muito, se aconteceu assim. Afogar alguém é difícil. A vítima se debateria muito, chutaria, bateria com os cotovelos, tentaria agarrar quem a estivesse segurando embaixo da água. Elas não fizeram isso, de acordo com o que você viu.

— Não, não houve fraturas nem danos nos ossos por volta da hora da morte, pelo menos nos que examinamos até agora. No entanto...

— Ele pode ter aplicado um tranquilizante nelas — completou Eve. — O bastante para fazê-las apagar com facilidade. O suficiente para que ele pudesse amarrar suas mãos e pés, tornando tudo mais fácil. Dopá-las, talvez prendê-las, e depois bastava deslizá-las para dentro da banheira e segurar a cabeça delas dentro da água. Uma de cada vez. — Ela estudou os restos mortais de novo e trouxe os banheiros da cena do crime à mente. — Você não pode deixar nenhuma das outras meninas ver o que está fazendo. Então tem que ser uma por vez. Talvez você já tenha outra vítima em mente, mas não pode arriscar que ela apareça e faça um escândalo. Quando a vítima está apagada você a despe. Isso é prático, porque as roupas ficam mais pesadas quando estão molhadas. E é um extra apreciar aquele corpo jovem e pelado. Se ela estiver apagada o suficiente, talvez você a estupre antes. Basta dar a ela um pouco de Whore, ou coelho louco, alguma droga de estupro; ou até mesmo algo um pouco mais suave, pois ela não vai lutar com você.

Ela circulou ao redor da bancada de autópsia enquanto falava, estudando os ossos, vendo a carne e o sangue que um dia os cobrira.

— Quando você terminar com ela, depois de vê-la morrer, você a tira da água e a envolve no plástico — atalhou Morris. — Tira as algemas para usá-las na próxima garota; e empacota a morta com cuidado.

Eve olhou para Morris e fez que sim com a cabeça.

— É o que estou achando também. Ele provavelmente já tinha começado a construir a parede falsa, tudo seria mais fácil se ele já tivesse feito isso. Bastava deixar uma abertura na parede e uma tábua do lado de fora. Ele a colocaria aqui no escuro, fora da vista externa;

provavelmente pregaria a tábua de volta. Ninguém vai entrar, ninguém além dele e da próxima garota.

Ela desviou o olhar para DeWinter.

— Isso funciona para você, se encaixa com suas conclusões até agora?

— Sim. Sim, tudo se encaixa. Embora não haja como concluir se elas foram algemadas, pois não existem sinais de danos por luta contra algemas nos pulsos, nem nos tornozelos. E simplesmente é impossível determinar se elas foram estupradas.

— É uma teoria. Avise-me quando tiver feito o teste do diorama nas outras.

— Diatomácea.

— Isso. E me avise se você planeja revisitar a cena do crime. Aquele ditado sobre um assassino voltando à cena do crime é um clichê verdadeiro. A gente se vê por aí, Morris.

DeWinter respirou fundo quando Eve e Peabody partiram.

— Isso foi estranho. É perturbador ser conduzido através de um assassinato desse jeito, como se tudo fosse uma descrição feita pelo próprio assassino.

— Essa é uma habilidade específica da tenente.

— Eu consigo vê-las. As vítimas e os mortos, através de seus ossos. Consigo dizer como eles viviam e como morreram. Mas não gostaria de ter o assassino delas dentro da minha cabeça.

— Colocá-los lá ajuda a tenente a encontrá-los.

— Estou muito feliz por não ser esse o meu trabalho.

— E ela os vê também, Garnet. Ela vê os mortos, assim como você e eu vemos.

Eve as via perfeitamente agora, quando começou a sair do labirinto do necrotério. Ela via as meninas cujos rostos já conhecia.

— Espero que você esteja certa sobre o tranquilizante — disse Peabody. — Desse jeito não teria sido tão doloroso e aterrorizante.

— Tenente!

Eve parou, olhou para trás e viu Elsie Kendrick adernando como um navio — a única descrição possível — enquanto descia os degraus largos da escada para o laboratório do andar de baixo.

— Estou feliz por ter visto você a tempo. Consegui reconstituir mais dois rostos. — Ela entregou discos e cópias impressas. — Devo terminar pelo menos mais dois até o fim do dia.

— Você é rápida.

— Coloquei a busca no modo automático por algumas horas ontem à noite e dormi aqui mesmo no laboratório. — Ela fez círculos com a palma da mão sobre sua barriga espantosamente grande. — Nunca fiz tantas reconstituições de rosto em um só caso. Não consigo tirar essas meninas da cabeça. Você pode me enviar os nomes, como fez com as outras? Quero saber o nome delas.

— Você os terá assim que os descobrirmos. Bom trabalho e obrigada.

Ela entregou o disco a Peabody enquanto ambas seguiam até a porta de saída, e estudou os esboços gerados por computador.

— Eu conheço essas duas, elas estavam na minha lista de pessoas desaparecidas. Abra o arquivo que eu te enviei. Esses dois rostos estão lá.

Agora, mais duas das meninas bonitas tinham um rosto. E um nome.

Capítulo Dez

Eve retornou à Central e seguiu para a sua sala, decidida a colocar os novos nomes e rostos no seu quadro. Ambas eram fugitivas recorrentes; LaRue Freeman tinha acabado de voltar de um período no reformatório juvenil por roubo; Carlie Bowen tinha rodado por lares adotivos depois de ser retirada de um lar abusivo.

As histórias das meninas eram típicas, reparou Eve, enquanto examinava os arquivos. Vidas curtas e difíceis, passadas em grande parte nas ruas.

Nenhuma das duas tinha registro no Santuário, nem no CPSRJ.

Mesmo assim, isso não queria dizer que elas não tivessem algum tipo de ligação com a instituição. Os jovens em condição de rua formavam grupos, pensou, enquanto começava as cruzar suas histórias. Esses grupos podem se tornar gangues. Mesmo num nível básico, as crianças em condição de rua, como a maioria das crianças, costumavam formar bandos.

Tanto Shelby quanto LaRue tinham cumprido pena no reformatório. Não na mesma época, mas... Ah, ali estava a ligação.

Ambas tiveram a mesma assistente social do Serviço de Proteção à Criança e ao Adolescente. Odelle Horwitz já não trabalhava no Serviço, mas aquilo não era incomum, pensou Eve, e foi pegar café enquanto o computador gerava dados atualizados.

Assistentes sociais perdiam a cabeça tão depressa quanto um fósforo em chamas.

Horwitz, quarenta e dois anos, estava no segundo casamento, tinha um filho, e agora administrava uma floricultura no Upper East Side.

Talvez ela se lembrasse de algo, ou talvez não, mas valia a pena fazer contato. Ela pegou o *tele-link*.

Assim que encerrou a conversa, pegou o casaco e ouviu Baxter dar uma batida no portal.

— Tem um minuto, chefe?

— Só um minuto.

Ele entrou na sala com seus sapatos lustrosos impecáveis. O detetive Baxter usava roupas mais típicas de um analista de Wall Street do que de alguém da Divisão de Homicídios, mas Eve confiava nele e enfrentaria um conflito armado ao lado daquele homem de terno elegante a qualquer hora e em qualquer lugar.

— Trueheart e eu pegamos um caso ontem. Um sujeito foi retalhado e morto no bairro dos teatros.

— Esses testes para peças são um banho de sangue.

Ele riu e disse:

— Engraçado você falar isso, porque parece que foi exatamente o que aconteceu. — Ele fez um breve resumo sobre o caso de dois atores competindo pelo mesmo papel numa peça nova. Agora um deles e o sujeito que morava com ele estavam no necrotério. — O outro cara que competiu pelo papel tem um álibi sólido. Ele estava no palco interpretando Gino em uma remontagem de *West Side Story*. Os críticos estão divididos, mas havia algumas centenas de pessoas na plateia, além do elenco e da equipe, que confirmam que ele estava dançando com os Tubarões na hora exata da morte.

— Existem tubarões dançarinos?

Ele riu de novo, então percebeu que ela não estava brincando.

— Os Tubarões contra os Jets. São gangues rivais, tenente. O musical foi inspirado em *Romeu e Julieta*, mas é ambientado em Nova York. Trata de gangues rivais, o primeiro amor, violência, amizade, lealdade... tudo isso cantado e dançado.

— Sim, essas gangues de rua estão sempre cantando e dançando, entre uma disputa de território e outra.

— Acho que é preciso ver o musical para entender.

— Tudo bem. Quer dizer que o ator concorrente tem um álibi. Ele simplesmente é sortudo?

— Estamos investigando o namorado do ator. Ele garante que estava nos bastidores durante a apresentação, o que serviria de álibi. Algumas pessoas realmente garantem tê-lo visto atrás do palco. Só que o musical tem mais de duas horas, e ele pode ter saído de fininho. Calculamos o tempo. A cena do crime fica a cinco minutos a pé do teatro. Metade desse tempo, se for feita em ritmo de corrida leve. Ele não tem antecedentes, e não temos arma do crime nem testemunhas. Não há sistema de segurança no prédio, o lugar é meio caído. Mas meu instinto e meu nariz dizem o contrário. Apostaria a minha bunda musculosa e viril nele como assassino.

— Traga-o para interrogatório e faça-o suar frio.

— É o meu plano. Mas quero que Trueheart o interrogue.

Ela tinha muito respeito pelo policial Trueheart, apesar de alguns vestígios de inocência que ainda existiam nele.

— Você não tem testemunhas nem arma do crime, e seu suspeito tem um álibi razoável... e você acha que o novato Trueheart consegue fazer o cara confessar que retalhou duas pessoas só para o namorado poder participar de uma peça de teatro?

— Como protagonista! — Baxter sorriu. — A verdade é que o cara lançou aqueles olhares para cima de Trueheart, quando o interrogamos.

— Que olhares?

— Olhares do tipo "eu queria te levar para almoçar, comer o prato principal em cima do seu abdômen bonito e musculoso, e depois ter você como sobremesa".

— Eu não precisava dessa imagem na minha cabeça, Baxter.

— Você perguntou.

Bem, aquilo era verdade, refletiu Eve.

— Se você acha que Trueheart consegue dobrá-lo... e não porque acredita que isso vai ser bom quando Trueheart for prestar seu exame para detetive no mês que vem, faça isso.

— Ele consegue dobrá-lo, e *também* vai ser bom para ele aumentar sua confiança no dia do exame. Todos saem ganhando. — Ele parou por um momento e olhou para o quadro de Eve. — Você identificou mais duas meninas?

— Isso mesmo, agora de manhã. Você está acompanhando o caso?

— Todos nós estamos. E nos oferecemos para fazer hora extra e ajudar você, caso seja preciso.

— Obrigada. Pode deixar que eu chamo vocês se precisar. Agora, podem ir lá acabar com esse cara.

Ela saiu da sala junto dele e fez sinal para Peabody.

— Venha comigo!

— Encontrei parentes próximos das duas últimas vítimas. LaRue Freeman tinha pai desconhecido; a mãe está cumprindo sua segunda sentença por agressão, além de envolvimento com drogas ilegais. Desta vez está na prisão de Joliet. Há uma tia no Queens, foi ela quem relatou o desaparecimento da sobrinha.

— Sim, eu me lembro.

— A irmã mais velha relatou o sumiço de Carlie Bowen — acrescentou Peabody enquanto lutava para vestir sua jaqueta *puffer*.

— Os dois pais foram hóspedes do Estado — continuou Eve, enquanto elas desciam para a garagem. — A irmã mais velha entrou com pedido de custódia quando tinha só dezoito anos. Estava lutando contra a burocracia do sistema, enquanto a irmã ficava em lares adotivos temporários.

— A irmã mais velha administra uma lanchonete com o marido. — Um cachecol verde brilhoso com um quilômetro e meio de comprimento envolvia o pescoço de Peabody em várias voltas, e em seguida era preso numa espécie de nó elaborado. — A lanchonete fica no centro. Ela tem dois filhos e um histórico juvenil lacrado. O marido também tem registro de pequenas infrações. Os dois estão limpos há cerca de quinze anos.

— Quando a irmã mais nova desapareceu. Vamos ter uma conversa com eles e com a tia do Queens.

— A lanchonete seria uma parada eficiente e estratégica. Podíamos conversar com ela e almoçar, tudo junto no mesmo lugar.

Eve calculou o tempo.

— Faça isso você, então. Vou deixar você na lanchonete da irmã antes de seguir para a palestra do tal Frester. Entre em contato com a tia e decidiremos se vale a pena procurar a mãe. Voltaremos a nos encontrar na cena do crime. Quero dar mais uma olhada naquele prédio.

— Posso levar alguma comida para você. O que você quer comer?

— Surpreenda-me.

O porteiro do hotel obviamente recebera algum aviso especial. Normalmente ele pegaria no pé de uma policial por deixar sua viatura bem na frente do imenso edifício do hotel de primeira linha, mas para a mulher de Roarke ele só faltou estender um tapete vermelho.

Aquilo era um pouco chato.

Por outro lado, economizava tempo, como aconteceu quando ela parou diante do balcão da recepção: o aviso sobre a sua visita também tinha sido enviado para lá. Com um guarda de segurança como escolta, ela passou direto pelos postos de controle do evento que acontecia e entrou livre, leve e solta no salão de palestras.

O salão, por sinal, era deslumbrante. O brilho dos cristais parecia escorrer pelos pingentes dos lustres que conseguiam ter tanto um ar de Velho Mundo quanto futurista; o piso era de mármore branco com veios prateados; as paredes tinham um tom de cinza esfumaçado para realçar o brilho preto dos acabamentos e beirais.

Cerca de quinhentas pessoas, pela sua estimativa, estavam sentadas ao redor de grandes mesas redondas cobertas com tecido cinza escuro e uma bela barra em azul-marinho. Os atendentes se mantinham em silêncio como fantasmas enquanto recolhiam pratos de sobremesa, ou serviam café e água com gás.

Lemont Frester estava no imenso palco frontal e atrás dele havia um telão gigantesco mostrando-o ao lado de várias celebridades de Hollywood, da música e da política. Também havia imagens dele conversando com prisioneiros, viciados e grupos de jovens. Ou fotos dele vestido para uma caminhada num local cercado de montanhas arborizadas; ou com ar pensativo e piedoso enquanto olhava para o mar azul; ou montado em um cavalo branco, desbravando algum deserto dourado.

Todas as imagens exibidas tinham algo em comum: Lemont Frester era sempre o foco.

Sua voz era forte e madura. Ele praticava sua oratória, reparou Eve. Dava para ver pelo ritmo, pelas palavras poderosas que usava, pelos gestos, pelas expressões e pelas pausas cronometradas com o intuito de dar chance às gargalhadas ou aos aplausos de aprovação.

Estava usando um terno de três peças, cujo tom era intermediário entre o da parede do salão e das toalhas de mesa. Ela se perguntou se ele o tinha mandado fazer exatamente para cumprir aquele propósito, assim como a gravata azul-marinho que ostentava divisas cinza-claro.

Uma combinação perfeita demais para ser coincidência — o que geralmente era uma idiotice, de um jeito ou de outro. Ademais, um sujeito que mandava confeccionar roupas que combinassem com o salão onde iria apresentar uma palestra, ou vice-versa, tinha um ego maior que um prédio de cem andares e uma vaidade avassaladora feito um tsunami.

Eve não gostou dele. Não gostou do jeito como seus olhos brilhavam, de como sua voz soava macia, do seu terno combinando com tudo. Não gostou da sensação de que ele estava no mesmo nível de um daqueles pastores evangélicos do tipo "pague enquanto reza"; os mesmos que geralmente sugam os fiéis com sua boa aparência enquanto roubam o dinheiro de velhinhas vulneráveis.

Mas não gostar dele não o tornava um assassino.

Ela meio que o ouvia enquanto observava todo o ambiente. O palestrante relatava não apenas como tinha superado seus vícios, suas falhas... e o que chamava de "criança interior sombria" que habitava sua alma. Tinha triunfado sobre tudo aquilo, e o público também poderia fazê-lo. Todos ali poderiam construir uma vida forte e produtiva (que incluía viagens pelo mundo, supunha Eve, além de ternos elegantes); também poderiam aconselhar os outros — mesmo os que tivessem alguma criança interior ainda mais obscura — a vencer suas batalhas pessoais desesperadoras.

As respostas, as soluções, as listas de instruções a serem seguidas estavam todas em seu último livro, que incluía um compilado em disco de todas as suas pregações e seus pontos mais importantes. Tudo isso pela bagatela de cento e trinta e oito dólares... E se o freguês quisesse o pacote autografado, era só pagar mais vinte dólares.

Um roubo, pensou Eve, com amargura. Ah, sim, Lemont Frester estava roubando as pessoas do salão na maior cara de pau, mas nenhuma delas parecia se importar com isso.

Seu *tele-link* tocou. Ela o pegou e viu que era uma mensagem de voz de Roarke, mas mandou que o *tele-link* a transcrevesse em texto.

Acabei de sair de uma reunião, mas já estou entrando em outra e resolvi ligar rapidinho; imagino que você também esteja ocupada. Mavis e sua família irão nos visitar em casa hoje à noite para curtirmos um jantar. Isso fará bem a todos nós. Já marquei o evento na sua agenda, mas, como nós dois sabemos, isso é a mesma coisa que nada.

Cuide da minha policial até a gente se ver, e depois pode deixar que eu cuido dela.

Ela se perguntou, por um momento, por que Roarke havia convidado seus amigos quando ela estava no meio de um caso muito complicado, mas de repente lembrou-se de que eles tinham conversado sobre aquilo na noite anterior.

Mas aquilo tinha sido ontem, em meio à névoa provocada pela proximidade do Natal e pelo excesso de champanhe.

De qualquer modo, decidiu, aquilo provavelmente faria bem a ela. Ainda mais porque Mavis tinha sido uma menina em condição de rua e vivera de aplicar pequenos golpes durante vários anos. Uma consultora com experiência, decidiu, e na mesma hora enviou uma mensagem para a amiga, perguntando se eles poderiam chegar meia hora mais cedo e pedindo a Mavis que subisse até o seu escritório.

> Tenho algumas perguntas sobre um caso em que estou trabalhando. Crianças em condição de rua. Quero cutucar sua memória para ver se você consegue me ajudar. Vejo vocês todos logo mais à noite. Dallas.

Ela havia combinado dois eventos num só: jantar com amigos e trabalhar no caso. Uma combinação perfeita, para Eve.

Trabalhou um pouco mais em modo multitarefa enquanto Frester respondia às perguntas da plateia. Em seguida enviou um e-mail para Mira, anexando o relatório das descobertas de DeWinter acerca da causa mortis das meninas.

> Estou aguardando para entrevistar um possível suspeito, mas tenho uma pergunta, doutora. O assassinato foi perpetrado por afogamento, e provavelmente na banheira dos dormitórios do Santuário. Não é um método prático em comparação a outros. Vejo uma possível emoção de matar... mãos na massa, cara a cara. Mas poderia ser algo simbólico? Mais limpo, talvez. Submergi-las? Ouvir um palestrante idiota falar sobre

"submergir sua criança interior sombria" me fez pensar sobre essa perspectiva.

Talvez tenha sido algum tipo de ritual?

A senhora poderia explorar um pouco essa área, será que estou pensando demais?

Obrigada. Dallas.

Antes de guardar seu tele-link, Eve se lançou ao laborioso — na opinião dela — processo de usar seu *tele-link* para ordenar ao computador doméstico que começasse a pesquisar sobre afogamentos e submersões ritualísticas.

Em seguida, seguiu pela lateral do salão de baile para descer até o palco no momento exato em que a sessão de perguntas e respostas chegava ao fim.

Uma espécie de segurança brava em um terno apertado que ressaltava um impressionante par de seios parou na frente dela, barrando-lhe a passagem. Eve apenas mostrou seu distintivo e retribuiu o olhar duro da mulher com outro ainda pior.

— Você não está liberada para entrar aqui. O sr. Frester tem outro compromisso marcado para depois deste evento. Você terá que entrar em contato com a assistente dele, ou com o advogado.

— Ou eu posso fazer uma cena, dar uma de policial bem no meio deste evento. Aposto que isso fará diminuir as vendas dos pacotes inspiradores.

— Vou ter que conversar diretamente com o seu superior.

— Neste momento, aqui e agora, eu sou minha superiora. Portanto, saia da minha frente, senão eu vou prender você por interferir com uma policial no exercício das suas funções. Ainda vou acrescentar tentativa de obstrução de justiça e a cereja do bolo: uma multa por você ser um pé no saco.

O olhar da mulher ficou ainda mais severo.

— Vamos levar isso lá para fora.

Ela segurou o braço de Eve com força.

Eve sorriu, exibindo todos os dentes.

— Agora você conseguiu! Acabou de adicionar "agressão a uma policial" ao meu menu de opções.

Com a mão livre, Eve girou a mulher em direção à parede, mas levou uma cotovelada na barriga tão forte que a fez grunhir. Isso a fez pensar no quanto ela gostaria de ver aquela vadia do sistema de segurança com peitos imensos passar algum tempo detida.

— Agora você está oficialmente presa! — Eve colocou um pouco mais de força em seu próximo movimento e empurrou o rosto da mulher contra a parede; em seguida, agarrou o pulso da mão da mulher que se estendia para pegar a arma de atordoar presa em sua cintura.

— A coisa só melhora — exultou ela, enquanto as pessoas nas mesas próximas começavam a se movimentar e se afastar dali, nitidamente assustadas.

— Aqui é a polícia! — anunciou Eve em alto e bom tom, enquanto prendia os braços da mulher atrás das costas. — É melhor vocês permanecerem em seus lugares!

A mulher tinha alguma habilidade, e Eve percebeu aquilo quando ela conseguiu mudar seu peso de uma perna para a outra, liberar um braço e usá-lo para dar um soco do qual Eve não conseguiu fugir.

Ele resvalou em sua bochecha e enviou-lhe algumas fisgadas raivosas de dor.

— Você pediu por isso! — anunciou Eve. Ela chutou os pés da mulher debaixo dela enquanto lhe prendia um dos joelhos na parte inferior das suas costas e segurava-lhe os braços.

Ela olhou para cima quando um segurança masculino corpulento chegou trotando.

— Polícia! — repetiu ela, e como era o caminho mais fácil e um pouco mais digno, levantou-se, trocou o joelho pela bota e exibiu o distintivo.

O comportamento do homem mudou na mesma hora. Mais um que tinha recebido o aviso sobre a sua chegada, imaginou.

— Sim, tenente Dallas! O que posso fazer para ajudar?
— Você é segurança do hotel?
— Sim, senhora.
— Este evento foi encerrado. Por favor, leve o sr. Frester para qualquer sala ou outro lugar mais conveniente. Eu e ele temos que conversar. Evacue o salão de forma organizada e sistemática. Vou providenciar transporte para a prisioneira.
— Ela me atacou! — gritou a peituda, tentando resistir sob a bota de Eve. — Eu estava fazendo meu trabalho e ela me atacou.

Eve simplesmente apontou para sua bochecha dolorida e pegou a arma de atordoar que ela conseguiu guardar no bolso do casaco durante a briga.

— Esta é a arma com a qual ela tentou me atingir. Chame um reforço para levá-la, porque ela vai presa!
— Vou cuidar disso imediatamente.

Assentindo, Eve pegou seu comunicador e chamou a unidade mais próxima para informar sua localização e pedir transporte para a presa.

No fim das contas, decidiu ela, valeu a pena o tratamento VIP do porteiro e o tapete vermelho.

Eles conduziram Eve até uma sala de reuniões onde havia uma mesa redonda com meia dúzia de cadeiras, um sofá de dois lugares, um telão gigantesco que cobria quase toda a parede e uma bela vista do grande parque em sua atual glória invernal.

Como também lhe trouxeram uma bandeja de café, ela aproveitou para se servir e bebeu uma xícara enquanto repassava suas anotações.

Frester entrou no salão quase deslizando — flanqueado por duas pessoas de terno, um homem e uma mulher. Os três usavam roupas impecáveis, mas o terno do astro do dia era o mais brilhoso.

Ele irradiava sorrisos e um ar de gente fina, o que a deixou meio irritada.

— Ah, a famosa tenente Dallas! — Ele estendeu uma das mãos que cintilava graças a um anel de ouro rosé no seu mindinho, que era coroado com um rubi imenso.

Ela não entendia anéis no dedo mindinho nem as pessoas que os usavam.

Ele balançou a mão dela três vezes num aperto firme, a palma das suas mãos muito macias.

— Eu não estava na cidade para a estreia do seu filme, mas gostei do livro e consegui assisti-lo numa sessão privada mês passado. Maravilhoso! Clones. — Ele ergueu as mãos para o teto, com as palmas para cima. — Eu teria jurado que era só uma ficção científica, mas você realmente viveu a coisa toda.

— Um dia de trabalho como outro qualquer. Sente-se, sr. Frester — ofereceu ela quando ele soltou uma gargalhada. Eve deu uma olhada rápida em seus companheiros. — Você acha necessário trazer dois guarda-costas para esta nossa conversa?

— Procedimento padrão, receio. — Ele levantou a mão novamente e puxou uma das cadeiras para se sentar. — Como você sabe, as pessoas como nós, que têm muita exposição ao público, podem atrair o tipo errado de... entusiasmo, digamos assim. Greta também é advogada, então...

Eve simplesmente ergueu as sobrancelhas quando ele parou de falar.

— Tudo bem, assim fica mais simples. Já que você tem uma representante legal na sala, vou ler seus direitos e estaremos todos protegidos.

— Meus direitos? Por quê...?

— Portanto... — Eve imitou seu ar de soberano e recitou a lista atualizada dos seus direitos e deveres legais. — Você entende seus direitos e obrigações sobre este assunto, sr. Frester?

— É lógico, é lógico. Achei que isso tivesse a ver com o excesso de proteção da Ingrid. Disseram-me que você a prendeu. Deixe-me pedir desculpas por ela. Eu me sinto responsável porque essa moça estava apenas fazendo o trabalho dela.

— O trabalho dela é apontar uma arma para uma policial?

— Lógico que não! Não, de modo algum. — Muito sutilmente, ele lançou um olhar para seus companheiros. Um deles deslizou como uma sombra para fora da sala. — Tenho certeza de que houve apenas um mal-entendido.

— O chefe da segurança do hotel deixará tudo bem evidente para o seu garoto, que você acaba de dispensar, e ele vai descobrir. Você é livre para pagar a fiança da sua funcionária, caso seja concedida. Nesse meio-tempo, estou aqui para falar com você a respeito do Santuário.

— Ah, a encruzilhada que definiu minha vida.

Ele cruzou as mãos, e o anel do mindinho brilhou. Inclinou-se um pouco para a frente, de leve, apenas o suficiente para transmitir uma conexão sincera.

Ah, é, ele treinava aquilo todo dia, observou Eve.

— Foi nessa encruzilhada que eu comecei a ver que existia outro caminho para mim, e para todos. Que eu só precisava aceitar um poder maior, uma entidade, uma mão que rege todas as coisas... certamente mais sábia do que eu. Precisava apenas aceitar isso e dar os meus primeiros passos no caminho da pureza.

— Bom para você. — Eve abriu a pasta de arquivos e pegou as fotos. — Você reconhece alguma dessas garotas?

— Não, não reconheço, não. — Ele mordeu o lábio inferior enquanto examinava as fotos. — Eu deveria?

— Algumas delas eram residentes do Santuário na mesma época que você.

— Ah! Bem, deixe-me olhar novamente com essa informação em mente. Faz muito tempo... — murmurou. — Mas foi uma parte tão importante da minha vida que eu deveria... Esta garota. Sim, sim! — Ele bateu com o dedo na foto de Shelby Stubacker. — Eu me lembro dela. Durona, mas muito inteligente... mas não de um jeito bom.

Na verdade, os que estavam lá, pelo menos a maioria de nós, éramos muito perturbados e revoltados, ainda mais nos primeiros dias. Shelly é o nome dela, certo?

— Shelby.

— Shelby. Isso mesmo, eu me lembro dela, e acho que dessa garota aqui também. Acho que me lembro dela. Menina quieta, estudava bastante, o que era uma coisa bem rara, por isso eu me lembro dela. Acho que eu nunca soube o nome dela e tenho quase certeza de que esteve lá por pouco tempo. Logo depois a instituição se mudou para o novo endereço. Essa informação foi útil? Não vejo por que razão...

— Ele parou de falar, recostou-se na cadeira e seu rosto passou da curiosidade para preocupação. — Ouvi dizer que alguns corpos foram encontrados no prédio vazio... o prédio antigo. Nunca liguei isso a nós, internos do antigo Santuário. São essas meninas, as tais cujos corpos foram encontrados?

— Restos mortais — corrigiu Eve. — Descobrimos que essas cinco meninas que foram oficialmente identificadas e sete outras ainda não identificadas foram assassinadas cerca de quinze anos atrás, e os corpos, escondidos dentro do prédio onde ficava o Santuário.

— Mas isso é... Simplesmente não é possível. Assassinadas? Escondidas? Tenente Dallas, posso garantir que alguém teria dado parte disso. Philadelphia e Nashville Jones eram muito dedicados e diligentes. Elas teriam sido declaradas desaparecidas e devidamente procuradas. Aquele era um edifício relativamente grande, com certeza, mas não seria fisicamente possível esconder doze corpos.

— A instituição se mudou de lá e o prédio ficou vazio.

— Eu não... Ah... Ah, meu Deus. — Juntando as mãos, ele baixou a cabeça por um momento, como se rezasse. — Houve alguma confusão na mudança, é lógico, mas se algum de nós tivesse desaparecido, certamente isso estaria registrado. Você já falou com Philadelphia e Nashville, presumo.

Ela ignorou isso.

— Você chegou a voltar ao prédio antigo?

— Voltei. Quando estava escrevendo meu primeiro livro, quis voltar lá, despertar as lembranças e tentar resgatar imagens com nitidez para poder explorar tudo no meu trabalho. Isso já tem cerca de oito... na verdade nove anos, acredito. Antes eu entrei em contato com os proprietários. Admito que não fui correto e deixei-os pensar que poderia estar interessado em comprar o prédio ou alugar o espaço. Fui acompanhado pela representante deles, e ela me deu bastante espaço e tempo ali dentro. Isso despertou antigas lembranças.

— Alguma coisa lhe pareceu diferente?

— O espaço me pareceu, a princípio, fisicamente maior sem todos nós, sem os móveis, sem os equipamentos e suprimentos. No entanto, em alguns aspectos me pareceu menor devido ao estado em que estava. Tinha sido completamente abandonado. Eles sofreram arrombamentos, segundo a própria representante dos donos. Os banheiros tinham sido depenados de qualquer coisa útil ou vendável. Dava para ver que houve algumas ocupações ilegais. — Ele contraiu os lábios. — Senti um cheiro terrível e rançoso no lugar, algo que jamais seria permitido com Philadelphia no comando. Ouvi som de camundongos atrás das paredes. Podem ter sido ratos. Visitei todos os andares, de alto a baixo e vice-versa. Eu não teria deixado de ver os corpos. Eles devem ter sido colocados lá mais tarde.

— Você chegou a fazer algum trabalho manual por lá? Qualquer tipo de reparo?

Ele riu de novo e remexeu os dedos.

— Eu não tenho a menor habilidade para isso. Lembro de participar da pintura do lugar uma vez, e odiei tudo. Subornei outro rapaz para assumir a minha função. A gente era chamado para colaborar nos reparos do prédio. Limpávamos e pintávamos, como eu disse, e gostavam quando a gente ajudava o faz-tudo do lugar... Qual era mesmo o nome dele.. ?. Brady... não, Brodie... e Montclair.

— O irmão de Brodie que morreu na África.

— Isso, um terrível e trágico fim para uma vida tranquila e simples. — Ele fez uma pausa longa, em respeito ao morto. — Éramos incentivados a ajudar, como eu disse, e se mostrássemos aptidão para consertar coisas como encanamentos ou fazer carpintaria, eles ofereciam treinamento. O que certamente não foi o meu caso. — Outra risada alta diante daquele pensamento. — Uma das funcionárias tocava piano e um dia ela trouxe um teclado. Foi a sra. Glenbrook... eu tinha uma quedinha forte por ela — confessou, com um sorriso sonhador. — Ela dava aulas de música, curso que eu fiz devido à minha paixão, mas a verdade é que eu não tinha talento algum, como já disse. Outra professora nos dava aulas básicas de arte, ou aulas mais envolventes para os que demonstravam interesse. Tínhamos alguns funcionários com excelentes habilidades com aparelhos eletrônicos, então também tivemos aulas disso. Mesmo naquele triste prédio antigo, aquela foi uma experiência transformadora, de modo geral... quer quiséssemos ou não reconhecer. Muitos de nós, inclusive eu, não enxergamos isso durante muito tempo. Nós só queríamos ficar chapados. Esse era o objetivo de alguns de nós.

— E você conseguia esse objetivo?

— Sempre encontrávamos um jeito. Os viciados sempre conseguem. Quase sempre éramos pegos, mas isso não importava, não naquela época. Para alguns, nunca importaria.

— E o pessoal da equipe? Eles usavam drogas?

— Não. Não que eu saiba, e eu saberia. Era tolerância zero! Qualquer membro da equipe, qualquer pessoa que se voluntariasse ou trabalhasse lá drogado teria sido jogado na rua imediatamente, e a polícia seria notificada.

— E quanto a sexo?

— Éramos adolescentes, tenente. — Ele descruzou as mãos para levantá-las em um gesto de "o que se pode fazer?". — Sexo é outro tipo de droga, outro tipo de barato. E o proibido sempre é mais excitante.

— Você ficou com alguma dessas garotas?

— Não é obrigatório responder a essa pergunta, senhor.

A guarda-costas que atuava como advogada falou isso, mas seu rosto se manteve esculpido em pedra.

— Está tudo bem. Há muito tempo já aceitei e me arrependi de meus muitos pecados. Não me lembro de ter tido relações com nenhuma dessas garotas, mas se eu estivesse chapado talvez não me lembrasse depois. De qualquer modo, elas me pareciam muito meninas. Mais jovens do que eu. Havia uma hierarquia de interesse nessa área, por assim dizer.

Mas Eve reparou que o olhar dele se demorou um pouco mais na foto de Shelby, e percebeu que ele se lembrava dela e dos boquetes que ela oferecia como moeda de troca.

— Alguém da equipe dava em cima das crianças?

— Nunca ouvi falar de nada desse tipo, e certamente ouviria. O que eu sei é que nunca fui abordado com essas intenções, e teria desistido das minhas viagens com Zoner se a sra. Glenbrook tivesse me chamado num canto para isso.

Ele se inclinou para a frente de novo, só um pouco mais desta vez, e estendeu as mãos.

— Recebemos o que precisávamos no Santuário. Abrigo, comida, limites, disciplina, recompensa, educação. Alguém se importou o suficiente para nos dar o que precisávamos. E quando mudamos de endereço e nos tornamos o Centro do Poder Superior para Recuperação de Jovens, recebemos mais benefícios e atenção, em um lugar melhor e maior, porque eles tinham conseguido muitos recursos. Sem o que me foi dado, sem a oportunidade de ver o caminho certo e aceitar o poder superior, eu jamais teria enxergado ou vivido o meu potencial, nem teria coragem de oferecer um novo caminho aos outros.

— Essas garotas nunca tiveram a chance de descobrir qual poderia ter sido o potencial delas — lembrou Eve. — Alguém cortou tudo isso e acabou com a vida delas.

Ele baixou a cabeça alguns centímetros, em sinal de respeito.

— Só posso acreditar que elas estão num lugar melhor.

— Eu não vejo os mortos como estando num lugar melhor. Por favor, me poupe desse papo de poder superior — disse ela, antes de ele ter chance de falar. — Estamos falando de assassinato. Onde quer que elas estejam, ninguém tinha o direito de colocá-las lá.

— Óbvio que não, óbvio que não! Tirar uma vida é o pecado supremo. Eu só quis dizer que diante da dor, dos problemas e das dificuldades que essas garotas provavelmente enfrentaram, elas agora estão em paz.

Eve recostou-se na cadeira.

— Foi isso que ensinaram a você no Santuário, ou no CPSRJ? Que estar morto e em paz é melhor do que levar uma vida difícil?

— Você me interpretou mal.

Ele juntou a palma das mãos como quem reza, apontou a ponta dos dedos para ela e falou com muita seriedade.

— Encontrar sua vida, descobrir a luz, a paz e a riqueza que existem nela, não importa a dificuldade... é isso que nos coloca acima dos animais. É preciso estender a mão a quem precisa, oferecer um ombro amigo, um local de abrigo, uma chance de espalhar a luz e nos colocar de volta no nosso caminho. E quando esse caminho termina, existe uma luz ainda maior, e uma paz mais profunda. É isso que eu desejo para todas essas meninas desafortunadas. E desejo o mesmo para o assassino delas: que ele aceite o que fez, se arrependa e ofereça sua contrição.

— Eu aceito a confissão, a contrição ele pode guardar para ele mesmo.

Ele recostou-se com um suspiro e um leve ar de pena.

— Seu trabalho leva você a lugares escuros, tenente. Greta, ofereça à tenente Dallas um pacote de cortesia.

— Não, mas agradeço mesmo assim. — Ao se levantar, Eve decidiu que preferia ter um graveto afiado enfiado no ouvido. — Não podemos aceitar presentes de nenhum tipo. Obrigado pelo seu tempo. Se eu tiver mais perguntas, saberei como encontrá-lo.

Ele pareceu momentaneamente perplexo por ter sido dispensado de modo tão abrupto.

— Espero ter ajudado de alguma forma. — Ele se levantou. — Desejo-lhe lucidez em seu caminho.

Ele deslizou para fora da sala da mesma forma que tinha entrado, mas Eve achou que tinha conseguido embaçar um pouco daquele brilho.

Ela decidiu que sentir prazer com aquilo talvez a tornasse uma pessoa infantil, mas estava numa boa.

Capítulo Onze

Eve ficou na calçada analisando a cena do crime e imaginando como era o prédio quinze anos atrás. Não tão decadente, pensou, sem tábuas nas janelas. Pela percepção que criara a respeito dos Jones, eles teriam convocado funcionários, crianças e até eles próprios para eliminar qualquer traço de pichação.

Talvez naquela época do ano houvesse guirlandas de Natal, em vez de um lacre da polícia na porta.

Os prédios ao redor teriam mudado um pouco desde aquela época. Proprietários venderam, inquilinos entraram e saíram.

Ela viu o estúdio de tatuagem e a loja de eletrônicos barata com placa de "fechado" penduradas pelo lado de dentro da porta, que provavelmente estavam afixadas ali desde o tempo em que as lojas ainda funcionavam. Em seguida, examinou o pequeno e anêmico mercado do outro lado da calçada.

De acordo com a investigação, o estúdio de tatuagem estava naquele local havia apenas sete anos, mas o mercado vinha se mantendo ali havia mais de vinte.

Os policiais que ela enviara para coletar informações não tinham conseguido arrancar muita coisa do proprietário... sr. Dae Pak, segundo suas anotações.

Ela foi até a porta e entrou. O lugar cheirava a terra, o mesmo cheiro que ela imaginava que as fazendas tinham. Um sujeito com cerca de vinte anos e cabelo preto como tinta fatiava alguma coisa numa tábua sobre o balcão. Uma tatuagem de dragão que ele poderia ter feito duas portas adiante envolvia seu pulso esquerdo. Por sua expressão emburrada, ela deduziu que ele não curtia o seu trabalho.

Ignorando o rapaz, caminhou até o velho com um rosto da cor e da textura de uma noz que metodicamente estocava sacos de miojo numa prateleira.

— Estou à procura do sr. Pak — anunciou Eve, com o distintivo em mãos.

— Já falei com a polícia! — Com uma expressão tão mal-humorada quanto a do balconista, ele apontou um dedo gorducho para ela. — Por que vocês não aparecer quando as crianças me roubam debaixo do meu nariz, hein? Hein? Por que vocês nunca estar aqui nessa hora, hein?

— Sou da Divisão de Homicídios, sr. Pak. Investigo assassinatos.

Ele estendeu os braços para o mercado.

— Ninguém morto aqui.

— Fico feliz em saber, mas doze garotas foram mortas no prédio ao lado.

— Eu ouvir tudo sobre isso, não saber de nada. Você vir aqui, tem que comprar algo.

Eve manteve-se calma porque ele parecia ter um milhão de anos, e o garoto no balcão estava rindo do patrão. Foi até a geladeira, pegou uma lata de Pepsi, uma barra de chocolate qualquer e jogou-a no balcão em frente ao risadinha.

Ele escaneou os preços e, ao notar o olhar sério de Eve, parou de rir. Ela pagou, enfiou o chocolate no bolso e abriu a lata de Pepsi.

— Agora sou uma cliente pagante — informou a Pak.

— Você comprar, você pagar, você ir embora.

— É espantoso o senhor não ter uma multidão de clientes por aqui, diante desse atendimento personalizado e simpático. Doze garotas foram mortas, a mais velha que identificamos pelo pouco que restou dela tinha catorze anos; a mais nova tinha doze. Você está neste local há muito tempo, sr. Pak. Algumas dessas meninas devem ter entrado aqui em algum momento. O senhor as via passar, ouvia a voz delas. Quem as matou também as deixou apodrecer até os ossos, sem respeito pelas famílias que procuravam por elas.

Ele franziu a testa e arrumou alguns produtos na prateleira.

— Todos os dias, enquanto o senhor abria e fechava sua loja, quando abastecia as prateleiras e varria o chão, elas estavam bem aqui ao lado, no escuro. Sozinhas.

Ele fez uma careta.

— Não é da minha conta.

— Vim aqui fazer com que seja. — Ela olhou ao redor do mercado. — Eu provavelmente conseguiria encontrar várias irregularidades aqui, se quisesse bancar a durona como o senhor está fazendo. Ou poderia solicitar um policial extra para patrulhar esta área. O que o senhor escolhe?

— Não saber nada sobre garotas mortas.

Eve o chamou até o balcão, pegou as fotos e as colocou junto com as caixas de chicletes e balas de menta.

— Alguém aqui parece familiar para você?

— Vocês todos parecer iguais. — Pela primeira vez ele abriu um leve sorriso. — Eles entrar aqui o tempo todo... as meninas e os meninos; roubar coisas de mim, fazer barulho, fazer bagunça. Meninas más, meninos maus. Quando eles foram embora daqui, achei que o problema acabar. Mas sempre tem mais. Eu trabalho, minha família trabalha e eles roubam tudo.

— Sinto muito, mas essas garotas com certeza não vão roubar do senhor. Elas estão mortas. Olhe para elas, sr. Pak. Por acaso se lembra de alguma delas?

Ele bufou, ajustou sua postura e inclinou-se até seu rosto ficar a poucos centímetros de distância das fotos.

— Ele não vai ao oftalmologista há mais de um ano — disse o menino.

— Meus ouvidos funcionar. Vá terminar de guardar produtos! Essa aqui! — disse ele. — Problema!

Apontou o dedo grosso para o rosto de Shelby.

— Ela roubar. Digo a ela que não pode mais entrar aqui, mas ela fugir. Vou lá na casa e falo com a senhora; ela é educada. Ela me dá cinquenta dólares, diz que sente muito, que vai falar com essa garota e com as outras. Ela é gentil e tudo melhorar por um tempo. Essa outra garota também estar aqui.

Os olhos de Eve se estreitaram quando ele apontou para Linh Penbroke.

— Tem certeza?

— Está vestida como a garota má, mas ter família boa. Dá para ver. Eu lembrar dela porque ela não roubou e pagou pelo que a outra garota má roubou.

— Elas estavam juntas? Essas duas?

— Chegaram tarde, perto da hora de fechar.

— Isso foi antes ou depois que os adolescentes do prédio ao lado se mudaram daqui?

— Depois, mas não muito. Sei disso porque pensar que não seria incomodado por eles novamente, mas ela voltou. Digo a ela para sair da loja e ela me faz um gesto feio com o dedo. Mas a outra garota paga e diz: "Desculpe", no meu idioma. Isso é educado, é respeitoso. Eu me lembro dela. Ela está morta?

— Sim, as duas estão.

— Ela ter boa família?

A moça educada e sua boa família faziam diferença para ele, notou Eve. E usou isso a seu favor.

— Sim, ela tem. Bons pais, um irmão e uma irmã que a procuraram e tinham esperança de encontrá-la ao longo de todos esses anos. Ela cometeu um erro, sr. Pak, mas não devia ter sido morta por isso. Alguém estava com elas?

— Não ter certeza. Só me lembro de elas entrar na loja antes de eu fechar. Eu lembrar porque essa aqui me dar muitos problemas, mas essa outra é coreana, e é respeitosa.

— Elas conversaram? Você se lembra de alguma coisa que elas disseram, se pretendiam encontrar alguém, ou se iam a algum lugar?

— Garotas tagarelando são como pássaros. — Ele agitou os dedos nas orelhas. — Você ouve apenas os gritos.

— Ok. E quanto a essas outras adolescentes? Também vinham aqui?

— Não ter certeza — disse ele. — Elas entrar e sair. Só dessas duas eu me lembro.

— Esta aqui. — Ela bateu com o dedo na foto de Shelby. — Com quem mais ela entrou aqui? Com quem você a via circulando?

— Na maioria das vezes com garota preta e grande. — Ele gesticulou para indicar uma pessoa gorda. — Também vinha com menina branca. E garoto magro também, de pele negra-clara. A preta canta com uma voz que parece... — Ele lutou, gritou algo em coreano para seu mal-humorado balconista.

— Anjos — respondeu ele.

— Sim, como anjos. Mas ela roubar também. Todos roubavam. Estão todos mortos?

— Não sei. Obrigada pela ajuda.

— Você vai fazer o que disse? Pedir mais policial?

— Sim, farei o que disse.

Ela saiu, foi até o prédio fechado e abriu o lacre da polícia.

Ele reconhecera duas das vítimas, as duas primeiras encontradas juntas. Teriam sido mortas juntas?, especulou. Uma era residente, a outra, não. Uma menina de boa família, a outra, de um lar abusivo que forçara seu caminho através do sistema.

Mas elas estavam juntas antes de morrer, e bem ao lado de onde foram escondidas pelo assassino.

Ela entrou no prédio e ficou parada, olhando em volta.

Linh tinha se encontrado com Shelby *depois* que o Santuário se mudara dali. Uma fugitiva em busca de emoção antes de voltar para casa e uma garota em condição de rua que sabe onde encontrar aventura. E as duas acabaram voltando para ali.

Porque o prédio estava vazio, pensou Eve.

Garota em condição de rua diz para a fugitiva: "Ei, tenho um lugar onde você pode ficar, se quiser. Podemos sair, podemos festejar."

Era muito fácil entrar no prédio fechado. Talvez a garota em condição de rua tivesse chaves ou senhas, um jeito qualquer de entrar e sair.

Talvez Shelby estivesse atrás de algo, refletiu Eve. Disposta a trocar um boquete por algo bom para ela mesma. Talvez Linh fosse apenas um alvo para ela... um alvo com grana. Ou talvez não. Eve duvidava que as duas tivessem vivido o suficiente para decidir.

O assassino já estava ali ou chegou depois? Foi um encontro ou um só uma coincidência infeliz?

Ele devia saber que pelo menos Shelby voltaria. Então observou e esperou. Será que fora combinado?

Elas foram as primeiras? A magia de DeWinter talvez não fosse poderosa o bastante para determinar qual das doze havia morrido antes ou depois.

Ela ouviu um ruído atrás de si, virou-se, abriu a porta e viu Peabody perder o equilíbrio e quase tropeçar para dentro do prédio.

— Opa! Oi! — Com as bochechas rosadas da caminhada do metrô até ali, Peabody entregou a ela um saco de papel. — Aí tem metade de um sanduíche de peru apimentado. Eu comi a outra metade e está muito bom. Ei, o que aconteceu com você?

— Como assim?

— Essa marca roxa no seu rosto.

— Ah, isso. Uma pequena briga com uma segurança particular com raiva de mim. Eu levei a melhor.

— Parabéns. Tenho algumas coisas no meu kit.

— Não foi nada.

— Bem, se você quiser eu pego. Também trouxe algo para você beber. Ainda bem, porque eu esqueci de comprar bebida para mim e quando eu digo que o sanduíche está "apimentado", estou falado sério.

— Obrigada. Você me trouxe mais alguma coisa?

— Você também queria batatas fritas, ou algo assim? Ah, ah, tá... você quer saber das notificações e entrevistas. Não muita coisa. Falei primeiro com a tia da LaRue Freeman. — Peabody pegou seu tablet. — Acho que ela não sabe de nada. A garota não morava com ela, mas ela registrou o desaparecimento assim que soube, pela vizinha da irmã, que a menina tinha fugido de novo. Ela me pareceu, acima de tudo, cansada e resignada.

— Tudo bem. Eu não esperava muita informação nova dali.

— Quanto a Carlie Bowen — continuou Peabody. — A irmã ficou um pouco abalada, mas me parece que já tinha aceitado que nunca mais iria ver Carlie com vida. Elas eram do tipo "nós-contra-o-mundo". Ela sabia que quando Carlie sumiu de repente, algo tinha acontecido. A vítima não tinha amigos, não recebia ninguém em casa, tinha vergonha de sair com colegas cheia de hematomas ou com um lábio arrebentado metade do tempo que passava entre o lar adotivo e a sua casa. Ela ficava com a irmã sempre que podia. Ia à escola, frequentava a igreja, mas se mantinha na dela, sem causar encrenca.

— Que igreja?

— Ahn... — Ela passou para a tela seguinte. — Várias, segundo a irmã. Ela não queria chamar atenção, então ia a várias igrejas. A família adotiva que a acolheu tinha boa reputação, sem violações de conduta. Eles me contaram que ela estava indo muito bem e que a incentivaram a se juntar à banda da escola. Carlie começou a tocar flauta. Saía das aulas por volta de cinco e quinze e ia à biblioteca da escola estudar em grupo, coisa que eles também aprovavam.

Abaixando o caderno, Peabody olhou de volta para Eve.

— Basicamente, Carlie fazia tudo que podia para ter uma vida normal e estável até conseguir morar de vez com a irmã. A menina ligou para a irmã na noite em que desapareceu; perguntou se podia ir lá naquela noite para resolverem tudo. Saiu da biblioteca pouco depois das sete da noite de 18 de setembro, segundo registros e testemunhas da época. E foi isso.

— Apenas dois dias depois de Lupa não ter voltado para casa. Será que Carlie passou por aqui a caminho da casa da irmã?

— É a rota mais lógica, sim.

Eve assentiu, pegou o sanduíche e deu uma mordida, com a cabeça longe.

— Vou te contar sobre Frester depois. O dono do mercado aqui ao lado viu Shelby e Linh juntas.

— Ele se lembrou disso? Depois de quinze anos?

— Shelby estava sempre dando trabalho, ele se lembrava dela. Linh chegou com ela, era um contraste para ele. Linh era educada, falava com ele em coreano. Elas estiveram juntas aqui, pouco tempo depois do fechamento do Santuário. — Ela deu outra mordida, aproveitou o sabor da pimenta e tomou um gole da Pepsi. — Shelby trouxe Linh aqui, é o que eu acho. Encontrou com ela na rua e foram juntas ao mercado. Shelby pegou algumas coisas da loja e Linh pagou. Talvez Shelby estivesse atrás de alguém que bancasse suas compras, mas o fato é que ela a trouxe para cá. — Ela vagou pelo lugar, enquanto pensava.

— O prédio estava vazio, isso era uma emoção por si só. Shelby conhece bem o lugar, deve ter mostrado tudo à amiga e lhe contado histórias. É um lugar amplo, a voz ecoa e está tudo escuro. Ela devia ter uma lanterna, ou iluminou o espaço com o *tele-link*, porque não adiantava ficar tropeçando no escuro. Provavelmente estava escondida aqui depois que fugiu do prédio novo. Era um abrigo decente, em especial naquele momento, onde não havia mais ninguém e o lugar estava vazio. Era tudo só dela agora, até ela contar para alguém. Ela provavelmente gostaria de ter como companhia essa garota nova que não conhece nada do mundo. Provavelmente tem alguns cobertores e roupas de cama. Sabe como roubar, como se cuidar.

— Seria meio empolgante, no começo — considerou Peabody.
— Como acampar.
— Tudo é empolgante no começo, o melhor momento é o agora. O amanhã é para adultos. Linh não roubava coisas do mercado, talvez estivesse começando a sentir saudades de casa. Mas era bom ter uma amiga agora, e um lugar fora da rua. Talvez ela vá para casa amanhã. Eles viriam buscá-la e levá-la para casa. Chorariam e gritariam com ela, mas viriam. Só que ela não quer parecer sem graça na frente da sua nova amiga. Então resolve ficar algum tempo no velho prédio assustador. — Eve começou a subir os degraus. — Talvez ele já estivesse aqui. Shelby o conhecia e não tinha medo dele. Talvez até trocasse sexo por drogas com ele. Talvez eles tenham ficado chapados juntos. É uma forma de passar o tempo, de se divertir, de se exibir para a novata.
— E um jeito de tranquilizar as meninas.
— Ele deve ter colocado algo a mais no Zoner, ou o que quer que tenha dado a elas. Algo leve, para elas ficarem mais condescendentes. Não apagadas, qual a graça disso? Onde fica a emoção? Ele as queria meio moles, relaxadas, meio bobas. Para poder despi-las... uma de cada vez... e fazer com elas o que quisesse. Com água morna, porque água fria poderia provocar um choque térmico que as faria lutar. Ele as submerge. Talvez elas lutem um pouco, por instinto, mas não o suficiente. Peabody, sente-se ali onde ficava a banheira.
— Ahn? — Peabody arregalou os olhos, depois piscou duas vezes.
— O quê?
— Na banheira de mentira, quero testar uma coisa.

— Não quero entrar na banheira de mentira.

— Entre! — ordenou Eve, guardando o resto do sanduíche na bolsa e colocando a Pepsi de lado.

— Ai, caraca! Eu não vou ficar pelada, mesmo que você me force.

— Eu não quero que fique pelada, só quero que entre na porra da banheira.

Resmungando, Peabody se sentou entre os velhos encanamentos.

— Acho que ele amarrou as mãos e os pés da vítima. Não com muita força, apenas o suficiente para impedi-las de chutar. Então, tudo que ele tem que fazer é...

Ela prendeu os pulsos de Peabody com uma das mãos e pressionou a outra em sua testa.

— Você afundaria, sem força alguma para conseguir se soltar ou voltar à superfície. Segurando os braços desse jeito você desliza para baixo. Está tonta demais para resistir ou tentar levar os pés amarrados para a superfície. Daqui ele pode observar seu rosto enquanto o pânico passa. Talvez você grite, mas daqui de fora o som é meio suave, quase musical. Então seus olhos ficam vidrados, e esse é o momento exato em que ele sabe que tudo acabou.

Eve soltou os braços de Peabody e pegou o sanduíche novamente.

— Isso é assustador. De verdade! — Com alguma pressa, Peabody se forçou a ficar em pé.

— Carlie frequentava igrejas. Lupa ia à igreja. Este era um lugar baseado em fé, certo? Frester diz o tempo todo que devemos entregar as coisas a um poder superior e blá-blá-blá. Meninas más.

— Quem, as vítimas?

— Foi assim que Pak, o cara do mercado, se referiu a elas. Meninas más e meninos maus. Não tem aquela coisa toda de lavar os pecados?

— Você quer dizer... como um batismo?

— Talvez. — Franzindo a testa, ela analisou o chão muito arranhado, os canos quebrados, e imaginou a velha banheira branca. — Eles submergem vocês na hora do batismo, não?

— Acho que algumas religiões submergem o fiel, sim. Os partidários da Família Livre não curtem esse tipo de coisa. Você acha que foi algum ritual distorcido?

— É uma possibilidade. Se depois você vai esconder os corpos, existem muitas formas de matar. Ele não faz experiências, pelo que podemos dizer até agora. Nada de ossos quebrados, contusões nem estrangulamentos. Apenas um deslizar lento para debaixo da água. É algo quase gentil. — Ela deu mais uma mordida no peru e deu outra volta. — Não me parece que ele as tenha mantido aprisionadas durante muito tempo. Ele tem escolhas. Poderia drogá-las, prendê-las, mantê-las encarceradas por muitos dias, brincar com elas, torturá-las, se lembra do McQueen?

— Prefiro não lembrar. Canalha doentio!

— Ele manteve todas aquelas garotas acorrentadas durante semanas, meses, algumas até mais tempo. Ele se divertia muito com elas, mas esse cara não faz nada disso. Este é o dono do pedaço. Será que via as garotas como sendo "dele" quando elas iam encontrá-lo? Que ele tinha o poder de "purificá-las" e matá-las?

— Eu acho que eles também afogavam bruxas.

Intrigada, Eve parou de andar.

— Bruxas?

— Estou falando das mulheres que eles decidiam que eram bruxas... na Idade das Trevas ou algo do tipo. Como em Salém. Acho que eles também as enforcavam e queimavam, dependendo do caso. Mas afogá-las era comum. Eles prendiam pedras nelas e as jogavam na água. Se afundassem, não eram bruxas, eram simples mortais. Se não afundassem, isso provava que eram bruxas. Acho que nesse caso eles as matavam de outra forma, enforcadas ou queimadas. Só as mulheres comuns se afogavam.

— Má sorte. Isso é interessante. Era uma espécie de teste?

— Acho que sim. Doentio e ignorante, mas isso, era como um teste.

— Interessante — repetiu Eve. — Mais um ângulo para analisar. Se elas fossem do mal... digamos, bruxas más... não se afogariam quando ele as prendesse debaixo da água. Por outro lado, se fossem verdadeiramente puras, se afogariam. Hum... Temos hipóteses de todo tipo para analisar. Vamos fazer mais uma visita aos Jones.

Eve tornou a guardar o sanduíche na bolsa.

— Você não vai mais comer?

— É grande. Bem gostoso, mas grande demais. — Eve ofereceu: — Você quer?

Como uma mulher afastando o mal, Peabody virou a cabeça para o lado e ergueu a mão diante do rosto.

— Pare com isso, guarde esse sanduíche, senão eu vou acabar aceitando. Procure um reciclador de lixo, em vez de me dar esse troço.

— A irmã da vítima faz um sanduíche excelente. — Enquanto descia a escada para sair, Eve acabou de tomar a Pepsi. — Agora vou te contar tudo sobre Lemont Frester.

A supervisora Shivitz usava preto e enxugava os olhos cansados. — Não consegui dormir, não preguei o olho a noite toda. — Ela fungou e enxugou o nariz. — Fiquei pensando naquelas garotas, pobres garotas. Você já descobriu quem elas são... quer dizer, eram?

— Já começamos a identificá-las. Gostaríamos de falar com o sr. e a sra. Jones.

— A sra. Jones não está aqui. Um dos meninos se cortou enquanto trabalhava na cozinha, então ela o levou ao pronto-socorro. Não deve demorar muito. O sr. Jones está liderando uma mesa-redonda. Acho que ainda vai demorar uns vinte minutos. Se for alguma emergência...

— Podemos esperar. Até que ponto você conhecia Shelby Ann Stubacker?

— Shelby Ann... Shelby Ann... Ah, Shelby! Sim, sim. — Shivitz ergueu as duas mãos e balançou-as no ar. — Um desafio. Ela era um desafio constante, sempre testando os limites de todos. Mesmo assim era bem agradável quando queria ser. E brilhante! Lembro-me de ter me sentido aliviada... não tenho vergonha de confessar isso, quando eles conseguiram colocá-la em um lar adotivo.

— Preciso de toda essa documentação a respeito dela. Quero saber quando isso aconteceu, para onde ela foi e quem cuidou de tudo. Já entrei em contato com a sra. Jones para avisá-la.

— Ai, Deus, ela deve ter esquecido, por causa do Zeek e da discussão. Duas das meninas tiveram que ser separadas e...

— Supervisora, vamos manter o foco em Shelby Stubacker... o lar que a acolheu, quando ela foi, de que modo e onde ficava.

— Sim, sim. Meu Deus, já faz tanto tempo! — Ela deu um tapinha para ajeitar o penteado com laquê. — Eu me lembro... sim, tenho certeza de que foi durante nossa mudança de endereço. Estávamos nos instalando aqui quando a papelada dela finalmente chegou. Mas não me lembro do lugar para onde ela foi levada, mesmo que na época eu soubesse. Isso é importante?

— É importante porque não há registro oficial de que ela tenha sido colocada em lugar algum.

— Ah, mas certamente foi. — Shivitz sorriu com paciência estampada no rosto, como Eve imaginou que ela fazia com os residentes que exigiam explicações cuidadosas. — Lembro como se fosse ontem de falar com a sra. Jones sobre isso, e ajudei a cuidar da transferência de Shelby pessoalmente. Sempre enviamos nossos filhos com um pacote de livros, um bottom da nossa instituição, um disco de afirmações positivas e assim por diante. Eu mesma montei o kit. Sempre fiz questão de cuidar dessa parte e ainda colocava um pacotinho de cookies como presente de despedida.

— Quem foi pegá-la?

— Ahn... Alguém do Serviço de Proteção à Criança e ao Adolescente. Ou um de nós a levou para sua nova família. Não sei quem, exatamente. Não tenho certeza se eu estava aqui, quero dizer, no meu turno, quando ela saiu. Eu não entendo.

— Quero ver a cópia da papelada dela, a ordem judicial e os papéis de liberação.

— Ah, bem... isso pode demorar um pouco. Aconteceu anos atrás, como eu disse, e justamente na época agitada da nossa mudança. Vou ter que procurar com calma.

— Sim, vai ter que procurar.

O sorriso se transformou em uma linha firme e plana.

— Não precisa ficar irritada, mocinha. Mantemos todos os registros, mas fica tudo arquivado. Os registros de quinze anos atrás não são papéis que mantemos ao alcance da mão. Por que faríamos isso quando... — Eve percebeu quando as peças se encaixaram no cérebro da supervisora e viu o leve ar de insulto se transformar em uma percepção horrenda. — Shelby? Ela foi uma das... uma delas?

— Preciso ver essa papelada.

— Vou pegar! — Ela saiu correndo dali com seus sapatos confortáveis, gritando para uma assistente abrir os arquivos.

— Conseguiu ouvir tudo, Quilla? — perguntou Eve, sem se virar. Silenciosa como uma cobra, Quilla desceu a escada.

— Eu também sou um desafio.

— Bom para você.

— Ei, alguém deu um soco na sua cara!

— Exatamente. Agora ela está numa cela pensando em quanto tempo de cadeia vai pegar por agredir uma policial.

— Soco na cara dói muito — comentou Quilla, com o conhecimento de causa de quem já tinha passado por isso muitas vezes. — O lance é que não se fala de outra coisa, a não ser das meninas mortas. Os guardas estão trancados no escritório há quase uma hora.

— Guardas?

— É como se fossem. Aqui está o maior tumulto, com a supervisora chorando pelos cantos e obrigando todo mundo a usar essas faixas pretas nos braços, embora não conheçamos nenhuma das garotas mortas. Elas já morreram há séculos, mas agora temos que fazer sessões extras de meditação para podermos ajudar o espírito delas a fazer a transição.

— Transição para onde?

Quilla gesticulou em direção ao teto e disse:

— Para o alto ou algo desse tipo, sei lá onde. Eu odeio essa porra de meditação. É um porre! Além do mais, ouvi o sr. Jones dizer que...

— Ela parou de falar e olhou para a escada.

— Dizer o quê?

— Oi, srta. Brigham — cumprimentou Quilla.

— Olá, Quilla! — Seraphine Brigham apareceu no topo da escada.

— Olá, tenente. Como vai, detetive? — completou ela, enquanto descia a escada. — Alguém já está atendendo vocês?

— A supervisora Shivitz está tentando desenterrar alguns arquivos para nós.

— Estamos todos fora do nosso ritmo, hoje. — Ela apoiou a mão sobre o ombro de Quilla e perguntou: — Quilla, você não deveria estar na aula?

— Talvez. Eu vi que elas duas estavam circulando por aqui e não quis que tivessem que esperar.

— Isso foi muito educado e atencioso. Eu assumo a partir daqui, vá para a aula.

— Ok. — Ela olhou meio de lado para Eve, antes de sair correndo.

— Ela é muito curiosa — explicou Seraphine. — A maioria das crianças é. Tudo para elas é mais misterioso e emocionante do que propriamente trágico. É uma reação normal para a idade. Mesmo assim eu já soube que algumas das garotas mais sensíveis tiveram pesadelos ontem à noite.

— Você não contou à supervisora sobre Shelby já ter sido identificada?

— Não. Eu não contei a ninguém, deveria ter contado? Sinto muito — completou ela, antes que Eve pudesse falar. — Estou tão acostumada a guardar confidências que guardei essa para mim.

— Tudo bem. Não é função sua notificar ninguém. Eu só fiquei curiosa para saber por que você não fez isso.

— Porque você veio me ver na casa da minha avó. Para mim, isso tornou o que conversamos confidencial.

— Entendi.

— E é a mesma razão, uma espécie de circunspecção treinada, que me faz hesitar em perguntar se posso pegar uma compressa fria para a sua bochecha ferida. Parece dolorido.

— Estou numa boa. Obrigada mesmo assim.

— Tudo bem. Tenente, quero agradecer por você procurar Leah Craine... e por encontrá-la.

— Foi Roarke quem a encontrou.

— Eu sei, mas para mim foi importante saber que Leah está bem e que está feliz. Já entrei em contato com ela. Demorei a me decidir por achar que não deveria ligar, mas Gamma e Jack, o meu noivo, me convenceram a procurá-la. Estou muito feliz por terem feito isso. Vamos almoçar juntas na semana que vem.

— Que ótimo.

— É uma sensação boa. — Seu sorriso foi aumentando até chegar aos olhos. — Devo confessar que conversamos sobre as meninas. Só de forma superficial, mas ela também já tinha ouvido a notícia sobre elas. Leah me contou que nunca mais voltou ao Santuário depois que fugiu de casa aquela última vez. Teve medo até de se aproximar do prédio, para o caso de seu pai voltar a procurá-la por lá. — Ela parou de falar por um instante e olhou para a escada, só por garantia.

— Acho que sabíamos, embora nenhuma de nós tenha dito, que se ela tivesse voltado poderia ter sido uma das meninas mortas. Em vez disso, ela está num trabalho que adora, com um homem que ama, e seu primeiro bebê está a caminho.

— Você poderia dizer a Leah que, caso ela se lembre de algo importante da época em que esteve aqui e possa ser útil à investigação, para entrar em contato comigo?
— Também conversamos sobre isso. Já dei a ela todos os seus contatos, mas acho que... como já disse, ela era muito discreta e ficava longe de tudo e de todos naquela época.
— Ok. Se você tiver mais um minuto para conversarmos, conseguimos novas identificações das meninas que foram mortas.
— Vamos nos sentar. Todas as crianças devem estar em sala de aula ou em outra atividade a esta hora do dia, incluindo Quilla. — Ela lançou os olhos para a escada mais uma vez e para os dois corredores que levavam ao saguão, antes de ocupar uma das cadeiras em frente à estação de Shivitz e pegar as imagens impressas. — Por Deus, elas eram tão jovens. *Todas nós* éramos muito jovens. Eu não me lembro dessas meninas, elas não me parecem familiares. Você já sabe o que aconteceu com elas... com todas elas?
— A investigação ainda está em andamento. — Eve pegou seu *tele--link* do bolso no instante em que ele tocou; analisou a imagem e o texto que tinham acabado de chegar. Mudando a tela para exibir apenas a imagem, estendeu o aparelho para Seraphine. — E quanto a esta garota?
— Mais uma? Odeio imaginar que... Sim! Ah, esta é a Mikki. Eu lhe falei sobre ela ontem. Shelby, Mikki, T-Bone. Essa era Mikki... Não me lembro do nome completo dela.
— Mikki Wendall.
— Sim, isso mesmo! Mas ela tinha voltado para a casa dos pais, eu me lembro disso. E me lembro bem porque foi logo depois que elas se mudaram para cá... talvez uma semana depois, não sei bem. Também me lembro da época porque vim com minha avó conhecer este novo lugar. Eu estava muito nervosa — murmurou, com um pequeno sorriso. — Ver todo mundo de novo, e aí fiquei sabendo, pela DeLonna, que tanto Shelby quanto Mikki tinham ido embora. Shelby tinha ido morar em um lar adotivo e Mikki tinha voltado para casa.

Ela certamente vira os documentos de liberação de Mikki Wendall, pensou Eve. Só que nenhum registro de desaparecimento foi feito sobre Mikki pelo pai que a mantinha sob custódia.

— Peabody, vá atrás dos registros de Mikki Wendall. — E voltou a falar com Seraphine. — Você sabe se ela teve contato com Shelby depois que as duas deixaram o Santuário?

— Sinto muito, não sei. Eu estava trabalhando duro para virar aquela página da minha vida, para me reconstruir, para me manter no caminho certo e poder ficar com minha avó. Não mantive contato com nenhuma das garotas daqui. — Com um último olhar para as fotos, ela as devolveu para Peabody. — Eu não procuraria Shelby, de qualquer modo, porque ela era... parece falta de sensibilidade dizer isso agora, mas ela era problema. Eu já tinha os meus. Quanto a Mikki... hoje é mais fácil eu ter e entendimento, olhando para trás com a percepção e o treinamento de um adulto... Eu sei que ela era carente e precisava se encaixar no grupo. Ela teria feito qualquer coisa para conseguir aprovação de Shelby, e geralmente fazia. Não acredito que alguma vez na vida tenha tido amigos antes de Shelby, DeLonna e T-Bone.

— Encontramos os documentos! — anunciou Shivitz, voltando apressada e acenando com um disco e uma cópia impressa. — Ah, Seraphine, estou muito abalada. É muita coisa acontecendo.

— É um momento realmente difícil, supervisora. — Seraphine levantou-se e abraçou Shivitz. — Difícil e incompreensível. Mas as crianças dependem de nós.

— Eu sei disso, sei disso! Uma delas era Shelby Stubacker. Você deve se lembrar dela, era uma menina difícil de esquecer.

— Sim, eu lembro.

— Mas ela *não estava mais aqui* — insistiu Shivitz, entregando a documentação para Eve. — Foi levada para um lar adotivo. Isso aconteceu depois que você saiu daqui, Seraphine, no meio da nossa mudança. Na verdade, essa papelada ainda guarda várias informações do Santuário.

— Ora, ora... — Eve estudou as cópias impressas e fez que não com a cabeça. — Este papel é uma falsificação mais ou menos decente.

— Falsificação?! — Shivitz se irritou de indignação. — Você está dizendo que este papel é falso? Isso é um absurdo.

— Absurdo é a forma como escreveram a palavra "distrito" aqui neste documento... d-e-s-t-i-r-t-o. Trata-se de um daqueles erros comuns de ortografia. Também reparei em outras falhas, mas essa é a mais gritante.

— Deixe-me ver isso! — Shivitz agarrou o papel, analisou-o com cuidado e empalideceu. — Ai, meu Deus! Senhor! Eu não entendo isso. Não sei como pode ter acontecido.

— Sente-se um pouco, supervisora. Acalme-se e recupere o fôlego. — Seraphine ajudou Shivitz a se sentar em uma das cadeiras.

— Como foi que esta papelada chegou aqui? — exigiu saber Eve.

— Não sei. Sinceramente, não sei. Deve ser algum engano. Não pode ser apenas um erro administrativo?

— Não acredito nisso.

Seraphine olhou para trás quando ouviu portas que se abriam, vozes que desciam as escadas e passos de gente que ainda corria no andar de cima.

— Podemos ir para a sala de reuniões do sr. Jones? — propôs Seraphine. — Vou procurá-lo. Ele precisa saber do que houve, pode ser que se lembre de alguma coisa.

— Certo, vamos fazer isso. — Eve fez um sinal discreto para Peabody. Sua parceira fez que sim com a cabeça e atravessou o cômodo rumo à sala de reuniões indicada, enquanto continuava a falar com alguém pelo *tele-link*.

— Do que você se recorda, exatamente? — perguntou Eve a Shivitz.

— Eu simplesmente não me lembro com nitidez. Estávamos carregando caixas, mesas, cadeiras, muitas coisas. Aqui para dentro, lá para cima e lá para baixo. Alguém me disse, não tenho certeza de quem foi, que Shelby já estava de mudança para um novo lar adotivo. Lembro-me de pensar que isso era ótimo, pois poderíamos começar com um pouco mais de tranquilidade em *nossa* casa nova.

— Qual é o problema? — Com um ar sério e focado, Nash Jones entrou na sala de reuniões e fechou a porta.

— Os papéis determinando a liberação de Shelby Ann Stubacker dos seus cuidados e a transferência para um novo lar adotivo são falsos.

— Isso não pode ser verdade. — Ele pegou a papelada, carregou-a até sua mesa e sentou-se. — Certamente parece estar tudo em ordem aqui. Não entendo o que você está...

— Percebeu o erro de ortografia?

Ele se inclinou para a frente e pressionou uma das mãos sobre o cabelo, enquanto estudava o documento mais uma vez. — Como foi que deixaram isso passar? Esta não é minha assinatura. Supervisora, Seraphine, essa aqui *não é* a minha assinatura.

Seraphine se aproximou e leu tudo por cima do ombro dele.

— Não, não é. Está bem parecida, mas não é sua assinatura.

— Nós podemos examinar todos os documentos e emitir uma confirmação oficial — disse Eve a ele —, mas enquanto isso não acontece... O que diabos aconteceu?

— Não faço ideia. Deixe-me pensar, deixe-me pensar. — Ele fechou os olhos, respirou devagar e de maneira profunda no que Eve assumiu ser alguma forma de meditação. Mais um minuto daquilo certamente a deixaria irritada, mas logo ele parou e abriu os olhos. — Lembrei! Foi a supervisora, não você, querida — disse ele para Shivitz. — A supervisora Orwin me disse que a papelada de liberação da Shelby estava na minha mesa, que ainda não tinha sido organizada. Ainda estávamos em ritmo de mudança, tínhamos aulas mais curtas e em grupo; dividimos funcionários e residentes em equipes, para que todos participassem da criação do novo espaço. Todos nós estávamos entusiasmados com a novidade e com o espaço maior. Animados e gratos.

— Estávamos mesmo. — Shivitz torceu os dedos enquanto assentia. — Muito animados e gratos.

— Estávamos muito ocupados — continuou Nash —, mas era uma agitação boa, se é que você me entende. Eu comentei isso com Philly, digo, sobre Shelby. Conversamos sobre o assunto enquanto trabalhávamos. Tínhamos algumas preocupações, mas, no fim das contas, somos apenas um refúgio temporário. Mais tarde, Philly e eu comemos algo em nossos novos aposentos... tudo ainda bagunçado, mas num lugar que era *nosso*. Ela mencionou que viu Mikki Wendall. Ela e Shelby eram amigas, e ela a encontrou chorando no quarto. Porque Shelby tinha ido embora. Conversamos sobre o que podíamos fazer para facilitar a adaptação da Mikki. Presumi que Philly tinha feito a transferência, mas esta falsificação é da *minha* assinatura, não da dela.

— Você não a viu sair nem ligou para o representante do Serviço de Proteção à Criança e ao Adolescente que devia escoltá-la?

— Não. Presumi que Philly tinha feito isso... ou a supervisora. Ou Montclair. Nosso irmão ainda estava conosco nessa época. Será que eu perguntei sobre essa papelada em algum momento? — Ainda pálido, ele esfregou a têmpora. — Devo ter perguntado.

— Acho que a supervisora da época me entregou tudo para arquivar — disse Shivitz, olhando para Nash. — Esse teria sido o procedimento. Estávamos tentando colocar todos os arquivos e computadores em ordem, e eu devo ter arquivado. Na verdade, nem parei para olhar o papel.

— Vamos ter que falar com sua irmã.

— Sim, com certeza. Deixe-me entrar em contato com ela e pedir-lhe que volte imediatamente. Havia tantas pessoas — murmurou Jones, enquanto pegava o *tele-link*. — Todos os funcionários, os voluntários, a empresa de computação que veio montar os equipamentos, todas as crianças. Eu estava assoberbado de trabalho, mas muito feliz. Esperançoso.

Eve imaginou que Shelby também tinha as próprias esperanças — e buscá-las só serviu para acabar com elas.

Capítulo Doze

Eve passou quase uma hora levando-os de volta ao passado, passo a passo, tanto Nashville quanto Philadelphia, quando ela chegou correndo. E também Shivitz e dois membros da equipe que estavam lá quando Shelby saiu da casa pela última vez.

Eve saiu de lá insatisfeita, mas deixou-os com a cabeça a mil por hora.

— Não consigo decidir se eles estão preocupados em serem processados, multados ou convocados para depor, mas quem vai se incomodar? Não consigo descobrir como isso funcionaria exatamente... nem se eles são culpados por cumplicidade nos assassinatos.

— Acho que é alguma dessas possibilidades — disse Peabody, se acomodando na viatura. — Você quer ouvir um pouco sobre Mikki Wendall?

— Quero.

— A mãe tinha um problema de abuso de drogas e isso resultou em negligência, desemprego e, por fim, despejo da casa alugada por falta de pagamento. Elas acabaram na rua, onde a mãe ofereceu serviços de prostituição não licenciados em troca de comida, abrigo e, com mais frequência, drogas ilegais. Ela foi espancada algumas vezes, e a menina foi presa por roubo. O Serviço de Proteção à Criança e ao Adolescente interveio, e Mikki acabou no Santuário; a mãe seguiu um curto período de reabilitação obrigatória.

— Onde você descobriu isso tudo?

— Da própria fonte, a mãe da menina. Ela nem tentou enfeitar o pavão, Dallas. Era viciada, se prostituía, deixava a garota solta nas ruas e a incentivava a roubar o que conseguisse. Ela fugiu da reabilitação, foi presa de novo, levou uma surra na cadeia e teve uma epifania. Agarrou-se com fé às sessões de reabilitação, cumpriu noventa dias de cadeia com consultas de acompanhamento e conseguiu um emprego de limpeza de escritórios à noite, enquanto trabalhava de dia em uma loja clandestina. Economizou para poder pagar o aluguel de um apartamento e fez uma petição para conseguir a filha de volta.

— Eles devolveram a menina à mãe logo de imediato?

— Não. Demorou quase um ano, a mãe fazia testes regulares de urina, sessões periódicas de aconselhamento e visitas ao Serviço de Proteção à Criança e ao Adolescente. Parece que essa foi uma das histórias de sucesso por lá.

— Elas são raras.

— Sim, por isso ganham destaque. Durante o ano em que ela estava economizando, trabalhando sob supervisão e comparecendo a todas as reuniões, conheceu um cara. Ele trabalhava na manutenção do prédio de escritórios onde ela fazia limpeza. Era um sujeito sério e correto, e eles foram morar juntos. — Ela se ajeitou no banco. — Eu o investiguei só para garantir, mas ele tem ficha limpa. Foi aprovado pelo Serviço de Proteção à Criança e ao Adolescente e pelo tribunal, que concedeu a eles a custódia dela. A garota finalmente voltou para casa.

— Onde a história não acabou com uma pequena família feliz.

— Não. A garota não ia à escola, não ajudava em nada. Era malcriada, fugia à noite e roubava coisas deles. A mãe encontrou drogas ilegais nas coisas da filha e jogou tudo na privada. Achou uma faca escondida no quarto da menina. A faca a assustou, mas eles decidiram aguentar tudo e buscar mais aconselhamento.

Só que a garota estava farta daquela história, pensou Eve. Estava farta de tudo.

— Foi nessa época que a mãe descobriu que estava grávida. Viu isso como uma nova chance e resolveu fazer a coisa certa daquela vez. Estava com a ficha limpa e resolveu continuar assim. Só que um dia ela viu a garota chegar em casa completamente chapada, no meio da noite, com jeito de quem tinha consumido Zoner. Elas brigaram por causa disso, a menina saiu correndo pela escada e a mãe correu atrás. Tentou puxar a filha para cima pelos degraus, mas a filha empurrou a mãe da escada.

— A criança empurrou a mãe *grávida* escada abaixo?

— Ela não sabia que estava grávida, mas sim, foi isso. Deixou-a lá e foi embora. Ela ficou muito machucada. Eu confirmei o histórico médico dela, e isso tudo é verdade. Foi uma semana muito tensa, porque havia perigo de ela perder o bebê, e isso quase aconteceu. Ela me disse que fez uma escolha difícil e deixou Mikki ir embora. Odiou-se por isso, mas teve medo pelo filho que carregava no ventre. Não denunciou o sumiço da filha no Setor de Pessoas Desaparecidas e não apresentou queixa porque não queria que a menina fosse mandada de volta para o reformatório. Segundo ela, Mikki disse que eles não eram a família dela, que tinha arranjado outra família, estava feliz com eles e queria ser deixada em paz.

— Então a mãe fez isso.

— Pois é. Ela passou duas semanas no hospital, e outras quatro sob cuidados médicos, mas já em casa. O namorado saiu procurando por Mikki em toda parte, mas eles nunca mais a viram. Eles têm dois filhos agora, um menino com mais ou menos a idade de Mikki na época e uma menina alguns anos mais nova.

— Ela *fodeu* com a vida da filha.

— Ela sabe disso. Tentou consertar as coisas, Dallas, mas não conseguiu. Agora tem que enfrentar a vida sabendo que a filha estava morta esse tempo todo.

— Mikki não voltou para a nova casa... o CPSRJ, então não são eles a família de que ela falou. Acho que essa nova "família" só pode ser a Shelby. E foi no velho prédio que elas formaram essa família. Shelby, DeLonna e T-Bone. Precisamos encontrar os outros dois desse trio, vivos ou mortos.

— Eles estão sumidos, não consegui rastrear nenhum dos dois. Os registros mostram que eles estiveram no Santuário e depois foram para o CPSRJ. DeLonna entrou em um programa de trabalho e estudo ao completar dezesseis anos, depois desapareceu. Então, a menos que isso não seja verdade, ela *não é* um dos restos mortais. T-Bone ficou por lá até completar dezoito anos, quando simplesmente desapareceu na cidade. Não temos mais nenhum dado sobre ele depois que saiu de lá.

— Passe os dois nomes para McNab — ordenou Eve. — Se ele não conseguir encontrá-los, eu apelo para o Roarke.

— Deixa comigo. Você acredita nessa história de ela encontrar uma "família" junto da Shelby?

— Ainda não decidi. Consigo ver como isso pode ter acontecido. Essa história pode ser falsa, mas a garota era esperta. Esperou para cair fora quando tudo estava bagunçado e confuso. Os documentos de liberação parecem legítimos se você não olhar com atenção. Quero analisar aquela assinatura. Se não for dele, os Jones ficam um pouco melhor na história.

— Você precisa questionar o motivo de ela querer sair de lá de repente, apesar de ter acomodações melhores e tudo o mais.

— Acomodações melhores, mas num espaço que não era dela. Seguindo regras que não eram as dela. — Ela mesma tinha vivido em lugares decentes, em instituições do Estado, lembrou Eve. Mas o seu espaço pessoal era minúsculo, e ela queria sair dali tanto quanto queria viver.

— Alguém ofereceu a ela o que ela mais queria — continuou Eve. — Ou então ela viu uma chance de alcançar o que mais desejava: liberdade. Nenhuma regra além das *dela*. Podia fazer o que lhe desse na telha; comer o que quisesse quando bem entendesse. Um centro de acolhimento não tem a ver com família, Peabody... você só vai parar num lugar desses se for uma criança sem rede de segurança. Tudo bem, é um lugar decente e todos estão tentando te ajudar. Mas *não é* uma família. É pouca coisa melhor que uma prisão.

— Você já fugiu de algum lugar assim?

— Quando eu era bem jovem, sim. E sei que tive sorte por eles terem me encontrado e me levado de volta. Tive sorte de perceber bem depressa que o reformatório fica a meio caminho da prisão. Então, por que não completar o trajeto, cumprir uma pena curta e tirar o máximo proveito disso? — Eve balançou a cabeça e completou: — Mas ela se arriscou a ser pega e largada num reformatório, em vez de ser levada para um lar adotivo porque, para ela, tudo era a mesma merda. Conheci muitas jovens como ela, e posso garantir que a maioria delas acabou indo para uma prisão de verdade.

— Acho que alguns lugares são uma merda mesmo — refletiu Peabody. — É apenas a melhor merda que conseguimos ter.

— Ela queria sair e sabia como barganhar, provavelmente chantagear, trapacear, roubar, o que fosse preciso. Mas alguém a ajudou a sair, e me arrisco a dizer que é alta a probabilidade de a pessoa que a ajudou a sair ser a mesma que a matou.

— Bem, pensei uma coisa... Se Jones ou sua irmã são assassinos psicóticos de crianças, eles puderam escolher entre uma grande variedade de vítimas para colher no seu jardim, ao longo dos anos. A menos que essas crianças em especial fossem alvos específicos, ou que exista algum significado no número doze.

— Sim, também pensei nisso. O irmão deles estava lá.

— O irmão morto? O irmão que virou almoço de leão?

— Esse mesmo. Veja só — disse Eve, olhando fixamente para Peabody. — Digamos que ele fosse um psicopata assassino de crianças.

Ele tinha acesso às vítimas; ao menos temos certeza de que tinha acesso às vítimas ligadas à casa. Não só tinha acesso como conhecia bem o prédio. Disseram que ele ajudava nos reparos de vez em quando, então talvez ele soubesse levantar uma parede.

— Então por que ele foi para a África? A menos que quisesse se tornar um assassino psicopata internacional, certo? Precisamos verificar se alguma criança desapareceu por lá antes de ele ser comido.

— Vamos fazer isso. Quanto ao motivo de ele ter ido para a África... e se eles o pegaram? Os irmãos, os benfeitores? Talvez a coisa não tenha ido tão longe, mas... e se eles o viram se comportando de forma inadequada com uma ou mais garotas? Isso é inaceitável, e eles o despacham numa jornada missionária. E o rei dos animais cuida dele.

Eve não gostou do final daquela versão.

— Temos certeza de que ele e o leão se pegaram?

— Verifiquei o relatório, a certidão de óbito, a cremação e o transporte das cinzas até Nova York.

— Preferia ter um corpo — murmurou Eve. — Melhor ainda seria ter um assassino vivo para podermos fritar seu traseiro. Mas vamos brincar um pouco com a possibilidade do irmão psicopata morto.

— É difícil aceitar qualquer um dos irmãos dando cobertura a ele, se descobriram que ele matou aquelas garotas.

— Sangue é mais espesso que água.

— Ok, talvez sim. Mas eles não me parecem burros, nem gente que gosta de correr riscos. Eles simplesmente deixariam os corpos lá?

— Não se soubessem dos assassinatos, e também estou tropeçando nesse detalhe — admitiu Eve. — Então, como eu disse, talvez a coisa não tenha chegado tão longe. E talvez este seja um beco sem saída, e o irmão morto fosse só mais um benfeitor que forneceu uma refeição saborosa a um leão.

— Como os cristãos. Você sabia que os romanos jogavam os cristãos para os leões comerem, sob os aplausos da multidão?

— Por que eles faziam isso?

— Porque tinham sede de sangue?

— Não estou falando dos romanos, esses eu entendo.
Peabody piscou.
— Entende?
— Sede de sangue... — repetiu Eve. — Antes eles do que eu. Exercício de poder. Mas não entendo os caras cristãos. Por que eles achavam que... Ok, mesmo que um idiota romano me dê de comer aos leões, Luigi ou sei lá o nome é um deus muito bom.
— Luigi?
— Não importa o nome, era melhor fugir para... Como se chamam mesmo aquelas cavernas?
— Catacumbas.
— Sim, essas mesmas. Correr para lá, se esconder, tomar um pouco de vinho, planejar sua rebelião e organizar tudo para dar porrada em alguns romanos.
— Ainda estou no deus Luigi, mas acho que os cristãos eram pacíficos.
— Ah, é? E o que ganharam com isso? Viraram cocô de leão.
— Eca!
— Exatamente! — Ela se virou para o *tele-link* do painel, que tocou. — Dallas falando, pode enviar a imagem.
A nova garota identificada apareceu sorrindo na tela.
— Foi emitido um boletim sobre o desaparecimento dessa jovem — disse Eve. — Verifique o nome, eu me lembro de já tê-la visto.
— Verificação cruzada em andamento. Kim Terrance, treze anos. Fugiu de Jersey City, Nova Jersey. O aviso foi dado pela mãe. O pai estava preso na época, por agressão.
— Consiga todos os dados atualizados.
— Estão chegando. A mãe se casou novamente há dois anos e mudou-se para Vermont com o marido, onde administram um pequeno resort. Ele já tem dois filhos crescidos. O histórico mostra o padrão de violência doméstica do primeiro marido e uma ordem de restrição. Ele voltou a cumprir pena recentemente, por agressão e estupro da segunda esposa. A menina sumida tem uma atualização

automática em seu arquivo de desaparecida, com aprimoramentos de idade criados por Inteligência Artificial.

Peabody exibiu a mais recente imagem, mostrando uma mulher em seus vinte e tantos anos.

— Ela ainda procura a filha, Dallas.

— Vou fazer a notificação. Vamos ver se conseguimos descobrir qualquer ligação com o Santuário, o CPSRJ, qualquer funcionário ou residente do lugar.

— Com essa, já identificamos sete delas — disse Peabody, quando Eve entrou na garagem da Central. — Ainda faltam cinco. E não está ficando mais fácil.

Eve acrescentou os novos rostos ao seu quadro. A última, Terrance, não teve a chance de se transformar no rosto gerado por Inteligência Artificial. Tinha ficado presa para sempre naquele estranho estágio intermediário, quando os dentes parecem grandes demais para a boca e os olhos são muito arregalados.

Ela não estava na lista de residentes que Philadelphia lhe dera. Para ter certeza, contatou o Serviço de Proteção à Criança e ao Adolescente e persuadiu, intimidou e importunou a sobrecarregada e infeliz assistente social para que ela vasculhasse os arquivos.

Havia registros sobre Kim Terrance: evasão escolar e alguns furtos em lojas. Foi oferecido aconselhamento para ela e a mãe nas duas vezes em que a mãe fugiu com a criança para um abrigo de mulheres.

E nas duas vezes a mãe voltou à antiga vida, arrastando a menina para o inferno que a vida delas deve ter sido. Um padrão, pensou Eve. Pelo menos a mãe da vítima finalmente quebrou a corrente, mas não até perder a filha para as ruas e chegar ao fundo do poço.

E tarde demais, pensou Eve. Tarde demais para a criança confiar na mulher que voltava como um bumerangue para o homem que a espancava e surrava a criança gerada por ambos; tarde demais para a garota se importar com o medo e a baixa autoestima que mantinham uma mulher presa a um homem abusivo; tarde demais para ela tentar quebrar o padrão e virar a página na sua vida.

Esconderijo Mortal

Tarde demais para ela crescer até mesmo no rosto, no qual continuava uma menina.

Terminou de ler tudo sobre Kim. Ela não frequentava uma igreja, como Lupa ou Carlie. Não era uma garota rebelde que buscava independência, como Linh. E pelo que se via, não era tão forte e endurecida quanto Shelby.

Era mais como Mikki, supôs Eve. Cansada de tudo aquilo.

Eve passou mais algum tempo no *tele-link*, puxando alguns fios daquela meada e cortando outros. Então, porque as possibilidades a incomodavam, verificou as informações que Peabody havia passado sobre Montclair Jones.

Era o mais novo dos quatro irmãos, tinha acabado de completar vinte e três anos. Intervalo de sete anos entre ele e Philadelphia, reparou Eve. Foi educado em casa como os irmãos, mas, ao contrário de Nash e Philadelphia, não tinha passado pelo setor público para obter sua certificação em Serviço Social.

Ao contrário da irmã Selma, quase treze anos mais velha, ele não tinha viajado muito antes de resolver se estabelecer longe e constituir família.

Ela cavou mais fundo no passado, tentou avançar no futuro e tentou outros caminhos.

Quando Peabody entrou, Eve ergueu um dedo para fazê-la esperar e continuou a falar no *tele-link*.

— Obrigada pela ajuda, sargento Owusu.

— Será um prazer ajudá-la em qualquer outra coisa que precise, tenente Dallas.

Peabody inclinou a cabeça meio de lado para analisar o rosto da voz musical e limpa.

— Vou falar com meu avô e meu tio. Se houver mais informações, entrarei em contato. Boa noite para você, tenente.

— O mesmo para você, sargento.

— O que houve? Quem era essa policial?

— Ela é Alika Owusu, do Departamento de Polícia e Segurança da República do Zimbábue.

— Tá de sacanagem! Você estava falando com a África?

— Uma pequena parte do continente.

— Que horas são lá? Você ouviu algum elefante, algum bicho ou um leão rugindo?

— Ela estava no turno da noite, o que foi uma sorte, já que não sei que horas são lá porque estou aqui. Como não ouvi nenhum rugido nem gritos de medo, acredito que eles não estavam sendo atacados pela vida selvagem local.

— Eu gostaria de ver um elefante — comentou Peabody, com ar pensativo. — Não em algum refúgio de vida selvagem, mas em seu habitat natural. E também queria ouvir uma hiena ao vivo, mesmo sabendo que elas podem ser malucas e do mal. Eu também gostaria de...

Ela finalmente percebeu o olhar reprovador de Eve.

— Enfim, chega de falar de mim. Você estava investigando Montclair Jones.

— Quero informações mais evidentes e precisas, apenas isso. Consegui localizar essa sargento. Ela era muito nova quando a história do leão aconteceu. Mesmo assim se lembra de Jones, mas lembra-se ainda mais do que restou dele depois do leão, que o avô dela matou.

— Ah, que pena. — O romantismo do safári que rondava a cabeça de Peabody se despedaçou. — Eu sei que ele era um devorador de pessoas, mas mesmo assim. Isso faz parte da natureza dos animais selvagens, certo?

— Um leão comedor de gente trapaceira, uma pequena vila com crianças desnutridas, velhinhas lentas e animais de estimação sem sorte. O leão perdeu.

— Acho que sim. Mas ela confirmou que Jones virou comida de leão?

— Ela confirmou que houve um incidente grave e que um missionário chamado Montclair Jones, que trabalhava na área, foi atacado e morto.

— O que bate com a história que os irmãos contaram e com os registros oficiais.

— Pois é, pois é... — Ela tamborilou os dedos na mesa. — Isso me incomoda, só isso. A irmã mais velha, Selma, sai em missões, encontra seu lugar na Austrália e se casa com um pastor de ovelhas. Por que as pessoas pastoreiam ovelhas?

— Você está vestindo uma jaqueta de lã.

— Estou?

— E bem macia — completou Peabody, com ar reverente, enquanto acariciava a manga.

— Tire a mão. De qualquer forma, ela está pastoreando ovelhas, tendo filhos, enquanto o irmão e a irmã mais novos estão se formando na faculdade, fazendo trabalho missionário e, eventualmente, economizando para conseguir comprar o prédio na Rua Nove e fundar o Santuário. Alguns desses recursos, caso você queira saber, vieram de uma pequena herança e outra parte veio do valor pago pela venda da casa da família após o suicídio da mãe, quando o pai vendeu a casa para sair em trabalho missionário.

— Eu li sobre o suicídio no arquivo — comentou Peabody. — Pelo que investiguei, parece que ela já tinha crises de depressão desde a última gravidez.

— Parir mais um filho quando você já tem quase cinquenta anos e três filhos, sendo um deles adolescente, me parece deprimente.

— Não sei... mas pensando bem — considerou Peabody —, acho que você tem razão.

— A mãe e o filho mais novo fizeram tratamento para depressão e ansiedade. O caçula ficou em casa até a mamãe cortar os pulsos. Depois foi morar com Jones & Jones. Ele não fez nenhum curso superior, nem de certificação... apenas uma missão ao Haiti com um grupo de jovens, aos dezoito anos. E nunca mais tornou a sair do país.

— Isso tudo também é deprimente.

— Provavelmente. Mas a mãe já tinha histórico de desafios emocionais e mentais, terminando com o clássico suicídio de "pulsos cortados dentro da banheira".

— Faz menos bagunça e a água quente ajuda a entorpecer os sentidos. Mas foi na banheira? — Um pequeno brilho surgiu nos olhos de Peabody. — Eu não fui tão longe na pesquisa.

— É um estilo padrão de autoextermínio, especialmente para mulheres, mas a banheira faz soar um sinal de alerta. Pelo que eu sei, ele fazia basicamente trabalhos braçais no Santuário. Cozinhava, limpava, consertava coisas, auxiliava em aulas ou grupos. Não tinha autoridade real. — Ela se levantou e bateu na velha foto de Montclair Jones que tinha pregado no quadro. — Então, bem na época em que doze garotas mortas foram emparedadas no prédio do Santuário, seus irmãos o despacharam para a África. Ele já tinha viajado para o exterior naquela viagem missionária, mas nunca mais tinha saído dos Estados Unidos, nunca tinha se visto sozinho, sem um dos irmãos ou alguém experiente que ele conhecesse. — Eve balançou a cabeça. — O momento exato em que isso aconteceu é interessante.

— Mas se eles soubessem do que havia acontecido, teriam se livrado dos corpos — insistiu Peabody. — Não sei como eles poderiam ter ficado calados durante todo esse tempo ou tocado a vida sabendo que as garotas mortas estavam no prédio.

— Isso é o que me deixa encucada também. Mas essa linha do tempo... Se ele estivesse aqui, se ainda morasse e trabalhasse aqui, seria o suspeito número um da minha lista. Mas por enquanto, ele vai ser o número um da lista "preciso pesquisar mais". O que você conseguiu além disso?

— Um grande nada. Não encontrei ligação entre as duas últimas vítimas identificadas com o Santuário, com o CPSRJ, com Nash, Philadelphia ou qualquer um deles.

Eve assentiu, pois também não tinha conseguido nada.

— Temos o mercado coreano que liga Shelby e Linh. Vamos encontrar outras conexões, igualmente nebulosas. Vou levar tudo para casa. Preciso espalhar e embaralhar tudo, cruzar dados e procurar outros ângulos.

— Você notificou os parentes mais próximos da última vítima?

— Falei com a mãe dela, que não conhecia nenhuma das outras vítimas e nunca ouviu falar do Santuário.

— Como ela lidou com a notícia?

— Chorou um pouco — disse Eve, enquanto juntava o material que iria levar para casa. — Mas resistiu. Ela quer os restos mortais da filha, quando forem liberados. Também corri atrás dos dados de Jubal Craine. Sua esposa o matou; tacou fogo no celeiro com ele dentro.

— Devia estar muito revoltada.

— Parece que ficou muito puta quando ele a espancou mais uma vez. Mas, de acordo com tudo o que descobri, ele estava vivo e bem, morando no Nebraska em setembro de 2045. E como a filha só voltou a escapar da coleira em novembro daquele ano, ele não tinha motivos para voltar aqui antes disso.

— Você realmente não acredita que ele as tenha matado.

— Não, porque não creio que ele teria passado todo esse tempo na ímpia cidade de Nova York. Se tivesse vindo, qualquer uma daquelas garotas teria ido com ele sem resistir muito. — Ela vestiu o casaco.

— Mas isso seria uma ponta solta.

— McNab está em busca de DeLonna e T-Bone. Provavelmente levaremos essa tarefa para casa também.

— Se ele encontrar qualquer um deles, quero saber o mais rápido possível.

Ela pegou o material da pesquisa e saiu da sala.

Deliberadamente, seguiu para casa através do circo insano que era a Times Square. Estudou os grupos de adolescentes, garotas que ela avaliou estarem no auge da adolescência, ou pouco mais velhas.

Ela nunca procurou um bando; ficar sozinha combinava com ela. De qualquer forma, sua vida teve muitas reviravoltas no começo, pensou, mesmo que ela tivesse tendências para andar em bando.

Mas Eve sabia que era uma exceção.

Eles todos se pareciam, notou, enquanto fluíam sob a luz forte e trêmula que afastava a escuridão e convidava todos para uma festa interminável. Seus casacos, chapéus, cachecóis e luvas podiam ser de cores diferentes, mas um estilo definido marcava a maioria deles. Aquelas botas desajeitadas deviam pesar como âncoras, as calças brilhosos eram justas demais, os casacos coloridos eram largos demais, e dos chapéus pendiam pequenos laços.

Eles bebiam latas de refrigerante, tagarelavam em *tele-links*, comiam pretzels quentes e macios que cortavam e dividiam.

E pareciam unidos como se estivessem presos por fios invisíveis.

Os meninos se misturavam pelos grupos das meninas mais velhas, mas as mais novas — da faixa etária das vítimas — geralmente interagiam melhor entre si. Não era apenas uma questão de gênero, ela via agora, e sim de classe.

Ela preferia grupos de meninas com botas mais baratas, casacos mais finos, a maioria sem chapéu e com mechas coloridas no cabelo, em vez de na roupa.

Viu uma delas roubando alguns lenços enquanto suas duas parceiras distraíam o vendedor no outro lado da barraca. Percebeu quando o produto do roubo mudou de mãos e Dedos Leves vagou por entre seus amigos, com cara de inocente e bolsos vazios.

Eles usariam os lenços ou os venderiam?

Logo o sinal abriu e Eve seguiu em frente.

Não dava para prender todos eles, nem persegui-los; também seria impossível mandar todos para o sistema para que se saíssem melhor no futuro.

Alguns, como Roarke, simplesmente sobreviviam, tiravam tudo que conseguiam das ruas para ter comida na barriga ou uma grana curta para assistir a algum filme. Outros apenas procuravam emoções rápidas, algum barulho, muita agitação, sempre se mantendo no centro de tudo.

Esconderijo Mortal

E todos eles imaginavam que viveriam para sempre.

Ela deixou a multidão para trás, o barulho, as luzes trêmulas e foi para casa.

Os elfos definitivamente tinham passado de novo em casa, pensou, enquanto observava a mansão onde morava. A casa parecia um presente elegantemente embrulhado, suas luzes estreladas, incontáveis guirlandas e folhagens esvoaçantes.

Muito longe, ela pensou. Muito, muito distante da simples e solitária árvore esguia que Mavis montava para ela todos os anos.

— Mavis! — disse ela, em voz alta. — Merda, merda, eu esqueci!

— Ela olhou que horas eram e estremeceu ao pegar sua pasta com os arquivos.

Se eles já tivessem chegado, Summerset teria algo sarcástico a dizer. Droga, ele teria algo sarcástico a dizer de qualquer jeito, mas daquela vez ela mereceria levar uma esculhambação, caso eles já estivessem à sua espera.

E ela ainda precisava de alguns minutos para subir, atualizar seu quadro. E tirar alguns minutos para se sentar e pensar.

Ela se obrigou a entrar na casa com toda a calma do mundo, senão faria parecer que sabia de seu atraso e que *se importava* com aquilo. Escolheu fazer uma entrada discreta.

O mordomo estava no saguão, é óbvio, parecendo um fantasma de roupa preta, mas ela não ouviu vozes na sala.

— Felizmente para você, os seus convidados estão um pouco atrasados — anunciou Summerset. — E tiveram a gentileza de me avisar.

— Eles não são "convidados". — Ela encolheu os ombros enquanto tirava o casaco, e em seguida pendurou-o no pilar do primeiro degrau da escada, só para poder ver a careta de Summerset. — E eu não devo satisfações a você.

Grata porque todos iriam chegar mais tarde que ela, guardou os insultos e as trocas de olhares cadavéricos com ele para outra hora; subiu a escada correndo, com o gato logo atrás.

Foi direto para seu escritório e ligou o localizador de pessoas.

— Onde está Roarke?

Roarke ainda não chegou.

— Melhor ainda.

Com alguma sorte, ela conseguiria atualizar o quadro dos crimes, tomaria um bom café enquanto analisava tudo e deixaria o cérebro funcionar.

Tentou um novo sistema: colocou as garotas vivas na frente, e os restos mortais atrás.

Na frente ela prendeu os pais, os tutores e a equipe do Santuário.

Conectou Shelby e Linh, Shelby e Mikki. Shelby, Mikki e Lupa, já que todas moraram juntas, independentemente de se falarem.

Em seguida prendeu no quadro uma foto de Seraphine jovem e outra adulta. Outra conexão.

Pegou o café e tomou um gole enquanto andava ao redor do quadro; trocou as fotos de lugar de novo e deu outra olhada nas banheiras e nas áreas dos banheiros onde ela acreditava que as meninas tinham sido mortas.

Sentou-se à mesa, colocou as botas sobre a superfície e estudou o quadro um pouco mais.

Mikki foi procurar Shelby, isso lhe parecia o mais provável. Será que Shelby já estava morta? Elas não morreram juntas, senão teriam sido escondidas juntas. Não, Shelby e Linh tinham morrido juntas, provavelmente na mesma noite em que tinham passado na mercearia... ou perto daquela data.

Lupa, Carlie Bowen, LaRue Freeman. Elas faziam parte do segundo grupo, e seus restos mortais tinham sido escondidos juntos. Ele as matou todas na mesma noite? Por que a pressa? Era muito trabalho para uma pessoa só.

Mas, na verdade, o Santuário passou a ser dele, então não havia pressa.

Eve repassou a linha do tempo mais uma vez. Tinham se passado três dias entre o desaparecimento de Lupa e o de Carlie Bowen. Não foram mortas na mesma noite, só escondidas juntas. LaRue possivelmente estava entre elas. Fora listada como Vítima Quatro. Depois de Lupa, pensou, e antes de Carlie.

Mas nenhuma outra conexão entre elas havia surgido até agora.

O que será que ele...

Ela olhou de relance quando o gato pulou da sua mesa e o observou caminhar lentamente até Roarke.

— Você chegou mais tarde do que eu.

— Foi o que me disseram. — Ele analisou o rosto dela enquanto seguia em sua direção, então passou a ponta do dedo, de leve, sobre sua bochecha machucada. — E também me contaram sobre isso.

— Quê? Como você soube disso? Ah, o segurança do hotel.

— O próprio. A agressora era uma das guarda-costas de Frester, certo?

— Ela não gostou da minha presença ali. E eu não gostei quando ela colocou as mãos em mim e tentou pegar a arma de atordoar. Em seguida ela não gostou quando empurrei seu rosto contra a parede e me acertou um soco por pura sorte; só acertou a maçã do rosto.

— Estou vendo. — Ele roçou os lábios sobre o hematoma.

— Mas ela realmente não gostou quando eu a joguei no chão e a algemei. Então eu venci.

— Teve esse lado positivo — disse ele. — Mesmo assim, você poderia colocar uma compressa com gelo.

— Talvez depois, porque Mavis deve chegar a qualquer momento. Quero conversar com ela sobre meninas em condição de rua e garotas que andam em bandos. Então vai ser assim... meninas em condição de rua agora, compressas de gelo mais tarde.

— Hum... Você identificou mais vítimas, pelo que vejo.

— Isso mesmo. Eu ia te atualizar sobre as novas descobertas, mas acho que vamos fazer isso depois. Ainda temos cinco pendentes. Fiz algumas conexões e estou tentando abordar novos ângulos.

— Tal como este. — Ele deu um tapinha na foto de Montclair Jones. — Lanche de leão.

— Sim. A questão do momento em que isso aconteceu me incomoda, ainda estou brincando com as possibilidades. O momento, a sua falta de uma profissão de verdade e seu desinteresse por isso. O suicídio da mãe, pulsos cortados na banheira, e seu tratamento para depressão, como sua mãe.

— Ele é o seu principal suspeito, já deu para perceber.

Droga, pensou Eve, enfiando as mãos nos bolsos. O pior é que ele realmente era seu principal suspeito.

— É que ele se encaixa em tudo. Só que não posso interrogá-lo, não posso olhar em seus olhos. Não posso ter certeza. Mas posso dizer que Shelby Stubacker forjou documentos para fugir do Santuário. Jones afirma que não assinou o documento, e estou examinando a sua assinatura. Ninguém sabe quem a tirou de lá, se ela saiu sozinha, ou o que houve. E tudo aconteceu na época em que eles estavam mudando de endereço, aquela confusão toda.

— Você acha que ela teve ajuda?

— Acho que ela foi muito sagaz, mas onde uma criança consegue o papel do documento... porque parecia legítimo à primeira vista. Como ela saberia quais documentos eram necessários, qual papelada apresentar? O nome do juiz é real. A assistente social é real. Acho que uma garota que sabe trocar boquetes por cerveja também sabe trocar por informações e documentos. Montclair Jones tinha vinte e poucos anos, jovem o suficiente para ser burrinho. Bem, todos os homens são burrinhos quando se trata de boquetes.

— É difícil resistir à tentação de desafiar você a provar isso. Acredito que meu quociente de inteligência conseguirá resistir ao teste.

— Até você, meu chapa, perde células cerebrais quando seu pau está envolvido. Mas vamos ficar com Jones, o mais novo. Ela trocava boquetes por favores. Ele pode ter conseguido o documento do médico, os nomes. Ninguém acharia estranho se ele entrasse no escritório do irmão, certo?

— Desculpe, estou tendo dificuldade para entender. Eu estava pensando no meu pênis.
— Engraçado. Mas eu não duvido.
Ela se levantou e deu circulou ao redor do quadro mais uma vez.
— Você andava em bandos. Será que simplesmente abandonaria o seu bando e fugiria por conta própria?
No fim das contas, ele supôs que sim, pois fizera exatamente aquilo.
— Alguns são mais leais que outros.
— É, eu também acho isso, mas quando você forma um bando, o instinto é mantê-lo. Eu me pergunto se ela planejava tirar as outras do novo Centro. Será que teve a ideia de levar todas as amigas de volta para o prédio antigo? Um lugar familiar, mas sem as regras e toda a fiscalização? Só que antes de alcançar seu objetivo, foi morta. Essa aqui foi devolvida à mãe reabilitada. — Eve apontou para a foto de Mikki. — Essa era a última coisa que ela iria querer, caso tivesse planos de ficar com as amigas. Mas pouco tempo depois ela saiu de lá para sempre, e de um jeito violento.
— E se ela tivesse ido procurar, ou planejasse se encontrar, com a Shelby no prédio...
— Entraria direto, e isso a matou.
Ela circulou novamente.
— Mesmo assim...
— Estamos atrasados! — gritou Mavis ao entrar no escritório, saltando com botas de salto plataforma altas tão vermelhas quanto o nariz de Rudolph, a rena de Papai Noel. Seu cabelo parecia uma massa de sol retorcida, ondulada e espiralada coberta com purpurina prateada que caía em torno de seu rosto, que irradiava sorrisos.
Ela dançou pelo espaço com uma saia curta verde pontilhada por estrelas prateadas que pareceram tremular quando abraçou Roarke e depois Eve.
— Estou ultrafeliz por vocês terem marcado um reencontro assim, porque não temos um tempinho só para nós há séculos. Leonardo

ficou lá embaixo com a Bella, mas você disse que eu deveria subir direto, Dallas. A casa parece ultramag natalina. Bellamina ficou deslumbrada com tudo e...

Ela se interrompeu e franziu a testa para o quadro de Eve.

— É trabalho — informou Eve. — Eu já estava terminando. Queria só fazer algumas perguntas sobre a vida nas ruas, garotas, bandos, altos e baixos, cadeia de comando, qualquer coisa que eu conseguir.

— É trabalho. — disse Mavis lentamente, em um tom sério e incomum para ela. — São as garotas do prédio no West Side, não são? Os corpos largados no antigo Santuário. Desliguei a TV porque não quis nem escutar a história.

— Desculpe, mas eu queria usar um pouco as suas lembranças — começou Eve.

— Estão todas mortas, essas garotas? Todas elas?

— Estão, sim. — Eve não gostou do jeito como o brilho rosado nas bochechas de Mavis se transformou em um branco doentio. — Vamos descer e depois falamos sobre isso.

— Esse é um caso policial... o *seu* caso. Mas eu as conhecia. Essa... e essa outra. Aquela ali também!

— O quê? — Eve apertou o ombro de Mavis. — Como assim?

— Eu conhecia essas meninas — repetiu Mavis, apontando para Shelby. — E ela também — continuou, apontando para Mikki. — E ela — finalizou, apontando para LaRue Freeman. — Eu conhecia todas elas, Dallas. Antes de você. Eu as conheci antes de te conhecer.

— Ela virou o rosto para Eve com lágrimas nos olhos. — Elas eram minhas amigas.

Capítulo Treze

— Você tem certeza?
— Óbvio que eu tenho! Essas coisas a gente não esquece... Elas estão mortas. Estavam todas mortas esse tempo todo. Foi por isso que nunca mais voltaram!
— Voltaram para onde?
— Para O Clube. Era assim que a gente chamava. Elas nunca mais voltaram.
— Mavis. — Eve a pegou pelos ombros e se colocou diante da amiga para bloquear a visão das fotos no quadro, de modo que Mavis teve que olhar para ela. — Quando você conheceu essas meninas?
— Antes. Bem antes de te conhecer. Eu já contei a você como era a minha vida antes.
— Eu sei. — Mas Eve tinha dado a Mavis muito espaço e nunca perguntara muitos detalhes. Não adiantava incentivar a própria curiosidade quando isso só serviria para fazer você imaginar quantas vezes poderia ter prendido sua melhor amiga por antigas infrações.

— Vou precisar que você me conte mais coisas, agora.

— Eu preciso de... um tempinho. Tudo tá aqui dentro ainda. Você acha que não. Pensa que se livrou de tudo, ou pelo menos guardou as lembranças num lugar distante. Mas continua tudo lá. — Ela se apoiou em Eve por um instante, com toda a sua roupa e cabelos brilhantes. — Você sabe como são essas coisas.

— Sei, sim.

— Nós éramos apenas crianças, Dallas. *Elas* eram crianças. — Estremecendo de leve, Mavis recuou. — Quero ver Bella, só um minuto. Quero Bella e Leonardo.

— Vamos descer — propôs Roarke, ignorando o protesto de Eve antes de ele acontecer; ele simplesmente apertou o braço dela enquanto conduzia Mavis para fora da sala. — Uma taça de vinho vai lhe fazer bem, querida, vai te ajudar a organizar seus pensamentos.

— Acho que sim. Estou de cabeça para baixo... ou do avesso. Talvez ambos. Pensei que elas tivessem ido embora da cidade. — Ela se apoiou nele enquanto desciam. — Muitas de nós fizemos isso, ou fomos pegas e engolidas pelo mundo. Mas muitas simplesmente sumiram. As pessoas nem sempre ficam na sua vida, mesmo quando você quer.

— Não, não ficam. — Ele a conduziu até a sala onde Leonardo e Summerset, com sorrisos igualmente apaixonados, observavam Bella batucar com entusiasmo sobre uma espécie de cubo de plástico colorido. Uma batida e surgia um *riff* de guitarra rápido; outra batida no "tambor" e trombetas soavam como se fosse véspera de Ano-Novo.

Enquanto os *riffs* soavam, outros sons explodiam, e Bella tamborilava e chilreava, ela mesma gargalhava como uma tolinha e balançava sua bunda coberta de babados rosa avermelhado.

— Olha o que Summerset deu para Bella — Sorrindo em meio à cacofonia reinante, Leonardo, com seu colete prateado brilhoso sobre uma camisa safira, levantou-se do sofá. — Ela herdou o seu talento musical, meu Raio de Luar.

O sorriso dele desapareceu quando ele se concentrou no brilho vidrado dos olhos de Mavis.

— O que é que houve? — Ele fez menção de ir até ela, mas ela balançou a cabeça e olhou para Bella.

— Uau, isso é simplesmente mag! — Mavis foi até onde Bella estava e tocou na imagem em um teclado. — É o máximo! Você já pode acompanhar a mamãe nos shows! Obrigada, Summerset.

— Achei que ela fosse gostar. A música está no sangue. — Embora a voz de Summerset tivesse um tom de alegria incomum, o ar de diversão havia desaparecido de seus olhos.

Para Bella, porém, que ainda não completara um ano, o mundo era feito de luzes brilhantes e música.

Ao avistar Eve e Roarke, a bebê gritou com uma alegria sem limites.

— Das! — Tão rápido quanto suas perninhas gordas conseguiram, ela cambaleou até Eve, e seu lindo rosto brilhou com amor desesperado, e, erguendo os braços.

— Colo!

— Ahn, bem, eu...

— Colo, colo, colo! Das!

— Está bem, está bem. — Meio aturdida, Eve se abaixou. Bella assumiu a partir daí e quase escalou os braços de Eve, e então colocou as duas mãos nas bochechas de Eve enquanto ela tagarelava na estranha língua dos bebês,

— Tá? Tá? — Ela fez um som de *hummm* exagerado e pressionou seus lábios nos de Eve.

— Sim, lógico. — Era difícil não sorrir junto de uma criança tão bonita e feliz, mas não naquele momento. Só que quando Eve tentou colocá-la no chão novamente, Bella se agarrou como um carrapato e trocou a língua de bebês por um sussurro sibilante no ouvido de Eve. Depois riu muito da piada que só ela tinha entendido.

Então, com um salto, contorceu-se nos braços de Eve, proporcionando-lhe um momento de puro pânico antes de tentar voar até Roarke.

— Ork!

— Boa ideia. Boa ideia! — Quase limpando o suor da testa, Eve colocou Bella no colo de Roarke.

Ele recebeu tratamento semelhante, mãos, tatibitate de bebês, beijo, e a reação dele foi muito semelhante à de Eve, até que Bella inclinou a cabeça para o lado e ficou piscando, cheia de charme.

Apesar do espanto, ele riu, e descobriu que parecia menos provável que ela escapasse de seu controle quando se acomodou em seu quadril.

— Veja só, você já sabe flertar!

Ela sorriu com jeitinho meigo e brincou com o cabelo dele.

— Os homens, para ela, são como brinquedos. — A voz de Mavis tremeu um pouco antes de ela bebericar o vinho que Summerset lhe ofereceu.

— Talvez ela possa me fazer um pouco de companhia. — Inclinando-se, Summerset pegou o presente que tinha dado à bebê.

— Ela vai curtir ficar um pouco com você — disse Mavis. — Se ela atrapalhar...

— Garotas bonitas nunca atrapalham. — Com delicadeza, Summerset a pegou dos braços de Roarke e a equilibrou sobre o seu quadril ossudo com uma agilidade que impressionou Eve. Bella lançou-se a uma nova onda de tagarelice, e seus pezinhos chutaram o ar alegremente, com suas botas cor-de-rosa felpudas.

— Está bem, vamos lá — propôs Summerset, enquanto ele a carregava.

Bella deu um tapinha na bochecha dele e disse algo que soou como "Some shit [grande merda]!".

Eve se pegou intrigada com as palavras, até que tudo fez sentido. *Some shit...* Summerset!

Esse era um apelido que ela iria gostar muito.

Bella sorriu com o rostinho por cima do ombro do mordomo e acenou com a mão.

— Tchau! Tchau!

— Some shit. Esse é o nome que ela deu a Summerset? Que menina fofa! Ele realmente entendeu o que ela pediu no colo dele? — perguntou Eve a si mesma, em voz alta.

— Ela estava flertando com ele para ganhar cookies — explicou Mavis. Em seguida sentou-se e fechou os olhos.

— Mavis, o que aconteceu? — Leonardo sentou-se ao lado dela e acariciou-a, como faria com uma criança. — Me conte o que está errado.

— As garotas. Ouvimos a notícia na TV, lembra? Um monte de garotas mortas. Um prédio que pertence a Roarke. Disseram que o prédio é seu.

— Eu o comprei recentemente, sim.

— Às vezes eu acho que a vida não passa de um grande e perverso looping. Quem você conhece, o que você faz, onde você está. Eu conhecia algumas daquelas meninas, Leonardo. Algumas das garotas encontradas no prédio de Roarke. As garotas do quadro que Dallas montou lá em cima. O prédio é dele, o caso é dela. As amigas são minhas, de outra vida.

— Desculpe. Sinto muito. — Ele pressionou a boca no cabelo dela e a abraçou.

— Não sei por que isso está me afetando desse jeito. Foi há um milhão de anos, e quase nunca penso nelas. Só que... vendo-as e conhecendo-as... e nas fotos elas estão com a cara que tinham na época. Estão exatamente como eram.

— O que você pode me falar sobre elas? — começou Eve, e Roarke colocou a mão no seu ombro.

— Eve.

— Olha, me desculpe. — Em vez de se sentar na poltrona, Eve optou pela mesinha de centro, de frente para Mavis. — Sei que é difícil, mas se você as conheceu, mesmo que um milhão de anos atrás, algo que você sabe talvez me ajude a descobrir quem as matou, e por quê.

— Elas não entenderiam você. Eu entendi. Você já se perguntou por quê? Quase de cara eu saquei como você era... no instante em que você me prendeu. Você tinha um jeito oficial e parecia mal-humorada naquela sua farda.

Aqueles desconfortáveis sapatos pretos de policial, pensou Eve. Por Deus, como ela os odiava. E provavelmente parecia mal-humorada.

— E você, Mavis, parecia uma criança brincando de princesa das fadas, mesmo com a mão no bolso daquela vítima em potencial.

— Eu ainda nem tinha pegado a carteira dele.

— E tentou me enrolar, dizendo que estava só tentando chamar a atenção dele. Papo furado pra cima de mim.

— Eu era muito boa em afanar carteiras, mas era ainda melhor aplicando outros golpes e contos do vigário. A verdade é que de vez em quando você via algum turista pedindo para ser roubado e enganado, entende? Você sabe como é, não sabe? — perguntou ela, olhando para Roarke.

— Sim, sei muito bem.

— Alguma vez você já pensou nisso, Dallas? O seu marido e a sua melhor amiga já foram ladrões e vigaristas.

— Penso nisso noite e dia.

Com uma risada embargada, Mavis encostou a cabeça no braço de Leonardo por um momento.

— Meu docinho de coco sabe de tudo sobre a minha vida, desde o início. Quando você ama alguém, ele precisa saber quem você é, mesmo que você não seja mais exatamente a pessoa que era. Eve contou a você como eu era naquela época? — perguntou a Roarke.

— Não. Pelo menos não me contou tudo.

— Não, óbvio que você não faria isso. — Mavis olhou para Eve e, só com o olhar, disse que também guardava todos os segredos da amiga. — Alguns dados estão na minha biografia. Por mim tudo bem: Mavis é uma ex-vigarista, deu a volta por cima e hoje faz sucesso nas paradas musicais. O que aconteceu antes disso não soaria tão doce, então eu distorci um pouco o meu passado.

— Sim, eu notei. — E sobre aquilo, também, Eve guardava os segredos de Mavis.

— Nós somos o que somos, certo? Vou colocar meus podres todos para fora, para ficarmos todos bem-informados. Talvez isso me ajude a resolver meus sobressaltos.

Como Mavis já começava a soar mais como a Mavis de sempre, Eve concordou e levantou-se, foi para uma poltrona e aceitou o vinho que Roarke lhe ofereceu.

— Comece por onde quiser — disse Eve.

— Ok. Bem, já temos uma grande cena inicial. Minha mãe era bêbada e drogada. Bebia muito, fumava, cheirava, consumia e curtia qualquer coisa quando estava doidona. Meu pai nunca foi muito presente na minha vida, e depois sumiu de vez. Não me lembro muito bem dele, acho que minha mãe também não. Vivíamos na periferia de Baltimore. Às vezes ela trabalhava, às vezes, não. Às vezes fugíamos no meio da noite do lugar de onde seríamos despejadas porque ela tinha cheirado todo o nosso dinheiro. Isso a consumia por dentro, mas quando ela usava drogas em geral me deixava em paz. Era melhor para mim quando ela estava chapada. — Ela parou por um momento e pareceu se recompor. — Mas ela seria presa e talvez eu fosse arrastada por essa espiral de loucura, a menos que relaxasse um pouco. Passávamos por ciclos de reabilitação e, quando estava nesses momentos, ela se agarrava à religião. De um jeito cruel, ela pegava no meu pé vinte e quatro horas por dia, sete dias por semana. Pregava coisas estranhas, não o básico sobre Deus e os terrores do fogo do inferno. — Ela suspirou um pouco e aninhou-se em Leonardo. — Não entendo por que algumas pessoas gostam de um Deus que as apavora. Nessas crises ela jogava fora todas as minhas coisas... minhas roupas, meus discos, qualquer coisa que eu tivesse, até minha tintura labial roubada, se houvesse alguma. Tudo! "Vassoura nova é a que limpa melhor", era o que ela dizia, e me obrigava a usar vestidos longos sempre em tons de marrom ou cinza, de gola alta e mangas compridas, mesmo no verão. Ela até... — Ela parou para engolir em seco e respirar um pouco. — Ela chegava a cortar meu cabelo, mais curto que o de Dallas, ainda mais depois que eu fui crescendo. Às vezes ela raspava tudo, para que eu não servisse de tentação para os homens. Quando me pegava fazendo algo de que ela não gostava, minha mãe me dava surras de cinto e me espancava de forma implacável. E me obrigava a jejuar, sem comida alguma, pelo tempo que ela determinasse.

Sem dizer nada, Leonardo a abraçou com força, e aquilo, pensou Eve, dizia tudo.

— Passado um tempo, ela voltava às drogas e tudo melhorava. Até piorar de novo. A coisa ia e voltava, nunca dava para saber como ela estaria em determinado dia. Estou esticando muito a história? É complicado lembrar de todas essas coisas com detalhes.

— Não está, não — garantiu Roarke, enquanto completava a taça de vinho que Mavis tinha na mão, acariciava de leve o seu rosto e voltava a se sentar.

— A questão é que... eu tive medo, durante muito tempo, de que aquilo fosse transmitido ao meu filho, se um dia eu fosse mãe. Sabem como é... algo genético. Eu jamais conseguiria me dedicar totalmente a um homem, nem ter filhos.

A voz de Mavis falhou e, enquanto ela lutava para retomar o controle, Leonardo pegou no bolso um lenço azul com flocos de neve prateados e ele mesmo enxugou os olhos dela.

— Até parece que eu conseguiria evitar me apaixonar — acrescentou, olhando para Leonardo — depois que conheci você. Mas não era nada genético, afinal. Minha mãe estragou tudo, fritou o próprio cérebro e fodeu tudo de vez. Uma noite ela me acordou no meio da madrugada, no meio do inverno. Estava doidona de novo, mas daquela vez foi diferente; pior do que todas as outras. Ela me disse que precisava derrotar o diabo e tinha uma expressão estranha e os olhos estavam sem vida. Então ela... ah, Dallas.

— Elas estavam morando numa pocilga — completou Eve. — Um lugar cheio de drogados. Ela mandou alguns caras segurarem Mavis enquanto ela cortava o seu cabelo de novo; queria vender as roupas de Mavis para conseguir mais droga. Os outros usaram Mavis como escrava, e alguns deles queriam usá-la para outras coisas. A mãe não deu a mínima para isso, e quando lhe ofereceram uma dose de Zeus que um dos filhos da puta disse ter trazido para trocar por sua filha ela aceitou a proposta e disse que aquela seria a iniciação de Mavis.

— Foi esse o momento em que eu tive mais medo — murmurou Mavis. — Foi quando eu soube que tinha que fugir dali de uma vez por todas.

— Mavis seria obrigada a jejuar antes, para se purgar, limpar e seguir toda uma estranha preparação ritualística. Em vez disso, ela saiu correndo dali, pegou tudo que conseguiu e fugiu direto para Nova York.

— Eu já queria fugir de lá quando as coisas pioraram de vez e o buraco onde morávamos foi ficando pior a cada dia. Estava guardando dinheiro escondido, basicamente roubado. Resolvi apenas esperar um momento mais propício, mas quando surgiu o lance de ela me vender para aquele cara foi a gota d'água. Resolvi sair de Baltimore e ir para o sul em busca de mais sol, entendem? Mas havia alguns policiais na estação de transporte e aquilo me assustou. Peguei o ônibus errado e vim parar aqui.

— Talvez fosse o ônibus certo, afinal de contas — comentou Roarke, com toda a calma do mundo, o que a fez sorrir.

— É mesmo, acho que foi. Eu dormi na calçada e depois troquei de nome. Fiz isso legalmente, mais ou menos, na primeira chance que tive. Já tinha até escolhido um novo nome. Tivemos uma vizinha boa, a sra. Mavis, que sempre foi muito legal comigo. Ela dizia que fazia comida demais, e eu faria um favor a ela se comesse o que sobrava... coisas desse tipo. Quanto ao Freestone, eu simplesmente gostei do som da palavra, então virei Mavis Freestone.

— É exatamente quem você é — sentenciou Roarke, e isso a fez sorrir novamente.

— É quem eu queria ser. Tive muito medo por algum tempo; também tive muito frio e até passei fome. Mas eu sabia como sobreviver, e qualquer coisa era melhor que aquilo que eu tinha. Eu estava pedindo esmola e batendo carteiras na Times Square quando conheci umas garotas. Não as que moravam no andar de cima, não nesse momento — explicou. — Elas me levaram para O Clube. Eu nunca te contei muita coisa sobre isso — disse, olhando para Eve. — Eu não fiquei lá tanto tempo assim, na verdade. Talvez tenha se passado um ano, um ano e meio no máximo.

— Onde ficava esse Clube?

— Nós sempre mudávamos de lugar. Às vezes era um porão, um prédio condenado, um apartamento vazio. Éramos "nômades". Era assim que Sebastian nos chamava.

— Sebastian?

— Não sei o sobrenome dele. Eu o conhecia só como Sebastian. Eu nunca te contei sobre ele porque... bem, porque não. Era ele quem dirigia O Clube. Era uma mistura de academia de rua, escola, clube e um lugar para a gente ficar junto. Ele nos ensinava todos os truques. Roubar dinheiro do bolso de alguém e repassar para outra pessoa, contrabandear coisas, armar contos do vigário e outras mutretas simples: o golpe do Bebê Chorão, da Garota Perdida, Pato e Ganso, essas coisas. Ele nos fornecia comida, equipamentos, somava tudo o que trazíamos e ficava com uma parte para ele.

— Ele era o Fagan de vocês.

Eve franziu o cenho para Roarke.

— Ele era o quê?

— Fagan. Um personagem de *Oliver Twist*. Um livro de Charles Dickens, querida; a única diferença é que Fagan comandava uma gangue de garotos em Londres.

— Sebastian percebeu que as garotas atraíam menos a atenção dos policiais e eram melhores que os garotos aplicando golpes. Foi ali que conheci Shelby, Mikki e LaRue. Elas não ficavam direto com a gente, Sebastian as chamava de "turistas". Mas trabalhávamos juntas, e Shelby teve a ideia de fundar o próprio clube. Alguém sempre surgia com planos mirabolantes de começar algo, ir a algum lugar ou ser alguém na vida.

— Esse Sebastian machucou alguma de vocês, ou tentou dar em cima e tirar vantagem?

— Não. Não! — Mavis acenou com a mão no ar. — Ele cuidava de nós. Não do seu jeito, Dallas, mas funcionava. Ele nunca tocou num fio de cabelo de nenhuma de nós, de jeito algum. E quando alguma das meninas se metia em confusão nas ruas, ele sempre consertava as coisas.

— Ele falsificava documentos?

— Sim, era muito bom nisso, pode-se dizer que era uma das suas especialidades.

— Preciso que você trabalhe com um artista de retratos falados. Quero o rosto dele.

— Dallas... — Mavis simplesmente olhou para Eve e esperou um segundo antes de continuar. — Se você acha que ele fez isso com aquelas garotas, está muito longe do alvo. Ele nunca machucaria nenhuma delas. Seu lema era "nada de violência" o tempo todo. Nada de armas... nunca! "Raciocínio e velocidade" era o lema dele. Usem o cérebro e os pés de vocês. Mesmo depois de sair do grupo por conta própria, eu fazia trabalhos com ele de vez em quando.

— Preciso falar com ele, Mavis.

— Merda. Merda! Eu falo com ele primeiro.

Eve recuou um pouco, quase com os olhos arregalados.

— Você sabe como fazer para entrar em contato com ele?

— Merda ao cubo! Ele me ajudou, Dallas, quando eu precisei. Ele me ensinou tudo... ok, não o que você gostaria que ensinasse, mas mesmo assim. Ele está semiaposentado... mais ou menos. Agora descobri por que eu nunca contei isso a você.

— Doze meninas estão mortas.

— Eu sei! Sei disso e conheci três delas. Talvez eu saiba mais sobre as outras, e isso me deixa até enjoada. Vou falar com ele e pedir para que converse com você, mas me promete que não vai pegar pesado com ele. E não vai prendê-lo por... coisas antigas.

— Caramba!

— Por favor!

— Arrume esse encontro, mas se eu descobrir que foi ele que matou aquelas garotas, nosso acordo deixa de valer.

Mavis respirou aliviada.

— Isso não vai acontecer, então está combinado.

— Conte mais sobre as meninas.

— Shelby comandava o show... com a equipe. LaRue andava com elas mais do que as outras, mas era a mais solitária. Mikki idolatrava a Shelby. Acho que também sentia tesão por ela, mas ainda não entendia dessas coisas. Havia outra garota, uma negra meio baixinha com uma voz fabulosa. Cantava muito, era fantástica!

— DeLonna.

— Sim, essa mesma, eu não a conheci muito bem, ela só aparecia por lá de vez em quando. E também havia um cara, mas Sebastian não permitia meninos no Clube. Acho que foi por isso que Shelby não aceitou mais ficar com a gente e caiu fora. Ela tinha uma megalealdade. Seu grupo era tudo para ela, incluindo o cara, então ela ficava com a gente às vezes e aplicávamos golpes juntas, mas ela vivia falando que ia conquistar o próprio espaço.

— Ele não permitia meninos, mas... e quanto a homens?

— Era só Sebastian. Na verdade, ele, tipo, nos estimulava. Alimentava nossa autoestima e tudo mais — explicou Mavis. — Sempre dizia coisas boas, falava que valíamos mais do que qualquer coisa ou produto que pudéssemos "liberar". Usava palavras como essa em vez de "roubar".

Mavis inclinou a cabeça para Eve.

— Palavras extravagantes — disse Mavis, engrossando a voz numa imitação bem decente de Eve — não fazem com que isso deixe de ser um crime.

— Ha ha, muito engraçada. Por que os ladrões são tão hilários?

— Roubar é um negócio divertido, se você pensar bem. Ele também sempre dizia que nunca deveríamos dar o que temos, ou seja, sexo, nem permitir que alguém nos obrigasse. Também explicava que precisávamos esperar um pouco mais até entender como o mundo funcionava, coisas desse tipo.

Ela olhou para os dedos, unidos aos de Leonardo.

— Ele me fazia sentir que eu tinha algum valor. Nunca alguém tinha me feito isso.

Era um bom estratagema, pensou Eve; usar um bom papo para conseguir que um bando de garotas famintas roubasse para você.

— Ele devia ter um jeito de repassar as mercadorias — disse Eve. — Tinha que ter algum apoio, precisava comprar suprimentos.

— Basicamente ele lidava com alguns agiotas, mas eles nunca apareceram no Clube, pelo menos enquanto eu andei com o grupo.

— E mulheres mais velhas?

— Nunca. Ele andava com uma acompanhante licenciada, mas também nunca a levou lá. Escuta, ele não era, não é, um vagabundo safado. Tínhamos regras; tudo bem que elas eram bastante flexíveis, mas eram regras. A gente até tinha que estudar de verdade, tipo frequentar a escola. Ele disse que não havia desculpa para ser burro. Nada de drogas ilegais nem bebidas. Se você queria foder com a sua vida, que fizesse isso longe dele. Esse era o problema com a Shelby — lembrou Mavis, com ar distante. — Ela gostava de drogas ilegais e de cerveja. Queria montar o próprio grupo para que ela e sua equipe pudessem fazer o que bem quisessem. Foi por isso que eu achei, todas nós achamos, que ela simplesmente tinha fugido.

— Eram quantas meninas?

— Às vezes havia mais, às vezes menos. Umas dez, talvez quinze. Chegava mais gente quando o frio aumentava. Algumas ficavam apenas alguns dias, outras ficavam durante anos.

— Tenho algumas fotos que eu gostaria que você olhasse.

— Eu as vi no seu quadro. Só reconheci três.

— Ainda estamos identificando as outras. E tenho algumas fotos tiradas de registros de pessoas desaparecidas. Você poderia dar uma olhada nelas?

— Ah. — Mavis soltou um longo suspiro. — Sim, olho sim, se isso puder ajudar. — Ela se virou para Leonardo. — Eu quero ajudar.

Ele levou as mãos dela aos lábios, beijou-a no rosto e anunciou:

— Vou dar uma olhada em Bella.

— Você é o maior prêmio na grande e brilhante caixa de prêmios da minha vida.

— Só se for o maior em tamanho. — Ele a beijou. — E você é a mais doce. Estarei bem aqui.

— Eu sei. Ok! — Ela se levantou. — Vamos fazer logo isso. Obrigada por ouvir meu desabafo — disse para Roarke. — E obrigada pelo vinho.

Ele se levantou, deu um passo e a envolveu num abraço.

— Você é da família.

Ela o apertou com força.

— Essa é uma das dez melhores frases que existem. Junto com "Eu te amo" e "Para você é de graça".

Quando Mavis saiu da sala com Eve, Roarke se sentou e olhou para Leonardo, que disse:

— Tenho que dar uma folga para Summerset.

— Não precisa ter pressa — pediu Roarke. — Posso garantir que ele está se divertindo.

— Acho que ela ficou um pouco abalada. — Leonardo pegou o vinho que havia ignorado enquanto Mavis falava e ele a abraçava. — Eu já sabia de tudo, mas ouvir essa história de novo...

— Torna tudo muito real, mais uma vez. E faz você desejar poder voltar no tempo, para salvá-la de tudo aquilo.

Leonardo soltou um suspiro instável.

— Sim, é exatamente isso. Tudo na minha vida ficou mais feliz quando eu a conheci, e mais agitado. Depois, tudo continuou mais brilhante, mas também ficou mais calmo. Eu poderia ter continuado muito bem com meu trabalho, com as mulheres e as festas. Aquilo me parecia suficiente. Agora? Dispenso tudo. Não me refiro só às mulheres — explicou ele, falando mais depressa. — Quero dizer, nunca mais houve mulher alguma desde que eu conheci Mavis. Ela é a única...

— Eu entendo. — Vê-lo atrapalhado com as palavras fez Roarke sorrir mais uma vez. — Entendo perfeitamente.

— O que quero dizer é que não senti falta de nada do que foi embora porquê... tenho as minhas garotas. E a coisa dói em mim quando dói nela.

— Sim. Eu entendo perfeitamente — repetiu Roarke.

— Sei que isso tudo é difícil para você — começou Eve, enquanto as duas iam para o escritório da tenente.

— Preciso dizer, antes de começarmos, que talvez eu fosse uma daquelas garotas, não fosse por Sebastian. Ou talvez eu acabasse trocando boquetes por coisas inúteis, como Shelby. Ela se gabava disso. Talvez se eu tivesse passado por tudo isso ainda estaria sofrendo; não teria chegado a lugar algum, ainda mais se não tivesse te conhecido, e se você não tivesse me prendido.

— Eu não poderia deixar você solta.

— Poderia sim, mas não deixou. E eu jamais conheceria isso. — Ela colocou a mão sobre o peito, onde ficava o coração. — Eu nunca saberia o que a vida realmente é sem o Leonardo. Nunca teria algo tão incrível e mais que demais como é a Bella, nem teria a chance, uma chance muito real, de me tornar uma mãe muito, muito boa. Quero ser uma boa mãe, Dallas. Desejo tanto isso que morro de medo, achando que posso estragar as coisas.

— Nós duas sabemos tudo sobre mães que estragam as coisas. Você não é uma delas, jamais conseguiria ser. Não sei muito sobre outros tipos de mãe, não sei quase nada, mas sei que a sua filha é muito feliz. Não sei que diabos ela fala mais da metade do tempo, mas ela é mais feliz que um macaco com um cacho de bananas. Ela se sente segura, não é chorona e já sabe que pode contar com você e com Leonardo para qualquer coisa. Para mim, isso é tudo que está contido na tarefa de ser pai e mãe.

— Eu quero outro bebê.

— Ah, meu doce Cristo!

Com uma gargalhada borbulhante, Mavis abraçou Eve e a fez pular no ar.

— Não agora, imediatamente, mas também não muito mais tarde. Quero outro bebê... por mim, pelo meu Raio de Luar e para a minha Bellamina. Sou boa nisso, e talvez ter aqueles medos esquisitos foi o que me tornou tão boa nisso. Não importa o motivo, quero um bando de filhos.

— Defina "bando".

— Ainda não sei ao certo. Quero mais! — Ela recuou e passou as mãos no rosto enquanto a mistura de emoções a inundava. Olhando para o quadro, ela suspirou. — Tive muita sorte, e elas, não. *Tivemos* muita sorte — completou ela, pegando a mão de Eve.

— Sim, realmente tivemos.

— Vou ver as fotos, depois quero ir para casa com meu amor e minha bebê. Quero colocar minha bebê na cama e vê-la dormir um pouco. Depois quero trepar loucamente com meu homem. Porque tive muita sorte, e nunca vou me esquecer disso.

— Eles também tiveram muita sorte... seu homem e sua filha.

— Certo. Somos todos ridiculamente felizes.

— Não posso negar. Mas antes de ir para casa dormir e fazer sexo, preciso que entre em contato com Sebastian e marque um encontro dele comigo.

— Merda!

— O quanto antes, melhor — acrescentou Eve.

Roarke entrou no escritório de Eve depois de se despedir de Mavis e sua família. Encontrou-a junto de sua mesa com uma caneca de café na mão. E notou as duas novas fotos no quadro, uma delas com um ponto de interrogação.

— Eu tive que ficar só com isso — disse ela. — Mavis queria ir para casa de qualquer jeito para poder colocar a garota na cama e depois pular em cima de Leonardo.

— Entendo. Ela me disse que reconheceu mais duas vítimas.

— Uma com absoluta certeza, a outra nem tanto. Já enviei os dados para DeWinter e Elsie, estou à espera da resposta. A que ela tem certeza, Crystal Hugh, passou algum tempo no Santuário. Foi transferida para um lar adotivo e desapareceu de lá. Muitas pistas a levam de volta àquele prédio, àquele lugar e àquelas pessoas para que seja tudo apenas uma coincidência.

— Eu concordo.

— E agora eu tenho quatro vítimas, talvez cinco, todas ligadas a esse tal de Sebastian, de quem Mavis tem uma imagem tão perfeita.

— Ele é a figura paterna dela, Eve. Mavis era uma jovem assustada, apavorada, e ele lhe ofereceu apoio, segurança e um propósito.

— Morar em porões e prédios vazios? E o propósito era fazê-las roubar e aplicar golpes.

— Mesmo assim.

— Sim, você certamente iria achar isso — respondeu ela. — Considerando a sua história.

— Summerset me deu uma casa muito bonita, mobiliada. Eu já sabia como roubar e aplicar golpes, ele apenas acrescentou um pouco mais de polimento. — Ele pegou o café que pertencia a ela e tomou um gole. — Eu me perguntei por que sempre senti uma espécie de afinidade com Mavis. Vejo agora que percorremos alguns caminhos bem semelhantes. Quantos anos ela tinha quando fugiu de casa?

— Por volta dos treze, eu acho. — Ela parou e olhou para Roarke. — Eu não estava escondendo nada de você, apenas não queria contar tudo o que aconteceu com ela. Foi simplesmente...

— Não cabia a você contar, muito menos a mim. Assim como ela nunca contou para o Leonardo a sua história.

— Eu disse a Mavis que ela podia contar, se quisesse. — Eve passou os dedos pelo cabelo. Aquela ideia a incomodava, mas lhe parecia a coisa certa. — Sabe como é, para equilibrar as coisas.

Ele se inclinou e pressionou ao boca no cabelo que ela acabara de despentear.

— Eu te adoro.

— Sim, tá, que bom. Porque você vai ter que ir comigo encontrar com esse tal Sebastian. — Ela olhou para o relógio. — Daqui a duas horas, em algum buraco decadente na região de Hell's Kitchen.

— Você sempre planeja noites divertidas para mim. Daqui a duas horas? Isso é tempo suficiente para jantarmos. Vamos comer uma pizza.

Como ela poderia dizer não àquilo?

Capítulo Catorze

"Decadente" era uma boa descrição para aquele lugar. Um buraco que havia sido batizado — de forma bem realista — de "Barriga para cima". Ficava espremido entre uma sex shop que exibia uma variedade de *strap-ons* e consolos na vitrine imunda e outra loja que parecia a última encarnação de um lugar chamado "Bill: Empréstimos Rápidos".

Do outro lado da rua, o néon moribundo em uma boate de sexo piscava "Dançarinas nuas" em luzes frenéticas que provocavam enxaqueca.

Em luzes azuis intermitentes, Eve avistou nitidamente uma venda de drogas ilegais que acontecia naquele exato momento entre um traficante grandalhão que vestia um casaco preto pesado e seu cliente magro e trêmulo.

— Ele está tremendo daquele jeito por fissura pela droga — perguntou Eve em voz alta —, ou porque está congelando sua bunda de drogado naquele sobretudo levinho?

— Provavelmente os dois. Se você vai prendê-los, pode ir que eu espero aqui.

— Só leva um minuto. — Ela deu um passo para o meio-fio e gritou por cima do capô amassado de um Mini Cooper antigo: — Ei! — E agitou seu distintivo no ar.

Tanto o traficante grandalhão quanto o drogado magrelo correram pela calçada em direções opostas.

— Você sabe que eles vão negociar em outro lugar.

— Com certeza, mas foi divertido ver os dois correndo quando acharam que eu ia atrás. Vamos ficar "de barriga para cima" com o Sebastian, se é que ele vai aparecer.

O lugar revelou ser tão decadente por dentro quanto por fora, com um trio de cabines com portas curtas e duas mesas arranhadas pregadas ao chão pegajoso. Um pequeno bar todo preto ostentava três bancos sem encosto e ocupantes que pareciam pertencer ao lugar.

O barman rechonchudo não parecia nem um pouco entusiasmado com seu trabalho, e, depois de um rápido olhar em Eve e Roarke, pareceu chateado com a perspectiva de atender mais clientes.

O ambiente cheirava a cerveja barata e suor azedo.

Um cara magricela na ponta do balcão do bar deslizou lentamente do seu banquinho quando Eve passou, caminhou até a porta como quem tentava desesperadamente aparentar normalidade e saiu.

Eve imaginou que ele tinha sentido cheiro de policial no ambiente, mesmo com aquele fedor.

Ignorou a acompanhante licenciada que tentava chegar a um acordo com o homem no outro banquinho e caminhou até a mesa dos fundos, onde estava o Sebastian de Mavis.

Ele usava um terno cinza-carvão — algo inesperado. Não alcançava o auge do alfaiate personalizado que Roarke usava, mas o paletó tinha um caimento decente. Ele o combinava com uma boa blusa preta de gola rolê.

Havia uma caneta prateada presa no bolso junto ao peito.

Esconderijo Mortal

Com cabelo castanho habilmente desgrenhado, olhos azul-claros e tranquilos e cavanhaque bem aparado, ele poderia até ser confundido com um professor universitário. Tinha as mãos cuidadosamente dobradas sobre um livro de bolso surrado.

Dedos longos e graciosos, notou Eve, certamente hábeis na arte de bater carteiras e *smartwatches*.

Ele se levantou assim que viu a aproximação deles. Eve conseguiu observar seus olhos e suas mãos ao mesmo tempo, só por precaução.

— Boa noite, tenente Dallas. — Ele ergueu uma das mãos do livro e abriu um sorriso tão quieto e professoral quanto o restante do corpo. — É um prazer conhecê-la, finalmente. E você também. — Ele ofereceu o mesmo cumprimento para Roarke. — Mavis me contou muito sobre vocês, e eu acompanho as notícias sobre os dois, é óbvio. Sinto como se já os conhecesse.

— Não estamos aqui para socializar.

— Mesmo assim... — Ele apontou para uma das cabines. — Permitam que eu pague a vocês uma bebida. O mais seguro aqui é pedir cerveja de garrafa. Qualquer outra coisa é suspeita.

— Estou de serviço — disse Eve, de imediato.

— Sim, entendo. Mas aqui o barman fica desconfiado quando não há pedido algum para uma das mesas. Eles servem água engarrafada. Se isso estiver bom para vocês, eu já volto.

— Qual é o lance desse cara? — perguntou Eve, entrando na cabine assim que Sebastian saiu a caminho do balcão.

— Ele quer causar uma boa impressão. — Roarke virou a cabeça para ler o título do livro. — *Macbeth*. Combina com sua voz educada e a conduta apresentável.

— Ele é ladrão e instrutor de garotas delinquentes.

— Sim, pois é... Ninguém é perfeito.

Sebastian voltou e colocou três garrafinhas de água na mesa.

— Eu também não confio nos copos de vidro em lugares como este. Peço desculpas por pedir que você me encontre num local desse tipo, mas entenda que eu me sinto um pouco mais confortável em meu território, por assim dizer.

Ele sentou-se, parecendo bem confortável, um homem de quarenta e poucos anos que se mantinha em boa forma física e mental.

— Shelby Stubacker — disse Eve.

Ele suspirou fundo e empurrou o livro para o lado.

— Ouvi as notícias sobre as garotas que você encontrou. É doloroso para mim, em nível humano, saber que existem predadores de jovens. É doloroso também em nível pessoal, pois Mavis disse que três delas foram do meu grupo.

— Quatro.

O choque brilhou em seus olhos.

— Quatro? Mavis disse três. Shelby, Mikki e LaRue.

— Crystal Hugh e possivelmente Merry Wolcovich.

— Crystal. — Ele se abalou um pouco. — Eu me lembro muito bem dela. Tinha só nove anos quando veio até mim, ainda com os hematomas que o pai tinha deixado nela.

— Você devia ter chamado a polícia.

— O pai dela era da polícia — disse Sebastian com indignação na voz. — Existem monstros em todos os cantos. Ela estava machucada, faminta e sozinha, sem ter para onde ir, a não ser voltar para o homem que descontava suas frustrações numa criança e em sua mãe fraca e covarde. Ela ficou com a gente até completar treze anos. Essa geralmente é uma idade difícil. — Ele fez uma pausa e continuou: — Crystal. Sim, eu me lembro da Crystal. Olhos castanhos suaves e tinha a boca suja de um estivador. Os olhos eram lindos, mas eu não aprovava o linguajar dela. Pelo que me lembro, ela começou a se interessar pelos meninos, como acontece com as meninas nessa idade, e lutava contra as regras. — Com um meio-sorriso, ele ergueu a garrafa. — Havia regras. Ela me disse que ia viajar com alguns amigos, todos iam para a Flórida. Dei um dinheiro para ela, desejei felicidades e falei que podia voltar quando quisesse.

— Você deixou uma garota de treze anos ir embora sozinha?

— Elas só eram minha responsabilidade enquanto decidiam ficar. Eu imaginei que ela iria para a Flórida e acabaria perto de alguma praia. Ela merecia isso. Eu me lembro da Shelby também, do quanto ela era ousada e rebelde; uma garota interessante. Uma líder nata, mas nem sempre liderava para onde as outras deviam ser conduzidas. Eu me lembro da Mikki também, que teria seguido Shelby para qualquer lugar, mesmo que fosse para ir ao inferno e voltar. Mas essa outra que você mencionou?

— Merry Wolcovich.

— Não me lembro assim, de imediato. Quinze anos é muito tempo, e recolhi muitas garotas de rua ao longo dos anos.

Isso irritava Eve, o papo de *recolher garotas em condição de rua* como se ele fosse um herói altruísta, em vez de um criminoso explorador de menores. Ela se inclinou para a frente.

— Vamos deixar uma coisa estabelecida aqui: você treina crianças desassistidas para roubar e infringir a lei como se isso fosse um jogo por um lado, ou uma vocação por outro. Então elas circulam pelas ruas enganando as pessoas, roubando dinheiro e objetos que as pessoas trabalharam para conseguir; levando o dinheiro que elas ganharam para pagar o aluguel, quitar contas ou jogar num cassino... o que é um direito *delas*. E você lucra com sua escola de ladras e vigaristas. Mavis pode enxergar você como uma espécie de salvador, mas para mim você é só mais um desses criminosos que burla as leis para benefício próprio.

Concordando com a cabeça, Sebastian tomou um gole de água.

— Entendo o seu ponto de vista. Você construiu sua vida em torno da lei e jurou cumpri-la. E embora não seja ingênua nem rígida demais, seu dever é sua essência. Sou um cara difícil para você engolir, mas você fará isso. Em nível pessoal por causa de Mavis, e em nível pessoal e profissional por causa de doze garotas mortas.

— Garotas que *você* poderia ter matado. Você ajudou Shelby a sair do novo CPSRJ, assim que elas se mudaram para lá.

— Não me lembro de ter feito nada disso. Como eu a ajudaria a sair de lá?

— Forjando documentos. É algo que você faz.

— Pode ser ou não que eu falsifique documentos. Não nego nem confirmo. Mas nunca fiz isso para Shelby. Não falsifiquei nenhum documento. Nem ela teria me pedido algo assim.

— Por quê?

— Primeiro, porque ela sabia que não devia me oferecer o serviço de trocas que costumava oferecer. Eu não toco as meninas sexualmente, desprezo qualquer homem que o faça, e ela sabia disso. Em segundo lugar, isso daria a entender que ela precisava de mim para alguma coisa, e ela sempre quis provar que não precisava de ninguém.

— Você a ensinou a falsificar documentos oficiais?

— Não diretamente, porque, como eu disse, ela nunca teria me pedido para lhe ensinar qualquer habilidade. É possível que tenha aprendido algumas coisas. Ela sabia prestar atenção em tudo.

— Shelby planejava montar o próprio Clube e já tinha um local em mente. Sendo uma líder nata, como você mesmo disse, ela poderia carregar com ela um punhado de garotas, o que ameaçaria sua operação e cortaria seus lucros.

Ele bebeu um pouco de água e olhou com firmeza para Eve.

— Imagino que você terá que explorar essa possibilidade. Estou fora de seus limites de tolerância e tenho ligação com pelo menos algumas daquelas pobres garotas. Mas você sabe, como eu também sei, que Mavis é uma excelente avaliadora do caráter das pessoas. Ela sabe que eu nunca machuquei uma criança em minha vida, jamais poderia fazer isso, não conseguiria. — Dessa vez foi ele que se inclinou para a frente. — Não tenho inclinação para essas coisas, e você não tem tempo para ouvir minha longa e triste história, tenente. Direi apenas que, embora tenhamos métodos diferentes, até mesmo opostos, nosso objetivo é o mesmo: ajudar os que foram feridos ou rejeitados. Por causa disso, farei tudo o que for capaz de fazer para ajudá-la a descobrir quem matou aquelas garotas. — Ele parou por um momento, recostou-se novamente e bebeu mais um gole de água.

— Algumas delas eram minhas — disse ele, com a voz calma.

Eve irritou-se porque acreditava nele. Sem dizer nada, enfiou a mão na bolsa, pegou uma foto e a colocou na mesa.

Ele se aproximou da foto, franziu a testa e analisou o rosto.

— Sim. Sim, eu reconheço esse rosto. Ela entrou, ou foi trazida, por uma das outras. Veio com... me dê um segundo.

Ele franziu a testa para a foto e fechou os olhos.

— Veio com DeLonna, a menina que tinha voz de sereia.

— DeLonna Jackson?

— Eu acho que nunca soube o nome completo de DeLonna porque ela não morava com a gente, na verdade. Chegava e saía, era uma das amigas da Shelby. Mas foi DeLonna, tenho certeza, que a trouxe até mim, depois que descobriu que a garota estava sendo importunada por uns rapazes mais velhos. Alguns sempre atacam os menores e mais fracos, mas embora DeLonna fosse baixinha, ela era feroz. — Ele riu um pouco de alguma lembrança. — De qualquer forma, essa garota. Sim, Merry... não Mary; ela era muito específica sobre isso e soletrava seu nome: M-e-r-r-y. Como eu disse, não sei o sobrenome. Ela ficou apenas alguns dias com a gente.

— Por quê?

— Não me lembro dos detalhes de imediato. Mas me recordo bem dela. E agora me lembro do rosto dela. Você tem mais? Outras fotos?

— Ainda não. E quanto às meninas que partiram durante esse período? Você disse que algumas chegavam e saíam. Alguma em especial saiu?

— Na verdade, uma delas. Depois de conversar com Mavis, me lembrei dela. Iris Kirkwood. Ficou durante mais ou menos um ano. Sua história era muito típica. O pai foi embora de vez, ela sofria abuso e negligência da mãe. Entrava e saía de lares adotivos, alguns dos quais não eram melhores do que a casa dos pais; depois voltava para a mãe que, um dia, simplesmente desapareceu. Iris preferiu não voltar para o sistema e foi morar na rua. Não tinha muito jeito para ladra, seus dedos eram desajeitados. Eu a usava principalmente para recolher os roubos das outras, às vezes no golpe dos Achados e Perdidos, algo simples. Ela era... um pouco lenta de raciocínio, se você me entende. Tinha um sorriso simpático quando o exibia, mas era ansiosa demais para agradar. E gostava de frequentar a igreja.

Os olhos de Eve se aguçaram.

— Que igreja?

— Nenhuma em particular. Ela disse que gostava das igrejas porque eram silenciosas, bonitas e cheiravam bem. Isso é importante?

Eve insistiu.

— Ela esteve com vocês durante um ano e de repente sumiu. Você levou na boa?

— Pelo contrário, nós a procuramos. Uma das meninas me disse que Iris tinha um segredo que não podia contar, senão ele não se tornaria realidade. Segredos são comuns para garotas dessa idade, então não suspeitei de nada errado na época. Ela tinha um cachorrinho de pelúcia que encontrou em algum lugar, e o chamava de Baby. Era muito miúda para a sua idade e tipo de vida. Ela levou Baby com ela quando foi embora, e saiu durante a noite, depois do toque de recolher...

— Toque de recolher?

— Existem algumas regras — repetiu ele. — Como ela foi sozinha, eu tive que acreditar que tinha escolhido nos deixar. Mesmo assim procuramos muito por ela.

— Volto em um minuto — disse Eve para Roarke, e saiu do bar.

— Acho que vou tomar aquela cerveja. — Sebastian ergueu uma sobrancelha para Roarke. — Tem certeza de que não quer uma?

— Sim, tenho certeza, mesmo assim obrigado.

Sebastian foi até o bar e voltou com uma garrafa.

— Admiro a sua esposa — começou ele.

— Eu também.

— Ela é dedicada e feroz, por todas as razões certas. E vai descobrir quem fez isso.

— Ela não vai descansar até descobrir.

— Uma vida interessante, essa que vocês dois construíram.

— Eu poderia dizer o mesmo da sua.

— É um estilo que combina comigo. Acho que você entende o conceito de fluidez de limites que outras pessoas, como a sua tenente, enxergam como fronteiras fixas.

— Entendo a ideia do ajuste de fronteiras, quando necessário.

Sebastian olhou para sua cerveja por um momento e assentiu para si mesmo.

— Elas não têm para onde ir. A maioria das pessoas dirá que elas precisam entrar no sistema, que o Estado cuidará dessas crianças, pois foi criado para atendê-las. Mas nós sabemos, você, eu e sua tenente, que muitas vezes o sistema falha. Mesmo com a dedicação e a ferocidade de quem jurou proteger e faz de tudo para cumprir esse dever, o sistema às vezes falha. Quando isso acontece, aqueles entre nós que foram feridos, abusados e são inocentes sofrem muito.

— Não discordo. A tenente também concordaria sobre essas falhas do sistema, e o custo alto quando elas acontecem. Então ela lutará *dentro* do sistema para proteger as vítimas. E quando não consegue ela trabalha, ferozmente, para garantir que a justiça seja feita para os que sofreram.

— Mesmo que isso signifique lidar comigo.

— Exatamente. Algumas dessas meninas, ao que parece, foram suas por algum tempo. Todas são dela agora. Elas sempre serão dela, a partir deste momento.

Eve voltou a passos apressados e com um olhar determinado. E estendeu o seu tablet.

— Iris Kirkwood.

Sebastian olhou para a tela e viu a imagem de uma garota de cabelos loiros e lisos, olhos castanhos arregalados e lábios curvados que formavam um sorrisinho fofo.

— Sim, é Iris. — Ele pegou a cerveja e tomou um gole lento. — Ela foi uma delas?

— Ainda não sei. A mãe dela está morta, foi espancada até a morte pelo homem com quem morava na Carolina do Norte. Em abril de 2045.

— Isso deve ter sido seis ou oito meses depois que Iris veio até mim, e alguns meses antes de ela nos deixar.

— Teve alguma outra garota que saiu nessa época?

— Não, pelo menos nenhuma que não tenha voltado para um dos pais ou responsáveis. O que é encorajado com firmeza quando elas aparecem contando uma história qualquer, como Merry fez.

— Como Merry fez?

— Você já pesquisou o passado dela, então já sabe, como eu também sei, que ela veio de uma família de classe média. Sem relatos de agressão, sem registros de desordem ou bebedeira. Sei que alguns desses casos não são registrados, mas percebo muito bem quando uma garota está mentindo para mim. E suas alegações de terror e sofrimento em casa eram todas mentirosas.

Ele fez uma pausa e olhou para a cerveja na mão.

— Ela pagou um preço muito alto por isso. Se e quando você tiver mais fotos, traga que eu darei uma olhada nelas.

— O assassino tinha acesso ao seu grupo e ao Santuário. Onde vocês estavam durante esse período?

— Estivemos em três lugares, em sistema de rodízio, naquele ano, talvez ano e meio. Como imaginei que você iria perguntar, anotei os endereços. — Ele pegou um pedaço de papel do bolso e entregou a ela. — Todos os três prédios já foram reformados e estão ocupados agora, mas na época nos foram muito úteis.

— Onde você mora atualmente?

Ele sorriu de leve.

— Não quero lhe dizer a verdade, mas fico relutante em mentir para você. Portanto... — Ele deu de ombros com elegância e tomou mais um gole da cerveja. — Se você precisar falar comigo novamente, Mavis sabe como nos colocar em contato.

Eve recostou-se e considerou a situação. Ela não quebraria sua promessa a Mavis, nem o acusaria de uma série de crimes que lhe vinham à mente. E, por ora, ele poderia ser útil.

— Quanto às outras duas da turma da Shelby. O que você sabe delas?

— Sobre o rapaz, não sei nada. Quanto a DeLonna... — Ele hesitou.

— Ela continua viva e está bem.

— Preciso falar com ela.

— Isso vai ser esquisito. Vou falar com ela e pedir que entre em contato com você. Não posso fazer mais que isso sem traí-la, tenente.

— Muito provavelmente ela é testemunha material em vários homicídios.

— Duvido muito disso, ou ela teria dito ou feito alguma coisa. Ela amava Shelby e Mikki. Mas dou minha palavra de que falo com ela ainda esta noite, e a convencerei a falar com você.

— Sua palavra?

— Ela vale muito, e é por isso que quase nunca é usada. Como foi que elas morreram? Como foi que ele...

— Não posso contar a você, no momento. — Ela saiu lentamente da cabine e odiou perceber uma expressão de dor genuína no rosto dele. — Assim que a informação for liberada, eu conto.

— Obrigado.

— Se eu descobrir que você teve algo a ver com isso, a ira de Deus não vai ser nada comparada à minha.

— Espero que seja verdade. Espero que quando você o encontrar, a ira de mil deuses caia sobre ele.

Ela se virou para ir embora, e olhou com ar carrancudo quando Roarke estendeu a mão para ele e disse:

— Foi bom te conhecer.

— Digo o mesmo. Para ambos.

Eve se manteve calada até que eles estivessem de volta à calçada, no frio e no vento.

— Você é estranhamente educado — comentou ela.

— Não tem por que não ser.
— Você *gostou* dele.
— Eu não desgostei dele — explicou Roarke, pegando a mão dela e caminhando até a viatura.
— Ele esconde meninas das autoridades e as ensina a desconfiar, desrespeitar, infringir a lei, enganar as pessoas e roubar coisas quando deveriam estar... — Ela acenou com a mão livre — ... na escola e tudo o mais.
— Elas deveriam estar na escola e tudo o mais — concordou ele.
— Mas não deveriam ser usadas como saco de pancadas, e pior, pelos pais. Elas não deviam ser negligenciadas e deixadas à própria sorte, nem expostas à violência, às drogas ilegais, ao sexo indiscriminado e tudo o mais a que seriam expostas em um lar horrível e infernal.

Ele abriu a porta do carro para ela. Depois de um olhar fulminante, ela entrou.

— E quantas das garotas que passaram pelo sistema *dele* — atalhou ela, no instante em que Roarke se instalou atrás do volante — estão numa jaula, ou mortas, ou trabalhando nas ruas por causa do estilo de vida que *ele* promoveu?

— Acho que algumas, mas provavelmente isso teria acontecido com ou sem ele. Também conheço pelo menos uma delas que é feliz, bem-sucedida, tem uma família e uma vida muito boa.

— Só que no caso da Mavis...

— Onde você acha que ela estaria, considerando como ela era, onde estava e a idade que tinha, se ele não tivesse oferecido um lugar para ela ficar?

— Acho que ela teria sido apanhada, os policiais e o Serviço de Proteção à Criança e ao Adolescente a teriam interrogado e examinado, teriam jogado sua mãe inútil de merda em uma gaiola acolchoada e carregado Mavis para um lar adotivo.

— É possível — disse ele, enquanto dirigia. — Como também é possível que alguém propenso a recolher meninas jovens poderia tê-la estuprado, no mínimo, ou vendido, ou matado. São muitas as possibilidades, mas o fato é que ela não seria quem é, e vocês duas não seriam até mais que irmãs, se não fosse por causa do Sebastian. Quando você muda um mínimo detalhe na vida de alguém, querida, às vezes muda tudo.

— Não é certo o que ele está fazendo. Deixei passar porque precisava dele para fazê-lo falar comigo. E porquê...

— Você deu a Mavis a sua palavra de que não iria prendê-lo.

— Agora a coisa é diferente.

— Você não acha que ele matou aquelas garotas.

Droga, não, ela não acreditava mesmo, e torcia muito para que não estivesse sendo enganada.

— Acreditar não serve de prova, e existe uma ligação. Mentiroso, ladrão e vigarista.

— Você está falando dele ou de mim?

Ela se recostou no assento, fez uma careta e disse:

— Pare com isso!

— Ora, eu não comandei uma gangue de garotas, mas andava com uma gangue de garotos. Eu menti, roubei e definitivamente apliquei alguns golpes. Você aprendeu a conviver com o meu passado, mas isso te incomoda de vez em quando.

— Você desistiu dessa vida.

— Um pouco por minha conta, antes mesmo de te conhecer. O restante foi por você. Pelo que eu queria para nós. Eu tive Summerset, senão meu pai teria continuado a me espancar até me matar. Você sabe, melhor que a maioria das pessoas, que o sistema às vezes falha, por mais que tente. Sabe que nem todos que acolhem crianças dentro do sistema o fazem de coração aberto. Você tem seus limites e os respeita, tenente, eu tenho os meus. Não acho que estamos tão distantes, neste caso. Digamos que estamos um pouco inclinados em direções diferentes, mas não muito. Não com Mavis no meio disso. — Ele estendeu a mão e acariciou a coxa de Eve. — Onde está a mãe dela? Você certamente investigou isso.

— Numa instalação para pessoas emocionalmente desequilibradas que furam outras pessoas igualmente desequilibradas com uma faca de açougueiro. Está lá há cerca de oito anos. Antes disso ela ficou por aí, juntou-se a uma seita, abandonou-a em seguida e passou algum tempo trocando sexo por doses de Zeus. Mas saiu dessa, abandonou as drogas. E então tornou a se perder quando retalhou a mulher com quem andava, e com quem dividia a cama, na época. Mavis tinha razão. Ela fritou o cérebro ao longo do tempo. Vive praticamente sedada.

— Você não contou isso a ela.

— Ainda não, mas vou contar *se* e *quando* ela precisar saber. Se e quando ela *quiser* saber. Mavis colocou tudo para fora hoje à noite. Ela nunca tinha feito isso. Dessa vez ela realmente pôs a alma do avesso. Enfrentou alguns momentos no passado em que acreditou que não seria uma boa mãe, mas descobriu como deixar essa paranoia de lado e ser feliz. Abrir o coração hoje simplesmente trouxe tudo isso de volta à sua vida. — Eve inclinou a cabeça para trás. — E ela estava certa. Mesmo que sua mãe não tivesse se tornado uma louca varrida, ela jamais reconheceria em Mavis Freestone a garota que espancou tantas vezes. Mavis Freestone, estrela da música e fenômeno da... moda. Muitas vezes eu me pergunto sobre as roupas que ela usa.

— Tudo faz parte do mesmo enredo, não é? Depois de ter sido forçada a usar roupas sem graça e ter o cabelo destruído durante tanto tempo, hoje ela simplesmente quer colocar para fora tudo que estava represado dentro dela; quer bater naquilo com porretes pesados e tacar fogo em todo o seu passado.

A imagem arrancou uma gargalhada de Eve.

— Sim, é exatamente assim. Será que ela sabe disso?

— Imagino que sabe sim, desde que começou a experimentar novas cores nos cabelos, nos olhos, nas roupas. Agora? Essa é exatamente quem ela é.

Ele virou na altura dos portões e seguiu pela até a casa grande e bonita.

— Ela não reconheceu Iris do Clube?

— Eu ainda não tinha a foto de identificação para mostrar a ela. Nenhuma pessoa desaparecida foi registrada algum dia com o nome de Iris Kirkwood. Não foi emitido alerta algum, nem aqui, nem onde a mãe morreu. Ela se dissolveu por entre as rachaduras do sistema. Sim, o sistema costuma falhar, às vezes nos piores momentos, mas ensinar meninas adolescentes a aplicar o golpe de "Afanar o Chocolate" não é a melhor solução.

— Nunca ouvi falar desse golpe.

— Inventei agora. É que estou com vontade de comer chocolate.

Ele estacionou junto à entrada da casa e sorriu para ela.

— Vamos comer um pouco, então.

Ela entrou com ele e pendurou o casaco sobre o primeiro pilar do corrimão da escada.

— O que você pretende fazer com os endereços que Sebastian te deu?

— Vou enviar alguns guardas para investigar e desenterrar os nomes dos moradores e comerciantes que estavam por lá quando as meninas desapareceram, e mostrar as fotos delas para eles. Cutucar, sondar, forçar a barra. Basta uma pessoa — continuou ela, enquanto subiam. — Uma pessoa pode ter visto uma ou mais das vítimas com alguém. Elas devem ter sido amigáveis com ele, devem ter confiado nele. Ela tinha um segredo — murmurou Eve. — Iris tinha um segredo.

— Você acredita que ela é uma das vítimas.

— Ela fugiu do lugar que era sua casa, onde se sentia segura, levou seu cachorro de pelúcia e nunca mais voltou? Eles nunca a encontraram, e eu acreditei quando ele disse que procuraram por toda parte. Alguém a sequestrou, a atraiu e/ou a matou. — Eve olhou para o quadro assim que eles entraram no escritório dela. — Portanto, ela vai para o quadro. O ponto de interrogação sai de Merry e vai para Iris. Mas ele não vai ficar por muito tempo.

— Só falta você identificar mais duas.

— Sim, talvez uma dessas duas últimas tenha a resposta para tudo. Ou DeLonna. Ela também sumiu, mas não antes dos dezesseis anos, e se manteve longe do sistema. Mas está viva, de acordo com Sebastian.

— Viva e bem.

— Só posso julgar isso depois que conversar com ela, e *vou* falar com ela — disse Eve, enquanto se agachava ao lado de sua cadeira. — Se Sebastian não vier me procurar até amanhã, vou ter que fazer uma pressão nele.

— O que você não se importaria nem um pouco de fazer, por uma questão de princípios.

Ela pegou uma barra de chocolate na gaveta da escrivaninha.

— Aqui? É sério isso? Não sabia que você guardava um estoque de chocolate em casa.

— Não está escondido, e eu até vou dividi-lo com você, dessa vez.

— Ela quebrou a barra ao meio.

— Um brinde a isso! — disse ele, e bateu sua metade na dela.

O chocolate lhe renovou a energia, que só aumentou com o café que ela bombeou em seu organismo logo em seguida; depois, trabalhou até meia-noite.

As rodas giravam no mesmo lugar sem parar, admitiu para si mesma. Passavam e tornavam a passar pelo mesmo terreno. Mas às vezes você descobria algo novo quando repetia o caminho.

O assassino era alguém que elas conheciam. E a maioria delas, senão todas, conheciam umas às outras. Algumas viviam juntas, ou tinham fugido juntas. O método e o caminho seguido eram os mesmos.

Se Eve fosse acreditar em Sebastian, ele não tinha falsificado os documentos de liberação de Shelby. Digamos que tivesse dito a verdade, pensou Eve, enquanto apoiava as botas sobre a mesa para analisar o quadro.

Ela mesma poderia ter feito o serviço, imitando o jeito de Sebastian de fazer falsificações? Aprendendo seus métodos, como ele disse, porque ela sabia prestar atenção?

Era possível. Bem possível.

Eve trouxe a foto de Shelby para a tela do computador e deu uma analisada.

Uma garota esperta, durona, resistente. Mas leal. Uma líder nata. Aposto que você gostava de estar no comando e não gostava de regras. Não as dos seus benfeitores, nem as dos vigaristas. Queria as *próprias* regras.

— E não é que o lugar apropriado, o lugar perfeito caiu no seu colo quando o Santuário fechou as portas? Isso faz sentido, é o que me parece ter acontecido. O lugar é familiar. Está vazio. Você o conhece como a palma da mão.

Ela se levantou e aproximou-se da tela quando Roarke voltou a entrar.

— Eu meio que esperava encontrar você caída e roncando em cima da mesa.

— A cafeína funciona. E eu não ronco. — Eve apontou para a tela. — Ela é a chave de tudo.

Ele se virou para estudar a tela com a foto.

— Qual delas é essa aí?

— Shelby.

— Ah, a líder do grupo; a que fugiu das novas instalações com documentos falsos.

— Exatamente. Ela conhecia os meios de fazer isso, seguiu as próprias regras. E tinha uma ligação com alguém que sabia forjar documentos.

— Não vejo por que Sebastian negaria ter feito isso, a essa altura do campeonato.

— Ela pode ter feito tudo sozinha, aprendido o básico com Sebastian por conta própria, como ele mesmo disse. Isso explicaria os erros ortográficos e o péssimo resultado na tentativa de falsificar a assinatura de Nash Jones. Esses dados vieram da análise da caligrafia dele — acrescentou ela. — Isso não tem nada a ver com a assinatura de Nashville Jones. Então... — Afastando-se da tela, ela ficou andando em volta do quadro. — Ela está aprendendo, planejando as coisas, e nesse instante Bittmore jogou sua imensa generosidade no colo do Santuário. "Vejam só, crianças, vamos nos mudar para instalações novas e maiores! Juntem as suas coisas."

— E ela percebeu que era a hora certa para fugir.

— O momento não poderia ser mais perfeito. Todo mundo vai estar ocupado, correndo de um lado para outro, distraído. E tem mais: ela é esperta o suficiente para enxergar adiante o que acontece, e o que vai rolar é que o antigo prédio ficará vazio. Pelo menos por algum tempo, enquanto o banco se organiza, e isso já está rolando há muitos meses.

— Uma vida inteira se abre à sua frente aos treze anos. Será que ela realmente pensaria nisso tudo? — perguntou Roarke. — A oportunidade bateu à sua porta, agarre-a?

— Pois é. Leilões de execução, hipotecas. Coisas de adulto. Para ela é uma questão de hora e lugar certos. Ela vai sair e entrar, arrumar as coisas para as amigas até conseguir tirá-las de lá. Tudo muito bem-feito e bem planejado, com documentação em ordem, para que ninguém venha procurá-las.

— Funcionou para ela, essa saída.

— Sim, funcionou. Ela tinha alguém lá dentro mesmo ou do lado de fora? Usou alguém? Ela teria visto dessa forma... quem a ajudou foi apenas mais um otário. Só que o otário virou o jogo. Talvez ela o tenha atraído, trocando sexo pelo que precisava ou queria. Mas isso não funcionou direito porque ela era o alvo o tempo todo.

— Mas... Por que matá-la?

— Necessidade, desejo, ou uma dúzia de outras razões. Iris tinha um segredo, mas não imagino alguém como Shelby confiando em uma garota como Iris.

— E o assassino?

— Talvez... apenas talvez. Ela não é líder, mas pode ser liderada. Iris ia à igreja, assim como Lupa, assim como Carlie. Havia muito papo religioso com Jones & Jones. Onde isso se encaixa? Se é que se encaixa, né...

Quando ela esfregou os olhos, Roarke pegou seu braço.

— Deixe sua mente descansar por enquanto. Durma um pouco.

— Sinto que estou dando voltas, como se estivesse perto, mas não perto o suficiente para ver tudo com nitidez.

— De manhã você vai conseguir.

Ela lançou a ele um olhar conforme era conduzida para fora.

— Você conseguiria encontrar o endereço de Sebastian. Se quisesse — pressionou ela ao ver que Roarke permaneceu calado.

— Imagino que sim.

— Mantenha essa possibilidade em aberto, ok? Não vou pedir, a menos que eu tenha que fazer isso.

— Concordo, *desde que* eu concorde com o você "ter que fazer isso".

Ela precisava engolir aquilo, embora fosse difícil de descer.

— Para mim já serve.

Capítulo Quinze

Mais uma vez, todas as garotas bonitas estavam sentadas em círculo. Agora, mais delas tinham um rosto próprio, jovens e tristes, em contraste com suas roupas vibrantes e cabelos brilhosos.

Não tagarelavam como as garotas da Times Square, nem riam de piadas que só elas conseguiam entender. Apenas permaneciam sentadas e observavam.

Eve supôs que elas esperavam uma declaração sua.

— Estou chegando mais perto — garantiu. — Isso leva tempo, exige trabalho... e talvez um pouco de sorte. Há muitas de vocês. Só preciso identificar as últimas duas.

Essas duas, que ainda usavam o rosto de Eve, se viraram de lado e desviaram o olhar.

— Não faz sentido vocês ficarem chateadas com isso.

— Elas não gostam de estar mortas — explicou Linh. — Nenhuma de nós gosta. Não é justo.

— A vida não é justa. Nem a morte.

— Para você é fácil dizer — zombou a garota chamada Merry. — Sua vida é totalmente *mag*. Você dorme numa cama grande e quente com o cara mais tesudo do planeta ou fora dele.

— Mas o pai dela a espancava e estuprava quando ela era apenas uma garotinha — disse Lupa a Merry. — Mais jovem até do que nós.

— Mas ela sobreviveu a tudo, não foi? — Shelby levantou-se e cruzou os braços sobre o peito. — Deu a volta por cima lindamente. E agora me culpa por tudo.

— Não estou culpando você por nada — reagiu Eve.

— Está, sim. Você diz que a culpa de estarmos todas mortas é *minha*. Diz que só porque eu queria ter o meu Clube com as minhas amigas, todas foram mortas. Até parece que eu sabia que isso iria acontecer, ou algo assim!

— Escuta...

— E daí se eu chupei alguns idiotas? — Ela jogou os braços para o alto. — Que se foda, consegui o que queria, não foi? E fodam-se as minhas amigas também. Quando você não pega o que quer, alguém pega primeiro. Nem pensar em ficar presa naquela merda de "use o seu poder superior sagrado, medite até seus miolos explodirem"... ou até que algum idiota que não sabia nada sobre mim decidisse que eu poderia ou não dar o fora dali. Eu decidi por mim mesma. Ninguém mais iria me forçar a fazer o que eu não queria, nunca, nunca, nunca mais!

— Uau! — Eve balançou a cabeça para a frente ao ouvir isso. — Você realmente era uma pentelha reclamona. Não que merecesse morrer por isso. Talvez superasse tudo e se tornasse uma adulta reclamona, se tivesse chance. Mas não teve. E é aí que eu entro.

— Você não é diferente deles. Não é melhor que o resto deles todos.

— Eu sou o que você tem.

— Vá se foder!

— Senta aí e cala a boca!

Mikki se levantou, com os punhos cerrados ao lado do corpo.

— Você não pode falar com Shelby assim.

— Óbvio que posso. O sonho é meu, estou no comando aqui.

— Não gosto quando as pessoas brigam. — Iris tapou os ouvidos com as mãos e começou a se balançar para a frente e para trás. — As pessoas não deviam brigar.

— Onde está seu cachorro? — Eve perguntou. — Você não tinha um cachorro de pelúcia?

— Não somos obrigadas a ouvir você! — gritou Shelby, correndo até onde cada garota estava e puxando-a para fora da roda. — Não somos obrigadas a falar com você. Não temos que fazer nada do que você diz. Porque estamos mortas! E a culpa não é minha.

— Por Deus, calem-se! Calem a boca para eu conseguir pensar.

— Você é que não para de falar.

Eve piscou duas vezes e olhou, meio perdida, em volta do quarto com pouca iluminação.

— O que houve?

— Essa devia ser a minha pergunta. — Roarke passou a mão pelo cabelo dela. — Quem precisa calar a boca?

— Shelby. As meninas voltaram, inclusive Shelby. Muito rebelde, não parava de reclamar. Provavelmente eu também faria isso se alguém tivesse me afogado na banheira. Que horas são?

— É cedo. — Ele se inclinou para beijá-la. — Volte a dormir.

Ela o cheirou.

— Você já acordou e acabou de sair do banho.

— Não dá para enganar uma superdetetive.

— É que seu cabelo ainda está úmido. — Ela passou os dedos pelo corpo dele. — Você está muito cheiroso. — E suas habilidades de detetive diziam que ele não usava nada sobre o corpo, além de uma toalha. — Aposto que você tem agendada uma conferência com Plutão via *tele-link* e um encontro holográfico com Istambul, ou algum outro lugar.

— Uma leitora de mentes também! Que homem de sorte eu sou.

— Pode ser que você tenha ainda mais sorte. — Ela deslizou a mão pelo peito dele, por sua barriga, desceu um pouco mais. E sorriu. — Mas estou vendo que você sabia disso.

— Tenho meus poderes dedutivos.

Ela usou a outra mão e puxou-o pelos cabelos.

— O que mais você tem?

— Aparentemente uma esposa excitada. — As mãos dele também se puseram a trabalhar e deslizaram para cima e por baixo da camiseta fina que ela vestia. — Plutão pode esperar.

— Puxa, quantas pessoas no mundo podem dizer isso? — Ela o agarrou novamente para que sua boca chegasse à dela.

E na emoção do beijo longo e preguiçoso, o abraçou com os braços e as pernas, segurando-o com firmeza.

Porque ela realmente tinha sorte e não devia se esquecer daquilo. Já tinha vivenciado o mesmo que as meninas muito antes de conhecê-lo. E agora estava na cama grande e quente com o cara mais tesudo no planeta ou fora dele. O homem que a amava, a desejava, a tolerava e a compreendia.

O que quer que o dia lhe trouxesse ao amanhecer, ela tinha aquele homem junto dela; ela o tinha por inteiro, para começo de conversa.

— Eu te amo. — Ela apertou mais o abraço. — Estou sendo sincera de verdade.

— Eu te amo. — Ela sentiu a curva dos lábios dele no seu pescoço. — Estou sendo realmente sincero.

— Mostre-me.

Ela arqueou o corpo para cima. E ele se deixou deslizar para dentro dela.

Na subida e na queda lentas, ele observava o rosto dela quase sob a penumbra. Ela estava feliz, pensou ele; pelos movimentos dos olhos dela; pelo balançar fácil e fluido do seu corpo; pela batida acelerada do seu coração.

O que quer que a incomodasse em sonhos, ela deixara tudo de lado para sorver aquele momento; por causa dele. Para eles.

Esconderijo Mortal

Ele roçou a boca em uma das bochechas dela, depois fez o mesmo do outro lado, seguiu para a sobrancelha e desceu para os lábios. Para mostrar a ela.

A luz da manhã se insinuava mais, enquanto eles davam e recebiam prazer um ao outro. Ela emitiu um suave som de êxtase, acariciou as costas dele com as mãos e tornou a subir até seus dedos se enredarem por entre os cabelos dele.

Tudo era tão gostoso e adorável quanto um passeio pelo jardim num dia de verão.

Mesmo quando o calor aumentou, lado a lado com a necessidade, ele continuou a observá-la. Viu aquele pico de prazer no fundo de seus olhos, e sentiu seu corpo arquear com mais força, para alcançá-lo e tomá-lo por inteiro.

Seu coração batia forte agora contra o dele, seu suspiro se tornou um gemido longo e gutural. E seus olhos foram ficando escuros e já não enxergavam naquele momento, no momento exato e suntuoso em que ela se perdeu e se entregou por completo ao que eles faziam.

Escalando-a e tomando-a, ele pareceu tombar e transbordar dentro daqueles olhos... e dentro dela.

Ela se manteve debaixo dele, flácida e deslumbrada. Se pudesse desejar uma única coisa para aquele dia seria ficar como eles estavam naquele momento, quentinhos, emaranhados e saciados. Ela virou o rosto de lado e aninhou-o no cabelo dele para se cobrir com seu cheiro único.

Ela poderia guardar aquela sensação durante muitas horas, sem se importar com o que o dia lhe trouxesse.

Quando ela se mexeu de leve, ele pressionou a boca no pescoço dela e se ergueu para admirá-la mais uma vez.

— Será que você consegue dormir agora?

— Estou ligadona. É ótimo assim.

Rolando de lado, ele a puxou para junto dele.

— Você não tem que falar com Plutão?

— Daqui a pouco.

Ele achou que conseguiria embalá-la de volta, até ela dormir novamente, mas percebeu que sua mente já começava a se agitar.

— Não culpo a garota por isso.

— Lógico que não.

— Imaginar que ela pode ser a chave de tudo não é o mesmo que achar que a culpa é dela.

— Isso incomodou você, não foi?

— Acho que olho para ela e a vejo como a parte de mim que ainda testava o mundo, quando eu tinha aquela idade. Tirando os boquetes e as bebidas.

— Fico feliz de ouvir isso.

— É o jeito "pentelho e agressivo" dela que me fascina. A parte do "quero ter o meu lugar, quero traçar o meu destino". Ela, pelo que sei e pelos pontos que ligo a partir disso, colocava tudo para fora. Eu tentava manter os sentimentos dentro de mim, guardados.

— Ela estava num lugar seguro, Eve, ou onde deveria ser seguro. Você quase nunca teve isso.

— Mas eu odiava, com segurança ou não. Odiava tudo aquilo. Acho que ela também... Ou será que estou projetando? Acho que ela odiava e se ressentia, achava tudo uma babaquice... Até o Clube de Sebastian. Nada daquilo era dela de verdade, mas passaria a ser. Alguém que conhecia seus sentimentos usou isso. Ela achou, provavelmente eu estou projetando novamente, achou que o estava usando mas não passava de uma criança fácil de ludibriar. Ela achava que dominava o jogo, mas ainda era só uma garotinha.

— Em que isso ajuda você?

— Ainda não tenho certeza. Estou tentando obter uma imagem nítida de todas elas, e a dela é bastante, neste ponto. De qualquer forma, você deve assumir sua função de Imperador de Todo o Universo Conhecido. Acho que vou me exercitar um pouco, antes de ir trabalhar.

— Ainda vou demorar mais ou menos uma hora — avisou Roarke.
— Encontro você aqui para o café da manhã.
— Combinado!

Eles saíram da cama. Ele seguiu para o closet em busca de um terno, e ela foi colocar um moletom.

Quando ela vestiu uma camiseta regata, franziu a testa para ele e perguntou.

— Não vai realmente comprar Plutão, certo?
— Hoje não. — Ele sorriu para ela. — Mas esse dia poderá chegar.

Ela deixou a mente girar em torno de possibilidades, especulações e caminhos a seguir, enquanto forçava os músculos através dos exercícios mais puxados e suarentos. Satisfeita, pegou o elevador da academia de volta ao quarto e foi direto para o banho.

Roarke ainda não tinha voltado para o quarto quando ela saiu da ducha, então ela se divertiu um pouco olhando os relatórios financeiros que ele habitualmente examinava pela manhã, antes mesmo de ela abrir os olhos.

Olhou para o gato que batia com a cabeça em sua perna. Desconfiada, ela se agachou e o cheirou.

— Sei que Summerset alimentou você. Dá para sentir seu hálito de quem comeu ração.

Ele simplesmente a encarou com seus olhos bicolores e encostou a cabeça levemente na dela.

Ok, ela era, oficialmente, uma otária. Levantando-se, pediu um pires pequeno com leite e o serviu para Galahad. Enquanto o gato lambia alegremente, ela pegou uma calça, um suéter e uma jaqueta que tinha quase certeza de nunca ter visto. Mas gostou do acabamento em couro chocolate escuro nos bolsos e do restante da roupa, macia feito nuvem.

Começou a colocá-la sobre o suéter e o coldre da arma quando reparou na etiqueta.

— Caxemira. Por Deus, por Deus, por que ele faz isso? — perguntou ao gato, que simplesmente continuou se lambendo de forma meticulosa. — Veja só, pode apostar. Vou acabar brigando com algum psicopata e destruindo essa roupa.

Mesmo com esses pensamentos sombrios ela resolveu usar a roupa, porquê... droga, ela adorava caxemira. E seria culpa de Roarke se ela arruinasse o suéter durante o trabalho.

Como ele ainda falava com Plutão, ou algo assim, ela foi até o AutoChef e fez escolhas para o café da manhã de ambos.

Estava sentada, como ele sempre fazia, enquanto os dados financeiros do dia passavam no telão sem som. Revisava suas anotações e tomava café quando ele entrou.

— Demorou mais do que eu imaginei — disse ele, e sorriu ao ver os dois pratos cobertos com tampas aquecidas sobre a mesa da saleta da suíte. — Você fez o café da manhã para mim. O que vamos comer?

Ele ergueu a tampa.

— Omeletes, frutas vermelhas, torradas e geleia. Excelente!

— Imaginei que você iria me encher de mingau de aveia se eu ficasse à sua espera. Cheguei antes de você.

— Uma omelete cai muito bem. — Ele se sentou ao lado dela.

— Como vão as coisas no mundo Roarke?

— Satisfatórias, no momento. Terei algumas reuniões mais tarde...

— Uh, observe minha expressão de choque. — Ela abriu a boca e arregalou os olhos.

Divertindo-se, ele colocou uma frutinha na boca de Eve.

— Posso e arranjarei algum tempo, caso você precise de mim para alguma coisa.

— Pensei que já tinha usado você esta manhã.

— Espertinha, você!

— Sempre! Eu aviso se precisar. Se Sebastian não resolver o problema com DeLonna esta manhã, talvez eu peça a você para descobrir o esconderijo dele.

— Gosto de pensar que ele vai conseguir convencê-la.
— Veremos.

Ele apontou para o tablet dela.

— Como estão as coisas no mundo Eve?

— Enviei algumas anotações para Peabody e para Mira, já que ainda é muito cedo para eu ir para a Central.

Ela provou um pouco da omelete e achou que não estava nada mal.

— Isso sempre acontece quando você é acordada por um grupo de garotas infelizes e depois quer transar.

— Acho que sim. De qualquer modo, isso vai me dar mais energia para o dia. Ela estava infeliz — declarou Eve, depois de um momento. — Não só chateada e na defensiva. Ela pegou Linh em algum momento na linha do tempo, mas nunca a levou para o lugar de Sebastian. Queria levá-la para o Clube dela. Planejava se abastecer de coisas básicas antes, e depois levaria sua mais nova amiga para o lugar que preparava para si mesma. E ele matou as duas. Ela sabia que isso poderia acontecer? Será que estava ligada o bastante para pensar nisso? Agora eu vou morrer, e Linh também. Nunca vou conseguir o que eu quero. Isso não é justo. — Eve conseguia imaginar aquilo, o desespero, a frustração, a culpa, a raiva. — Funcionou tão bem para ele, que tal repetir a dose? Algumas garotas, como Mikki, simplesmente entraram naquele lugar, provavelmente porque queriam ficar com Shelby. Outras, ele atraiu. Lupa e essa menina... Iris. O lugar devia ser uma espécie de igreja, pelo menos para elas e talvez algumas das outras. Será que ele sempre usou o que sabia que iria funcionar? Variou um pouco para se adequar às possibilidades? Ou usou o mesmo truque básico?

Aquilo a incomodava... o *não saber*. Fazendo que não com a cabeça, tentou se concentrar na comida, mas seus pensamentos continuavam acelerados.

De repente ela se colocou ereta na cadeira.

— O cachorro. Onde está o cachorro?

— Acho que não temos cão algum. Temos um gato.
— Não, o cachorro de brinquedo. O cachorro de pelúcia da menina. Ela o levou quando saiu do Clube. Não estava junto de nenhum dos restos mortais. Ele teve que levá-lo embora, junto com as roupas delas, para fora do prédio. Será que o jogou fora?
— Provavelmente sim.
— Talvez o tenha guardado. Uma pequena lembrança. Pode ter outros objetos, também. As joias que não encontramos, os equipamentos eletrônicos. Sim, ele pode ter guardado algo de cada uma, como souvenir.
— Ela se serviu de mais omelete. — Mais uma coisa para eu investigar.

Quando ela entrou em seu escritório, franziu a testa para o quadro, estudou-o e, resmungando para si mesma, mudou as fotos de lugar.

Prendeu Nash, Philadelphia e Shivitz de um lado, com as vítimas que tinham morado no Santuário abaixo deles — conectando-as, por sua vez, a Fine, Clipperton, Bittmore e Seraphine Brigham em um grupo. Linh Penbroke ficou como uma ramificação de Shelby.

Sebastian encabeçava a outra seção, e as vítimas do seu clube estavam abaixo dele.

Várias das meninas tinham ligação com ambos os grupos.

Era gente demais, pensou Eve, e eram ligações demais. Aquilo significava que o assassino conhecia os dois grupos.

Por mais que Eve posicionasse as fotos de várias maneiras diferentes, sempre voltava para Shelby, como se ela fosse uma chave.

Considerando o que mudar em seguida, trocou Montclair Jones de lugar e o recolocou no grupo principal, ao lado dos irmãos.

Tudo tinha que fluir a partir dali, decidiu. Então trocou mais algumas fotos e começou tudo de novo, pelo topo.

Foi até sua mesa para revisar as informações sobre os três irmãos. Separou pequenos detalhes, investigou o nível de escolaridade deles, as atividades, os relacionamentos, os dados médicos e financeiros.

Depois pegou mais café e reposicionou tudo para analisar outros ângulos.

Apesar de ter começado o dia cedo, o trabalho extra havia consumido muito do seu tempo. Levantando-se, foi até a porta do escritório contíguo de Roarke.

— Tenho que ir para a Central.

Ele fez uma pausa em seu trabalho.

— Eu também vou sair daqui a pouco.

— Este novo lugar que você vai inaugurar quando o prédio velho estiver liberado, qual é mesmo o nome?

— Didean. Eu me inspirei em você.

— Sim, isso. Será um bom refúgio, com pessoas socialmente conscientes e blá-blá-blá, mas até certo ponto tudo precisa ser administrado como um negócio, certo? Haverá folhas de pagamento, despesas gerais, definições de cargos, supervisores e ordens hierárquicas.

— Certamente.

— E será organizado para que as pessoas tenham horários e deveres; para que as contas sejam pagas, os suprimentos sejam comprados e distribuídos. Será como uma casa normal também, com esse tipo de dinâmica, de tarefas, digamos. Alguém tem que cuidar da roupa, da limpeza, da comida.

Interessado, ele se recostou.

— O conceito é que os moradores participem de tudo. Haverá atribuições para cozinhar e limpar. Isso ajuda a estabelecer a rotina, a disciplina, e dará a todos uma sensação de pertencimento.

— E quando você não tem recursos ilimitados e precisa manter as contas de forma rígida? Você teria um orçamento básico, mas alguém precisa controlar isso. Para manter esse orçamento, todo mundo tem que correr atrás, fazer hora extra quando necessário, e isso acontecerá com frequência se não houver um financiamento externo constante.

— Você dirige uma Divisão da Polícia — lembrou ele. — E tem um orçamento para administrar.

— Sim, foi isso que me fez matutar. Porque eu me viro o tempo todo; tento extrair o máximo do que tenho e conseguir um pouco mais. Diminuir algumas despesas para poder abrir outras; depois é preciso descobrir como diabos preencher o buraco que ficou aberto. É um pé no saco, mas tem que ser feito. Os Jones lidavam com esses mesmos problemas. Isso é o que temos, mas precisamos descobrir como fazer tudo funcionar. — Aqueles olhos azuis selvagens brilharam com interesse.

— Agora você resolveu seguir o dinheiro?

— Mais ou menos. Tanto Nashville quanto Philadelphia Jones tiveram treinamento e estudaram para lidar com os aspectos de serviço social e aconselhamento. A irmã mais velha, a que virou australiana, também teve alguma formação nessa área. Philadelphia manjava um pouco de administração de negócios, então dá para imaginar que ela era a única com dores de cabeça relacionadas a grana.

— Eu não diria que ela fez um trabalho excepcional.

Eve apontou o dedo para ele.

— Exatamente! Eles viviam o tempo todo no vermelho, quase afogados num mar de dívidas, até que Bittmore ofereceu a eles um barco maior e mais bonito. Agora, muitas pessoas desse tipo agem com boas intenções, na esperança de que um poder superior, um com bolsos cheios, virá em seu socorro. Mas Philadelphia me parece mais realista que isso. Quem vive tentando somar as despesas e fazer o orçamento caber nelas, tem que ser.

— Certo. E o que isso está dizendo a você?

— Você está parecendo a Mira — comentou Eve. — De qualquer modo, isso me faz olhar para o todo e as partes que o compõem. Philadelphia está sobrecarregada; o irmão mais velho também parece se esforçar muito e até arrumou um trabalho externo, ensinando metade do tempo e pregando a outra metade para levantar um pouco mais de grana aqui e ali.

— E o mais novo? Não está se esforçando.

— Parece que ele *era* um peso morto. Como não conseguiu se formar em nada, não podia conduzir oficialmente nenhuma das sessões, nem aconselhar ou ensinar. Fazia tratamento para depressão e tomava remédios para lidar com isso. Não encontrei nenhum treinamento técnico específico no histórico dele. Pelo que vi pesquisando as finanças da família, parece que ele recebeu alguma grana extra da mãe quando ela morreu. Só ele, não os outros. Eles receberam parte do seguro, mas nenhuma "mesada" como o mais novo, o que também é revelador.

— Ela deixou o que pôde para quem mais precisava.

— Exato. Quanto ao restante, seus irmãos o ajudavam. Até a irmã australiana mandava algum dinheiro, de vez em quando — acrescentou Eve. — Eles pagavam o irmão mais novo com grana do orçamento para remunerar "mão de obra genérica", e esse é basicamente um termo de merda para justificar despesas extras quando elas simplesmente não existem. Isso continuou durante anos, e então... bum, eles ganham aquele barco maior e mais bonito. Mal tinham zarpado quando o mandaram para a África. Não foi uma viagem de primeira classe, mas custou caro. Eles finalmente conseguiram um pouco de espaço para respirar e, em vez de absorver o peso morto na casa nova, despacharam-no para longe.

— E você se pergunta se isso foi só para se livrar do peso morto, uma oportunidade repentina que eles acreditaram poder beneficiá-lo, ou se eles o despacharam para o mais longe possível porque sua missão não era ajudar as meninas, e sim matá-las.

— Isso é exatamente o que quero saber. Era ele que tinha todo o tempo livre.

— E seria necessário algum tempo para atrair, matar e levantar as paredes.

— Sim, e onde alguém com agenda cheia e um monte de coisas para fazer consegue esse tempo? Mas a verdade é que ele tem muito tempo livre. O que fazia com isso? Talvez andasse pelas redondezas e visse para onde iam algumas das meninas, como a Shelby, quando elas circulavam por aí.

— Ele as perseguia — sugeriu Roarke.

— Talvez. Ou podia ser inveja. Algumas pessoas matam o que invejam. Se você é Montclair Jones e sabe o que as garotas andam aprontando, talvez você as deixe perceber que sabe de tudo e está numa boa com isso. Isso constrói uma confiança do tipo "todos nós estamos enganando os benfeitores".

— Mas por que matá-las?

— Não sei. Talvez você tenha algum outro fator externo que tenha provocado estresse em você: a mudança para um lugar novo e maior; a grande oportunidade de fazer mais coisas, e fazê-las do jeito certo. Só que os irmãos resolvem colocá-lo na linha. Você tem que se endireitar, mano. Não podemos continuar bancando você, como fazemos. Não podemos desperdiçar esse presente do velho "poder superior". Isso vira um problema. Agora ele vai ter que trabalhar de verdade? Assumir responsabilidades reais, porque eles não vão mais largar do seu pé? E de quem é a culpa?

— Das meninas.

— Ele pode achar que sim. E aquelas garotas, as que se esgueiram, continuarão fazendo o que bem quiserem, enquanto ele vai ter que andar na linha.

— E voltamos à inveja.

— Sim, então dane-se isso e danem-se eles. Algo assim — disse ela, não muito satisfeita. — Porque não acredito nessa coincidência toda na época, nem nas relações cruzadas. Tudo tem um centro em comum. Se Shelby é a chave, talvez ele seja a fechadura. Coloque-os juntos e a porta se abrirá.

— Você vai ter um dia agitado.

Ela inclinou a cabeça.

— Vou?

— Você certamente vai se consultar com Mira, porque conversar com ela vai te ajudar a refinar uma teoria. Você vai falar com os dois

Jones, separadamente. Está na torcida para receber informações de contato da jovem DeLonna, que Sebastian prometeu; e se ele furar você vai me pressionar para encontrar seu quartel-general, para você colocar sua bota no pescoço dele até ele dar o contato da garota. E imagino que você vai conversar com alguém na África.

Ele se levantou enquanto falava, aproximou-se dela, pôs as mãos em seus ombros e declarou:

— Minhas reuniões perdem importância diante das *suas* reuniões.

— Eu não tenho reuniões — rebateu ela. — São entrevistas, interrogatórios e consultas. Reuniões são para executivos. — Ela deu um puxão na gravata dele.

— Você pode ser uma tenente, mas na verdade é uma executiva com um distintivo.

— Me insultar logo depois de termos feito sexo talvez faça com que esse seja o último sexo que você terá no futuro próximo.

Ele a puxou até ficarem colados e a beijou.

— Gosto de correr riscos — disse ele, dando mais uma mordida de leve no lábio dela, antes de largá-la.

As chances dele provavelmente eram muito boas, admitiu Eve para si mesma, enquanto descia. Pegou o casaco do primeiro pilar da escada e deu de ombros enquanto saía na manhã tão fria que pareceu lhe congelar as orelhas. Ao ligar o *tele-link* do painel para entrar em contato com Mira, ela refletiu, como sempre, que se Roarke em algum momento tivesse virado à direita na sua vida, em vez de à esquerda, teria virado um excelente policial.

— Olá, Eve — atendeu Mira. — Você está saindo de casa muito cedo.

— Pois é, tenho o dia cheio. Espero que a senhora consiga abrir um espaço para mim na sua agenda. Tenho algumas ideias sobre os irmãos Jones que quero partilhar com a senhora. Pegar sua ótima percepção das coisas.

— Ainda tenho uma hora livre agora, se você puder vir à minha casa.

— Ah. Não quero atrapalhar seu tempo livre.

— Não é problema algum. De qualquer modo, eu estava prestes a revisar as anotações que você me enviou.

— Estou indo, então. Obrigada. — Ela desligou e entrou em contato com Peabody assim que passou pelos portões. — Vou dar um pulo na casa de Mira para uma consulta rápida, depois quero insistir um pouco mais com Jones & Jones, de novo. Desta vez quero conversar com eles separadamente.

— Quer que eu te encontre lá?

— Não. Faça com que a irmã venha até mim. Seja gentil, mas firme. Eu a quero no meu território. Depois vamos pegar o irmão dela. E enquanto eu estiver com Mira, entre em contato com a sargento Owusu, no Zimbábue. Eu quero...

— Vou poder ligar para a África? Que demais!

— Fico feliz em poder começar seu dia com algo tão fabuloso. Veja se ela já falou com o pessoal sobre o jovem Jones. E pergunte se ela pode nos dar a percepção que ela tem dele, se ainda não tiver pensado a respeito. Ele trabalhava bem? Era bom no que fazia? Quero mais detalhes sobre o embate com o leão. E se ela não tem opinião formada, veja se ela consegue encontrar alguém que saiba nos dar uma imagem de como ele era naquela época.

— Pode deixar que vou me lançar a essa tarefa como uma hiena. Sem a loucura e a maldade. Como um macaco barulhento.

— Faça menos barulho e consiga uma ideia bem definida de como ele era. Quero detalhes específicos para usar quando for conversar com os irmãos.

— Vou conseguir o máximo possível. E depois você tem que me contar tudo sobre esse tal Sebastian. Ainda não acredito que Mavis conhecia as...

— O básico sobre ele está nas anotações. Vamos nos aprofundar nisso mais tarde. Por agora, traga algo da África para mim.

Eve desligou e começou a procurar uma vaga perto da casa de Mira.

Andou um quarteirão e meio com alguma pressa, a passos rápidos, enquanto o ar congelava seus dedos e bochechas. Ainda era muito cedo para a algazarra dos alunos que iam para a escola, notou, mas não para as empregadas domésticas. Babás, faxineiras e cozinheiras desciam dos maxiônibus, subiam da estação do metrô e percorriam a calçada em direção ao seu trabalho daquele dia.

Os donos dos cães, ou as pessoas a quem eles pagavam pelo serviço, passeavam com uma grande variedade deles. Ela sentiu no ar o cheiro de pão fresco, de castanhas assando, de café e bolos polvilhados com açúcar.

Não era um lugar ruim para chamar de lar, pensou, enquanto caminhava até a porta da frente dos Mira. Mesmo antes de tocar a campainha, a porta se abriu.

Como sempre acontecia quando via os olhos bondosos e sonhadores de Dennis Mira, seu coração deu um pequeno pulo. Havia algo fascinante nele, pensou Eve, com seus cardigãs, cabelos despenteados e sorriso confuso.

— Eve! Entre logo e saia desse frio. — Ele pegou a mão dela e puxou-a para dentro de casa. — Onde estão suas luvas? Suas mãos estão congelando. Charlie! Procure umas luvas para Eve.

— Ah, não precisa, eu tenho luvas. É que sempre me esqueço de...

— E um gorro! Você devia sempre usar um gorro no frio — aconselhou. — Isso mantém o calor no corpo. — Ele piscou para ela. — E aquece o cérebro. Quem consegue pensar com um cérebro congelado?

Na vida de Eve, Dennis Mira era a única pessoa que a fazia ter vontade de abraçar afetuosamente no minuto em que o via. Depois continuar ali, colada nele, descansando a cabeça no seu ombro e simplesmente... ficar.

— Vocês podem se sentar perto do fogo — convidou ele, levando-a para a sala onde havia uma árvore de Natal bem iluminada, fotos de família e aquela deliciosa e adorável sensação de lar. — Vou preparar chocolate quente para vocês. Isso resolverá o problema.

— Não é necessá... Chocolate quente? Sério?

— É a minha receita secreta, a melhor que tem. Pergunte a Charlie.

— É incrivelmente delicioso — confirmou Mira ao entrar na sala, não se parecendo em nada com um "Charlie", vestindo um terninho azul-gelo e botas de salto cor de safira metálica. — Adoraríamos um pouco do seu chocolate, Dennis. — Ao dizer isso, ela puxou a manga puída do cardigã dele. — Eu não coloquei este suéter na caixa para doação?

— Colocou? — Ele sorriu, naquele seu jeito ausente tão típico. — Não é estranho? Vou preparar o chocolate. Onde será que eu guardei o...

— Primeiro armário à esquerda do fogão, segunda prateleira.

— Ah, lógico.

Ele se afastou, espalhando no ar pequenos sons arrastados que saíam das suas pantufas.

— Não consigo fazer com que Dennis largue esse suéter. Provavelmente vai se desfazer em cima do corpo dele.

— Fica bem nele.

Mira sorriu.

— Fica mesmo, não é? Sente-se e me diga o que você está pensando.

Eve sentou-se junto do fogo crepitante para falar sobre assassinatos.

Capítulo Dezesseis

Mira escutou tudo com aquele seu jeito silencioso e focado, que manteve mesmo quando Eve sentiu necessidade de se levantar da poltrona para gesticular suas teorias.

— Não vejo jeito de tudo ter acontecido de forma tão suave — concluiu Eve. — "Ei, vamos nos mudar. Escute, mano, você vai para a África, espalhar a Palavra Sagrada." E entre esses dois acontecimentos, doze meninas são afogadas na banheira do antigo prédio, enroladas num plástico e emparedadas. Tem que haver ligação entre uma coisa e outra.

— Existe o histórico de doença mental da mãe e seu eventual suicídio quando o filho mais novo ainda morava com ela.

— Ele nunca morou sozinho.

— Sim, uma dependência inata ou fomentada. Você está pensando na banheira. A mãe suicidou-se em uma, e agora as meninas foram mortas da mesma forma.

— Combina.

— É o simbolismo errado. A mãe tirou a própria vida, num ato violento. Uma lâmina na carne, sangue na água. As meninas foram afogadas e não, segundo perícia, cortadas.

— Mas o assassino pode ter cortado o pulso delas. Isso não apareceria nos ossos. É muito frustrante não poder simplesmente olhar para um corpo e *ver*.

— Tenho certeza que é. Vamos por outro caminho. Esse Sebastian, o personagem fascinante de suas anotações, você acha que ele teve relação com os crimes?

— Não tenho certeza de onde ou como, por enquanto. Meu primeiro instinto foi colocá-lo no topo da lista de suspeitos, independentemente do que Mavis pensasse a seu respeito, porque esses sentimentos remontam à época em que ela era criança, e ele desempenhou o papel central na vida dela ao impedi-la de passar fome e ficar sozinha. — Ela enfiou as mãos nos bolsos. — Mas quando a gente conversa com ele por algum tempo, fica com a sensação de que ele é sincero, em seu jeito distorcido. Entende que ele tem um código de conduta, meio confuso, mas é um código, e não seria capaz de fazer o que foi feito com aquelas garotas. Depois, analisando friamente, devemos lembrar que ele vive e ganha a vida com fraudes e golpes. Não é apenas um mentiroso, é um ator muito bom no que faz. Então, ele ainda é um possível suspeito, mesmo que seja só como cúmplice.

— Você diz isso por sentir que ele é capaz de cometer esses crimes, afinal de contas, ou porque instintivamente odeia a ideia de que o sujeito que matou aquelas garotas já pode estar morto e fora do alcance da justiça?

— Provavelmente mais a segunda hipótese. — Ela desanimou ao pensar naquilo. — Só que... — Parou de falar quando Dennis voltou meio desengonçado com uma bandeja cheia de canecas, o que parecia ser uma tigela cheia de chantilly e uma jarra branca e gorda.

— Pronto! Não quero interromper vocês. Vou só servir o chocolate e não atrapalho mais.

— Sente-se, Dennis, e tome um pouco de chocolate conosco — sugeriu a esposa. — É muito provável que os irmãos mais velhos sintam um senso de dever e responsabilidade pelo mais novo, principalmente um mais novo que fica aquém das expectativas. Eles vêm de uma família que baseou sua vida e seu trabalho na fé, no bom trabalho e na missão de usar esse trabalho para atrair mais pessoas para a fé. É difícil de acreditar que excluíssem o próprio irmão dessa missão. — Ela se mexeu, cruzou as pernas. — Ainda mais depois da morte da mãe, o suicídio que iria contra seus princípios, o suicídio que iria afetar os que ficaram para trás; e o irmão mais novo ainda era adolescente quando ela morreu.

— Isso mexe com qualquer pessoa.

— A família e os entes queridos muitas vezes sentem raiva e culpa após um suicídio. E muitas vezes há uma sensação de abandono.

— O pai saiu em missão no mesmo ano; largou o filho mais novo com o irmão e a irmã mais velhos. Então eles ficaram como responsáveis, certo? É assim que funcionaria a coisa. Eles eram responsáveis pelo irmão agora. É função deles era cuidar do caçula.

— Sim, eles teriam, de uma forma muito realista, substituído os pais. Além disso, as repetidas falhas de um dos irmãos ou a recusa ou desinteresse desse mesmo irmão em compartilhar a carga de trabalho e fazer sua parte, tudo isso começaria a desgastar a relação. Ninguém te traumatiza de um jeito tão forte e de forma tão errada quanto um irmão. E embora você possa criticar, proteger e defender um irmão das críticas dos outros, isso é comum.

— Ele era um peso morto no trabalho — complementou Eve, então arregalou os olhos para a caneca que Dennis ofereceu a ela, com um monte espumoso de chantilly polvilhado com raspas de chocolate no topo. — Obrigada. Nossa!

— Você vai precisar disso — disse ele, entregando-lhe uma colher.

— Pelo que você me conta, ele realmente era um peso morto — concordou Mira. — Essa pressão colocava em risco uma missão que ambos dedicaram a vida para cumprir. Pode ser que eles tenham encontrado esse posto na África como uma forma de pressioná-lo a contribuir para a causa e removê-lo da área imediata, enquanto se reorganizavam no novo prédio do Centro.

— Ele pode ter surtado? — quis saber Eve. — Caso eles tenham dado a ele um ultimato? "Vamos te despachar para longe se você não começar a fazer a sua parte!"

— Sabemos muito pouca coisa sobre ele. Os registros médicos são poucos e genéricos. O tratamento para a depressão indica que ele certamente era problemático, que tinha alguma dificuldade em não alcançar o mesmo sucesso dos irmãos; tinha histórico de ansiedade e, como eu disse, aqueles velhos traumas de abandono. O problema é que o médico que o tratou já faleceu, e o tratamento terminou há quinze anos, com a morte do paciente.

— Ele estava mais isolado que o irmão e a irmã. — Eve olhou para o chocolate e disse: — Desculpem, mas eu preciso perguntar: isso aqui é legal? — Mergulhou a colher no creme fresco e no chocolate quente e delicioso mais uma vez.

Dennis sorriu para ela.

— Nesta casa é legalizado.

— Está realmente delicioso. Desculpe, doutora — disse Eve para Mira. — O que eu quero dizer é que, uma vez que ele se viu mais isolado, tinha menos oportunidades de socializar com os colegas, como os outros que estudavam e trabalhavam fora do espaço de acolhimento e da coisa missionária... Será que ele não teria mais dificuldade de se ajustar a essa nova vida, estando tão longe? A mãe dele cometeu suicídio, o pai saiu em trabalho missionário e deixou-o aos cuidados dos dois irmãos mais velhos. Eles receberam uma parte do dinheiro da venda da casa, uma parte pequena, mas decente; uma espécie de herança antes da morte. Mas o mais novo também ganhou uma mesada extra no testamento da mãe, por assim dizer. Mas o dinheiro que ele podia retirar mensalmente era limitado, e não um belo bocado, como faziam os irmãos.

— O que indica que os pais, juntos ou separados, decidiram que ele não conseguiria ou não lidaria bem com uma grande quantia fixa e precisava de orientação. E sim, isso pode ter causado ressentimento da parte dele. Também pode ter provocado nele alguma ansiedade e depressão. Em resumo: deprimido e ansioso, em tratamento para ambos, ainda de certa forma sob o controle dos pais, agora representados pelos irmãos, ele foi sugado pelo trabalho deles porque não tinha outro lugar para ir, não formou nenhuma habilidade específica e, pelo que parece, não tinha grandes ambições.

— Pontas muito soltas costumam se emaranhar — filosofou Dennis, enquanto tomava um gole de chocolate, e Mira concordou.

— Exatamente. Eve, você quer saber se essa é uma teoria viável, certo? Poderia este jovem desequilibrado, com dificuldades emocionais, dificuldades que podem ter sido agravadas pela falta de socialização com pessoas da idade dele na escola, ou grupos que tinham outros pontos de vista e crenças... um jovem que não tinha as habilidades dos irmãos, nem a motivação e talvez a vocação, pode ter se tornado tão perturbado, tão emaranhado, que até mesmo a mudança do local que virou sua casa quando a casa dos pais lhe foi tirada, e sua ida para outro lugar ainda mais distante, que nem foi escolhido por ela, ter lhe causado uma ruptura psíquica?

— Sim, acho que é isso.

— Certamente é possível. E o método, o afogamento, no local que tinha se tornado a sua casa? Talvez isso tenha sido um sinal de revolta contra os princípios nos quais ele foi criado, ou uma terrível tentativa de abraçá-los.

— Uma espécie de batismo ritual, para destruir a base do mundo de seus irmãos, ou para tentar provar que ele poderia ser uma parte real dessa base.

— Sim. — Através do monte de chantilly, Mira tomou um gole do chocolate. — Você está mais inclinada para a primeira hipótese. Preferiria que ele agisse por maldade. Mas neste cenário, se cair nessa possibilidade final, eu aposto mais na segunda hipótese.

— Por quê?

— Seu suspeito trágico e condenado me parece um homem triste. A vida dele foi muito restrita... O irmão mais novo costuma ser muito mimado e é mais controlado. Se eles foram criados de forma tradicional, como eu suspeito, sob uma tradição rígida, a mãe deles, também desafiada, teria sido ainda mais cuidadosa com ele, no dia a dia. Ela pode ter se agarrado a ele com muita força e, quando ele se aproximou da idade adulta, ela se desesperou.

— A senhora sentiria pena dele, mesmo que ele matasse aquelas garotas.

— Eu o vejo como alguém que não recebeu o que precisava, nem emocional, nem fisicamente. — A doutora se recostou na poltrona, como se refletisse. — Os irmãos mais velhos têm mais ou menos a mesma idade. Então houve um longo intervalo, e um caçula temporão. É muito possível que a mãe tenha se agarrado a este último filho e o tenha desencorajado a abrir as asas.

— "Fique comigo! Preciso que você esteja sempre comigo!"

— Sim. Só que agora ele é um adolescente — continuou Mira. — Seu instinto é se rebelar, se afastar, tentar coisas novas. Mesmo em uma família saudável, a adolescência pode ser um momento difícil.

— E talvez ele mesmo tenha criado um pouco desse afastamento — especulou Eve. — A mãe, já em terreno instável, desistiu e escolheu acabar com tudo.

— Será que ele se culpou? Se tivesse sido bom, ela ainda estaria viva? Voltamos à tradição rígida — enfatizou Mira. — Ela pecou, saiu do caminho correto. Será que foi ele que a empurrou para fora do caminho? Eu me pergunto se o tratamento dele só serviu para aumentar o problema, ainda mais porque ele e a mãe estavam sob os cuidados do mesmo médico.

— E isso não ajudou com a mãe.

— Até mesmo um excelente terapeuta pode deixar de perceber os sinais de tendências suicidas. Vou fazer uma pesquisa sobre o médico dele e talvez consiga entender mais com isso. De qualquer modo, a resposta curta é que sim, acredito que o irmão mais novo é viável como suspeito. Preciso saber mais coisas sobre Sebastian antes de dizer o mesmo dele.

— Vou conseguir o que puder para a senhora. Se Montclair Jones matou aquelas garotas, os irmãos devem saber disso.

— Considerando quanto a vida deles está fortemente entrelaçada? Eu classificaria essa probabilidade como muito alta.

— Então vou insistir nessa linha. Obrigada, doutora. Preciso ir.

— Termine seu chocolate — sugeriu Dennis. — Volto já, já. — Ele saiu da sala.

— É tudo tão calmo aqui — comentou Eve.

— Ah, isso acontece de vez em quando.

— Sim, sei como é. Mas existe uma concentração de calma neste espaço. Tenho pensado muito em núcleos de calma. É uma calma diferente da calma disciplinada. Tenho a sensação de que talvez a casa dos Jones fosse assim. Mesmo com as boas intenções, a imagem que eu faço dos pais deles é que não pareciam fanáticos do tipo "vocês vão queimar no fogo do inferno". Mas o centro de acolhimento girava em torno das suas crenças particulares, dos problemas da mãe, e as crianças eram mantidas lá dentro, sem muita chance de circular fora dali. Talvez você consiga criar pessoas carinhosas, boas e altruístas desse jeito, ou talvez não.

— A paternidade sempre tem sua estrutura individual. E é um negócio arriscado. As pessoas fazem o melhor que conseguem.

— Já vi o pior sair do que existe de melhor, e sei que o melhor também pode ser gerado a partir do pior. É um imenso jogo de dados. Agradeço de verdade pelo seu tempo, doutora — disse Eve, ao se levantar. — E isso aqui é pura magia dentro de uma caneca. Ele poderia abrir uma loja para vender essas coisas e fazer uma fortuna.

— Ele gosta de preparar essas coisas para a nossa família e, graças a Deus, não faz isso com muita frequência, senão eu iria engordar vinte quilos a cada inverno.

— Agradeça a ele por mim, mais uma vez — pediu Eve, enquanto colocava o casaco. — Agora eu vou...

Ela se interrompeu quando Dennis voltou com um par de luvas vermelhas de lã e um gorro de esqui azul brilhante.

— Tome — ofereceu ele. — Coloque isso.

— Ah, obrigada, mas na verdade eu...

— Você não pode sair andando por aí com as mãos frias — continuou ele, calçando as luvas nas mãos dela, como faria com uma criança. — É preciso manter seu cérebro aquecido para descobrir tudo, não é? — Ele encaixou o gorro na cabeça dela e ajustou-o. — Pronto! Assim está melhor.

Quando ela ficou calada, pois não conseguiria dizer coisa alguma, ele simplesmente sorriu.

— Eu também vivo perdendo minhas luvas. Elas deviam vir equipadas com um chip de rastreamento.

— Obrigada. — Foi só o que Eve conseguiu dizer. — Vou devolvê-las.

— Não, não, não se preocupe com isso. As crianças estão sempre deixando luvas, gorros, cachecóis, meias e tudo mais por aqui. Temos uma caixa cheia, não é, Charlie?

— Sim, temos.

— Fique com elas — ofereceu Dennis, enquanto a acompanhava até a porta. — E mantenha-se aquecida.

— Ah. Ahn... caso não nos vejamos antes... Feliz Natal!

— Natal? — Ele pareceu momentaneamente meio perdido, então sorriu. — Lógico, já é quase Natal, não é? Eu perco a noção.

— Eu também.

Ela desceu para a calçada com a emoção lhe obstruindo a garganta. Olhou para as luvas enquanto caminhava. Roarke dava a ela inúmeras luvas, o tempo todo, pela mesma razão de Dennis. Geralmente eram luvas de um couro lindo, elegante e quente, que ela sempre estragava ou perdia em questão de minutos.

Mas jurou para si mesma que não iria perder aquelas tolas luvas vermelhas.

Assim que chegou à viatura, suas mãos já estavam mais quentes — e talvez até o cérebro estivesse mais aquecido.

Assim que colocou o pé na sala de ocorrências, muito movimentada, Eve sentiu cheiro de açúcar refinado, fermento e gordura antes mesmo de avistar Nadine Furst. Donuts, pensou Eve, o ponto fraco de todos os policiais. Ninguém sabia disso melhor do que a famosa repórter, autora de best-sellers.

Nadine, com suas belíssimas pernas cruzadas e a bunda malhada devidamente empoleirada na mesa de Baxter, conversava de forma amigável com Trueheart; de repente, tirou com a ponta do dedo uma gota de geleia do canto da boca do jovem policial. E o fez enrubescer quando lambeu o próprio dedo.

— Isso é patético! — disse Eve, em voz alta o suficiente para superar o barulho. Acalmou as vozes, mas não interrompeu a luta para enfiar a gordura açucarada na boca. — Vocês são simplesmente patéticos. Todos vocês!

Jenkinson engoliu um último pedaço de pão e disse:

— Mas os donuts ainda estão quentinhos.

Ok, usar donuts quentinhos era jogo sujo, mas mesmo assim.

— Sanchez, tem migalhas na sua camisa. Reineke, pelo amor de Deus, limpe esse creme de donut do rosto.

— É creme bávaro — declarou ele, com um sorriso satisfeito.

— Peabody!

Como a detetive tinha acabado de dar uma bela mordida num donut açucarado com granulado, Peabody empurrou-o para dentro das bochechas como um esquilo, e tentou falar com a boca cheia:

— Eu... ahn... já entrei em contato com Philadelphia Jones, tenente. Ela vai vir à Central agora de manhã. Agora mesmo eu ia... hum... reservar uma das salas de interrogatório.

— Mastigue essa porcaria e engula tudo antes de fazer qualquer coisa. Nadine, saia da mesa de Baxter e vá até minha sala. Quanto a todos os outros: vão combater o crime, pelo amor de Deus!

Ela se afastou, aliviada por ter se lembrado de guardar as luvas no bolso assim que chegou à Central. A repreensão teria sido muito menos eficaz se ela estivesse usando luvinhas vermelhas de lã.

Pensou em jogar algum casaco ou pano sobre o quadro do crime para escondê-lo, mas sabia muito bem que, tirando os donuts sempre quentinhos, Nadine era confiável.

— Guardei um donut para você, mas saiba que corri um grande risco pessoal — avisou Nadine, entrando atrás de Eve com uma caixinha rosa de confeitaria.

— Obrigada. — Eve sentiu a tentação de esconder o presente, mas o cheiro guiaria o nariz de um policial direto para o seu esconderijo atual dentro da sala. E ela não queria arriscar sofrer uma caçada que pudesse revelar seu atual esconderijo de chocolates.

— Essas são as garotas que você já identificou? — Sentindo-se em casa, e como foi que uma coisa *daquelas* tinha acontecido?, Nadine atirou seu casacão vermelho-sangue com gola de pele sobre a cadeira para visitantes e foi até o quadro.

Estudou as imagens com seus penetrantes olhos verdes.

— Todas entre doze e catorze anos?

— Até agora, sim.

Com um suspiro, Nadine analisou cada rosto e leu as anotações sobre as vítimas. Ela podia parecer glamourosa com seu cabelo loiro escuro com mechas mais claras e o rosto anguloso, ambos sempre prontos para enfrentar as câmeras, mas sob o pacote elegante existia uma repórter astuta que conseguia desenterrar pedacinhos de uma joia quebrada e remontar tudo como um quebra-cabeça para formar um conjunto limpo e brilhante.

— Até agora você conseguiu manter esses dados a sete chaves, principalmente sabendo que foi Roarke que encontrou os ossos.

— Ele quebrou uma parede, com muita cerimônia, e descobriu duas meninas.

— Já sei dos detalhes. O zum-zum-zum que rola é quem são elas, como foram parar ali... Haverá outras? E, óbvio, qual a ligação de Roarke com toda a história.

Eve basicamente ignorara todas as mensagens da imprensa que tinham chegado ao seu *tele-link*; pensando bem, nem tinham sido tantas assim. Só que de repente lhe ocorreu que Roarke provavelmente estava sendo mais assediado pela imprensa. Muito mais.

— A ligação dele com o caso é mínima, na melhor das hipóteses. As vítimas foram mortas há cerca de quinze anos, muito antes de ele comprar o prédio.

— Mas trata-se de Roarke — disse Nadine simplesmente. — E trata-se de você. Soube que você está trabalhando com a espetacular e brilhante dra. DeWinter.

— Ela está lidando com os restos mortais.

Com um sorrisinho maldoso, Nadine se sentou no canto da mesa de Eve.

— Como isso está sendo para você?

Eve se empertigou, incomodada com a pergunta.

— Ela está fazendo o trabalho dela. Eu estou fazendo o meu.

— Quando você vai divulgar os nomes das vítimas?

— Quando tivermos os doze nomes, e depois que todo e qualquer parente próximo tiver sido notificado da morte. Não estou enrolando ninguém, Nadine, nem tentando agradar a imprensa.

— Quinze anos é muito tempo para lamentar a perda de alguém.
— Seu olhar voou para o quadro novamente. — Eu me pergunto se é melhor saber de uma vez que não existe esperança, ou se agarrar a esse fino e fraco fio de ilusão? Você certamente desconfia dos irmãos Jones, Nashville e Philadelphia, certo? Puxa, eles tiveram sorte de não terem nascido em Helsinque ou Toledo, né?

— Pior seria Tombuctu. Desconfio de todos, Nadine. Você sabe como isso funciona.

— Sibéria.

— O quê?

Nadine sorriu.

— Achei que estávamos brincando. E sim, sei como a coisa funciona. Também sei que quando você resolve não me dar nada novo é porque não acredita que poderá me arrancar novidades. — Com um movimento descuidado, Nadine deu de ombros. — Parece-me justo. Minha equipe fez algumas pesquisas sobre elas, para as matérias que estão saindo, e para estabelecer as bases para o que virá depois. Achei interessante o suicídio da mãe.

— Interessante?

— Sim. E a forma como o marido assumiu a linha dura. "Suicídio, pecado supremo, não vai haver solo consagrado para você." Seus filhos a cremaram e espalharam as cinzas no mar.

Aquilo era interessante, pensou Eve. E provava que Nadine era útil, mesmo quando Eve não tinha um uso específico para ela. Mas sua reação foi:

— Isso me parece mais "maluquice" do que "interessante".

— Depende do ângulo. Sem falar no detalhe estranho e cruel de o irmão mais novo ter sido devorado por um leão.

Ela apontou com a cabeça em direção à foto.

— Mas se eu analisei a linha do tempo de forma correta, ele ainda estava vivo e morava em Nova York quando as doze meninas foram mortas.

Não adiantava contornar aquilo com conversa fiada, decidiu Eve.

— Estar morto não significa que ele não seja um suspeito.

— E o rei dos animais foi o carrasco. Isso pode ser uma boa reviravolta no caso. De qualquer modo, fizemos nossas diligências sobre o irmão e a irmã daqui. E também investigamos a irmã que mora na Austrália. Pesquisamos até o ex da irmã de Nova York, embora a relação tenha terminado antes dos assassinatos, e não tenha rolado mais nada de interessante quando ele se mudou para o Novo México, casou-se novamente e formou uma família pequena e linda. Mas é óbvio que você já sabia disso tudo.

— Chamamos isso de "fazer nosso trabalho".

— Eu também — disse Nadine alegremente. — O irmão mais velho nunca se envolveu oficialmente com ninguém, embora namore de vez em quando. Eles foram criados para resguardar o sexo para depois do casamento, e talvez tenha sido por isso que a irmã se casou tão jovem. Mas eu duvido que eles seguiram essa doutrina. — Ela sorriu quando disse aquilo. — E uma das ex-namoradas do irmão estava disposta a confirmar isso.

Ela não tinha se preocupado em ir tão longe, pensou Eve, mas teve que admitir que aquele era um bom dado para adicionar à mistura

— Não me importo muito com a vida sexual deles, a menos que seja pertinente.

— Ah, mas eu me importo com a vida sexual de *todos*. E mesmo vasculhando essa área, não consegui encontrar ninguém com quem o irmão mais novo saísse.

Ok, aquilo podia ser interessante, pensou Eve.

— Ele tinha vinte e três anos quando morreu e, já que você bisbilhotou, deve ter descoberto que levava uma vida protegida e tinha vários problemas emocionais, além dos traumas que adquiriu depois do evento "mamãe tirou a própria vida". Ou talvez fosse um desses rapazes cuja vida sexual amadurece mais tarde, se não tivesse sido podada por tantos traumas.

— Mas você desconfia dele.

— Desconfio de todos.

— Dallas — com um ar exagerado de simpatia e sorrisos, Nadine apontou para ela —, sei como a banda toca, lembra? E sei como você trabalha. Você desconfia *principalmente* do irmão morto.

Ah, que se dane, pensou Eve.

— Pois é. Se ele estivesse vivo, eu o colocaria na sala de interrogatório para apavorá-lo. Mas não quero que você noticie o que eu disse, Nadine. Ainda não estou preparada.

— Estamos só conversando. — Ela bateu na caixa rosa com uma unha em francesinha rosa. — Você não vai comer seu donut?

— Já tomei café da manhã e bebi o chocolate quente mais incrível do mundo. Donuts saem perdendo depois disso. — De repente, lembrou-se que ainda estava de casaco.

Nadine acenou com a cabeça para o gorro.

— Gostei do seu novo gorro — disse ela, enquanto Eve tirava o casaco. — Os floquinhos de neve são lindos.

— O quê? — Eve tirou o gorro e viu os flocos de neve brancos e brilhantes na parte da frente. — Merda! Há flocos de neve nesse gorro. Cintilantes!

— Como eu disse, ficou lindo. Mas não vamos mudar de assunto. DeWinter está guardando tudo num cofre vedado, mas você deve estar ciente de que ela adora uma boa e divertida coletiva. Assim que ela estiver pronta, certamente convocará uma.

— Ela só vai convocar uma entrevista coletiva quando *eu* mandar. — Mas Eve fez uma anotação mental para deixar isso bem evidente e usar a força do comandante, se necessário.

— Foi só o alerta de uma amiga para outra.

— Ah, com certeza, você está sendo terrivelmente amigável.

— Estou mesmo. Nós estamos — acrescentou Nadine. — Por falar nisso, antes de eu passar para o assunto da minha agenda não tão secreta, quero dizer que de verdade, sério mesmo, gostei absurdamente de passar o Dia de Ação de Graças na sua casa, com a gangue toda, incluindo a família de Roarke.

Ela se inclinou, sorriu para o desenho emoldurado na parede de Eve e exclamou:

— Aquilo é o máximo, sabia? Não apenas que a criança tenha pensado em desenhar você como também o que ela escreveu no verso, e, sabe, você o ter pendurado na sua sala.

— Eu disse a ela que faria isso.

— Isso foi importante para ela. Deu para ver no rostinho. De qualquer forma, eu sei que estava um pouco bêbada, só um pouco, mas o que eu disse sobre estar apaixonada pela família de Roarke permanece mesmo quando estou totalmente sóbria. Se eu não adorasse a vida numa megalópole, se não tivesse ambições profissionais, um trabalho que amo e assim por diante, eu toparia me mudar de vez para a Irlanda, escolheria um homem da família de Roarke e me casaria com ele. Talvez eu espere pelo Sean — completou, com ar sonhador, ao falar sobre o jovem primo de Roarke. — Talvez eu esteja pronta para me aposentar na Irlanda quando ele tiver idade para ficar comigo.

— Eles têm vacas — avisou Eve, com ar sombrio. — Praticamente no quintal de casa.

— Eu conseguiria viver com isso — decidiu Nadine. — Daqui a uns vinte anos, pelo menos. Antes disso, vou escrever meu próximo livro.

— Ah, é?

— Quanto entusiasmo! — Nadine riu. — *O Caso Icove* colocou tudo na minha vida em um patamar mais elevado. Estou pronta para escrever o próximo. Meu título provisório é "O Caso do Cavalo Vermelho".

— Você vai escrever sobre Callaway e Menzini?!

— É o caminho mais natural a tomar. Uma seita; um líder enlouquecido que remonta às Guerras Urbanas; uma arma mortal usada para causar alucinações em pessoas comuns, fazendo-as matar umas às outras em poucos minutos. O legado que foi passado de uma geração para outra e a policial corajosa que conseguiu vencê-los.

— Merda!

— Puxa, tente controlar sua alegria. Vou entrar em contato com você, com Roarke e com toda a equipe de vez em quando ao longo do projeto, e vou pedir que dê uma olhada no manuscrito final, para ter certeza de que está tudo bem para você.

— E eles vão fazer outro filme, não é?

— Pode apostar que sim! Mas enquanto estou planejando esse próximo passo, eu gostaria de dar a essas doze garotas mortas algum tipo de... respeito — disse ela, antes de Eve ter chance de falar. — Você fará tudo a seu alcance para obter justiça para elas. Eu farei tudo que puder para que as pessoas saibam que elas existiram; que saibam o nome delas, que conheçam o rosto; que saibam que alguém roubou a vida delas antes mesmo de começarem. Isso também importa.

Realmente importava, Eve sabia daquilo. E ninguém faria melhor do que Nadine porque aquilo também era importante para ela.

— Pegue o seu gravador.

Nadine enfiou a mão na mala imensa que ela chamava de bolsa e pegou o aparelho.

— Posso ter uma câmera aqui em dez minutos — avisou a repórter.

— Nada de câmera, nem de entrevista. Apenas nomes. — Eve os listou. — Você não deve divulgá-los ainda, mas pode levantar alguns antecedentes básicos, de forma discreta, sobre elas. Darei os outros nomes quando os soubermos. Pode deixar que eu te aviso quando você puder divulgá-los. Até então, você está proibida de divulgar esses nomes.

— Entendido.

— Agora caia fora. Tenho trabalho.

— Eu também. — Nadine pegou o casaco. — Estou empolgada com a sua festança de fim de ano.

— Minha o quê?

— Falei com Roarke rapidamente. Ele disse que, caso eu mencionasse a festa, deveria lembrar a você de olhar sua agenda.

Rebolando de forma elegante em seu casacão, Nadine saiu.

Só agora Eve lembrou, ao ouvir sobre a agenda. Mesmo assim...

— Não acabamos de dar uma festança? O Dia de Ação de Graças já não foi uma festança? Por que o Natal fica tão perto do Dia de Ação de Graças? Quem planeja essas coisas?

Como não havia ninguém para responder, ela pegou café.

Peabody entrou na sala.

— Acabei de falar com a África!

— Parabéns.

— Sério, foi um grande momento para mim. A sargento Owusu conversou com o tio dela, o avô e algumas outras pessoas. Na verdade, ela já estava redigindo um relatório sobre o caso para você, com todas as informações. Vai enviá-lo assim que terminar, e com algumas fotos.

— Ótimo.

— Enquanto isso, o resumo que ela me fez é que todos concordam que o Pastor Jones, era assim que o chamavam, era um homem simpático, de muita fé e boa vontade admirável. Falava com todos de forma respeitosa, gostava de experimentar os pratos nativos e até aprendeu a preparar alguns. Também estudava o idioma do lugar e tinha senso de humor quando errava uma pronúncia. Era muito gentil, e todos acreditam que seu espírito permaneceu na África.

— Então gostavam dele. Como ele foi comido?

— Ele tinha curiosidade excessiva a respeito de tudo. Gostava de tirar fotos, fazia pequenas gravações para si mesmo porque planejava compilá-las algum dia para escrever um livro, ou fazer um documentário. Estava longe da base do acampamento, andando por um lugar mais distante do que o recomendado; tinha ido tirar fotos de um bebedouro de animais bem cedo, ao amanhecer. O leão foi até lá para se alimentar, e ele foi a entrada.

Eve já tinha lido a maior parte daquilo no relatório sobre o incidente.

— Eles contaram se ele costumava sair sozinho para fazer essas sessões de fotos?

— Não perguntei sobre isso especificamente, mas Owusu me parece bem detalhista. Se ela conseguir alguma coisa a respeito, deverá colocar no relatório.

— Não me lembro de nenhum interesse por fotografia ou pela vida animal no passado de Montclair Jones.

— Bem, ele nunca esteve na África antes — lembrou Peabody. — Se eu fosse lá, viveria com uma câmera a tiracolo. Basicamente, parece que ele decidiu tirar o melhor proveito da sua nova vida e gostava dela. Isso faz sentido, já que ele estava livre de controle externo pela primeira vez na vida, num lugar exótico e novo.

Eve viu seu computador piscar com a chegada de uma nova informação.

— Temos Iris Kirkwood confirmada como a décima vítima, e também chegou confirmação da reconstrução do rosto da décima primeira.

Eve analisou a imagem. Uma menina birracial, julgou. Rosto magro, olhos imensos e arregalados, maçãs do rosto salientes.

— Eu reconheço esse rosto! — Eve ordenou as imagens de pessoas desaparecidas na tela dividida do seu computador. — Pronto, ali está ela. Shashona Maddox, de catorze anos. Desapareceu da residência da avó, que era sua guardiã de custódia. A mãe sumiu quando a menina tinha três anos, o pai é desconhecido. A avó também tinha a custódia da meia-irmã de Shashona, da mesma mãe, porque o pai desistiu dos direitos paternos. Provavelmente não foi custoso para ele fazer isso, já que estava cumprindo de vinte anos a prisão perpétua pelo assassinato de duas pessoas na época.

— Temos outra notificação aqui.

Ela fez uma pesquisa rápida.

— Isso mesmo. A avó continua viva e ainda mora em Nova York. A meia-irmã é médica, residente cirúrgica no Mount Sinai Hospital. Essa avó, Teesha Maddox, morava e ainda mora há mais de vinte e cinco anos em um apartamento na Oitava Avenida. É babá profissional, atualmente trabalha no Upper West Side. A que horas Philadelphia vai chegar para o interrogatório?

Peabody olhou para seu *smartwatch*.

— Temos cerca de uma hora.

— Vamos ver a avó. Avise na sala de ocorrências que se Philadelphia chegar antes de voltarmos, ela deve nos esperar no saguão de visitantes.

Assim que Peabody saiu apressada, Eve aproveitou o tempo para enviar um e-mail curto e direto para DeWinter e mandou uma cópia para o comandante Whitney.

> Agradeço o seu trabalho rápido e eficiente. De acordo com meus relatórios, estamos seguindo várias linhas de investigação. Até identificarmos todas as vítimas, realizarmos todas as notificações e entrevistarmos todas as partes relevantes, qualquer comunicado à imprensa ou coletiva deverá permanecer em espera.
> Tenente Eve Dallas.

— Mantenha o bico calado — murmurou Eve e então, como Nadine tinha feito, pegou seu casacão e o vestiu enquanto saía da sala.

Capítulo Dezessete

Teesha Maddox estava com um bebê de idade e sexo indeterminados num apartamento organizado e lindo. Ela olhou para Eve e Peabody antes de movimentar a cabeça sem dizer nada. Pressionou a boca na testa do bebê e ficou ali por alguns instantes, antes de dar um passo para trás.

— Por favor, entrem. Você vieram me contar que minha Shashona se foi, não é? Ela era uma das pobrezinhas que a TV mostrou.

— Sim, senhora. Sinto muito.

— Eu soube assim que vi a notícia. Eu sempre soube, mas foi ao ver a notícia que eu soube onde ela estava. Eu ia procurar a polícia, mas a dona Hilly, ela é minha patroa, Hilly McDonald, disse: "Ora, Teesha, não se meta nisso. Se eles realmente a encontraram, aparecerão na sua casa para lhe contar." E aqui estão vocês. Vou colocar a bebê no berço. Ela está seca, já se alimentou e já arrotou. Vou colocá-la para dormir um pouco com a câmera ligada, caso ela fique agitada. Sentem-se aqui e fiquem à vontade, que eu já volto. Não gosto de falar de morte com a bebê por perto. Eles absorvem muito mais do que as pessoas acreditam.

— Aqui é um belo lugar — disse Peabody, com a voz calma. — Tem... sei lá, uma sensação agradável, transmite estabilidade e conforto. Ambiente muito estiloso, mas aconchegante ao mesmo tempo.

E tem uma vista decente, pensou Eve enquanto se sentava e examinava a sala.

Havia muitas fotos de um bebê, não, de dois bebês; um deles mostrava a progressão desde bebê até criança maior, uma pessoa em tamanho pequeno. Será que eram mais? Talvez três, quatro? Não havia como saber.

Também havia fotos de uma mulher, Hilly, ela supôs, e um homem que provavelmente era o pai. Estavam juntos, com a bebê ainda bem novinha. E viu uma foto de Hilly, ruiva de pele branca, ao lado de Teesha, cuja cor da pele fez Eve pensar no incrível chocolate quente de Dennis Mira.

— Ela não parece velha o suficiente para ser avó de mulheres adultas — comentou Peabody.

— Já tem sessenta e quatro anos.

— Mas não parece. E ainda é muito jovem para ter netos crescidos.

— Eu tinha dezessete anos quando tive minha filha. Desculpem, não estava ouvindo atrás da porta — disse Teesha, ao voltar. — Embalei muitos bebês quando era mais jovem. Embalar bebês acalma a alma e afasta as rugas. Posso lhes oferecer algo para beber? — perguntou ela. — Num dia frio como este, talvez vocês aceitem um pouco de chá ou café, que tal? Nas séries policiais da TV eles sempre bebem muito café.

— Não precisa se preocupar com a gente — garantiu Peabody. — Estamos bem.

— Dona Hilly não vai se importar se resolverem aceitar alguma coisa, é só dizer. Eu tinha dezessete anos — repetiu ao se sentar, tão limpa e bem arrumada quanto a sala. — Fui meio burra no amor...

aquele tipo de burrice que acontece com frequência nessa idade, em que você imagina que é amor, mas não tem nada a ver com amor. Só que quando você pensa que é... ora, um garoto pode convencer você a fazer quase tudo. Eu tinha dezesseis anos quando engravidei e quase morri de medo. Nem contei para minha mãe até não conseguir mais esconder. Mas contei ao garoto, que na mesma hora desapareceu como o vento. Minha mãe ficou ao meu lado, mesmo quando meu pai ficou meio louco de tanta revolta. Mas ele também superou. Aprendi que quando você faz algo tolo, às vezes passa a vida lidando com seu erro. — Ela suspirou e olhou para a janela antes de continuar. — Eu amava minha filhinha. Ainda a amo. Sou boa para lidar com bebês e crianças. É meu dom. Fiz o melhor que pude pela minha filhinha, e minha mãe ajudou. Trabalhei, ganhei dinheiro, terminei a escola em casa e cuidei da minha bebê. Eu a ensinei a distinguir o certo do errado, a ser responsável, gentil e feliz de dentro para fora.

Ela suspirou novamente.

— Nada disso funcionou com Mylia. Ela era muito rebelde, não importava o que eu fizesse; odiava que eu trabalhasse com outras crianças para colocar um teto sobre nossa cabeça, comida na boca, lhe dar um pouco de diversão ou algo bonito para vestir. De qualquer forma, ela era pouco mais velha do que eu quando concebeu Shashona. Eu lhe dei todo o meu apoio. Ajudei-a de todas as formas que consegui. Ela fugiu por algum tempo com o rapazinho, mas ele a abandonou e ela voltou para casa, para mim, e teve o bebê um mês depois. Isso também não deu certo. Ela simplesmente não tinha o dom.

— Então foi você que criou Shashona — declarou Eve.

— Isso mesmo. No caso de Mylia, ela ia e vinha, sumia durante algumas semanas e depois voltava. Tivemos várias brigas por causa disso, para ser sincera. Então ela arrumou outro homem e outro bebê. E foi embora de vez assim que teve chance. Eram bebês lindos, tanto Shashona quanto Leila. Fiz o melhor que pude por elas também. Precisei comparecer ao tribunal depois de um tempo, e eles me designaram guardiã legal das duas. As pessoas para quem eu trabalhava na época eram maravilhosas e tinham filhos muito fofos. Ambas eram advogadas e me ajudaram.

Ao ouvir o que parecia um miado, o olhar de Teesha voou para a pequena tela na mesa, onde Eve viu a bebê dormindo em lençóis cor-de-rosa em um berço branco.

— Ela só está sonhando — disse Teesha, com um sorriso. — A verdade é que Shashona puxou à mãe. Tinha um lado selvagem que nada conseguia domar. Era uma garota esperta, muito inteligente. Rezei por isso, rezei para que ela crescesse, abandonasse a fase de rebeldia e fizesse algo por si mesma. — Ela respirou fundo. — Dona, ela era muito esperta, como eu já disse. Acredito, do fundo do coração, que ela teria transformado aquela selvageria em paixão por alguma coisa, e talvez tivesse construído algo importante um dia. — Teesha pressionou o punho contra o coração. — Essa paixão e essa ânsia estavam só escondidas dentro dela, esperando que ela crescesse um pouco mais.

Isso acontecia com todas as jovens bonitas, pensou Eve. A vida que ainda estava por vir já existia, escondida dentro delas.

— O que aconteceu no dia em que ela desapareceu?

— Ela foi para a escola como sempre, mas não voltou para casa naquele dia; nem depois da escola, nem mais à noite.

— Isso era normal?

— Não, dona. — Teesha balançou a cabeça lentamente de um lado para o outro e seus olhos se fixaram em Eve. — Ela me amava; mesmo com toda a rebeldia, ela me amava. Também sei disso do fundo do coração. Ela sempre me avisava quando iria se atrasar para alguma coisa, ou quando ia a algum lugar diferente. Quer eu concordasse com isso, quer não, ela sempre me avisava. Mas não avisou naquele dia; eu não consegui encontrá-la. Ela tinha um *tele-link*, mas não atendeu às minhas chamadas. O grupo com quem ela saía não sabia de nada, e eles confirmaram isso mesmo quando a polícia entrou em cena. Ela estava saindo com um rapaz. Ela achava que eu não sabia nada sobre ele, mas eu sabia. Uma garota bonita como Shashona — lamentou Teesha, com um leve sorriso triste. — Ora, só podia ser um namorado. Ele também não me parecia um menino mau. Era muito inteligente, como ela. Eu mesmo conversei com ele para saber dela e ele me contou que os dois iam ao cinema naquele fim de semana, tinham marcado um encontro. Também contou que eles tinham ido comer pizza depois da escola no dia em que ela não voltou para casa, embora eu tivesse pedido para ela ir direto para casa naquele dia. Ele a acompanhou até a esquina e seguiu o rumo dele. E não a viu novamente.

— Tenho o nome desse rapaz no meu relatório de pessoas desaparecidas — disse Eve.

— Ele é um agente de crédito agora, trabalha num banco. Vai ficar noivo de uma jovem muito bem-educada na próxima primavera. Nós sempre mantivemos contato. Eu sabia que ele nunca a teria machucado. A senhora já sabe quem fez isso?

— Estamos investigando — disse Eve.

— Ela conhecia as outras garotas? A senhora sabe me informar isso?

— Talvez você possa nos dizer isso. Ainda não divulgamos o nome das outras vítimas. E devo pedir para você não mencioná-los para ninguém.

— Eu prometo.

Eve entregou a ela a lista dos nomes que tinha e Peabody ofereceu as fotos. Teesha analisou cada imagem longamente e sacudiu a cabeça para os lados.

— Não conheço nenhum desses nomes, nem esses rostos jovens e doces. Há só onze nomes aqui.

— Ainda não identificamos oficialmente a décima segunda vítima.

— Pobrezinha. Ela tinha muitos amigos, minha Shashona. Não sei se eu conhecia todas elas, nem se ela trazia todas à nossa casa, mas não conheço nenhuma dessas garotas.

— Você sabe se ela já foi ao Santuário? O prédio onde ela foi encontrada?

— Parece que ela pode ter ido lá, sim. Ela sabia tudo sobre aquele lugar. Uma vez, quando estávamos brigando e eu lhe disse que as coisas não iam bem, ela me disse que poderia ir morar lá. Acho que falou aquilo para ferir meus sentimentos, ou me irritar. Acho que um pouco dos dois. Mas ela não teria ido lá pedir para ser acolhida. Mesmo que não fosse por mim, e no fundo eu sei que ela me amava, ela não teria deixado Leila, a sua irmãzinha. Leila adorava Shashona. Todos os anos, no dia do seu desaparecimento, faço uma oração por Shashona; rezo e agradeço a Deus por Leila não ter ido com ela naquele dia. Eu a mantive em casa, sem ir à escola naquele dia, e até tirei um dia de folga do trabalho, por motivo de doença.

— Leila estava doente? — quis saber Peabody.

— Foi seu primeiro ciclo menstrual. Na noite anterior ela teve sua primeira menstruação. Eu sempre deixava minhas meninas ficarem em casa no dia da primeira menstruação e as mimava um pouco, e foi por isso que Leila não estava com a irmã naquele dia. Hoje ela é médica; vai ser uma ótima cirurgiã. É uma linda mulher, está segura e feliz. E agora a nossa Shashona foi encontrada. Terei que contar isso a Leila.

Pela primeira vez, seus olhos brilharam com lágrimas não vertidas.

— Tenho que contar a ela. E vou ter que contar à mãe delas, quando ela entrar em contato novamente. Ela ainda me procura de vez em quando.

— Sra. Maddox, Shashona frequentava a igreja?

Ela sorriu de leve para Eve.

— Todo domingo ela ia, querendo ou não. Enquanto vivessem sob meu teto, elas respeitariam o dia sagrado. Ela não se importava muito com a igreja, dizia que havia muita cantoria por lá. Mas gostava de cantar. E tinha uma bela voz, forte e limpa. Quando vou poder receber os restos mortais dela?

— Isso ainda vai demorar um pouco — disse Eve. — Nós a notificaremos assim que formos liberadas para isso. Você alguma vez viu uma dessas pessoas com a Shashona, ou pela vizinhança? — Ao sinal de Eve, Peabody tirou mais fotos da pasta de arquivos.

Teesha os analisou lentamente. Nashville Jones, Montclair Jones, Philadelphia Jones, Sebastian, Clipperton.

— Sinto muito, mas não me lembro de nenhuma dessas pessoas. Eles são suspeitos? Costumo assistir às séries policiais na TV.

— Estamos procurando por qualquer pessoa que tenha alguma possível conexão.

— Não sei por que as pessoas fazem essas coisas umas com as outras. Estamos todos aqui neste mundo para viver nossa vida, fazer nosso trabalho, criar nossa família e amar quem amamos. Estamos todos aqui para as mesmas coisas, mas alguns não conseguem deixar isso acontecer; não conseguem ficar felizes ou contentes com a vida. Não sei a razão disso.

Ela devolveu as fotos para Peabody e perguntou a Eve.

— A senhora sabe, tenente?

Meio perdida, Eve se remexeu na poltrona.

— Não, não sei.

— Se a senhora não sabe, acho que ninguém realmente saberá.

— Ela deve ser muito boa em seu trabalho — comentou Peabody. — Digo isso por causa do jeito dela. É meio... reconfortante. Ela estava com o coração partido e, embora já tivesse se resignado, pois sua neta havia partido muito tempo atrás, doeu muito quando ouviu tudo. Mesmo assim, ela manteve o seu jeito reconfortante.

— A garota provavelmente teria se saído bem na vida. Como Linh. Só que nunca teve a chance de sair da fase de revolta e rebeldia. E temos outra ligação com a igreja.

— Uma conexão meio solta, mas sim.

— E o fato de ela cantar. Se Sebastian nos trouxer DeLonna, talvez consigamos criar uma ligação mais plausível.

— Há muitas conexões, mas nenhum vínculo forte.

Eve olhou para seu comunicador quando ele tocou.

— Philadelphia acaba de chegar à Central. Vamos ver se conseguimos estabelecer mais ligações.

Eve mandou Peabody levar Philadelphia para a Sala de Interrogatórios. O espaço ali era mais oficial, refletiu Eve, e aquilo iria provocar um pouco mais de pressão à conversa. Mais tarde, eles repetiriam o procedimento com Nashville Jones.

Ela não teve pressa para reunir papéis, fotos e relatórios, e só então seguiu para onde Peabody estava, do lado de fora da porta.

— Eu ofereci a ela um refri de limão — avisou Peabody. — Ela está um pouco nervosa, meio irritada com a espera, mas quer ajudar em tudo que puder. E assim por diante.

— Nervosa e irritada funciona muito bem para mim. — Eve entrou. — Ligar filmadora! Precisamos gravar essa nossa conversa, sra. Jones, para deixar tudo registrado.

— Sem problemas, mas...

— Só um minuto, por favor. Aqui fala a tenente Eve Dallas e a detetive Delia Peabody, entrando na Sala de Interrogatórios para conversar com Philadelphia Jones, como parte do caso com código H-5657823. Agradecemos que a senhora tenha vindo — disse Eve, ao se sentar do outro lado da mesa. — Vamos apenas ler seus direitos, para ficar tudo registrado.

— Eu não entendo. Meus direitos? — Philadelphia estava com o cabelo preso e passou a mão sobre ele, em um gesto nervoso. — Sou uma suspeita neste caso?

— É apenas rotina — disse Eve, com voz rápida e firme, e recitou os direitos e deveres da interrogada. — Você entendeu todos os seus direitos e obrigações?

— Sim, entendi. Estou aqui para ajudar no que puder.

— Nós agradecemos muito. Identificamos todas as vítimas, com exceção de uma, cujos restos mortais também foram encontrados no prédio que era de sua propriedade no dia e na hora estabelecidos das mortes.

Eve espalhou onze fotos sobre a mesa.

— Você reconhece alguma dessas garotas?

— Shelby, é lógico, como eu já disse antes. E Mikki; e Lupa, que esteve conosco durante pouco tempo. Eu... Essa outra jovem me parece familiar, mas não tenho certeza. — Seu dedo pairou sobre a foto de Merry Wolcovich. — Se você me der o nome dela, podemos verificar em nossos registros.

— Eu já tenho o nome. Oficialmente, ela não esteve em nenhum dos lares adotivos.

— Se ela fosse uma das nossas protegidas, certamente estaria em nossos registros. — Com os ombros rígidos, ela se recostou na cadeira. — Assumimos nossas responsabilidades, mas nem sempre isso é fácil.

— Ela parece familiar para você?

— Eu... tenho uma leve impressão de tê-la visto com Shelby... com Shelby e Mikki... ou talvez com DeLonna.

Ela ergueu a foto e franziu a testa até uma linha vertical se formar entre as sobrancelhas.

— Ela... Não tenho certeza. Foi há muitos anos, mas algo nela me parece familiar.

— Apenas esta? — quis saber Eve.

— Isso, e não estou certa de onde... Eu... Sim, foi no mercado! — Ela se sentou mais ereta na cadeira. — Fui ao mercado, e elas estavam todas lá, com essa garota. O mercado do sr. Dae Pak. Por Deus, ele era um homem *muito impaciente*. Reclamava comigo sobre as crianças que entravam em sua loja, roubavam coisas e eram malcriadas. Eu me lembro de ter entrado na sua loja um dia e, tudo bem, eu sei que as meninas estavam sendo rudes. Ordenei às meninas... às nossas meninas... que se desculpassem com ele e voltassem imediatamente comigo para nossa casa. Lembro de ter perguntado à outra garota o nome dela e onde morava. Ela me mandou cuidar da minha vida, de forma muito grosseira, e saiu correndo. Eu me lembro disso — confirmou — porque fiquei de olho nela depois disso por várias semanas, caso ela voltasse a aparecer. Tive a sensação de que poderia ser uma fugitiva do próprio lar. Quem trabalha com esses jovens desenvolve uma percepção mais apurada.

— Ok.

— E ela era uma fugitiva do próprio lar?

— Era, sim.

— E foi uma das meninas que morreram. — Fechando os olhos, Philadelphia colocou a mão sobre a foto. — Eu devia ter ido atrás dela, devia ter chamado o Serviço de Proteção à Criança e ao Adolescente. Mas só pensei em levar nossas garotas de volta e não fiz mais nada.

— Você não tinha como saber — consolou Peabody.

— Mas esse é o meu trabalho. Eu *deveria* saber. Shelby e Mikki não estavam mais comigo quando isso aconteceu com elas. Mas parte dessa responsabilidade é minha, não é? Shelby nos enganou, não devia ter conseguido fazer isso. Devíamos ter sido mais atenciosos com ela, mas estávamos distraídos, tão entusiasmados com nossa boa sorte que a deixamos escapar. Agora temos que conviver com o peso de saber disso. Quanto a Mikki, não sei exatamente o que seria o melhor a fazer, mas podíamos e devíamos ter feito algo. Agora as duas se foram. Ambas!

Ela tocou novamente as fotos e ergueu de leve o olhar para a foto de cima.

— Mas não DeLonna. Ela não está nessas fotos. Elas eram muito próximas, as três. Mas ela não foi com as outras. Ficou conosco até completar dezesseis anos.

— E você não sabe onde ela está agora?

— Não sei. Admito que imaginei, tive esperança de que ela mantivesse contato conosco. Algumas das crianças fazem isso, outras não.

— Alguma vez ela perguntou sobre as amigas? Pediu para ir vê-las ou entrar em contato com elas?

Philadelphia esfregou a testa.

— É muita coisa para lembrar. Tenho revisado minhas anotações daquela época, tentando ver como foi que...

Ela balançou a cabeça.

— Notei que DeLonna se afastou do grupo durante algum tempo, alegando não estar muito bem. Isso era natural, já que duas das suas amigas mais próximas tinham ido embora sem dar notícias.

— Ela estava doente? — quis saber Eve.

— Parecia desalentada e apática, segundo minhas anotações e minha memória. E chorosa, embora tentasse esconder isso. Nas sessões, quando eu conseguia que ela se abrisse um pouco, ela falava que era uma das meninas más. Sentia que todos a tinham abandonado porque era má; não tinha um lar nem uma família de verdade porque era muito má. Trabalhamos sua autoestima. DeLonna tinha uma voz tão bela que eu consegui usar o seu dom para tirá-la um pouco do buraco onde se via. Mas ela nunca mais se relacionou com nenhuma das outras garotas da mesma forma. Como eu disse, ela se fechou para o mundo, entrou numa espécie de luto, algo que me pareceu natural e até esperado. Passava o tempo livre em seu quarto e era... Como eu posso dizer? Dócil demais, se é que você me entende. Simplesmente fazia o que lhe mandavam e depois voltava para dentro da sua concha. Demorou quase um ano antes de, aparentemente, superar tudo.

— Você não questionou o fato de nenhuma das outras amigas dela ter se esforçado para vê-la e sair com ela?

— Tenente, as crianças podem se fechar em seu mundo imediato e limitado. É tudo aqui e agora, então os laços formados dentro do Santuário, ou agora no CPSRJ, podem se tornar mais fortes ao longo da vida... ou podem ser laços tão tênues e situacionais que se dissolvem quando a situação muda.

— E você não as acompanha?

Ela ergueu as mãos. Suas unhas curtas eram bem-cuidadas, sem esmalte; ela não usava anéis, nem pulseiras.

— Somos uma casa de transição; em geral durante um tempo relativamente curto. Muitas vezes as crianças e seus responsáveis preferem deixar tudo aquilo para trás e começar de novo. Nós nunca interferimos.

— Então quando elas saem pela porta, ficam por conta própria, é isso?

Pela forma com que os ombros de Philadelphia se enrijeceram, a pequena farpa que Eve lançou tinha acertado o alvo.

— Damos às crianças sob nossos cuidados tudo que podemos, física, espiritual e emocionalmente. Fazemos tudo que está ao nosso alcance para que, quando elas nos deixarem, saiam de lá num estado melhor e mais bem preparadas para levar uma vida produtiva e feliz. Sentimos muito por elas, tenente; profissionalmente, porém, entendemos que são nossa responsabilidade apenas durante aquele curto período de tempo, mas depois precisamos deixá-las ir. Para o bem-estar delas... e para o nosso.

— Mas você interage com elas todos os dias; basicamente vive com elas.

— Certamente.

— Quem é o responsável por tudo?

— Não tenho certeza do que você quer dizer. Meu irmão e eu compartilhamos deveres e responsabilidades. Fundamos o Santuário e o CPSRJ juntos.

— Então vocês são sócios, de certo modo.

— Sim, de todos os modos.

— Mas é você quem tem diploma de administração e treinamento em gestão de negócios.

— Sim, isso mesmo.

— Então é você que lida com as finanças.

— No CPSRJ, basicamente sim.

— Como você deixou o antigo espaço afundar tanto a ponto de literalmente se afastarem por completo dele?

A palidez se espalhou pelas bochechas dela.

— Não tenho certeza do que isso tem a ver com esta situação.

— Tudo tem a ver.

— Nós nos desgastamos em demasia — disse Philadelphia, falando de forma objetiva. — Emocional e financeiramente. Acreditávamos no que fazíamos e queríamos tanto dar o nosso melhor que negligenciamos os aspectos práticos. Na verdade, eu procurei o treinamento de gerenciamento financeiro durante o último ano em que tivemos o Santuário, pois percebemos que estávamos com muitos problemas nessa área.

— Quer dizer que antes disso você simplesmente empurrava os problemas com a barriga. Por quê? Estava à espera de um milagre?

Seus olhos e sua voz ficaram muito frios e firmes.

— Entendo que nem todos acreditam no poder da oração. Nós acreditamos, mesmo quando a resposta não é evidente de imediato, ou pareça difícil. E, no fim, nosso milagre aconteceu. Conseguimos ajudar muito mais crianças apesar de termos falhado inicialmente, em termos práticos e comerciais.

— Quem cuidava das finanças no Santuário antes de você receber o treinamento de gestão financeira?

Philadelphia emitiu um grunhido de impaciência.

— Repito: não estou entendendo o porquê dessas perguntas. Nash cuidava disso, na maior parte do tempo. Fomos criados num lar muito tradicional. Nosso pai ganhava a vida, cuidava do dinheiro e das contas. Nossa mãe cuidava da casa. Então, a princípio, gerenciamos o Santuário com essa dinâmica. Era o que conhecíamos do mundo. Mas logo ficou evidente para nós dois que Nash não tinha habilidade para cuidar de negócios. Eu tinha. Como acreditamos em usar nossos dons, eu recebi treinamento nessa área. Foi tarde demais para salvar o Santuário, mas aceitamos que esse era o plano.

— Plano de quem?

— Do poder superior. Aprendemos, perdemos, tivemos outra chance e conseguimos.

— Que prático. Então você cuida das finanças, agora.

— Do CPSRJ, sim, junto com nosso contador.

— E cada um de vocês cuidava das próprias finanças pessoais?

— Óbvio. Tenente...

— Estou só tentando formar uma imagem da situação — interrompeu Eve. — E quanto ao seu outro irmão?

— Monty? Monty morreu.

— Sim, na África. Mês passado fez quinze anos. Quero saber como as coisas eram antes de ele morrer. Qual era a função dele na instituição? Quais eram seus deveres, responsabilidades? Qual era a função dele?

— Monty... ajudava onde dava. Gostava de ajudar nas refeições e fazer pequenos reparos. Trabalhava com o Brodie de vez em quando.

— Você está falando apenas de ajuda.

As sobrancelhas de Philadelphia se juntaram e formaram um vinco profundo.

— Não sei o que isso significa.

— Ele não tinha responsabilidades reais, nem trabalho real. Simplesmente pegava as tarefas de nível inferior.

— Monty não foi treinado para...

— Por que não? Por que ele não recebeu treinamento para ser sócio, como você e seu irmão mais velho?

— Não entendo em que isso importa. Nossa vida pessoal...

— São da minha conta agora! — Eve falou com tanta determinação que Philadelphia pulou na cadeira. — Doze meninas estão mortas. Não importa se você entendeu a pergunta ou não. Responda!

— Dallas... vamos com calma. — Desempenhando seu papel de "policial boazinha", Peabody tentou amenizar o clima tenso.

— Precisamos saber — disse ela, olhando para a Philadelphia. — Temos que levantar tudo o que conseguirmos para juntar todas as

Esconderijo Mortal

informações, ter um panorama geral. Pelas meninas — acrescentou, aproximando as fotos um pouco mais de Philadelphia.

— Eu quero ajudar, é só que... é doloroso falar sobre Monty. Ele era o nosso bebê. — Ela suspirou com força para aliviar a tensão. — Era o caçula, e suponho que todos tentamos mimá-lo. Ainda mais depois que nossa mãe morreu.

— Depois que ela se matou.

— Sim. É doloroso agora; foi ainda mais na época, para todos nós. Ela simplesmente não estava em suas faculdades mentais... nem espirituais. Nossa mãe perdeu a fé e tirou a própria vida.

— Isso é uma coisa terrível para qualquer família — disse Peabody, com uma empatia infinita na voz. — Ainda mais, acho, para uma família de fé. Sua mãe perdeu a fé.

— Sinto que ela perdeu a vontade de se ater a essa fé. Ela estava doente, de mente e de coração.

— Seu pai adotou um comportamento muito duro com relação a isso — completou Eve.

O rubor voltou e mostrou mais raiva do que embaraço daquela vez, observou Eve.

— Esta foi, e é, uma tragédia muito pessoal. Se ele adotou um comportamento mais duro, como você diz, a culpada disso foi a dor dele, da grande decepção. A fé do meu pai é absoluta.

— E a de sua mãe não era.

— Ela não estava bem.

— Ela ficou doente ou começou a se tratar logo depois de dar à luz o seu irmão mais novo?

— Foi uma gravidez inesperada e difícil. E sim, isso prejudicou a saúde dela.

— Difícil e inesperada — repetiu Eve. — Mas ela escolheu seguir com a gravidez.

Com as mãos cruzadas firmemente sobre a mesa, Philadelphia falou, com frieza:

— Embora respeitemos as escolhas de cada um, a interrupção de uma gravidez, exceto nas condições mais extremas, não era uma opção aceitável para a minha mãe, nem para aqueles que compartilham nossas crenças.

— Tudo bem. Portanto, houve uma gravidez inesperada e difícil, seguida de depressão clínica, ansiedade e, finalmente, autoextermínio.

— Por que você faz isso parecer tão frio?

— São fatos, sra. Jones.

— Não queremos perder nada — acrescentou Peabody, dando um tapinha carinhoso nas costas da mão de Philadelphia. — Ele ainda morava em casa na época da morte da sua mãe? Seu irmão mais novo?

— Sim, ele tinha só dezesseis anos. Veio até nós... até Nash e eu... alguns meses mais tarde, quando nosso pai vendeu a casa e partiu para um trabalho missionário. Isso aconteceu pouco depois de conseguirmos comprar o prédio da Rua Nove com nossa parte da herança e de darmos início ao Santuário.

— Tão jovem para perder a mãe — disse Peabody, a simpatia pura.

— Ele já tinha idade suficiente para pensar em fazer faculdade, ou treinar alguma habilidade prática quando vocês abriram o Santuário. Não vi nada no arquivo sobre isso.

— Não. Monty não tinha vontade de fazer faculdade, nem qualquer treinamento prático. Sendo sincera, ele não tinha nenhuma aptidão... nem para aconselhamento, nem para organização. Ele era bom com atividades manuais, esse era o seu dom.

— Mas também não fez treinamento nessa área.

— Ele queria ficar perto de nós, e nós aceitamos isso.

— Ele fez tratamento para depressão — acrescentou Eve.

— Sim, fez. — O ar de ressentimento voltou quando ela olhou para Eve. — E daí? Isso não é crime! Monty era tímido, mais introvertido do que Nash ou eu. Quando nós tivemos idade suficiente para sair em missão ou buscar mais educação... e nossa mãe morreu... ele se sentiu muito solitário e deprimido. Procurou ajuda, e isso lhe foi fornecido.

— Introvertido. Portanto, não havia muita interação com os residentes e funcionários quando ele se juntou a vocês no Santuário.

— Como eu disse, quando nosso pai foi chamado para o trabalho missionário, levamos Monty para morar conosco e tentamos lhe dar um propósito na vida. Ele era um pouco tímido, mas gostava das crianças. De certa forma, era uma delas. O Santuário também era o seu lar.

— Como ele se sentiu ao perdê-lo?

— Foi difícil para ele. Aquele foi seu primeiro lugar fora da casa dos pais; um lugar que ele considerava seu... assim como todo mundo. Ele ficou, como todos nós, bastante chateado com o nosso fracasso. Isso nunca é fácil de aceitar. Mas foi esse fracasso que nos abriu uma nova porta.

— E logo depois de entrar pela nova porta vocês o mandaram para a África. Esse irmão mais novo, tímido e introvertido.

— Surgiu uma oportunidade. Sentimos que Monty precisava expandir seus horizontes. Ele precisava... bem, deixar o ninho. Foi difícil para mim, sendo bem sincera, mas aquilo foi uma chance para ele. Uma nova porta para ele.

— Quem arranjou tudo?

— Não tenho certeza do que você quer dizer com "arranjou". O missionário no Zimbábue quis se aposentar e voltar para sua família. Foi uma chance para Monty ver um pouco do mundo, como tinha acontecido com Nash e comigo. Foi uma oportunidade de descobrirmos se ele tinha alguma vocação e gostava daquilo, afinal.

— E ele gostou?

— Os e-mails que ele escrevia eram felizes. Ele pareceu ter se apaixonado pela África à primeira vista. Acredito que se não tivesse sido tirado de nós tão jovem ele teria florescido lá. Tinha encontrado o seu lugar e uma vocação que eu duvidava existir. As condolências que recebemos após sua morte falavam da sua bondade, da sua compaixão, da sua... alegria. É doloroso, mas também libertador, saber que ele encontrou a alegria de viver, antes de nos deixar.

— Com que frequência você falava com ele?

— Falar? Nós não nos falávamos. Ao embarcar em uma missão pela primeira vez, ainda mais por conta própria, é muito fácil a pessoa ficar apegada ao lar, à família ou aos amigos. Nos primeiros meses, é melhor manter esse contato limitado para que o novo missionário possa se concentrar mais na missão, na sua nova casa, na sua nova família. Para conseguir servi-los de todo coração.

— Hum... Parece um campo de treinamento.

Philadelphia relaxou o suficiente para sorrir um pouco.

— Acho que sim, de certo modo.

— Que tal ele e a Shelby? Como eles se davam?

— Como se davam? Em que sentido?

— Você disse que seu irmão era quase com uma das crianças.

— Sim, disse isso no sentido de ele ser mais novo do que Nash e eu. E mais jovem em... bem, em espírito.

— Como ele se dava com os outros residentes, principalmente com a Shelby?

— Ele era muito tímido com as garotas, mas se dava muito bem. Talvez ele tenha se sentido um pouco intimidado por Shelby. Ela era uma garota com personalidade forte, às vezes agressiva.

— Como ele era tímido, e sendo o irmão mais novo dos chefes da casa, aposto que ela pegava no pé dele de um jeito especial. Talvez como forma de se vingar de vocês. Se vocês a disciplinavam ou negavam seus caprichos, sua vingança seria descontar nos mais vulneráveis.

— Ela às vezes era uma valentona, isso é verdade. Monty talvez a deixasse mais autoconfiante, mas se sentia mais confortável com os residentes mais sossegados. Conversava muito sobre esportes com T-Bone.

— Ela sorriu ao viajar nessa lembrança. — Eu tinha me esquecido disso. Monty adorava esportes, de qualquer tipo. Ele e T-Bone conversavam sobre futebol ou beisebol. Desfiavam todas as estatísticas dos jogos... Não consigo entender como eles se lembravam dos números dos jogos quando mal se lembravam de esvaziar a recicladora de lixo.

— Então ele interagia regularmente com alguém do grupo de Shelby.

— Ele se sentia mais confortável e confiante junto de meninos, de homens em geral.

— Então, não teve namoradas?

— Não.

— Nem namorados?

Ela se remexeu na cadeira.

— Embora nosso pai não tivesse aprovado isso, Nash e eu aceitaríamos sem problemas se Monty tivesse desenvolvido algum tipo de relacionamento com outro jovem. Mas não creio que ele sentisse atração física por homens. E nessa época era tímido demais para buscar um relacionamento com uma mulher.

— Lidar com as menininhas pode ter sido mais fácil.

Demorou um momento, mas logo a careta confusa de Philadelphia se transformou num fogo de indignação.

— Não gosto do que você está insinuando.

— Um cara tímido, com pouco ou nenhum traquejo social, educado em casa, mimado, como você mesma disse, e ao mesmo tempo cercado de restrições. Sem responsabilidades reais, com muito tempo livre. E uma casa cheia de meninas; algumas delas, como Shelby, dispostas a trocar sexo por favores.

— Monty *nunca* teria tocado em nenhuma das garotas.

— Você disse que ele não era gay. — Eve se inclinou para a frente, invadiu o espaço de Philadelphia. — Ele era jovem, com pouco mais de vinte anos, cercado de garotas, algumas que mal tinham começado a se tornar mulheres. Muitas delas com muita experiência das ruas. E ali está Shelby, feliz em oferecer um boquete para um cara em troca de uma garrafa de cerveja, ou qualquer outra coisa que ela quisesse.

O rosto de Philadelphia ardeu.

— Nunca soubemos dessas... atividades da Shelby até que Nash a pegou roubando material de cozinha e ela se ofereceu para... servi-lo... desde que ele não a denunciasse.

— Então vocês tinham conhecimento do que acontecia.

— Ela foi colocada imediatamente em restrição severa, e suas sessões de aconselhamento foram intensificadas e direcionadas para lidar com aquela situação.

— Isso foi antes ou depois de ela ter chupado o ajudante de Fine, Clipperton, em troca de cerveja?

— Eu não sabia disso! — Ela gaguejou um pouco, e o fogo em suas bochechas se transformou em gelo. — Eu *nunca* soube disso. O incidente com Nash aconteceu pouco antes da nossa mudança, talvez uma semana antes.

— Vocês a colocaram em restrição severa, e mesmo assim ela ainda conseguiu, como foi que você disse, escapar?

— Falhamos com ela. De todas as formas possíveis. Mas você não tem o direito, não tem o mínimo direito, tenente, de tentar implicar Monty nessa história.

— Estou falando de realidade — disse Eve, de forma categórica. — Se ela foi corajosa o bastante de se jogar para o irmão mais velho, o irmão mais novo seria uma opção ainda mais fácil. Aposto que o caçulinha conseguiria falsificar a papelada dela. Quem notaria o cara tímido procurando pelos arquivos? O caçulinha poderia ajudá-la a acessar o antigo prédio, sua primeira casa da vida adulta. Seria cômodo ter o irmão mais novo por ali. E o irmão mais novo provavelmente poderia construir algumas paredes na antiga casa.

— Como você ousa?! Como ousa ficar sentada aí, insinuando que meu irmão seria capaz de matar? Tirar uma vida é contra tudo em que acreditamos.

— Sua mãe tirou a própria vida.

— Você não vai usar nossa tragédia pessoal como *evidência*. Minha mãe estava doente. Você só está desesperada porque não faz a menor ideia de quem assassinou aquelas garotas, então está apontando o dedo para o meu irmão mais novo, que já não pode se defender.

— Vou lhe dizer para onde o meu dedo está apontando: o irmãozinho está preso, oprimido, acuado; de repente sua cabeça entra em parafuso quando o pai foge de casa correndo. Ele encontra pais substitutos e um novo lar em seus irmãos e no Santuário. Ele já é adulto agora, um garotão problemático que ainda não tem responsabilidades reais, nenhum emprego de verdade, nenhum propósito real na vida. Mas tem hormônios. Tem necessidades. Todas aquelas garotas bonitas em volta, garotas que conhecem o jogo da vida. E sabem marcar pontos nesse jogo, como Shelby. Então ela o usa. É isso que ela faz. É o que ela sabe fazer. Porque também foi oprimida e vai conseguir ter o próprio espaço, do próprio jeito, custe o que custar. E tem aquele prédio grande e vazio abandonado ali, à disposição. Ela precisa arrumar um jeito de sair da casa nova e entrar na casa antiga. Monty pode ajudá-la a conseguir as duas coisas. Mas depois de conseguir o que queria, ela termina com ele. Ele não é um membro da sua turma, não é seu amigo. Era um meio para alcançar um fim.

— Nada disso é verdade! — A respiração de Philadelphia acelerou muito; seus dedos se flexionaram e se abriram sobre a mesa. — Nem uma palavra disso!

Eve foi em frente, mais insistente.

— Ela o fez se sentir um homem e agora o faz se sentir inútil novamente. Precisava ser punida por isso. Ele sabe como entrar no prédio. Sabe como administrar um tranquilizante. Ele precisa fazê-la entender que o que eles tinham era especial. Ela deve se entregar a ele e ao poder superior. Deve aceitar. Ele a fará aceitar.

— Não!

— Mas ela estava com outra garota. Ele não esperava outra garota. Mas ela também vai receber o castigo. Elas não têm medo dele, o cara tímido e desajeitado. Tranquilizá-las não foi difícil. E o resto também foi fácil. Talvez tudo acabe indo longe demais, ou pode ser que ele tenha planejado matá-las o tempo todo, mas de qualquer modo elas já estão mortas diante dele. Foram para aquele lugar melhor, mais puro. Só que as pessoas não vão entender, então ele precisa escondê-las, e o que seria mais prático do que deixá-las bem ali, em casa? No santuário dele? Na verdade, foi tudo muito fácil, numa boa, e como isso o fez se sentir? Ele encontrou sua missão naquele momento. Encontrou sua verdadeira vocação. Agora ele só precisaria encontrar mais garotas.

— Tudo que você disse é mentira. Tudo o que você disse é abominável.

— Pode ser abominável — concordou Eve —, mas com certeza é plausível. O que não consigo entender é o seguinte: quando vocês descobriram tudo, por que deixaram os corpos onde estavam? Ou se vocês não sabiam onde ele tinha escondido os corpos, por que não o obrigaram a contar tudo, antes de despachá-lo para a África?

— Não descobrimos nada porque ele não fez nada do que você diz.

— Será que vocês o despacharam mesmo? — Eve se recostou com um balançar de cabeça pensativo. — Esse é outro enigma. O irmão tímido e introvertido acorda na África e se torna um missionário nato. Isso é muito improvável para mim.

— Óbvio que ele foi para a África. Isso está documentado! As pessoas o conheciam lá.

— Estou trabalhando nessa parte. Ele matou, traiu tudo que vocês representavam e colocou o trabalho da vida de vocês em risco. Quem iria patrocinar vocês agora? Que tribunal confiaria crianças aos seus cuidados depois disso? Tudo pelo que vocês trabalharam tinha acabado. Aquela porta que tinha se aberto voltaria a se fechar. Será que ainda encontraremos os restos mortais dele, sra. Jones? O irmão mais novo foi sacrificado ao seu poder superior?

— Chega! — Ela se levantou. — Você tem um coração medonho, uma mente suja. Eu *amava* meu irmão. Ele nunca fez mal a ninguém em sua vida, e eu jamais faria mal a ele. Seu mundo é um lugar frio e feio, tenente; um lugar cheio de barbaridades. — Ela apontou para as fotos ainda sobre a mesa. — Não tenho nada, *mais nada* para dizer a você. Se insiste que eu fique nesta sala horrível, quero meu advogado.

— Você é livre para ir embora daqui — disse Eve, com simplicidade. — Peabody, por que você não acompanha a sra. Jones até a saída do prédio?

— Eu encontro a saída! — Dando meia-volta, ela saiu para longe dali.

— Caraca! — Peabody soltou um longo suspiro. — Isso foi intenso. Você realmente acha que foi isso que aconteceu? Porque não é apenas plausível, mas é convincente.

— É uma forma de explicar tudo. Quase tudo, pelo menos. Ainda não atei todas as pontas soltas, mas já temos meio caminho andado.

— O irmão deles matou as meninas.

— Ele é o único que se encaixa, e se encaixa muito bem por todas as razões pelas quais eu a pressionei.

— Sim, foi convincente. Mas você realmente acha que eles mataram o irmãozinho? Quer dizer, quem foi para a África, se não foi ele? Porque ela tem razão, está tudo documentado.

— Ainda não sei, mas vamos descobrir.

— *Foi por isso* que você mandou eu perguntar à sargento Owusu se alguém na aldeia havia tirado alguma foto de Jones, o caçula, quando ele esteve lá.

— Qualquer tipo de identificação será impossível, já que ele foi cremado e suas cinzas espalhadas. Ele, quem quer que ele fosse, tirava fotos do lugar. Então, aposto que também existem algumas fotos dele. Uma coisa eu sei depois desse nosso pequeno drama. Independentemente de quem tenha sido eliminado, o caçula ou outra pessoa; não importa quem planejou tudo e deu os últimos nós no plano, ela não sabia de nada.

— Foi o que eu pensei, mas você disse...

— Eu fiz com que ela se revoltasse, não foi? Consegui o ar de choque, a indignação e informações que preenchem algumas lacunas. O que eu não vi, quando a coisa esquentou, foi medo, nem nervosismo. Vi culpa, uma certa culpa pelo destino das meninas, e eu a teria olhado meio desconfiada se não tivesse visto um pouco disso. Mas se eu estiver certa, se o irmão mais novo se envolveu com a Shelby e essa ligação criou o restante da cadeia dos acontecimentos, ela não sabia de nada.

— Mas nesse caso... e quanto à parte da África? Você está dizendo que tudo foi apenas coincidência?

— De jeito nenhum. Ela tem outro irmão, não tem? Ela tem um sócio. Ele foi criado de forma antiga, sob velhas tradições. Irmão mais velho, chefe da sua pequena família. Sim, a coisa se encaixa. Precisamos dele aqui, Peabody.

— Deixa comigo!

Quando Peabody se preparava para sair, o *tele-link* de Eve tocou. Ela o pegou, viu na tela quem era e arqueou as sobrancelhas. Em seguida clicou na mensagem de texto com força.

— Filho da mãe! Sebastian me deu retorno. Minha fé na humanidade voltou para... onde estava um minuto atrás. Tenho um encontro com DeLonna.

— Sério? Quando?

— Agora. Vamos!

Capítulo Dezoito

O bar da boate Purple Moon cintilava com o brilho de mil estrelas. Outras estrelas reluziam no teto e, imaginou Eve, iriam espalhar luzes em movimento sobre os frequentadores que enchiam a pista de dança quando o lugar abrisse as portas.

Por enquanto, as cabines roxas e mesas de prata estavam vazias.

O casal em frente ao bar reluzente se virou quando Eve entrou.

O homem esguio, vestido com um bom jeans e uma camisa branca, segurava as mãos da mulher ao seu lado. Tinha um rosto marcante com ossos fortes e queixo duro, emoldurado por um engenhoso emaranhado de *dreads*. Olhos verdes e duros como o queixo observaram Eve, com algum ressentimento, quando ela atravessou o espaço que os separava, ao lado de Peabody.

A mulher olhou para o homem, que lhe disse algo em tom baixo e preocupado. Ela apenas balançou a cabeça.

— Isso é importante, baby — disse ela; apertou as mãos dele, depois recolheu as próprias mãos e se levantou sozinha.

Eve provavelmente não teria reconhecido a DeLonna magra e não totalmente formada na beleza exótica e curvilínea à sua frente.

DeLonna tinha crescido e se transformado, pensou Eve, mas sabia como aproveitar ao máximo o que a natureza lhe ofertara. O cabelo curto e espetado dava um belo destaque ao rosto, aproveitando ao máximo seus olhos grandes e oblíquos, em belo tom de chocolate.

Ela pintara os lábios de vermelho semáforo e usava a mesma cor em um vestido curto e justo.

— Tenente Dallas? — Sua voz era leve e sussurrante, como fumaça.

— Isso mesmo. — Para seguir as normas, Eve exibiu seu distintivo. — Esta é a detetive Peabody. Você é DeLonna Jackson?

— Lonna, apenas Lonna... Lonna Moon. Este é o meu homem, Derrick Stevens. Este lugar pertence a nós.

— É um espaço muito legal.

Derrick se posicionou entre Lonna e Eve e declarou:

— Ela não é obrigada a conversar com você.

— Derrick...

— Você não tem que fazer isso.

— Ah, querido, você sabe que tenho. Nós temos uma vida, Derrick e eu — explicou ela a Eve, dando um passo para o lado para se desvencilhar do escudo do marido. — Temos um apartamento e uma vida que está muito longe do que era antigamente. Ele se preocupa com as minhas lembranças daquele lugar.

— Não estamos aqui para lhe trazer problemas.

— O problema já estava lá — explicou Lonna a Derrick, antes de ele ter chance de falar. — É difícil ter certeza, mas agora eu sei. Deveríamos nos sentar. Podemos oferecer uma bebida leve para vocês. Derrick, você poderia pedir um copo de água com gás para mim. Que tal uma rodada de água com gás para todos nós?

— Isso seria ótimo — disse Eve, seguindo-a até uma das cabines. Eve e Peabody entraram quase deslizando e se colocaram em um dos lados. — Você era amiga da Shelby Stubacker.

— Sim, melhores amigas... sempre! Shelby, Mikki, T-Bone. Acho que eu teria desaparecido como o ar se não fosse por eles. Shelby e Mikki estão mortas, não estão? Sebastian não me contou, não diretamente, mas eu juntei todas as peças quando ouvimos sobre o que... eles encontraram no Santuário. E então eu soube. Pensei que elas simplesmente tivessem me abandonado, e isso partiu meu coração.

— Elas não abandonaram você.

— É pior, muito pior descobrir o que aconteceu. Mas é bom saber que elas não me deixaram para trás.

— Vocês iam ter o próprio lugar e o próprio clube, como o de Sebastian, onde ficava o Santuário.

— Como você sabe disso? — Ela olhou com surpresa para Eve quando Derrick trouxe uma bandeja com copos altos de água que cintilava como as estrelas do teto. — Não falamos de outra coisa durante muitos dias quando descobrimos que íamos nos mudar. Eu estava apavorada, mas não podia admitir isso. Sentia-me assustada só de pensar que estaria na vida por conta própria, mas também estava animada. Fomos as melhores amigas de todos os tempos — murmurou ela e tomou um gole da água quando Derrick se sentou ao seu lado.

— Quem a ajudou a conseguir os documentos falsos e a papelada para sair do Santuário?

— Você sabe disso também? Não sei, não tenho certeza. Shelby nem sempre nos contava tudo. Shelby era a nossa capitã. Tinha poder, mas também tinha as responsabilidades. Ela dizia coisas desse tipo.

— Ela desenvolveu um relacionamento com Montclair Jones, o irmão mais novo? Um relacionamento sexual?

Com um suspiro, Lonna inclinou a cabeça e a deitou sobre o ombro de Derrick.

— Ela não via aquilo como sexo. Via como troca, moeda de troca. Levei um tempo para encarar isso de forma diferente. — Ela sorriu para Derrick. — Foi um trabalhão para Shelby conseguir atrair Monty. Ele tinha um pouco de medo dela, era muito tímido, mas também estava fascinado. E não era inteligente e mandão como o sr. ou a sra. Jones. Monty não parecia muito mais velho do que a gente, embora talvez fosse. Shelby deu a ele o seu primeiro boquete e se sentiu orgulhosa disso.

Com uma careta, Lonna levou a mão ao peito, onde fica o coração.

— Por Deus, isso a faz parecer uma pessoa horrível. Vocês precisam entender que...

— Eu entendo. Ela tinha sofrido repetidos abusos sexuais. Aprendeu a sobreviver de um jeito que imaginou que poderia lhe dar algum controle. Foi uma criança que nunca teve a chance de aproveitar a infância.

— A maioria de nós. — A primeira lágrima escorreu lentamente pela bochecha de Lonna.

— Não chore, baby.

— Preciso chorar um pouco. Shelby nunca teve chance de ser feliz, como eu tive. E Mikki... ela era muito carente e muito zangada. Mas meu Deus, ela amava Shelby. Amava-a demais até, de um jeito que, hoje eu enxergo, Shelby nunca poderia retribuir. Nós a seguimos e ela nos deu um senso de direção, ela nos deu uma... família. Às vezes nos encontrávamos no clube do Sebastian só pela diversão e pela companhia. E porque dava para aprender muita coisa ali. Ele me disse que você não iria me incomodar pelas coisas erradas que eu fiz naquela época.

— Não vou incomodar. Entendo isso também. — Para reforçar o que dizia, voltou os olhos para Derrick por alguns instantes e completou: — Ninguém vai incomodar Lonna.

— Se isso acontecer, coloco vocês para fora daqui rapidinho.

— É justo. Você trouxe uma garota nova para Sebastian — disse Eve, voltando-se para Lonna. — Essa garota. — Colocou a foto de Merry Wolcovich sobre a mesa. — Você se lembra?

— Lembro. Não exatamente o nome, e descobri depois que ela era má como uma cobra. Mas eu a levei para Sebastian quando encontrei alguns garotos importunando-a. Ela estava resistindo bem, mas eles eram muitos e eu me meti no problema.

— Você sempre faz isso.

Ela riu um pouco com o comentário de Derrick.

— Eu adorava entrar numa briga naquela época, era muito tola. Shelby tinha me ensinado a me defender, então avancei direto naqueles garotos e ataquei primeiro o mais malvado do grupo... A gente consegue perceber quem é. Basta derrubá-lo, pensei, e o resto do bando vai fugir. E foi o que aconteceu. Então eu a levei para Sebastian, porque ela estava sozinha.

Ela correu um dedo sobre a borda da foto.

— Ela também é uma delas. Do prédio.

— Sim. Você tentou ajudá-la, mas ela não ficou com Sebastian.

— Era má como uma cobra — repetiu Lonna. — Mas era só uma criança. Ainda ficou algum tempo com a gente, basicamente com a Shelby, mas logo foi embora e eu não a vi mais.

— Ela saiu antes ou depois da Shelby?

— Ahn... deixe-me pensar. Deve ter sido depois. Eu me esgueirei e visitei várias vezes a casa de Sebastian durante algum tempo, esperando encontrar Shelby, mas ela não estava mais lá. Tive a impressão de que essa garota estava, mas logo depois ela sumiu também.

— Ok. Que tal essa aqui?

Ao sinal de Eve, Peabody colocou a foto de Shashona sobre a mesa.

— Não era uma de nós — disse Lonna, lentamente. — Mas talvez eu a tenha visto por lá. Ela é bonita, não é? Eu me pergunto se... ela cantava?

— Sim. — Conexões, pensou Eve. — Exatamente, ela cantava.

— Então é isso! Era uma garota de aparência esguia, com ótima voz. Às vezes a gente ia até a Times Square e eu cantava para os turistas. Eles sempre colocavam algum dinheiro na caixinha. Essa moça aqui... eu me lembro do dia em que ela passou pela calçada e começou a cantar comigo. Simplesmente pegou a música no meio, não me lembro qual, e fez a segunda voz. Shelby e Mikki não conseguiriam cantar uma música nem sob a mira de uma arma. T-Bone cantava bem, mas nunca aceitaria cantar na rua. Só que essa garota parou junto de mim. Eu já a tinha visto por ali antes, eu acho. E ela já tinha me visto. Dava para perceber, pelo seu jeito de olhar.

— Você já a tinha visto, então — pressionou Eve. — Perto do Santuário?

— Acho que sim. Andava sempre em bando. Ela e várias amigas, rindo, conversando, a caminho de casa ou de algum outro lugar. Eu invejava isso. Ela usava roupas bonitas, parece que todas tinham roupas da moda. Eu odiava usar roupas de segunda mão, e reparava nas roupas bonitas das garotas da minha idade.

— Então, um dia você a encontrou na Times Square.

— Exatamente. Eu já tinha posicionado minha caixa de coleta enquanto a Shelby circulava pela multidão catando carteiras. Para falar a verdade, isso era divertido, uma aventura. Não tivemos muitas. Mas naquele dia apareceu uma garota que me pareceu esperta, ligada em tudo. Ela parou e nós fizemos um pequeno dueto. Depois mais um, antes de ela ir embora com as amigas. Eu me lembro do quanto foi bom cantar com alguém, também lembro que ofereci a ela parte do dinheiro conseguido, mas ela não aceitou. Ela me explicou que não tinha feito aquilo por dinheiro, e sim pela música. Você acredita que ela ainda colocou cinco dólares na caixa de coleta? Voz boa, muito boa — murmurou Lonna, enquanto olhava para a foto. — Ela também morreu...

— Ela tem uma avó que a criou e a amava — disse Eve. — Vai significar muito quando lhe contarmos isso.

— Diga a ela que... a neta certamente sabia cantar, e havia uma aura de bondade à sua volta. Muitas garotas daquela idade com roupas bonitas desprezariam alguém vestida como eu. Ela, não.

— Vou contar isso à avó dela. Fale-me um pouco sobre o clube do Sebastian.

— Bem, Sebastian cuidava para que tivéssemos comida. Eu estava sendo alimentada muito bem pelos Jones. Eles sempre providenciavam uma alimentação saudável e cuidavam para que não passássemos fome. Mas algumas das garotas do clube do Sebastian certamente teriam passado fome se não fosse por ele. Vocês precisam entender isso.
— Ok.
— Aprendemos a roubar na rua, bater carteiras, adquirimos prática em alguns golpes. Era tudo emocionante, e eu era muito boa. Gostava de ter um dinheirinho secreto só meu, mesmo que pertencesse a outra pessoa. Nunca tinha tido o próprio dinheiro. Não gostaria de trocar boquetes por dinheiro, e Sebastian também não teria gostado disso. Mas eu não conseguia ver aquilo do jeito que a Shelby via, apesar de ela ter tentado me ensinar isso também. — Ela riu de leve e piscou para Derrick com os olhos lacrimejantes. — Não, eu não conseguiria. Era um pouco mais jovem e disse a Shelby que de jeito nenhum faria algo assim. Eu achava nojento. Ela simplesmente ria e me dizia que eu deveria pensar naquilo como se fosse um remédio: aguente a dose e resolva logo o problema. Mas eu não conseguiria.
— Você alguma vez já foi pega?
— Quase, muitas vezes. Isso aumentava a emoção, eu acho. O sr. e a sra. Jones dirigiam as coisas no Santuário com mãos de ferro, mas a maioria de nós já tinha algum tempo de rua... e eu queria cada vez mais essa liberdade, então encontrávamos jeitos de contornar as regras. E sempre protegíamos uns aos outros.
— Você ainda os protege? Sabe onde T-Bone está?
— Ele fez o mesmo que eu: mudou de nome. Depois sumiu. Queria conhecer o mundo, esse era o seu maior sonho, e ele conseguiu. Recebeu uma boa educação, graças ao sr. e à sra. Jones e ao restante da equipe. Depois entrou em um barco como parte da tripulação e foi até o Pacífico Sul. Ele continua conhecendo o mundo, e espero que vocês o deixem em paz. Nós nos falamos depois que eu soube das meninas, e ele me disse que voltaria, caso eu precisasse. Não quero que isso seja preciso.

— Vamos deixar isso de lado, por enquanto. Se ele for necessário, quero que você avise a ele ou me informe um jeito de contatá-lo.

— Posso fazer isso, mas ele provavelmente virá de qualquer modo. Somos amigos há muitos anos. Você certamente entende como é a dinâmica das amizades antigas.

Não tenho amigos tão antigos, pensou Eve, mas acho que entendo.

— Fale-me do que aconteceu quando a Shelby foi embora.

— Tínhamos tudo planejado. Ainda me lembro de sentir muito medo da coisa não funcionar; de repente me senti muito feliz, e ao mesmo tempo infeliz, quando deu certo. Ela foi embora para preparar nosso novo espaço, nos tiraria do novo centro e eu teria que ir. Parte de mim queria muito isso, mas outra parte só queria ficar onde eu sabia que era seguro. E o novo local era muito bom! Nunca estive em um lugar tão legal. Mas ela saiu, como disse que faria. Por essa época, Mikki teve que voltar para a mãe, e isso piorou as coisas. Não era esse o nosso plano. Fizemos uma reunião... Mikki, T-Bone e eu; decidimos que Mikki precisaria ficar alguns dias com a mãe, talvez mais, enquanto esperávamos notícias da Shelby.

— Mas isso nunca aconteceu.

— Pois é, não aconteceu. De repente éramos só eu e T-Bone. E ele teve que ficar de castigo por falar palavrões. Ele andava tenso; nós dois estávamos tensos, mas ele geralmente conseguia manter a calma. Só que ficou de castigo, trabalhando na cozinha, e eles começaram a trancar tudo durante a noite a sete chaves, então já não era tão fácil escapar. Mas resolvemos que eu precisava sair para descobrir o que acontecera. Precisávamos encontrar a Shelby para definirmos um rumo. — Ela tomou um longo gole da água. — Eu era uma menina magrinha. Uma noite, depois do toque de recolher, saí pela janela do quarto. As janelas abriam muito pouco, justamente para impedir fugas, mas eu me espremi e consegui passar pelo espaço apertado. Só que precisei pular do segundo andar e tive sorte de não ter caído de mau jeito e quebrado a perna ou o pescoço. Então corri para a estação do metrô. Tinha roubado o cartão magnético na bolsa da enfermeira-chefe, mas teria que devolvê-lo. Precisaria escalar a parede de volta e me espremer pelo espaço da janela, mas isso tudo eu pensaria quando voltasse. Naquele momento eu me senti livre como um pássaro e corri para encontrar minha melhor amiga de sempre.

— Correu na direção do antigo Santuário.

— Peguei o metrô e desci na estação mais próxima. Eram só dois quarteirões a pé, mas eu corri. Corri porque era uma noite quente e agradável. Eu me lembro de pensar que a Shelby ficaria muito surpresa ao me ver. E teria orgulho de saber como eu tinha escapado daquele jeito, já que o novo lugar estava tão bem trancado. Ela ia rir, nós gargalharíamos juntas e ela me diria o que fazer em seguida. Pensava nisso. Eu me lembro de pensar nisso enquanto corria, e de como meu coração batia rápido. E então... não me recordo de mais nada. É tudo um borrão escuro. Eu me lembro de acordar de manhã na minha cama, no meu quarto, no novo lugar. Acordei enjoada e muito cansada. E com medo, porque sabia que tinha me espremido para passar pela janela entreaberta, tinha certeza de que sim, mas não me lembrava de ter subido de volta, nem de me espremer pela abertura, nem de conversar ou rir com a Shelby. Minha janela estava muito bem fechada e trancada. Eu vestia a minha camisola do uniforme, mas não me lembrava de ter trocado de roupa.

— Você se lembra de ter visto alguma pessoa, ou falado com alguém?

— Eu me lembro apenas do que acabei de contar. Só que... tive sonhos estranhos durante algum tempo. Sonhos em que me via andando por aí, chamando pela Shelby. De repente tudo escurecia e, no sonho, eu ouvia alguém fazendo um sermão sobre a importância de ser limpo. Limpo de mente, corpo e espírito, mais ou menos como falávamos no Santuário, mas não exatamente. Limpeza para a garota má, e depois ela poderia voltar para casa. Estava tudo misturado. Eu senti frio, estava pelada e com medo, mas não conseguia gritar, correr ou me mover. Ainda tive esse sonho esquisito durante um bom tempo.

Ela estremeceu de leve. Na mesma hora, Derrick colocou um braço em volta dela e apertou-a junto dele.

— Às vezes, nos sonhos, eu ouço gritos e berros. Outras vezes me sinto flutuando... não com medo, apenas flutuando e ouvindo uma voz suave, muito calma, me dizendo que está tudo bem e eu precisava esquecer, simplesmente esquecer.

— Voz de quem?

— Não sei. Mas agora eu acho... — Ela agarrou a mão de Derrick. — Agora eu *sei* que tudo o que aconteceu com a Shelby e a Mikki ia acontecer comigo. Só que não aconteceu. Não sei por que razão não aconteceu, só sei que acordei segura, vestida com a minha camisola do uniforme, na cama e com a janela trancada.

— Ninguém nunca te perguntou sobre aquela noite?

— T-Bone perguntou. Contei a ele o que lembrava, mas ele achou que eu tinha sonhado tudo aquilo. Que eu nunca cheguei a descer pela janela. Comecei a pensar a mesma coisa e me senti péssima. Tinha sido uma covarde, tinha decepcionado minhas amigas. Mas elas também me decepcionaram. Eu me agarrei a esse pensamento para não me sentir tão envergonhada. — Ela virou a cabeça para Derrick, de leve. Ele roçou a boca no cabelo dela. — Shelby tinha me abandonado, como todo mundo, então eu não me importei. Simplesmente iria superar aquilo para sobreviver. Faria o que fosse preciso para suplantar tudo e sobreviver até ter idade suficiente para sair de lá. Ninguém nunca iria me adotar, ainda mais por eu ser uma garota magricela, esquelética, de aparência estranha. Eu só precisava enfrentar aquilo até conseguir sair dali. Então eu seria quem quisesse ser. — Ela acabou de beber a água. — Foi o que eu fiz. Mudei de nome. Não fiz isso legalmente, Sebastian me ajudou. Quando trocamos de nome de forma oficial, fica um registro. Tudo que eu queria era ser nova, era ser eu mesma. Então eu me tornei Lonna Moon. Achei que parecia nome de cantora. Era tudo o que eu queria ser. Fiz as coisas do jeito certo. Cantava para conseguir meu jantar, pagava o aluguel cantando, servindo mesas, o que fosse. Depois de um tempo, não precisei servir tantas mesas. Foi quando conheci o Derrick. E estou com ele até hoje. Essa é a minha melhor versão. A única coisa que eu sempre serei. A Shelby e a Mikki nunca tiveram a mesma chance.

— Quero lhe mostrar mais fotos.

Ela apertou a mão de Derrick.

— As outras garotas?

— Identificamos todas, com exceção de uma. Quero ver se você se lembra de alguma das outras. Peabody.

— Só quero dizer, srta. Moon, que admiro tudo que você fez — disse Peabody. — Admiro alguém que consegue arrancar a dor e o sofrimento do próprio passado para transformá-lo em algo forte e bom. Eu precisava dizer isso a você.

— Obrigada, que coisa boa de ouvir! — Então olhou para o restante das fotos que Peabody colocou sobre a mesa.

— Ai, Deus. Ai, meu Deus! Essa é Iris. Iris, Deus. E essa aqui também estava no Santuário com a gente. Não me lembro do nome dela.

— Lupa Dison.

— Isso mesmo, Lupa! Ela era uma menina legal. Muito calada, mas legal. Conheço alguns desses rostos, quase todos. Não sei o nome das outras. Acho que conheci algumas delas na rua, seja com Sebastian, seja circulando sozinhas. Na maioria das vezes elas tinham apelidos que ganharam nas ruas, ou usavam nomes inventados. Não me lembro nada sobre esta garota aqui.

Eve fez que sim com a cabeça quando ela tocou na foto de Linh.

— Ok.

— Tenho certeza de Iris e desta aqui... Lupa. E aquela que eu levei para Sebastian, além daquela outra com quem cantei. Procuramos muito por Iris. Eu ajudei na busca quando soube que ela havia ido embora. Ela não era muito... ela era especial, e Sebastian receava que algo de ruim poderia acontecer com ela se ficasse por conta própria. E alguma coisa aconteceu.

— Sim, aconteceu. Lonna, você estaria disposta a trabalhar com uma médica? Alguém que poderia ajudar você a se lembrar de tudo que aconteceu naquela noite?

— Não! — Derrick bateu com o punho livre na mesa. — Ela não vai fazer isso. Não vai deixar alguém bisbilhotar em sua cabeça para fazê-la se lembrar de algo que ainda a faz acordar chorando, algumas noites.

— Eu entendo como você se sente — disse Eve. — Sei como é bloquear algo ruim e assustador. Algo que volta para você em sonhos quando você não consegue bloqueá-lo por completo.

— Você sabe? — murmurou Lonna.

— Sei, sim. Também sei como é ter um homem que me ama e tenta fazer com que os pesadelos cessem. Um homem que só quer que eu tenha um pouco de paz. Sei que a dor pode machucar igualmente aquele que precisa te amparar quando você acorda do pesadelo. Só que os pesadelos não vão parar até você arrancar tudo para fora e olhar bem na cara da dor. Os pesadelos não vão parar até você conseguir olhar para eles e aprender a lidar com isso. Você é a única, até onde sabemos, que sobreviveu. A única que pode ter alguma coisa enterrada lá no fundo; algo que poderá me levar até o assassino, para que ele possa pagar pelo que fez.

Ela pegou um cartão, escreveu o nome e o contato de Mira.

— Se você decidir fazer isso... cavar até encontrar o motivo da dor e encará-la de frente, entre em contato com essa mulher. Eu garanto a você que ela é a melhor que existe. Ela vai cuidar de você porque se importa muito com as pessoas.

— O que eu disse a você e o que eu lembrei já é o suficiente para ajudar?

— Muito! Você não precisa me dar mais, se não puder. — Eve empurrou o cartão sobre a mesa. — Isto é para você guardar, não importa se vai querer tornar a conversar comigo ou não. Peabody tem razão, você fez algo bom e forte.

Ela olhou para as estrelas no teto e completou:

— E vocês têm um belo lugar aqui.

— Vocês podem voltar a qualquer hora para tomar um drinque de verdade e ver esse espaço à noite, quando ele realmente brilha.

— Talvez eu venha.

Ela deslizou para fora da cabine e esperou que Peabody fizesse o mesmo.

— Tenente... Elas eram minhas amigas. Você tem que descobrir quem as machucou.

— Estou trabalhando nisso.

Do lado de fora da boate, enquanto voltavam para o carro, Eve lançou um olhar para Peabody.

— Seu cérebro está zumbindo tão alto que me dá vontade de esmagá-lo como se fosse um mosquito. Desembucha!

— Eu tenho mais de uma coisa para desembuchar, mas acho que quero começar dizendo que você normalmente, quase nunca, conta algo tão pessoal para uma testemunha do jeito que você fez com ela. Quase nunca você diz que sabe tudo sobre bloquear algo terrível, e como isso faz com que tudo volte do mesmo jeito.

Eve deixou aquilo pairar no ar entre elas, até ambas entrarem no calor da viatura.

— Achei que era apropriado, no caso dela. Era o certo a fazer, da minha parte, e a forma correta de agir, em relação a ela. É algo pessoal, mas às vezes é importante usar as experiências pessoais para arrancar a tampa de alguma coisa trancada.

— Você ainda tem pesadelos?

— Não tanto como antigamente. — E não era tão difícil pensar naquilo agora, percebeu Eve, quando entrou no fluxo do trânsito. — Quase nunca, na verdade. Mas tenho sonhos estranhos, nos quais converso com os mortos.

— Isso é assustador.

— Não muito, pelo menos nem sempre. E é útil. É mais uma forma de alavancar minhas lembranças. Convoque Nash Jones para um interrogatório. Já sei o jeito certo de alavancar as lembranças dele.

Enquanto Peabody tentava fisgar Nash Jones, Eve usou o *tele-link* do painel da viatura para entrar em contato com o consultório de Mira.

O dragão zeloso que trabalhava como secretária de Mira espiou friamente do outro lado da tela.

— Olá, tenente.

— Preciso de alguns minutos com a dra. Mira.

— No momento a doutora está atendendo um paciente. E tem uma reunião logo depois, seguida de outra consulta. A agenda dela está toda completa, tenente.

— Cinco minutos. Tenho doze garotas mortas e preciso de cinco minutos.

— Vou ligar para você quando encontrar esses cinco minutos.

Eve cerrou os dentes para a tela quando ela apagou.

— Quem não tem a porcaria de cinco minutinhos? Quem vê pensa que eu estava pedindo uma audiência com Deus.

— Mira é a deusa dela — lembrou Peabody. — E Nash Jones também está em sessão. Shivitz repassou a ligação para a assistente dele, que me garantiu que iria pedir a ele para dar retorno assim que estivesse livre. Mas também disse que seu dia estava lotado.

— Ele vai ter que abrir um espaço para mim.

Já que não conseguira falar com Nash Jones nem com Mira, ela iria tirar cinco minutos. Pensando naquilo, Eve desviou para o laboratório de DeWinter.

Ela ouviu alguém gritar assim que entrou no necrotério. Sua mão voou para a arma, mas logo a soltou ao reconhecer euforia, em vez de medo ou violência.

Escondarijo Mortal

Vindo de outra direção, ouviu o que lhe pareceu ser uma explosão abafada, seguida de risadas histéricas.

— Que loucura é essa?

— Eu acho bem legal — declarou Peabody, espiando pelas paredes de vidro, esticando o pescoço para ver por cima dos equipamentos. — Mas talvez você tenha que ser meio nerd para pensar assim.

— Você tem que ser completamente nerd para pensar assim e ser sugado por essa areia movediça. E por que o nome é areia movediça, afinal, se ela não se move? Nos filmes, as pessoas e os pobres animais é que se movem e afundam lentamente.

— Na verdade, as pessoas flutuariam se não se debatessem. Por isso que afundam.

Eve olhou para a esquerda, onde um nerd de gênero não identificado com jaleco folgado e óculos de visão microscópica erguia uma peça para examinar uma mandíbula.

— O que você disse?

— Areia movediça é apenas areia comum saturada de água a ponto de não suportar peso, e geralmente tem pouca profundidade. Os grãos perdem o atrito e ficam saturados com o líquido. Basta flutuar, porque seu corpo é menos denso que a areia movediça.

— Ok, bom saber. Da próxima vez que eu cair em areia movediça vou me lembrar disso.

— Mas se a mistura contiver argila, isso será um problema. A argila atua como um gel e então, se você cair nela, seu peso fará com que o gel se liquefaça e una as partículas de argila.

O rato de laboratório bateu com uma palma da pata na outra. Uma boa olhada nas patas unidas mostrou para Eve que o rato de laboratório era um homem.

— Você pode afundar muito. Então a força necessária para puxar você para fora seria quase igual à força de levantar um carro ou um caminhão pequeno. O truque é se mexer muito, pois o movimento permitirá que a água penetre e você volte a flutuar.

— Tudo bem, então. Mas vou ter que anotar tudo isso, se algum dia eu precisar. — Para evitar mais aulas sobre areia movediça, ela seguiu em frente. — Como as pessoas sabem dessas coisas? *Por que* as pessoas sabem dessas coisas?

— Ciência — explicou Peabody. — Você não consegue viver sem ela.

Eve pensou em discordar, mas logo se lembrou de que estava a caminho de importunar uma cientista.

DeWinter estava com os mesmos óculos de visão microscópica, mas seu jaleco não poderia ser descrito como "folgado". O de hoje era rosa-choque e combinava com suas botas de salto altíssimo.

— Eu estava me perguntando se você conseguiria passar por aqui hoje, tenente — disse ela, sem levantar os olhos dos ossos sobre a mesa de aço. — Esta é a nossa última vítima. A *causa mortis* continua a mesma. Calculo a idade dela semelhante à das outras, entre doze e catorze anos. Mais perto dos catorze, acho, pois há sinais de desnutrição. Seus dentes indicam que ela teve poucos cuidados dentários profissionais. Seis cáries aparentemente sem tratamento, dois dentes faltando, vários outros lascados ou quebrados. O pulso direito foi quebrado na primeira infância, provavelmente por volta dos cinco anos. Curou mal, e é provável que a incomodava.

Eve entrou e estudou os ossos.

— Há uma lesão mais recente aqui. Fratura fina no tornozelo esquerdo. Provavelmente ocorrido de uma semana a dez dias antes da sua morte.

— Sinais de abuso?

— O pulso e essa fratura fina novamente no cotovelo direito. Provocada por uma queda sobre o braço direito. Certamente é possível que tenha sido empurrada. Há um desgaste considerável nos quadris e nos joelhos para uma pessoa da idade dela; isso indica que ela andava bastante e fazia movimentos repetitivos. E veja os dedos dos pés, como eles se sobrepõem.

— Devido ao uso de sapatos muito pequenos, como Shelby Stubacker.

— Isso mesmo.
— Uma menina em condição de rua, e não durante pouco tempo. Ela viveu na rua durante anos.
— Minha tendência é concordar.
— Como está indo a reconstrução facial? Ela é a última das doze.
— Podemos verificar. Ela não conseguiria correr com aquele tornozelo.
— Não, mas provavelmente sequer teve a chance de tentar.
— Recebi seu e-mail — continuou DeWinter, enquanto tirava os óculos. — Embora tenhamos mantido os nomes escondidos da imprensa até agora, com esta última identificação acredito que já é hora de os divulgarmos.
— Não concordo.
— Tenente, a cooperação poderá ser muito útil. Ela manterá o público informado, como é seu direito, mas a exposição de dados relevantes também vai gerar interesse, e esse interesse poderá levar a informações que nos fornecerão novas pistas.

Eve deixou que ela relaxasse antes de retrucar.

— Para começo de conversa, não me interesso em manter o público informado porque, no momento, isso é problema meu e não dele. Além disso, ainda tenho um interrogatório importante para fazer e não quero que informações vazadas atrapalhem isso. Quando tivermos todas as identificações confirmadas... — continuou, falando mais depressa, antes de DeWinter voltar à carga — ... e se houver alguma notificação a ser dada aos parentes mais próximos sobre a última vítima, só então poderemos divulgar os nomes. — Ela teria o cuidado de enviá-los a Nadine um pouco antes. — Você pode informar à imprensa e fazer uma declaração, só que... — Eve pausou para marcar as palavras seguintes. — Nenhuma informação da minha investigação poderá ser liberada. Nenhum componente da investigação, nem discussão sobre possíveis suspeitos e motivos, nenhuma divulgação da *causa mortis*.

— Já fiz esse tipo de coisa antes — disse DeWinter, secamente.

— Então não teremos problemas. — Eve olhou para os ossos outra vez. — Mas ela vem primeiro.

— Tenente. — Um ar de insulto coberto por uma fina camada de frustração brilhou em sua voz. — Elas também são importantes para mim. Eu seguro os ossos delas em minhas mãos, eu os raspo, testo, corto. Para fazer isso eu preciso manter... — DeWinter colocou a palma da mão sobre o peito. — Certo distanciamento. Preciso focar a ciência. Mas isso não significa que elas não sejam importantes para mim. Posso te contar tudo sobre ela — continuou DeWinter. — Posso descrever como ela andava sem parar pelas ruas com sapatos apertados, comendo o que encontrava, quando encontrava. Posso lhe falar da dor que sua boca lhe causava, com dentes podres que doíam sem parar. Ela passou a última semana de vida mancando, com o tornozelo inchado, machucado, uma dor sem fim. Acho que ela teve uma vida muito, muito difícil. Sua morte, e o método usado para matá-la, foi quase suave. Errado, imoral e injusto, mas eu diria que foi quase mais gentil do que a vida que ela levava.

— Talvez sim, não posso discordar de você — rebateu Eve. — Mas a morte dela, o método, a mente e as mãos por trás disso devem permanecer no topo da lista, para mim. O direito do público de saber não chega nem perto.

— Você já tem um suspeito — percebeu DeWinter. — Tem alguém na mira.

— Preciso do rosto e do nome dela. E preciso fazer um interrogatório. Com eles, será possível que isso se desanuvie. Até lá, tenho muitos suspeitos.

— Gostaria de saber quem...

— Por que você roubou aquele cachorro? — interrompeu Eve.

— O quê?

— O cachorro. Você foi acusada há alguns anos por roubar um cachorro.

— Eu não *roubei* nada. Libertei o cachorrinho do dono negligente que o deixava acorrentado do lado de fora, fizesse chuva ou sol, sem abrigo. Um dono que muitas vezes se esquecia de alimentá-lo ou dar a ele água fresca. *E que...* — agora ela estava revoltada — que me disse, quando eu falei com ele sobre tudo isso, para cuidar da *porra* da minha vida, e usou essa palavra na frente da minha filhinha.

— Que sujeito simpático — comentou Eve.

— Um dia, em vez de eu levar comida e água para o cachorro quando seu dono, o ser humano ignorante e nojento, estava fora de casa, provavelmente se embebedando, como sempre, eu peguei um alicate de corte, libertei o cão e levei-o ao veterinário.

— Você foi acusada por isso na polícia.

— Fui, porque me recusei a devolver o cachorro para ele. O cachorro precisava ficar no veterinário para ser tratado por conta de desidratação, desnutrição, pulgas, sarna, entre outros problemas.

— Own... — Os olhos escuros de Peabody se encheram de pena. — Pobrezinho!

— Sim! Recusei-me a informar onde estava o cachorro, e o idiota patético chamou a polícia. Fui acusada de roubar o animal, mas quando examinaram o cão, *o dono* foi acusado de abuso de animais. Isso foi muito agradável.

— O que aconteceu com o cão? — quis saber Eve.

— Nós o batizamos de Bones, foi ideia da minha filha. — Ela sorriu ao dizer isso. — Ele é muito saudável, amoroso, e está adorando morar aqui em Nova York.

Ela pegou o *tele-link* no bolso, passou o dedo sobre o aparelho e ergueu-o para exibir a tela. Ali estava um cachorro marrom lustroso com orelhas de abano e um olhar tolo.

— Ele é tão fofinho! — exclamou Peabody.

— Agora, é. Valeu a prisão e a multa que eu paguei.

— Se você tivesse chamado a polícia logo de cara teria evitado a prisão e a multa — apontou Eve.

— Talvez sim, mas eu estava muito revoltada. E gostei de tirar Bones da sua prisão. Então, agora que resolvemos essa questão, sobre a imprensa... — Ela parou de falar quando seu *tele-link* de bolso tocou um trecho de, ora vejam, um dos sucessos atuais de Mavis. — Esse é o sinal da minha última garota.

— Vamos até Kendrick.

— Ainda vou levar alguns minutos — avisou DeWinter.

— Não há pressa.

— Odeio quando as pessoas são más com os animais — disse Peabody, quando elas saíram da sala.

— O cara era obviamente um idiota — concordou Eve. — Mas... levar o cachorro daquele jeito? Parece coisa de quem faz justiça com as próprias mãos e tem um pequeno problema com o controle dos impulsos.

— Talvez, mas Bones com certeza me pareceu feliz. Você não vai mesmo contar a ela a sua teoria? — quis saber Peabody, olhando para trás quando elas entraram na área de Elsie Kendrick.

— Não a conheço bem o suficiente para confiar nela e não sei se confiarei mesmo depois que a conhecer melhor.

Ela entrou e encontrou Elsie trabalhando num painel de controle.

— Oi! Acabei de reconstruir o rosto dela. Falta só um ajuste fino.

— Estas reconstruções faciais ficaram muito mag! — elogiou Peabody ao ver os esboços fixados no quadro de Elsie. — São lindas de verdade. Será que poderemos pegar cópias deles para entregar às vítimas que tinham alguém? Pais ou responsáveis que se preocupavam com elas?

— Posso fazer cópias, com certeza.

— Isso foi uma boa ideia, Peabody — disse Eve.

— Aqui está nossa última garota. — Elsie definiu os controles para a reconstrução holográfica.

Eve observou a imagem brilhar em três dimensões.

Esta não era uma garota tão bonita. Rosto magro, um pouco encovado de um lado... por causa dos dentes que faltavam, pensou. Os olhos também pareciam ocos, um pouco fundos.

— Peabody.

— Já estou rodando o programa de reconhecimento facial, senhora.

— Ela não está no arquivo de pessoas desaparecidas. Ninguém a denunciou. Porém, segundo a perícia, ela já morava na rua havia muito tempo.

— Parece que sim — concordou Elsie. — Ela não teve uma vida fácil.

— Não apareceu nada — interveio Peabody.

— Continue pesquisando. Elsie, você pode fazer uma cópia desta e depois mais outra? Será que consegue fazer aquela coisa de idade reversa? Mostrar como era o rosto dela, digamos, três anos antes?

— Posso fazer isso, sim, boa ideia. Por favor, esperem um instantinho.

Eve pegou a foto da reconstrução, enfiou-a na pasta de arquivos de Peabody e observou a vítima de nome desconhecido se transformar numa garota mais jovem. Tinha um pouco mais de gordura nas bochechas e um rosto mais simétrico.

— Faça uma cópia dessa reconstrução também, para procurarmos.

— Posso fazer uma busca paralela e combinar as duas — ofereceu Elsie. — Uma das duas vai bater.

Mas aquilo não aconteceu.

— Talvez eu tenha errado em algum ponto — lamentou Elsie.

— Duvido. Você acertou as outras onze com uma precisão admirável. Vamos ampliar a busca. Peabody, envie as duas imagens para a DDE e mande Feeney solicitar uma pesquisa global. Será mais rápido se o pedido for feito pela DDE.

— Vou deixar a minha pesquisa rodando aqui também. Se vocês a encontrarem, me mandem o nome dela. Eu me sinto mais empática com esta garota, não sei por quê.

— Talvez porque, pelo visto, ela nunca teve ninguém.

— Pode ser isso. — Elsie concordou com a cabeça.

De volta à viatura, Eve seguiu em direção à Central.

— Tente mais uma vez marcar uma hora com Nashville Jones. A reunião dele já deve ter acabado. Não, deixe que eu faço isso. Vou apelar para a minha patente.

Ela usou o *tele-link* do painel e colocou no rosto uma cara de policial fria.

— Centro do Poder Superior para Recuperação de Jovens. Em que posso ajudá-la?

— Aqui é a tenente Dallas, da Polícia de Nova York. Preciso falar com Nashville Jones imediatamente.

— Ah! Só um momento, por favor. Vou transferi-la. Tenha um dia positivo.

— Tá bom, tá bom. As pessoas sempre dizem merdas desse tipo — reclamou Eve para Peabody. — Tenha um bom dia, tenha um dia feliz, tenha um dia tranquilo, sempre algo desse tipo. Prefiro ter um dia de distribuir porradas.

— Esse deveria ser o seu lema.

— Olá, senhora. Escritório de Nashville Jones, aqui é Lydia. Em que posso ajudar?

— Você pode me transferir para o sr. Jones o mais rápido possível.

— Tenente Dallas, sim, eu repassei para ele a sua mensagem. Sinto muito, mas o sr. Jones teve que sair apressadamente. Algo inesperado surgiu e...

— Que diabos você quer dizer com "teve que sair"?

— Ele teve um imprevisto — repetiu Lydia. — Ele me pediu para cancelar o resto da agenda para hoje. Tenho certeza de que foi algo muito importante. Ficarei feliz em deixar outra mensagem da senhora para ele.

— Ah, com certeza, já que a primeira mensagem funcionou tão bem, não é mesmo?

Eve desligou antes de Lydia ter chance de lhe desejar um dia positivo.

— Merda! — Ela disparou entre um táxi da Cooperativa Rápido e um furgão, provocando a ira do motorista do caminhão, e trocou de faixa para poder fazer a curva.

Peabody segurou com mais força na alça de segurança no teto da viatura enquanto Eve ligava o modo vertical para evitar um pequeno engarrafamento de tráfego.

— Acho que vamos para a CPSRJ.

— Pode apostar sua bunda. Filho da puta! — Eve passou por outro espaço fino como uma agulha. Peabody fechou os olhos.

Capítulo Dezenove

Eve entrou no cpsrj e viu Shivitz acenando com as mãos e saltando de um pé para o outro, em desespero.

— Por favor, por favor! Vocês não podem entrar aí! Não podem simplesmente invadir o escritório do sr. Jones.

— Acabei de fazer isso. Onde ele está? — perguntou a Lydia, que tinha os olhos arregalados.

— Eu... Eu... Eu...

— Pare de gaguejar! Onde está o seu chefe?

— Ele não disse aonde ia. Só me avisou que precisava sair e me mandou cancelar sua agenda para o restante do dia. Eu ia justamente...

— Você! — Ela se voltou para Shivitz. — Você sabe tudo o que acontece aqui. Onde ele está?

— Não sei. E não ousaria perguntar ao sr. Jones para onde ele pretendia ir. Não é minha função.

— Onde está a irmã dele?

— A sra. Jones está liderando um grupo de terapia. Se vocês puderem esperar alguns...

— Traga-a aqui!

— Eu certamente *não vou* interrompê-la.

— Tudo bem. Me dê a chave dos aposentos dela.

Ela se engasgou de forma audível.

— Eu *me recuso* a fazer isso. — Ela tentou protestar mais uma vez e perseguiu Eve até a escada. — Para onde você vai? O que vai fazer?

— Para os aposentos do sr. Jones. Tenho uma chave mestra.

— Você não pode fazer isso! É invasão de privacidade. É... É ilegal. Você não tem um mandado!

Eve parou na escada e vislumbrou Quilla de esguelha antes de congelar Shivitz com um olhar duro.

— Você quer que eu consiga um mandado? Tudo bem, mas enquanto eu espero pelo documento vou entrar em contato com algumas pessoas que conheço na imprensa; vou informá-las de que esta instituição e seus fundadores estão sendo investigados pelo assassinato de doze meninas.

— Você não pode fazer isso!

— Peabody, posso fazer isso ou não?

— Ah, lógico que pode, senhora... isto é, tenente, você pode fazer isso. Devo ligar agora mesmo para Nadine Furst?

— Não, não, não! Esperem! Por favor, esperem! Vou chamar a sra. Jones. Esperem aqui!

— Por mim, tudo bem.

Eve se apoiou no corrimão enquanto Shivitz corria. Deu a Quilla cinco segundos para sair do seu esconderijo.

Levou só três.

— Drama total! Isso é muito melhor que um filme. Você com certeza cutucou a bunda da supervisora.

— Uma das minhas especialidades.

— O sr. Jones está encrencado?

— Está, sim.

— Nem por um cacete ele conseguiria matar alguém. Ele é muito do tipo "faça aos outros, blá-blá-blá" e outras baboseiras.

— Matar é fazer aos outros.

— Sim, mas não desse jeito — disse ela, com naturalidade.

— A sra. Jones estava *fumegando* de ódio quando voltou da rua, ainda há pouco. O rosto dela estava vermelho igual a um tomate e disse ao sr. Jones que ele precisava ir à sala dela *imediatamente*. Ela nunca faz isso! Então, sabe como é, lá ficaram eles, falando mal de você, dizendo que você inventou um monte de merdas para foder com eles... Só que disse isso tudo com palavras bonitas. E ele a consolou dizendo, "bem, vamos manter a calma", mas não como no outro dia, depois que você saiu e eles descobriram sobre os assassinatos e outras merdas. Ela continuou ali chorando, então ele tirou da manga a cena do "bem, vamos manter a calma". Só que ela começou a ficar toda... — Quilla levou as costas da mão à testa no clássico gesto de angústia. — "Aquelas pobres crianças, aquelas pobres almas perdidas" e as merdas de sempre, ele voltou à carga: "Calma, Philly, elas estão em paz agora. Nada disso foi responsabilidade nossa. Nós fazemos o nosso melhor e blá-blá-blá", mas ela não parava de chorar. "Dessa vez a cara dele era mais do tipo 'ora, ora, eu queria que você calasse a porra da boca para eu conseguir pensar', só que ele não disse isso, é óbvio. Eu é que, tipo, li nas entrelinhas."

— Muito bem!

— E nesse momento... — Ela esticou o corpo como uma flecha e olhou para trás. — Tenho que vazar daqui!

— Orelhas de morcego — murmurou Eve, quando Quilla sumiu um segundo antes de Philadelphia aparecer trovejando pelo corredor do segundo andar com Shivitz, que latia em seus calcanhares como um cãozinho.

— Isso é ultrajante! — reclamou ela, ao ver Eve.

— E ainda pode ficar mais ultrajante — avisou Eve.

— Você não tem o direito de tentar invadir nossos aposentos privados. Isso é assédio! Pretendo entrar em contato com nossos advogados.

— Vá em frente e faça isso. Vou entrar em contato com a assistente da Promotoria para obter um mandado, e enquanto ele não chega... Peabody, ligue para Nadine Furst. Ela vai querer abrir o noticiário desta noite com essa bela notícia.

— Espere só um minuto!

— Isso é tudo que você terá — retrucou Eve. — Seu irmão é uma pessoa de interesse em uma investigação de homicídio múltiplo, e ninguém parece saber onde ele está. Na verdade, Peabody, vamos emitir um Boletim Geral de Busca e Localização para Nashville Jones.

— O que isso significa? — quis saber Philadelphia. — Não sei o que isso quer dizer.

— Busca policial por ele em toda parte — disse Peabody, com um tom prestativo.

— Até parece que ele é um criminoso! Parem com isso.

— Diga-me onde ele está — sugeriu Eve —, e eu não precisarei mobilizar todos os policiais da cidade para procurá-lo.

— Não sei onde ele está. Pelo amor de Deus, ele não me dá satisfação do que faz. Ele precisava sair e saiu.

— Mas fez isso depois que você voltou do interrogatório; depois que você contou a ele tudo o que discutimos; depois de ele receber uma mensagem dizendo que eu queria interrogá-lo. Isso me parece muito suspeito, não acha, Peabody?

— Muito suspeito.

— É que ele está chateado. *Nós dois* estamos chateados. Por favor, vão embora... — Ela chegou a fazer um gesto de quem enxota galinhas. — Tudo isso está atrapalhando nossas aulas, nossas sessões, nossos residentes. Simplesmente vão embora, e eu posso garantir que ele vai entrar em contato com você assim que voltar.

— Isso não é bom o bastante. Quero dar uma olhada nos aposentos dele.

— Por quê? O que você está imaginando? Que ele escondeu alguns cadáveres lá dentro?

— Mostre-me. Prove que estou errada.

— Isso é um insulto inimaginável! — Mas ela se virou, foi até a curva da escada e subiu rapidamente.

Algumas portas estavam entreabertas, e Eve imaginou orelhas e/ou olhos bem ligados.

"Drama total", como disse Quilla.

Philadelphia tirou um cartão magnético do bolso, usou-o em um pequeno painel de segurança e digitou uma senha.

— Preocupada que os residentes entrem aqui de forma sorrateira?

— Se eles não sofrerem essa tentação, não poderão cometer um erro. — Ela entrou.

— Aqui está. Partilhamos esta sala e a quitinete.

Eve julgou o espaço modesto e bem decorado; aquilo era muita coisa, mas certamente não era um lugar para ostentar. Ela não poderia alegar, pelo que via ali, que eles desviavam o dinheiro das doações para bancar uma vida extravagante.

— Tenho um banheiro, uma cama e uma sala de estar pessoal deste lado, Nash tem a mesma coisa do outro lado. Ambos podemos fechar a ligação com esta sala comum usando portas deslizantes, se desejarmos ter mais privacidade. Como você vê, as portas deslizantes dos dois lados estão abertas, como sempre ficam.

— Sei. — Eve se dirigiu para a parte de Nash.

Philadelphia correu atrás dela.

— Não quero que você toque nas coisas dele!

— Então fique por perto para garantir que eu não vou tocar em nada.

Com as bochechas rosadas e os olhos arregalados, Philadelphia colocou as mãos na cintura.

— Vou exigir desculpas de vocês duas e do seu superior imediato. Por escrito!

— Sim, já vamos chegar nessa parte.

A sala dele tinha duas cadeiras, uma escrivaninha com um computador pequeno, alguns quadros baratos na parede e um carpete que revelava desgaste considerável.

O quarto exibia o mesmo estilo espartano. Uma cama simples, outra cadeira pequena, uma cômoda com a foto da irmã quando era mais nova... Do lado, uma foto dele com o irmão mais novo, na fachada do prédio do cpsrj.

— Esse é o *tele-link* dele? — quis saber Eve, apontando para a cômoda.

— O quê? Eu... Ora, ele esqueceu seu *tele-link*! Isso explica tudo. Tentei entrar em contato com ele quando a supervisora me disse que vocês estavam aqui, mas a mensagem foi para a caixa de vídeos. Ele esqueceu o *tele-link*!

— Uhum. — Não é possível rastrear as ligações de *tele-link* se você não fizer nenhuma, pensou Eve. Não é possível triangular sua localização pelo *tele-link* se o aparelho estiver na cômoda do seu quarto.

— Olhe no closet dele.

— Não quero fazer isso.

— Olhe no closet dele! — repetiu Eve, com mais paciência do que achava que ela merecia. — Veja se há algo faltando.

— Óbvio que não falta nada. Isso é ridículo. — Furiosa, Philadelphia abriu a porta do pequeno closet. — Você age como se ele estivesse fugindo de algo ou...

— O que ele levou?

— Eu... eu não disse que ele levou alguma coisa.

— Mas o seu rosto disse.

— Eu nunca... supervisora, você poderia descer para se certificar de que as crianças estão... Por favor, desça.

— Estarei lá embaixo, se precisar de mim. — Shivitz lançou um olhar de suspeita e poucos amigos para Eve. — Se precisar de qualquer coisa, basta chamar.

Philadelphia assentiu, depois se aproximou e afundou na pequena cadeira.

— Algo deve ter acontecido.

— É o que todo mundo já sabe. O que ele levou?

— Não tenho certeza. Estou sendo sincera. Sei apenas que... ele guardava uma maleta no armário, como eu guardo no meu, para viagens curtas. Ela não está lá. Ele deve ter sido chamado de repente.

— E partiu sem avisar? Sem avisar à assistente dele? Sem levar seu *tele-link*? — Como diria Roarke... "me engana que eu gosto". — Você não é uma mulher burra. Obviamente ele está em fuga. Peabody, dê o alerta e emita aquele Boletim Geral de Busca.

— Ele não está fugindo, juro para você. Juro pela minha *vida*, ele não fez nada de errado. Não conseguiria.

— Onde ele guarda o dinheiro?

— O quê?

— Todo mundo guarda algum dinheiro extra para um momento difícil e complicado. Eu diria que este momento é um deles. Onde ele o guarda?

Com os lábios cerrados, Philadelphia se levantou, foi até a cômoda e abriu a primeira gaveta da esquerda. Com delicadeza, levantou algumas meias dobradas e simplesmente olhou, atônita.

— O dinheiro sumiu — declarou Eve.

— Ele pode ter mudado de lugar. Nash costuma guardar algum dinheiro aqui. Eu não entendo. Ele é um homem bom. — Ela se virou com as mãos unidas, como se rezasse. — Não digo isso só porque sou irmã dele. Eu trabalho com ele todos os dias. Eu o conheço. Ele é um homem bom.

— Para onde ele pode ter ido?

— Não sei. Eu não sei.

— Onde vocês costumam ir para relaxar e escapar do estresse durante alguns dias?

— Ora, tenente, não tiramos férias há cinco anos. Ou seis, não tenho certeza. Nós dois já fizemos retiros curtos, mas eles são sempre relacionados ao trabalho. É o que chamaríamos de conferência de amigos e colegas de trabalho.

— Vamos precisar de uma lista de onde aconteceram esses retiros. E preciso que você dê uma boa olhada em todos os cômodos. Quero saber o que ele levou.

— Com certeza tem uma explicação para tudo isso. Algo simples e inocente.

— Vamos começar pela lista de coisas. E quero ver o antigo quarto de DeLonna.

— DeLonna? DeLonna Jackson?

— Isso mesmo. Quero ver o quarto onde ela estava instalada quando Shelby foi embora.

— Eu... Por Deus, minha cabeça. Não me lembro. A supervisora certamente sabe. Sinto muito, estou com uma dor de cabeça terrível. Vou pegar um analgésico. Nash tem alguns no armário da pia. — Devagar, ela foi para o banheiro apertado onde só havia uma ducha, em vez de banheira, e abriu o pequeno armário. Em seguida, começou a chorar. — Ele levou o kit de viagem. Ah, meu Deus, Nash, onde você está?

— Cuide dela, Peabody. Vou ver onde está Shivitz.

— Entendi. Vamos nos sentar um minuto, sra. Jones. Tenho um analgésico aqui. Vamos nos sentar, deixe que eu pego um pouco de água para a senhora.

— Isso não faz sentido. Nada disso faz o menor sentido.

Errado, pensou Eve ao sair. Estava fazendo todo sentido.

Ela mesma emitiu um Boletim Geral de Busca, virou-se para a ressentida Shivitz e sugeriu que ela fosse pegar um tranquilizante para a chefe. Com aquela missão humanitária para distraí-la, Eve foi para o quarto que um dia fora de DeLonna.

Era minúsculo; tinha duas camas estreitas e duas cômodas minúsculas. Mas ela notou que as crianças tinham permissão para adicionar alguns toques e trazer um pouco de personalidade ao lugar. Pôsteres de bandas, algumas almofadas coloridas, bichos de pelúcia. Cada uma das garotas tinha uma mesinha ao lado da cama para colocar um minicomputador ou tablet, além de uma lâmpada e pequenas miudezas típicas de meninas. Uma delas havia trocado a lâmpada branca lisa do abajur por outra que espalhava bolinhas roxas nas paredes.

A janela ainda abria apenas uns vinte e três centímetros ou pouco mais. Uma garota pequena e magrinha conseguiria passar por ali. Quanto à descida...

A pessoa teria que ter muita determinação, notou, e disposição para se arriscar a descer dali contando apenas pedaços de calhas para se encostar e alguns pontos de apoio na fachada de tijolos decorativos.

Mas conseguiu imaginar a cena, exatamente como Lonna tinha descrito. A escuridão, o coração batendo forte, os dedos das mãos e dos pés se apoiando em pedaços minúsculos enquanto tremiam. Então a queda final, longa o bastante para fazer os joelhos e tornozelos doerem muito na aterrissagem.

— Qual é o lance?

Eve endireitou-se da janela, fechou-a novamente e virou-se para Quilla.

— Que lance?

Aquilo fez a garota sorrir.

— Por que você está aqui? Randa e Choo dividem este quarto e são tranquilas. Minha colega de quarto foi adotada. Ela era um pé no saco, com aquela auréola me cegando o tempo todo. Gosto de ter um quarto só para mim e espero conseguir mantê-lo. E daí, qual é o lance?

— Alguma vez você assiste às aulas, comparece às sessões ou sei lá o que vocês fazem?

— Com certeza! Só que hoje está todo mundo em modo "ai, meu Deus", só porque a sra. Jones está desesperada, o sr. Jones foi para sabe-se lá onde e a supervisora pirou na batatinha de vez. Todos eles fingem que tudo está normal como sempre, mas as vibrações... Cara, estão quicando para caralho, por todo lado. E daí, qual é o lance?

— O lance é que queremos encontrar o sr. Jones.

— Vocês não vão encontrá-lo aqui. Ele cuida principalmente do lado dos meninos, e a sra. Jones cuida de nós. Eles não gostariam de ver alguém pelado que não tivesse as mesmas partes que eles. — Ela jogou os braços para o alto, arregalou os olhos, a boca e completou:

— Escândalo!

Eve achou que a garota deveria desistir da ideia de ser escritora para tentar ser atriz.

— Todos os funcionários seguem essa linha?

— Com toda certeza! Às vezes algumas das meninas mais velhas se esgueiram e escapam por aí, mas são necessários planos malucos e muita sorte. Se a sra. Jones descobrisse, ela despejaria todos os tipos de trabalho de merda nelas imaginando que se elas estiverem muito ocupadas não pensarão em transar. Até parece! Mas se alguém da equipe de funcionários tentasse alguma coisa estranha, ela os retalharia em pedaços como o leão retalhou seu irmão. Foi feroz!

— Você sabe sobre o irmão?

— Todo mundo sabe. Tem até uma placa na Sala do Silêncio em homenagem a ele e tudo.

— Sala do Silêncio?

— Eles não chamam aquele lugar de igreja ou capela, mas é. — Ela vagou pelo quarto enquanto falava, mexendo nas coisas das outras meninas. Já que Eve teria feito exatamente o mesmo em seu lugar, ela não comentou. — Nada de conversas, nem aparelhos eletrônicos. Você só pode ficar ali sentado para pensar, meditar, orar, ou seja lá o que for.

— Não faça isso! — Foi tudo que Eve disse quando Quilla fez menção de colocar uma espécie de grampo de cabelo no bolso.

A garota simplesmente deu de ombros e colocou o grampo de volta no lugar.

— De qualquer modo, o sr. Jones não matou ninguém, isso eu garanto. Ele nunca bate, nem empurra, nem grita. Quando você faz alguma merda, tudo que consegue dele é isto. — Ela fez a imitação engraçada de um olhar severo e desaprovador. — Ou isto. — Agora era um ar de paciência tensa que acabava por se tornar uma desaprovação embebida em tristeza.

— E ele diz coisas como: "Minha querida Quilla, talvez você precise de vinte minutos na Sala do Silêncio para considerar seu comportamento, como isso afeta você e as pessoas ao seu redor."

A sra. Jones é bem mais direta, sabe? Se você faz merda, no minuto seguinte está esfregando o chão dos banheiros. O que é muito, muito nojento. O resumo é esse: ele vai fazer um sermão para você até seus miolos começarem a explodir, enquanto ela vai apenas lhe estender um balde, ou algo do tipo. Na maior parte das vezes, o balde é melhor. Portanto, ele não matou ninguém, principalmente aquelas garotas velhas mortas, mas alguma coisa está estranha.

Em poucas frases a garota tinha dado a Eve uma ideia da dinâmica que rolava na casa e entre os irmãos.

Então ela ficaria feliz em ouvir o restante do fluxo ininterrupto.

— O que está estranho?

— Alguma coisa. — Ela se admirou em várias poses e expressões no pequeno espelho na parede. — Desde o dia em que você apareceu ele tem passado muito tempo na Sala do Silêncio, e mais tempo ainda em seus aposentos. Mais que o normal. E está fazendo muitas caminhadas. Uma vez ele percorreu todo o caminho até o antigo prédio. Tinha um lacre da polícia e outras coisas. Ele simplesmente ficou ali do outro lado da rua, olhando para a casa. Que cidade de gente esquisita!

— Como você sabe que ele foi até lá?

— Eu fui atrás dele. Quando a gente é rápida consegue escapar pela porta lateral quando eles vêm fazer entregas. Sou rápida e queria ver o que estava rolando. E ele fala muito no seu novo *tele-link*, tão baixinho que não dá para ouvir nada, nem quando a gente tenta.

— Que novo *tele-link*?

— O que ele comprou um dia, quando estava caminhando. Um *tele-link* descartável.

— É mesmo?

— Mesmo! Então, sim, está rolando alguma coisa falsa e fedorenta, mas ele não matou aquelas garotas por causa da sua auréola. E acho que ele se sente muito mal por elas estarem todas mortas, ainda mais porque ele conhecia algumas delas.

— Como você sabe disso?

— Eu ouço, eu escuto, eu sei. — Ela deu uma pirueta desengonçada. — Ele, a sra. Jones e a supervisora estavam todos reunidos na sala da sra. Jones para falar sobre isso. E chorando um pouco também, inclusive ele, o que é algo totalmente "uau". Eles vão organizar uma espécie de homenagem. Todos nós vamos ter que ir, embora não conheçamos as meninas que morreram e elas já estejam mortas desde o início dos tempos. Mas vai rolar a grande PO: Presença Obrigatória. De qualquer modo, acho que ele está fazendo sexo em algum lugar. No grupo de saúde e bem-estar, dizem que você pode se sentir culpado e em conflito por fazer sexo se não estiver apaixonado e comprometido com a pessoa com quem está transando, sem falar no poder superior, e toda essa porra de blá-blá-blá.

— Jesus Cristo!

— Talvez esse aí seja o poder superior dele, talvez não. — Quilla deu de ombros. — Eles não pressionam. De qualquer forma, acho que ele está se sentindo muito mal e entrou em conflito, então provavelmente saiu para fazer muito sexo, se livrar da neura e não precisar mais se sentir tão mal por algum tempo.

Depois que os ouvidos de Eve pararam de zumbir, ela decidiu que realmente aquilo fazia sentido, ou faria em circunstâncias diferentes.

— Vou investigar isso — disse ela, imaginando que era a melhor resposta.

— Ok. Preciso voltar agora, antes que percebam que eu saí.

Ela saiu e o quarto de repente pareceu maior, mais calmo e mais silencioso. Soltando um suspiro, Eve sentou-se ao lado de uma das camas por um momento e deixou o silêncio entrar.

O cérebro daquela garota parecia ter ratos, hamsters, numa roda. Girando, girando. Mas ela realmente entregou informações consideráveis, quando filtradas no emaranhado de pensamentos e palavras confusas.

Então ela ficou sentada ali por mais um momento, fazendo algumas anotações para o caso de algo lhe escapar e entrar de novo no labirinto.

Ao voltar para os aposentos de Nash, encontrou Philadelphia na sala compartilhada com Shivitz, que a incentivava a tomar o tranquilizante, e Peabody em guarda.

— Tenente, quero me desculpar por surtar dessa forma. Geralmente sou mais resistente.

— Sem problemas. Sra. Jones, eu posso obter um mandado e vou fazer com que minha parceira inicie esse processo agora mesmo. Peabody!

— Sim, senhora.

— Mas seria melhor para todos se você nos desse uma permissão gravada para que minha parceira e eu começássemos uma busca. Eu gostaria de começar nos aposentos. Farei com que mais oficiais venham com o mandado oficial, para ajudar na busca do restante das instalações.

Eve achava que a mulher não poderia ficar mais pálida, mas sua voz virou um sussurro instável.

— Vocês vão revistar *toda* a casa?

— Com ou sem a sua permissão, sim. Seria mais fácil, obviamente, com sua permissão.

— A senhora deveria entrar em contato com seu advogado, sra. Jones — sugeriu Shivitz.

— Não temos nada a esconder aqui. — Colocando os ombros para trás, ela deu um tapinha na mão da supervisora. — Darei minha permissão e entrarei em contato com meu advogado.

— Boas escolhas — elogiou Eve.

— Acho que ficou óbvio, agora que espaireci um pouco, que Nash precisou apenas de algum tempo sozinho, longe de tudo, para processar esses acontecimentos. Sei o quanto isso me afetou, e ele tende a guardar as coisas dentro de si; costuma se colocar como o forte da casa, o chefe da família. Acho que ele só precisava de um tempo, principalmente quando me viu tão abalada ao voltar da conversa que tive com você, tenente. Deve ter procurado algum retiro, sempre há um acontecendo, e entrará em contato comigo assim que estiver acomodado. Ele vai notar que esqueceu o seu *tele-link*, pegará um emprestado e me avisará onde está.

— Tenho certeza de que é isso. — Foi a vez de Shivitz dar um tapinha de apoio.

— Você poderia listar nossos retiros atuais para a tenente Dallas, supervisora? Poderá ser ainda mais rápido, tenente, se a supervisora verificar se Nash se inscreveu em algum retiro que esteja acontecendo hoje.

— Por que não fazemos as duas coisas? Peabody e eu começaremos por aqui.

— Eu preciso ficar?

— Você que sabe.

— Prefiro não assistir a vocês... vasculharem nossas coisas. Vou descer para o meu escritório, contatar amigos e sócios. Pode ser que alguém saiba dos planos de Nash. Vou me sentir muito melhor quando souber onde ele está, e poderemos definir tudo.

— Ótimo.

— Vou descer, então. Ajude-me, supervisora.

— Vai ficar tudo bem. — Shivitz passou um braço em volta da cintura de Philadelphia e a conduziu para fora da sala. — Você vai ver. Tenha fé e tudo acabará bem.

— Que diabos havia naquele tranquilizante? — quis saber Eve.

— Acho que Shivitz colocou um pouco de bebida nele, e acho que Philadelphia entrou direto em negação. Ela consegue acreditar em tudo que acabou de dizer e apagar o resto. Caso contrário seria muita coisa para ela aguentar, e ela precisa lidar com tudo. Ela foi criada assim. Tem uma casa cheia de crianças problemáticas para manter na linha e acalmar, então *tem* que lidar com isso.

— Ela vai ter muito mais com o que lidar. Convoque Baxter e Trueheart para nos ajudar, se eles estiverem disponíveis. Trueheart é uma presença não ameaçadora. Chame também o policial Carmichael e um guarda. Este é um lugar grande.

— Vou providenciar tudo.

— Enquanto isso — completou Eve, dirigindo-se para o quarto de Nash Jones —, tenho Quilla como uma fonte inesgotável de informações. Há alguma coisa falsa e fedorenta aqui, segundo ela. — Eve começou a agir e contou tudo a Peabody quando ela também começou a busca.

O quarto pequeno e os poucos pertences foram rápidos de vasculhar. Ela descobriu que o sr. Jones gostava de bons tecidos, mas era prático e econômico o suficiente para mandar renovar as solas dos próprios sapatos.

— Nada estranho no *tele-link* dele — disse Eve a Peabody, quando ela pegou o aparelho. — Mas reparei que alguns nomes foram apagados recentemente da sua lista de contatos. Vamos colocar a DDE com essa função; eles podem verificar todo o lixo eletrônico e talvez consigam recuperar os nomes apagados.

— McNab está chegando com Baxter e Trueheart. Achei que precisaríamos de um detetive eletrônico.

— Boa.

— Sabe, tudo aqui mostra um estilo de vida bem simples. — De pé ao lado da cama, Peabody fez mais um estudo do quarto. — Tem uma caixa de preservativos, mas está escondida no banheiro, e não na mesa de cabeceira. Neste lugar não acontece sexo. As roupas são de material decente, para durarem mais. Alguém cerziu suas meias.

— Alguém fez o quê?

— Cerziu! Há cerzidos nos dedos dos pés e nos calcanhares. Às vezes aparece um buraco no dedão do pé ou no calcanhar, certo? Alguém cerziu alguns deles, consertou-os.

— Como os sapatos. Uma vida simples, na qual, ao que parece, dinheiro e posses não são o motivo da vida dele, mas isso não significa uma auréola.

— Auréola?

— Quilla, de novo. Esse é o seu termo para descrever alguém absolutamente santo. É assim que ela enxerga Jones. Talvez haja um esconderijo em algum lugar. — Com as mãos na cintura, ela deu uma volta. — Mas não consigo encontrá-lo.

— Se ele tinha algo a esconder, é provável que esteja com ele.

— Sim. Ele deixou seu leitor de livros eletrônicos, discos e downloads. Basicamente coisas boas e inspiradoras: alguns romances, livros sobre psicologia, espiritualidade, autoajuda sobre vícios e baixa autoestima; tudo o que seria de se esperar. Vamos em frente.

A sala tinha mais coisa. As músicas e os filmes eram basicamente sobre temas espirituais e edificantes, com algumas opções seculares aleatórias.

Comida saudável na pequena cozinha. Nada de drogas ilegais e álcool escondidos. Nem mesmo um estoque secreto de chocolate.

— Trouxe o seu mandado, tenente — anunciou Baxter, assim que entrou. — Devidamente direcionado para Philadelphia Jones. O prédio está cheio de crianças fingindo-se de entediadas com os policiais revirando todo o espaço. Aposto que uma quantidade considerável de Zoner está fluindo para o esgoto daqui neste exato momento.

— Talvez, mas eles dirigem esta casa de acolhimento com muita severidade.

— Bem, vamos descobrir se isso é verdade. Seu amor está começando a averiguar as merdas eletrônicas no térreo, Peabody.

— Ele não é meu amor. Ele é a minha máquina de sexo magrinha, mas implacável.

— Se você diz... Por onde você quer que comecemos, Dallas?

— Pelo porão e pela despensa. São possíveis áreas onde alguém pode esconder algo. Comecem de baixo para cima e nós faremos o caminho de cima para baixo. Os guardas devem dar uma passada rápida nos quartos dos residentes. Não estou procurando nada lá, mas não podemos deixá-los de fora.

— Porão! — Baxter suspirou para Trueheart, que baixou a cabeça e lamentou. — Eu sabia que devia ter trocado de sapato.

— Fique feliz por eu não obrigar você a cerzir suas meias.

— Me obrigar a fazer o quê?

— O que eu disse. Deus, isso é um lanche que se apresente? — espantou-se Eve, ao encontrar um pacote. — Bolacha de arroz com gengibre? Bolacha de arroz não é um lanche. Já começo a suspeitar de más ações deles só por causa disso. Porão! — repetiu.

Eles não encontraram nada nos aposentos privados. Eve descobriu que Philadelphia era um pouco mais flexível em suas leituras e escolhas pessoais de música, misturando entretenimento mais puro com muitos lançamentos recentes, sobre os quais ela fazia anotações em sua agenda eletrônica.

Assim ela poderia discutir com algum conhecimento prático sobre o que as crianças assistiam, ouviam e conversavam, concluiu Eve.

Ela usava contraceptivos, produtos para a pele — muitos produtos —, mas pouca maquiagem. Viu algumas tinturas labiais, uma gosma para o cabelo e um pouco de gosma para os olhos.

Ocorreu a Eve, com algum embaraço, que ela mesma tinha mais maquiagem em casa do que Philadelphia.

Não era culpa sua, pensou Eve. Os produtos eram todos despejados em cima dela.

Capítulo Vinte

Eles desceram até o térreo, onde ela viu Quilla — a garota que estava em toda parte — dando risadinhas por cima do ombro de McNab enquanto ele fazia o que Eve imaginou ser uma busca padrão no computador de Shivitz.

— Ah, ela está com uma quedinha — disse Peabody, baixinho. — A culpa não é dela, né. Ele é muito fofo.

Eve franziu a testa e estudou a pequena cena. Quilla em seu uniforme... mas, sim, tinha passado algo brilhoso nos lábios. McNab, com seu cabelo loiro muito comprido preso num rabo de cavalo reto que parecia fluir na parte de trás de sua camisa rosa-choque com um elefante roxo estampado na frente. Usava seu conjunto habitual de brincos de prata. Eve teve um leve vislumbre de tênis roxos com amortecedores de ar por baixo da mesa.

Ao lado do uniforme monótono e simples de Quilla, ele parecia o ato de abertura de um circo.

Pareceria um personagem circense ao lado de qualquer coisa, corrigiu Eve, mentalmente.

Elas continuaram a descer a escada; Quilla Orelhas de Morcego olhou para elas. E sim, concluiu Eve: ela exibia um olhar úmido, bobo e apaixonado.

— McNab disse que eu poderia assistir.

— McNab não está no comando. Se você for pega se intrometendo em uma busca policial, acabará cumprindo pena na Sala do Silêncio.

Quilla simplesmente deu de ombros, mas McNab captou a atenção de Eve, acenou com a cabeça e disse:

— Escute, Quill, este trabalho dá muita sede. Será que eu consigo um refrigerante por aqui?

— Zero chance. Refris não são permitidos nesta casa.

— Que triste.

— Totalmente! Mas posso pedir para comprar refris no mercado. É aqui do lado.

— Faz isso, então — disse Eve, enfiando a mão no bolso para pagar pelos refrigerantes. — Se eles liberarem, me traga também uma caixa de barrinhas de chocolate e uma lata de Pepsi.

— Entendido! — Ela pegou o dinheiro e correu para a cozinha.

— Isso vai mantê-la ocupada.

— Ela é fofa e engraçada — comentou McNab. — Inteligente também. Como veio parar aqui?

— Mesma história de muitos deles. Teve pais de merda que a espancavam, foi pega várias vezes por faltar aula, furtar objetos em lojas e assim por diante. Está bem melhor aqui, o que mostra os pais de merda que tinha. O que você conseguiu para mim?

— Não muito. Examinei primeiro o material eletrônico do suspeito. Ainda vou analisar melhor para obter uma visão mais profunda, mas, honestamente, Dallas, é só para constar. Não vou achar nada aqui. É tudo trabalho, trabalho e mais trabalho. Algumas trocas de mensagens, e-mails, mas nada interessante. Várias fotos pessoais dele entre os arquivos; muitas fotos dele com a família, algumas bem antigas. Também encontrei fotos das crianças, mas nada pervertido.

Trocas de mensagens internas meio brincalhonas com a irmã de vez em quando, mas tudo basicamente normal.

— Nenhuma pesquisa por transporte, passagens, acomodações?

— Não, pelos menos nas últimas dez semanas. Antes disso achei uma reserva para um congresso no norte da Pensilvânia. Ele tem a programação do congresso num arquivo, junto com um discurso que escreveu para esse mesmo evento, além de algumas anotações sobre um seminário.

— Um retiro?

— Acho que sim. Ele virou o caderno de anotações que tinha sobre a mesa. — Isso mesmo: Retiro da Busca Interior. A lista que recebi da irmã diz que ele tem um computador de mesa no escritório, e cada um dos dois tem um notebook no andar de cima. Ele também tem um tablet, um *tele-link* de bolso e uma agenda eletrônica. Aqui neste escritório só está o computador de mesa.

— Ele deixou o *tele-link*.

— Eu trouxe. — Peabody entregou o *tele-link* lacrado em um saco de evidências.

— Já dei uma olhada, mas não vi nada suspeito — comentou Eve. — Mas me parece que alguns contatos foram excluídos recentemente. E a menininha que virou sua nova namorada me disse que ele comprou um novo *tele-link* descartável nos últimos dias.

— Ela é minha *amiguinha*. Eu só tenho uma namorada. — Ele estendeu a mão e fez cosquinha com os dedos na palma da mão de Peabody. — Vou verificar o *tele-link*. Há mais algum notebook aqui neste lugar?

— Não encontrei. Ele deve ter levado o notebook e a agenda eletrônica com ele. Examinei os tablets da casa e não vi nada, mas leve-os com você também.

— Certo. — McNab pegou um pacote de chicletes em um dos numerosos bolsos da sua calça roxa e ofereceu a todos. Como ninguém quis, ele jogou um dos cubinhos verdes na boca. — Os arquivos da irmã são muito parecidos, mas ela tem mais arquivos financeiros por lá: rendimentos, despesas, uma lista de benfeitores, questões administrativas. Alguns deles estão copiados aqui também. Além de arquivos individuais para cada criança, circunstâncias, datas de admissão e/ou liberação. Relatórios de progresso pessoal, infrações, áreas problemáticas, áreas positivas e assim por diante. Tudo muito profissional e organizado.

— Ele guarda coisas pessoais em algum lugar por aqui, e estava com pressa de ir embora. Encontraremos alguma coisa.

Duas horas depois, Eve admitiu a derrota.
— Ou ele é muito mais desonesto do que parece e McNab só conseguirá algo no laboratório, ou tudo aqui é limpo, honesto e tão sem graça quanto bolachas de arroz com sabor de gengibre.

— Essas bolachas nem são tão ruins — opinou Peabody. — Se você cobrir cada uma delas com um pouco de calda de chocolate ficam boas, o que manda a dieta para o espaço, mas fica gostoso. Bolacha de arroz... acho que consigo resistir a elas.

— Teremos sorte se nosso cérebro não derreter e escorrer pelos ouvidos depois de termos passado metade do dia vasculhando este lugar e a coisa mais interessante que encontramos foi um baseado de Zoner dentro de uma saída de ar que, pela aparência do troço, já estava ali há meses. Talvez anos.

Ela saiu do caminho para não atrapalhar, enquanto McNab e os guardas levavam embora os poucos eletrônicos que pareciam merecer uma avaliação mais profunda no laboratório.

Shivitz literalmente torcia as mãos de desespero.

— Nossos registros!

— Você foi instruída a fazer cópias de qualquer coisa necessária para a operação diária da instituição.

— E se eu esqueci alguma coisa?

— Você nunca esquece — assegurou-lhe Philadelphia.

Ela estava pálida novamente, uma vez que o efeito do tranquilizante passara. A tensão era mais forte em torno dos olhos e da boca, mas ela mantinha a voz sob controle.

Mesmo assim mordeu o lábio inferior quando o policial Carmichael carregou várias caixas de discos arquivados, rotulados por ano.

— Mantemos todos os nossos registros com muito cuidado, tenente. Passamos por inspeções periódicas e precisamos ter...

— Não espero encontrar nenhum problema com suas operações institucionais. Parte disso tudo é só rotina.

Eve se virou para ficar de frente para Philadelphia e olhou diretamente em seus olhos.

— Desculpa falar mais uma vez, mas caso o seu irmão entre em contato com você, é importante que o convença a voltar. Aposto que você não quer que ele seja levado para a Central algemado.

— Não! — Ela procurou a mão de Shivitz. — Por favor!

— Então convença-o a se entregar. Caso contrário, descubra você mesma onde ele está. De qualquer forma, você deve entrar em contato comigo imediatamente.

— Farei isso, já lhe dei minha palavra. Ninguém com quem falei o viu ou ouviu notícias dele.

— Vocês têm uma irmã na Austrália.

— Entrei em contato com Selma. Ele não a contatou, e agora ela está tentando de tudo para encontrá-lo. Detestei envolvê-la nesta crise, e agora ela está tão preocupada quanto eu. Até conversei com nosso pai, mas certamente Nash não iria procurá-lo.

— Por que não?

— Papai ia insistir para que ele voltasse imediatamente. Ele nunca permitiria a Nash o tempo adequado para quietude e contemplação que eu acredito, de forma absoluta, que ele está tendo, e voltaria caso entendesse que tínhamos um problema. Tenho certeza de que ele está apenas refletindo sobre o que fazer em seguida e logo entrará em contato comigo. Ele não gostaria que eu me preocupasse.

Ela olhou em volta e para trás, como se esperasse vê-lo descendo os degraus ou chegando pelo corredor a qualquer momento.

— Nash é muito protetor. Ele não ia querer que eu me preocupasse.

Talvez aquilo fosse verdade, pensou Eve. Talvez aquele fosse o âmago da questão.

Ela saiu, ridiculamente empolgada por estar fora da casa de novo, mesmo com a fina camada de granizo que lhe caía na calçada.

— Fique com McNab — disse ela a Peabody.

— Esse é sempre o meu plano.

— Ha ha! Faça outra pesquisa nos locais onde haverá algum retiro, caso ele tenha decidido se inscrever de última hora. E vamos fazer com que os policiais locais conversem com o pai e com a outra irmã. Precisamos amarrar todas essas pontas soltas. Enquanto isso eu vou trabalhar de casa — disse ela, já se dirigindo para a viatura. — Se McNab desenterrar mais algum contato ou qualquer outra coisa, quero ser informada no instante em que isso acontecer.

— Pode deixar. Ei, você acabou não conseguindo se consultar com Mira.

— Merda! — Ela parou, passou a mão pelo cabelo úmido, que se dane, tirou o gorro com floquinhos de neve e o colocou na cabeça. — Merda! — repetiu, e pegou o *tele-link* enquanto caminhava até a viatura.

A ligação para o consultório de Mira caiu direto na caixa de mensagens pós-expediente. Xingando mais uma vez, Eve cedeu ao frio, colocou as luvas vermelhas e, pensando em mil desculpas, tentou o *tele-link* pessoal de Mira.

— Olá, Eve. Sinto muito por não termos conseguido aqueles cinco minutos hoje para conversarmos.

— Fiquei presa no CPSRJ, doutora. Estamos chegando a algumas possibilidades... eu acho. Tenho novas informações e uma direção a seguir. Mas preciso de confirmações para trilhar esse caminho. Estou saindo para a rua agora. Odeio pedir de novo, mas se pudéssemos conversar apenas por alguns minutos...

— Bem, na verdade eu ainda nem cheguei em casa, pois também tive um dia cheio. Dennis e eu vamos sair para ver alguns amigos mais tarde, hoje à noite.

— Ah... bem, tudo bem. — Maldita vida real, pensou Eve. — Se fosse possível marcarmos um horário para amanhã...

— Podemos passar na casa de vocês a caminho do nosso compromisso.

— Não quero estragar sua noite.

— Sua casa fica praticamente no caminho. Poderíamos estar lá em cerca de... digamos, uma hora e meia, se estiver bom para você.

— Bem... Se estiver tudo bem para a senhora, para mim será ótimo.

— Daqui a uma hora e meia, então. Vou contar a Dennis que você usou o gorro. Ele ficará feliz.

— Ahn? Ah! Estou usando isso também. — Ela acenou com a mão enluvada vermelha na frente da tela.

Mira riu.

— Ele vai ficar muito feliz. A gente se vê daqui a pouco, então.

Ela enfrentou o trânsito. Queria chegar logo em casa, onde tiraria alguns minutos para pensar, organizar as ideias e colocar as teorias em ordem, antes de se encontrar com Mira.

Será que ela devia avisar a Roarke que eles iriam dar uma passada? Não era uma visita social, era trabalho. Ele não precisaria avisá-la se fosse receber um parceiro de negócios para jantar. Ou precisaria?

Ah, inferno, ela nunca saberia todas as regras do casamento, então era melhor errar por excesso de cautela.

Simplesmente enviaria a ele uma mensagem de texto curta; isso seria uma espécie de meio-termo, decidiu.

Ligou seu *tele-link* pessoal e ordenou uma mensagem para ser enviada por texto. Mal tinha começado a falar quando a tela piscou e ele surgiu na tela.

— Prefiro ouvir sua voz.

— Chegarei em casa daqui a... algumas semanas, se o trânsito não melhorar! Como foi que aquele idiota conseguiu uma carteira para dirigir um maxiônibus? *Como?* Ele tem que fazer uma prova prática! Espere só um minuto. Ei, seu bundão!

Ela tirou um fino de uma limusine brilhante e murmurou: "Vá enxugar gelo" em meio a um protesto gigantesco de buzinas; passou juntinho do maxiônibus ofensivo e depois se colocou diante dele.

— Eu juro que mandaria esse idiota parar só para apreender o maldito maxiônibus e todo mundo que está nele, se eu tivesse tempo.

— Mesmo assim eu prefiro ouvir sua voz a qualquer outra coisa, em qualquer tempo.

— Agora foi. Estou a cerca de dez minutos de casa, talvez menos. As coisas avançaram um pouco no caso, mas surgiu um monte de merda nova. Preciso de uma consulta com Mira e não consegui falar com ela hoje, então eles vão passar rapidinho lá em casa, a caminho de um compromisso.

— Vai ser ótimo recebê-los.

— Certo. Eu só queria... avisar a você antes.

— Porque você achou que essa poderia ser uma das regras, certo? Provavelmente vou chegar em casa alguns minutos depois de você. Onde arranjou esse lindo gorro?

— Bosta! — Por instinto, ela colocou a mão no gorro com floquinhos de neve.

— E essas... luvas adoráveis?

— Bosta dupla! — Ela baixou a mão. — Foi o sr. Mira que me deu. Agora preciso enfrentar esses malditos taxistas. A gente se vê daqui a pouco.

Eve desligou quando ele deu uma bela gargalhada e se preparou para a batalha.

Quando enfim estacionou a viatura na frente da mansão, decidiu que o caminho para casa tinha sido mais emocionante do que a maior parte do seu dia de trabalho. Aquilo provava que uma busca completa em um prédio podia ser entediante quando as pessoas lá dentro viviam como androides.

Nada de brinquedos sexuais, nada de pornografia, pensou, ao saltar do carro e se curvar para fugir do gelo enquanto caminhava até a porta. Nada de dinheiro escondido, sem ganhos ilícitos, sem armas ilegais. Apenas um baseado pré-histórico.

Sério mesmo... Como é que alguém consegue ser tão certinho daquele jeito?

Ela entrou no saguão, viu o gato, viu Summerset e perguntou a si mesma quantas coisas interessantes uma busca geral em sua casa poderia revelar, sem contar o aposento secreto de Roarke, onde ficavam os equipamentos não registrados.

— Ora, ora... — espantou-se Summerset. — Isso é novidade!

— O quê? Não comece!

— Você está usando um gorro com flocos de neve brilhantes e luvas felpudas.

— Que bosta! — Ela arrancou tudo. — Ganhei isso de presente, e pode parar de me sacanear! Os Mira vão chegar aqui daqui a mais ou menos uma hora. Não é uma visita social. É uma consulta de trabalho.

— Acredito que mesmo assim conseguiremos ser cordiais e acolhedores.

— Eu vou conseguir. Você continuará exibindo toda a cordialidade de um cadáver.

Já que esse era o melhor insulto que lhe veio à cabeça por causa da mente transbordando de pensamentos, ela disparou escada acima e foi direto para o escritório.

Tirou o casaco, jogou-o na poltrona reclinável e logo teve que tirar o gato, que já pulara em cima dela. É óbvio que ele iria querer ficar ali!

Pegou o casaco de volta, largou o gato no chão e jogou o casaco em outro lugar.

Café, pensou. Por favor, Deus, um pouco de café. Depois de programar o AutoChef, ela ficou ali em pé, bebeu metade da caneca e soltou um longo suspiro.

Deixando o café de lado, fez pequenos ajustes no quadro daquele caso. Sentou-se à escrivaninha, juntou algumas anotações, fez alguns acréscimos e reorganizou tudo.

Então pegou o café novamente, apoiou as botas em cima da mesa e deixou a mente se acalmar.

E por ela estar mais calma, o primeiro pensamento que lhe ocorreu quando Roarke entrou ali foi: "Ele é muito lindo!"

— Você não poderia ser mais direta e sucinta sobre o inferno do tráfego. Lá fora a situação está bizarra.

— Nós vencemos. Chegamos em casa.

— Tem razão. Isso pede um drinque.

— Acho que sim, talvez.

Antes de cuidar daquilo, ele se aproximou dela, pôs as mãos nos braços da cadeira e inclinou-se para beijá-la.

Ela o surpreendeu quando se desvencilhou dele, ergueu-se, abraçou-o e lhe deu muito mais do que simples um beijo de boas-vindas.

— Puxa, depois disso eu vou conseguir enfrentar um tráfego infernal diariamente.

— Não precisa se esforçar. Nós moramos em Nova York.

— Por que essa recepção especial, então?

— Não sei. — Ela mostrou-se tão surpresa quanto ele. — Acho que foi por causa... dos Mira hoje de manhã, e depois de outro casal que eu conheci. Isso me fez... — Ela percebeu que a sua mente não estava tão objetiva quanto ela imaginava. — Vou tomar aquele drinque e já te conto.

— Tudo bem. Vamos lá para baixo. Você pode subir com Mira depois, se achar que deve — acrescentou ele, antes de ela ter chance de protestar. No momento nós devemos descer e cumprimentá-los primeiro, como amigos.

— Você tem razão. — Ela o abraçou de novo apenas por prazer. — Vamos descer.

Ele olhou para ela com atenção e declarou:

— Você não está triste.

— Não, não estou triste.

Pensativa então, decidiu ele, pegando na mão dela enquanto desciam.

Summerset já tinha acendido a lareira e a árvore de Natal. A sala parecia... incrível, pensou Eve. Parecia um lar, o *seu* lar, apesar da elegância do ambiente, do bom gosto e do estilo excepcionais; do brilho das antiguidades, da arte, das cores e daquela adorável mistura do antigo com o novo.

— O que foi, Eve?

Ela balançou a cabeça para os lados e sentou-se no braço de uma das poltronas porque podia fazer aquilo no próprio lar.

— Eu estive na casa dos Mira hoje cedo e me peguei pensando em como é bonito lá, como é calmo, agradável, um lugar fácil de se gostar. Não é engraçado que esse nosso espaço também seja assim? Eles têm uma árvore de Natal; nós também temos uma. Bem, na verdade nem sei quantas árvores temos aqui, pois quem conseguiria contar?

— São vinte.

— Ok. Temos vinte árvores. — De repente ela caiu em si. Vinte árvores de Natal! — Você está falando sério?

— Estou. — Ele sorriu, tanto pela própria necessidade de encher a casa com o espírito do Natal quanto pela reação dela. — Qualquer hora dessas vamos dar uma volta pela casa para ver todas elas.

— Vai demorar um tempão. Enfim, eles têm uma lareira, e nós também temos. Mas não é isso, entende o que quero dizer? É o sentimento. Eu costumava invejar esse sentimento. Sempre consegui reconhecê-lo. Quando entrava na casa de uma pessoa para interrogá--la, notificá-la, até mesmo prendê-la, sempre reconhecia a sensação de me sentir em casa, quando o ambiente transmitia isso.

— Eu conheço essa inveja muito bem. — Aquilo, ele compreendeu, explicava todas as árvores e muitas outras coisas.

— Quando eu me mudei para cá, achei que este lugar seria apenas uma casa, Roarke, e sempre a *sua* casa. Nem sei quando isso mudou, não exatamente, mas agora ela passou a ser o *meu* lar. O *nosso* lar. Isso é muito espantoso.

— Essa era uma casa da qual eu gostava muito. Mas não era um lar até você chegar. — Ele olhou ao redor da sala, como ela havia feito. Velas, a luz da lareira, a árvore cintilando, muitas cores, madeira que brilhava.

— O que eu comprei para essa casa foi para ter conforto, para me exibir, ou porque eu *podia* comprar. Era importante ter isso, ter este lugar. O *meu* lugar. Mas nunca consegui o sentimento, até você chegar.

— Eu entendo isso — percebeu Eve. — É importante que você queira dizer isso e que eu entenda. — Ela respirou fundo enquanto ele abria uma garrafa de vinho. — Você sabe como eles são... os Mira. Muito conectados, muito ajustados. Eu juro que se eu não te amasse, e se não fosse por ela, talvez eu o desejasse para mim.

Diante da gargalhada de Roarke ela balançou a cabeça novamente e aceitou o vinho que ele lhe ofereceu.

— Acho que eu conseguiria derrubá-lo — considerou Roarke.

— Não sei não, ele pode te surpreender. De qualquer forma, não tem nada a ver com isso. É que... ele é... Tem algo nele que atinge todos os meus pontos fracos. Eu nem sabia que tinha alguns deles.

— Acho isso fofo.

— Ele me apareceu com aquelas luvas idiotas e aquele gorro feio e os colocou em mim como se eu fosse uma criança. Acabei usando os adereços, porque... puxa, ele nem consegue abotoar o suéter direito na maior parte do tempo, mas saiu para procurar um gorro e um par de luvas para mim porque estava frio lá fora. Ele é absurdamente gentil, e eles demonstram uma conexão incrível entre si.

Eve teve que respirar fundo, impressionada com o quanto ela se sentia comovida com... tudo aquilo.

— Eu quero isso. Mais tarde, quando estivermos juntos como eles estão há muitas décadas, eu quero isso para nós.

— Querida Eve. — Daquela vez ele beijou o topo da cabeça dela.

— Já temos um pouco mais disso a cada dia.

— Parece que sim. Às vezes, não sei como consegui não perceber isso. E mais tarde conheci outro casal. Preciso falar com Mira sobre ela. DeLonna.

— Ah. — Roarke se sentou para ouvir o relato. — Sebastian deu retorno, afinal. Imaginei que ele tivesse entrado em contato, já que você não me pediu para descobrir o endereço dele.

— Ela se chama Lonna agora; Sebastian se esqueceu de me contar que a ajudou a trocar de nome em todos os documentos. Lonna Moon. Ela e o homem com que está são donos de uma boate pequena e chique: The Purple Moon.

— Eu conheço o lugar.

— Você não é o dono do prédio, é?

— Não, mas já ouvi falar da boate. Tem uma boa reputação. — A mão deslizou suavemente ao longo da coxa dela. Sinal de afeto; de conexão. — Nós deveríamos ir lá qualquer dia desses.

— Deveríamos. Eu concordo, deveríamos ir lá, sim. Vou te contar a história completa, mas o que eu queria dizer é que escutar o que ela dizia e vê-los juntos me pegou de jeito. Ela é normal, sem afetações, mas ele se preocupa com ela por causa de tudo que ela passou. Ela tem pesadelos.

Aqueles olhos azuis e selvagens encontraram os dela. Ele não precisava dizer nada para dizer tudo.

— Olhando para eles, *olhando de verdade*, pude enxergar um pouco de nós dois. E foi muito bom o que eu vi. Eu não conheço a história completa dele, mas há algo ali. Ele me parece um cara vivido e descolado. Muito vivido, o tipo que parece ter poder para fazer muitas coisas, mas se controla. E eles estavam conectados. Então é isso.
— Ela soltou outro suspiro. — Quero que você saiba que se chegar o dia em que você se esquecer de como se abotoa um suéter direito, quer dizer, quando você começar a usar aqueles suéteres antigos cheios de botões, eu vou te ajudar a abotoar tudo certo.
— Todos os dias temos um pouco mais — murmurou ele. Cheio de amor, arrancou-a do braço da poltrona e a colocou no seu colo.

Ela se enroscou ali, totalmente satisfeita.

— Eles ainda fazem sexo. Dá para perceber.

Dessa vez ele soltou um suspiro risonho.

— Prefiro não pensar muito nisso.

— Eu também. Só sei que confundir as cores das meias e abotoar o suéter errado não significa que você não faça sexo. — Erguendo a cabeça, ela o beijou.

— Vocês conseguem esperar um pouco mais para se saciar? — sugeriu Summerset da porta, com o tom de um pai que pegou os filhos comendo cookies escondidos antes do jantar. — Seus convidados estão chegando. Acabei de liberar a entrada deles pelo portão.

Eve revirou os olhos enquanto ele se afastava.

— Saciar? Sabe qual é o problema desse cara? Ele não encontra ninguém entediada ou burra o bastante para se saciar com ele.

— Não sei, não, hein.

Ela franziu a testa para Roarke e notou o brilho experiente em seus olhos.

— Eca! Não quero saber. Tô falando sério. Jamais. Me. Conte.

Ela se levantou e decidiu que agora realmente precisava daquela taça de vinho.

Roarke também se levantou e cumprimentou os Mira quando Summerset os levou até a sala.

— Charlotte, você está linda! — A troca de beijos na bochecha foi seguida de um caloroso aperto de mão em Dennis. — É muito bom ver vocês.

— Obrigada por vocês passarem aqui — começou Eve.

— Vamos só tomar um pouco de vinho — ofereceu Roarke, com um tom suave, antes de Eve ter chance de desfiar suas anotações sobre o caso. — O que vocês preferem?

— Eu aceito o que vocês estiverem tomando. Você também, Dennis?

— Para mim está ótimo. — Ele sorriu para a árvore de Natal com seu jeito sonhador. — Essa é muito bonita. Parece gostoso aqui. A casa toda fica mais festiva quando vocês a enfeitam. Não existe nada igual ao Natal.

— Dennis adora o Natal. — Mira lançou para o marido um olhar indulgente, enquanto Roarke os conduzia a um sofá perto da lareira. — As luzes, a música, a agitação. Os cookies.

— Tenho um fraco pelos *snickerdoodles* de Charlie.

— A senhora sabe fazer esses cookies amanteigados com canela? — perguntou Eve, com uma espécie de admiração.

— No Natal eu faço, mas escondo metade deles, ou Dennis não deixaria uma migalha para ninguém. Obrigada — completou, quando Roarke lhe serviu o vinho. — Estamos animados com a festa de Natal de vocês no fim do mês. É sempre memorável. — Ela se virou para Eve. — E então? Sei que você me enviou um relatório no fim da tarde, mas ainda não tive tempo de lê-lo. Pode me fazer um resumo?

— Com certeza! Ahn... Devemos subir para o meu escritório?

— Dennis não se importa se falarmos de trabalho, não é, Dennis?

— Não.

Ele se recostou confortavelmente, como alguém à espera de assistir a um filme divertido. Ele sempre parecia confortável aos olhos de Eve. Numa boa, totalmente concentrado no momento.

— Gosto de ouvir sobre o trabalho de vocês. Fascinante, não é? — exclamou, olhando para Roarke.

— Concordo plenamente com você.

— Está bem, então. Linhas gerais: Nashville Jones sumiu.

Mira arregalou os olhos.

— Entendo.

— Interrogamos Philadelphia Jones hoje à tarde. Eu a pressionei com base na premissa de que o irmão mais novo atraiu e matou todas as vítimas, começando com Shelby Stubacker e Linh Penbroke.

Eve expôs toda a sua teoria sobre o caso, colocando-se em pé e caminhando diante deles, porque aquilo a ajudava a pensar melhor.

— Você acha que o irmão mais novo cometeu os assassinatos e tinha as habilidades básicas para esconder os corpos no prédio que considerava sua casa, seu lugar? E o irmão mais velho foi cúmplice?

— Ele sabia de alguma coisa, talvez não da história toda, mas sabia. Já a irmã, acho que não. Irmão mais velho, chefe da família, protege a irmã. É um comportamento arraigado impresso nele pelos pais, eu diria que principalmente pelo pai. Ele está sempre no comando.

— Sim, concordo com isso.

— Entre o momento em que me encontrei com a senhora hoje cedo e o meu interrogatório com Philadelphia, eu estive com DeLonna.

— Amiga de Shelby — disse Mira, refrescando a memória. — A que gostava de cantar. Ficou no CPSRJ até entrar em um programa de trabalho/estudo.

— Isso mesmo. Acredito que ela foi quase uma vítima, mas sobreviveu. E acho que só sobreviveu porque Jones, o mais velho, a encontrou depois que ela foi dopada e antes que o irmão mais novo tivesse a chance de acabar com ela. Ele impediu sua morte.

— Mas ela não denunciou isso até agora? — questionou Mira.

— Ela não se lembra, pelo menos não com nitidez. Ela se lembra de ter saído escondida pela janela do quarto, que era bem apertada. Eu verifiquei isso e as informações são plausíveis. Desceu de lá, correu até o metrô, saltou na estação e foi correndo para o velho prédio porque queria encontrar a amiga. Queria encontrar Shelby, que não entrava em contato havia muito tempo, como ambas tinham planejado. Nem poderia chamar porque estava morta. Mas ela se lembra de tudo até esse ponto da história, e então tudo se confunde.

— Ela tem lembranças um pouco embaçadas — quis saber Mira — ou é mais um branco total?

— Lembranças soltas, embaçadas. Sonha com vozes e gritos. Alguém falando de limpeza, de lavar a garota má. Nos sonhos ela se vê no escuro, num lugar frio. Então ela lembra, ou sonha, com a sensação de estar flutuando, e só isso. Naquela noite ela acordou na própria cama, de volta ao CPSRJ; a janela estava trancada e ela estava com a camisola do uniforme. Estava enjoada e meio fora do ar. Tem pesadelos com isso desde então.

— Somente vozes e sensações?

— É assim que acontece. Porque sua mente quer voltar ao momento em que tudo aconteceu, mas ela mesma está suprimindo. Acho que ela ouviu e viu o suficiente para saber, mas era uma criança e bloqueou tudo.

Mira observou o rosto de Eve. Entre elas fluiu o conhecimento de que tinha havido outra menina, outro trauma, outro bloqueio.

— É muito possível, e muito provável — declarou Mira, depois de um momento —, pelo que você diz e pelo que sabemos. O trauma combinado com a droga pode muito bem ter resultado num bloqueio de memória.

— Eu dei seu cartão para ela e espero que ela entre em contato com a senhora. Ela quer ajudar. Tem uma nova vida agora, uma vida boa. E tem um homem bom ao seu lado. Mas quer ajudar, quer saber quem matou as amigas. E quem também a teria matado, se ela não tivesse conseguido essa chance de escapar.

— Se ela entrar em contato comigo, vou abrir espaço na minha agenda imediatamente.

— As pessoas fazem coisas terríveis com as crianças só porque podem — opinou Dennis. Eve parou e olhou para ele. — O poder não está com a criança, entendam, mas com o mais forte, o mais astuto. Existem pessoas que, em vez de defender e cuidar das crianças, fazem coisas terríveis com elas. Há pouca coisa no mundo que represente o Mal tão bem quanto algo assim. Mas isso existe. Você vai ajudá-la, Charlie. É o que você faz. E você também — completou ele, olhando para Eve.

Eve esperou mais alguns instantes e tornou a se sentar.

— Acho que, talvez para proteger a menina, Nashville Jones tenha matado o irmão. Ele trouxe a garota de volta, colocou-a na cama e se livrou do corpo do irmão. Ele não sabia que já havia doze outras garotas escondidas ali. Mas precisava proteger os irmãos. Ainda precisava cumprir seu dever, certo? Então ele providenciou um cargo de missionário e enviou alguém até a África para se passar pelo irmão. Pode ter sido uma oportunidade, ou uma missão de fé. De qualquer modo, ele conseguiu.

— Por que ele não mandaria o irmão para a África? — perguntou-se Dennis, em voz alta. — Sinto muito, não pretendia interferir.

— Tudo bem. É que o irmão tinha problemas emocionais. Era tímido, inábil e inexperiente. Se você prestar atenção ao histórico dele, a sua constituição, e depois comparar com os relatórios sobre o missionário na África, são duas pessoas completamente diferentes. O missionário era devoto, amigável, extrovertido, interessado em fotografia, compassivo e assim por diante. Nenhuma dessas palavras seria usada para se referir a Montclair Jones.

— Mas enviando um substituto com o nome do irmão — continuou Mira— ele conseguiria, de alguma forma, honrá-lo, ao mesmo tempo em que ocultava os crimes que ambos haviam cometido.

— Então o destino interveio — acrescentou Eve. — Porque às vezes as merdas acontecem. O missionário foi morto, atacado por um leão malvado. Ninguém fez exame de DNA nem o identificou de forma específica, porque, para todos, ele *era* Montclair Jones. O corpo foi cremado, as cinzas enviadas de volta para cá e fim de história. Inclusive existe uma placa no novo prédio em homenagem ao irmão morto. Como alguém me disse hoje, tem algo falso e fedorento naquela casa. Jones percebeu que tinha feito o que precisava; tinha entregado tudo ao poder superior, ou o que quer que funcionasse para ele. Salvou a garota, que ficou muito traumatizada e drogada para se lembrar dos detalhes. Impediu o irmão de, até onde eu acho que ele sabia, cometer um assassinato; por fim, ele o protegeu no fim, fingindo que o irmão mais novo tinha seguido a tradição da família.

— Mas ele precisaria encontrar alguém disposto a se disfarçar do irmão — apontou Roarke.

— É verdade, mas Nashville Jones conhece muitas pessoas que se enquadram nesse perfil. Eles vão a muitos retiros, e além do mais foi criado naquele mundo. Ir para a África? É uma grande oportunidade para alguém com perfil de missionário, certo? É uma espécie de... troca, talvez. E digamos que o missionário queira voltar para casa um dia... tudo bem. Ele volta como ele mesmo, e Jones pode dizer a todos que seu irmão ficou perdido por lá. Simplesmente desapareceu. É um mistério, mas ele fez um bom trabalho, e é isso que importa.

— Fascinante — comentou Dennis, e lançou para Roarke o seu sorriso.

— Matar em defesa de outra pessoa. Uma inocente. Uma criança — disse Mira, com um aceno de cabeça para o marido. — Uma criança sob os seus cuidados; sob sua responsabilidade. O irmão problemático, mais novo, também sob sua responsabilidade. Sim, um homem que foi criado, treinado, doutrinado para ser responsável, para ser o chefe da família poderia fazer essa escolha. Se ele matou o irmão, pode ter sido um acidente, uma briga entre eles, com a vida da menina em jogo.

— Eu acho que não — disse Eve.

— Não. Você acha, e eu concordo, que apesar de o irmão mais velho ter sido criado para estar no comando, o mais novo foi criado para obedecer. E teria parado, pelo menos naquele momento. Ele não teria desafiado o irmão, não cara a cara. Mas, embora novamente eu concorde, ele poderia estar sob a influência de alguma droga, de álcool, ou simplesmente fervor.

— Fervor?

— Um intenso sentimento religioso. Um fervor para completar o rito, se é que era um rito. Se Nashville matou Montclair no mesmo prédio onde ele despejou tanta esperança e esforço para cumprir o que via como seu dever e destino, isso tem tudo a ver com o seu afastamento do ato.

Mais uma vez, Eve se sentou no braço de uma poltrona.

— Eu não pensei nisso. Pode ser.

— O abandono desse ato é algo que vai além da situação financeira — continuou Mira. — A Marca de Caim... fratricídio. Isso teria um peso enorme sobre um homem de fé e responsabilidades, mesmo que fosse algo que ele achasse justificável. E, em vez de denunciar tudo às autoridades, ele também se escondeu. Não por si mesmo, mas por seu irmão, por sua família e a missão maior.

— E daí, no fim ele decide que isso foi um ato altruísta?

— De que outra maneira ele conseguiria conviver com isso? — quis saber Mira.

— Mas por que fugir agora? Isso não é altruísmo. Isso é autopreservação.

— Você tem certeza de que ele está fugindo?

— Ele sumiu! — assinalou Eve. — Levou uma mala e dinheiro. Não está usando cartões de crédito, não entrou em contato com a irmã.

— Acredito que ele vai entrar em contato com a irmã. Acredito que sua índole exigirá que ele volte. É o dever dele.

— Bem, isso seria fácil — replicou Eve. — Então só me resta esperar isso acontecer e confirmar o restante da história.

— Para completar a ideia, tenho fé que você conseguirá isso. Se a menina, agora uma mulher, DeLonna...

— Ela é apenas Lonna agora. Lonna Moon.

— Que nome lindo! Se ela me procurar, vou ajudá-la a se lembrar de tudo. Isso a aliviará e dará a você o que precisa.

Duas coisas pelo preço de uma, pensou Eve. Talvez Nashville Jones também tivesse pensado assim. Tinha livrado o irmão do mal e dado à irmã a ilusão de que ela precisava.

Capítulo Vinte e Um

Mais tarde, porque eles já estavam lá embaixo, Eve comeu com Roarke na sala de jantar. Outra lareira acesa, outra árvore cintilando. E uma sopa fantástica acompanhada de pão crocante com muita manteiga de ervas.

— Você já desejou ter um irmão? — perguntou Eve.

— Meus amigos bastavam. Eu não teria desejado meu pai e Meg para mais ninguém.

— Pois é. Eu também nunca pensei em ter um irmão ou uma irmã. Isso pode ser complicado e cheio de drama, certo? Sei que tem gente, como Peabody e todos os seus irmãos, que se sente bem com isso.

— Feliz com isso — corrigiu Eve. — Tudo isso, para ela, é algo que soma. Aposto que eles tiveram muitas brigas enquanto cresciam, mas isso faz parte da experiência, eu acho. Talvez.

— Provavelmente.

— Tem toda essa coisa de rivalidade. Quem ganha o quê, quem acha que não recebeu um tratamento justo e quer mais, ou não quer dividir nada.

— Você acha que isso influencia os Jones?

— Não sei, estou apenas jogando ideias no ar. Famílias são campos minados, e mesmo as boas têm pequenas armadilhas em que se pode cair. Entre nós, a coisa foi como tinha que ser. Isso é notório, foi tudo feio, doloroso e não muito mais que isso. Também foi assim para algumas das vítimas. Não todas, mas algumas. É por isso que você quer fazer algo bom no que ainda é a minha cena do crime.

— Foi como tinha que ser — concordou ele. — E quando você está na roda, aquilo é simplesmente a sua vida, por mais cruel que seja.

— Mas quando você está fora da roda e olha para trás, ainda é difícil. E quando você vê outra pessoa passando pelas mesmas coisas...

— Ainda mais quando é alguém basicamente sem forças para revidar. Para mim, o que Dennis disse sobre o mal é uma verdade absoluta. Nós dois já vimos muita maldade, mas quando é com uma criança a coisa se amplifica. Se você tem o poder de impedir e tem os meios, isso faz diferença.

— Acho que Jones impediu, mas sem saber até onde a situação já havia ido. Não creio que ele conseguiria ter aceitado tudo aquilo, se soubesse. Nem mesmo pelo irmão.

— Você o vê como um homem bom.

Ela balançou a cabeça, com ar pensativo.

— Eu o vejo como um homem de família, alguém que trabalhou para tentar fazer a diferença. Isso eu reconheço. Mas se tudo aconteceu do jeito que eu vejo, ou algo parecido, não é correto. Todos esses anos os pais e os irmãos das vítimas tiveram um buraco na vida. A dor de não saber. Tudo bem, talvez *ele* não soubesse. Mas me parece mais que ele não se permitiu saber. Como poderia presumir que Lonna tinha sido a primeira, a única?

— Acho que isso seria inconcebível para ele — considerou Roarke, enquanto partia um pedaço de pão para compartilhar com ela. — Seu irmão... ainda por cima mais novo. Seria inconcebível acreditar que ele poderia matar alguém; que o que você descobriu e impediu que acontecesse não tinha sido a primeira vez.

— Pode ser. — Eve mordeu o pão. — Talvez, mas isso é querer fechar os olhos. E mesmo colocando isso a seu favor, como ele pôde deixar a menina viver com aqueles pesadelos, as incertezas, e não conseguir enfrentar?

— Nesse ponto concordamos. — Ele tocou a mão dela, um leve toque. — A Homeland fez isso e até pior com você. Mesmo sabendo o que Troy fazia com você, mesmo ouvindo tudo, eles colocaram a *missão* deles acima do bem-estar de uma criança, e até da sua vida.

Ele nunca esqueceria aquilo, pensou Eve. Nem perdoaria. Aquilo era justo, porque ela também não esquecia nem perdoava, decidiu.

— Nashville Jones colocou o bem-estar do irmão, e talvez a missão, acima das necessidades e do bem-estar da menina. A garota devia ter conseguido ajuda. Devia ter obtido justiça quinze anos atrás.

— Não posso argumentar contra isso porque concordo inteiramente com você. Mas consigo ver por que ele fez o que fez. E você também.

Ela balançou a cabeça em negativa novamente.

— Isso não torna a coisa certa. Ele transformou um assassino em mártir e deixou muita gente sofrer durante um longo tempo.

— O sangue é mais espesso que a água, diz o ditado.

— Sim, eu disse a mesma coisa para Peabody. Se isso for verdade, ele fará o que Mira acha que fará. Ele vai voltar. Preciso estar pronta para ele.

Em seu escritório, ela reviu cada detalhe que pôde encontrar sobre Nashville Jones, inclusive finanças. Enviou um e-mail para a auxiliar da Promotoria, para ver se já tinha o suficiente para pedir um mandado de bloqueio nas finanças dele. Também reviu dados médicos, formação profissional e viagens.

Quase todas as viagens, desde a infância, eram basicamente o que ela considerava relacionadas ao trabalho. Retiros, conferências, missões. Espalhar a palavra sagrada ou reunir mais palavras para espalhar e diferentes métodos de divulgá-las.

E eles ainda a chamavam de obcecada pelo trabalho? Pelo que Eve via ali, ele tinha muita pouca vida fora do trabalho.

Ela já tinha passado por aquilo e entendia o problema.

Também fez buscas por qualquer coisa escrita sobre ele ou qualquer casa que ele tivesse fundado.

Quando encontrou os dados, leu tudo atentamente, à procura de algum canto para onde ele pudesse ter ido.

Não havia um lugar favorito que ela conseguisse achar, nenhum refúgio, nenhuma pequena cabana na floresta.

Mesmo assim selecionou tudo que achou remotamente interessante, arquivou e fez exatamente o mesmo com o irmão que ela acreditava ter morrido ali mesmo, em Nova York, e não a milhares de quilômetros de distância, em alguma selva com leões famintos.

— Ele nunca viajou sozinho — disse ela, erguendo um dedo quando Roarke se juntou a ela. — Nunca, nem mesmo para ver a irmã mais velha... os policiais locais verificaram isso. Ele não levou o passaporte, então não está escondido num rancho de ovelhas na Austrália, e a irmã australiana deixou e até insistiu que verificássemos todas as suas ligações, para termos certeza de que ele não entrou em contato com ela.

— Algumas pessoas são o que parecem ser — comentou Roarke. — Cumprem as leis.

— Algumas. Quando o caçula ia a qualquer lugar estava sempre com a irmã ou o irmão mais velhos, ou os pais. O pai dele atuou como seu acompanhante, ou algo assim, na única vez em que ele saiu para uma missão... num grupo de jovens. Em tudo o que encontrei havia um parente viajando com o garoto. Então eu acho furada essa história de ele navegar, para a África, pelo amor de Deus!, para perder a virgindade.

— Sim, é uma forma de descrever isso. Mas você já concluiu que o irmão mais novo não foi para a África.

— Conclusões não são provas, nada disso é prova. Mas acrescenta peso. Hoje em dia eu viajo — disse ela. — Mas só agora! Vamos a lugares onde não há cadáveres.

— Viajamos, sim, de vez em quando. E já que você mencionou, poderíamos fazer exatamente isso durante alguns dias depois do Natal. Ir para algum lugar sem cadáveres.

— É.

Ele passou um dedo na covinha do queixo de Eve.

— Que reação empolgada. Estou planejando algum lugar com clima quente, céu azul, águas claras, praias de areia branca e bebidas idiotas com guarda-chuvinhas.

— É?! — reagiu ela, num tom totalmente diferente.

— Sim, conheço suas fraquezas. — Ele a beijou de leve. — Pensei em irmos para a nossa ilha, a menos que você tenha algum desejo secreto de conhecer outro lugar tropical.

Nem todo mundo tinha um marido que possuía a própria ilha, pensou Eve. Ela quase deixara de se sentir estranha com aquilo. Porque areia branca e água azul sempre a fisgavam.

— Eu poderia tirar alguns dias de férias, se não estiver no meio de um caso importante no trabalho.

— Vamos imaginar nós dois em vários momentos quentes... na ilha. Já marquei uma data provisória na sua agenda.

— Minha agenda tem vida própria.

— O que significa que você também tem.

— Sim. Ele não tem vida própria. — Ela apontou para a foto de Nashville Jones. — O trabalho é a vida dele, e eu entendo isso. Mas ele me pareceu meio equilibrado e satisfeito com a vida, foi essa a minha impressão inicial. Nem um pouco como o irmão caçula. Eles o protegiam. O garoto nunca fez uma viagem desacompanhado, como eu disse... pelo menos nenhuma que eu tenha encontrado. Não teve um emprego específico, e quando teve era sob o controle deles. Nenhum indício de relacionamentos, a não ser que contemos Shelby e seus famosos boquetes.

— Melhor não.

— Ninguém menciona amigos de tipo algum; nenhum dos funcionários tem nada a dizer, além de coisas leves e imprecisas. Ele nunca deixou sua marca em nada. O que achava das coisas nunca teve peso. Que horas são no Zimbábue?

— Muito tarde. Aqui também. Vamos dormir. — Ele a colocou de pé. — Se Mira estiver certa, e na maioria das vezes está, ele vai voltar. No mínimo, entrará em contato com a irmã. Ela vai te contar se isso acontecer?

— Acho que sim. O sangue pode ser mais espesso, mas ela está com medo, e seu estômago está embrulhado com essa história. Pessoas assim chamam a polícia.

— Então vamos dormir.

Ela parou na porta e olhou mais uma vez para o quadro.

— E a última vítima? Ainda não conseguimos identificá-la. Até agora nenhuma foto bateu com a reconstrução facial, e estamos fazendo essa busca há horas. Feeney pediu uma busca global e não teve retorno. Ela não é ninguém.

— Ela é sua.

Por enquanto, pensou Eve, aquilo tinha que ser suficiente.

Eve tinha todos os rostos e acordou com uma vaga lembrança de ter sonhado com elas novamente. Mas não conseguia se lembrar do que as meninas haviam falado. Sentiu como se restasse pouco para as meninas lhe contarem.

Tinha tudo diante de si, de certa forma. Se tivesse seguido o caminho certo e suas suspeitas se revelassem corretas, ela faria justiça às vítimas, na medida do possível. Daria respostas para aqueles que as amavam e as procuravam.

E se não estivesse certa, se tivesse pegado o caminho errado em algum lugar, voltaria e começaria tudo de novo.

Falou sobre aquilo com Roarke enquanto se vestia para mais um dia de trabalho.

— Você não está errada, não na parte fundamental. Eu também refleti sobre o assunto durante a noite — acrescentou. — Um homem não abandona o trabalho ao qual se dedica, junto com uma irmã que sente fortemente que deve proteger, sem um bom motivo.

— Não encontrei nenhuma mulher nem amante com quem ele sentisse necessidade de trepar loucamente para espairecer. Não — disse ela —, eu a teria encontrado se houvesse uma mulher importante na vida dele, ou um homem, se fosse o caso. Além disso, sexo não é tão importante para ele quanto a missão e a irmã. Ele não a deixaria lidar comigo sozinha sem algum tipo de propósito sólido... ou desespero.

— Então você tem o possível envolvimento dele no caso e uma mulher cujas lembranças de infância, quase certamente naquele prédio, estão parcialmente bloqueadas.

Ela se sentou apenas por um momento, pois merecia aquilo, e tomou mais um pouco de café.

— Eu tenho a parte fundamental de tudo, você tem razão. Mas também tenho um monte de perguntas sem resposta que dificultam esse quebra-cabeça. Se não foi Montclair Jones quem foi para a África, e tenho quase certeza disso, então quem foi? Quem acabou na barriga de um leão? Por que ele concordou em se passar pelo irmão de Jones? O que Jones fez com o corpo do irmão? Porque a única forma de um assassino em série parar é morrendo ou sendo encarcerado.

— Um parafuso preso na engrenagem.

— O nome é chave inglesa. Eu me lembro dessa expressão. Por que você não diz "chave inglesa", já que estamos nos Estados Unidos?

— Tudo bem então, uma chave inglesa. É plausível que tudo tenha acontecido um pouco como você supõe: na noite em que DeLonna foi levada, Jones os descobriu, só que não bancou o Caim. Seu irmão caçula ficou com medo da descoberta, da ira justificada do irmão mais velho, da ideia de ser exposto e ir para a prisão. Por tudo isso, concordou em ir embora, para a África. Lá, ele conseguiria controlar seus impulsos durante um curto período de tempo. Talvez até acreditasse que o poder superior no qual ele havia sido criado tinha lhe dado um sinal. Então o destino, a justiça, o que você escolher, interveio para puni-lo.

— Não gosto dessa versão. Ela está muito longe de ser plausível. Também não gosto porque não consigo acreditar, nem você, que depois de matar doze pessoas, segundo a linha do tempo, em *menos* de três semanas, doze assassinatos em cerca de dezoito dias, ele simplesmente para tudo e diz: "Aleluia, estou arrependido e vou para o Zimbábue espalhar a palavra de Deus."

Ele a cutucou nas costelas.

— Você adora dizer "Zimbábue".

— É difícil resistir. Mas independentemente disso, o "não gosto" permanece, por mais que seja possível.

Ela se levantou.

— Vou entrar em contato com o Zimbábue agora e revisar minhas anotações mais uma vez, antes de ir para a Central.

— Vou com você. — Ele deslizou a mão em volta da cintura dela e começaram a caminhar juntos quando o gato passou correndo por eles. — Aí está um lugar aonde nunca fomos: África.

— Nunca. Você já foi lá?

— Não para curtir algum tempo de qualidade, por assim dizer. No entanto, na África existem muitas possibilidades para quem trabalha com contrabando. Mas isso foi há muito tempo. — Os dedos dele dançaram pelas costelas de Eve. — Poderíamos ir lá participar de um safári.

— Você só pode estar brincando! Eu até hoje não tenho certeza de que as vacas não vão tentar se vingar e dar início a uma revolução em massa, por que me arriscaria a ir aonde há leões andando soltos e cobras gigantes de verdade que vão se enroscar em você, esmagar seu corpo e engolir você inteiro? E, ah, sim, ainda tem a areia movediça. Já vi filmes. Lógico que agora eu já sei como lidar com areia movediça, se um dia eu cair nela.

— Sabe?

— Sim, é uma longa história. Darei algumas dicas para você qualquer hora dessas. O rio provavelmente é o melhor lugar.

— Qual rio? Acho que a África tem vários.

— Não na África, aqui! Nashville Jones poderia ter carregado seu irmão no ombro e atirado o garoto no rio. Ou então o levou para Nova Jersey ou até Connecticut, em algum lugar onde há muito terreno e bosques, e o enterrou lá. Eles têm uma van agora, que Jones não usou na fuga. Talvez eles também tivessem um veículo desse tipo na época. Mais uma coisa para eu verificar.

— Enquanto você faz isso, estarei no meu escritório aqui de casa.

Ela entrou na sua sala e foi direto à mesa. Viu a luz de entrada de mensagens piscando e ordenou que todas elas aparecessem.

— Caramba!

Roarke parou na porta e se virou.

— Más notícias?

— Não, não, o Zimbábue me enviou um e-mail com anexo algumas horas atrás. Planeta idiota esse, cheio de eixos e movimentos giratórios. É uma foto. Duas fotos.

Curioso, Roarke se aproximou para avaliar as fotos ao lado dela. Uma delas mostrava um homem que usava um chapéu estilo safári, óculos escuros cor de âmbar, camisa e calça cáqui. Ele sorria e levava uma câmera pendurada no pescoço; havia um pequeno prédio branco às suas costas.

— Deve ser Montclair Jones. *Pode* ser ele. Mesma cor de pele, mesmo tipo de corpo. Com o chapéu e os óculos escuros fica difícil ter certeza. Mesma coisa nesta foto de grupo aqui, onde ele também aparece.

Na segunda foto o homem, vestido de forma semelhante, estava com vários outros na frente do mesmo prédio.

— Posso melhorar a definição e mexer com o contraste. Posso fazer isso. Posso mandar o sistema fazer uma comparação com a última foto de carteira de identidade que temos dele. Só que, antes de fazer isso...

Ela se virou para o *tele-link* e ordenou uma ligação pessoal para Philadelphia.

Ela mesma atendeu antes de terminar o primeiro bipe.

— Tenente, você já encontrou o Nash?!

— Não, mas vou te enviar uma foto. Quero que você me diga quem é essa pessoa.

— Ah. Eu tinha tanta certeza de que você conseguiria... De quem é a foto? Desculpe, é óbvio que você não sabe, caso contrário, por que me perguntaria?

— Está sendo enviada neste momento.

— Sim estou recebendo a imagem, me dê só um momento. Pronto, chegou! Ah, mas é... — Ela balançou a cabeça e suspirou. — Meus irmãos tomaram conta da minha cabeça de forma tão absoluta que por um momento eu pensei que fosse Monty. Mas este é o... Qual era mesmo o nome dele? Ele trabalhou com a gente por um curto período, embora raramente ficasse estacionado no mesmo posto durante muito tempo, pelo que me lembro. Na verdade, ele é um primo nosso distante, e acabamos descobrindo isso porque Monty parecia mais irmão dele que de Nash. Seu nome está na ponta da língua... Kyle! Sim, isso mesmo, Kyle Channing, primo nosso por parte de mãe, em terceiro, quarto ou quinto grau.

— Você tem certeza disso?

— Ah, com certeza, esse é o Kyle. Mas essa foto deve ter sido tirada muitos anos atrás. Ele deve estar na casa dos quarenta, agora. Onde você a conseguiu?

— Vou até aí falar com você — disse Eve ao desligar, e bateu com a mão na mesa. — Eu sabia!

— Alternativas plausíveis ou não, parece que a sua teoria estava certa.

— Jones enviou o primo à missão em vez do irmão, levando a identidade e toda a documentação do irmão. Talvez ele o tenha chantageado para aceitar isso, talvez lhe tenha repassado algum dinheiro ou simplesmente pedido um favor. Mas o fato é que Montclair Jones *não foi* para a África. Ele não morreu na África. Ele matou doze garotas. Seu irmão o deteve antes que ele chegasse à décima terceira vítima e lidou com ele de alguma forma.

— Entre em contato comigo, sim, caso Nashville Jones reapareça. Eu gostaria muito de conhecer a história toda.

— Eu também.

Ela pegou o *tele-link* e ligou para Peabody enquanto corria escada abaixo.

— Me encontre no CPSRJ, agora!

— Tudo bem, deixe eu só...

— Não. O Zimbábue enviou fotos e Philadelphia acabou de identificar um homem chamado Kyle Channing, que não é o irmão dela.

— Você estava certa, então.

— Pode apostar!

Ela pegou o casaco pendurado no primeiro pilar da escada.

— Estou quase lá! — Ao vestir o casaco, lembrou-se de tê-lo levado para cima e colocado no escritório na véspera. Então, como foi que ele tinha voltado sozinho para o pilar da escada? Summerset, percebeu na mesma hora, mas simplesmente decidiu não pensar naquilo.

Philadelphia estava andando de um lado para o outro num dos corredores quando Eve entrou.

— Tenente, estou muito confusa e muito preocupada. Estou com medo de que algo tenha acontecido com Nash. Entrei em contato com hospitais e centros de saúde, mas... Acho que devo abrir um registro de Pessoa Desaparecida.

— Não precisa, já emitimos um Boletim de Busca e Localização dele. Mas ele não desapareceu. Ele só não está aqui.

— Ele pode ter adoecido — insistiu ela. — Todo o estresse desses últimos dias...

— O motivo do sumiço dele é muito mais antigo. — Eve olhou ao redor e observou montes de crianças saindo daqui e indo para ali, saindo de lá com sapatos pesados e pisando duro para chegar a outro lugar. — O que está acontecendo aqui?

— Se eu *soubesse* disso teria... Ah, você está falando dos residentes. Estão entrando e saindo do café da manhã, das primeiras aulas do dia ou de sessões pessoais de acompanhamento. — Ela usava o cabelo solto naquela manhã, e puxou as pontas em movimentos nervosos. — É importante manter as crianças na rotina.

— Acho que você não quer discutir isso aqui na entrada. — Eve fez sinal para Shivitz. — Minha parceira está a caminho daqui. Mande-a ao escritório da sra. Jones assim que ela chegar.

Eve entrou no escritório, esperou que Philadelphia a seguisse e fechou a porta.

— Aquela foto, com a pessoa que você identificou como sendo Kyle Channing, foi tirada no Zimbábue há catorze anos. Naquela época, Channing estava usando o nome de Montclair Jones e tinha toda a documentação de que precisava.

— Isso é ridículo. Impossível!

— Entre em contato com seu primo. — Eve apontou para o *tele--link* da escrivaninha. — Quero falar com ele.

— Não tenho como entrar em contato com ele. Nem sei por onde ele anda.

— Qual foi a última vez em que você o viu ou falou com ele?

— Não sei. Não tenho certeza. — Ela se sentou e abraçou os cotovelos. — Eu nem conhecia ele direito. Ele passava mais tempo com Nash. Kyle é um nômade, ele viaja pelo mundo. Ficou um tempo no Santuário e trabalhou com a gente por um curto período, anos atrás, entre uma missão e outra. Meu irmão Monty foi para a África, tenente. Ele morreu lá.

— Não, não morreu. Seu irmão Monty não se encaixava em nenhum lugar; era um jovem problemático, tímido com as pessoas e não chegava aos seus pés nem aos de Nash. Ele desenvolveu um apego doentio por Shelby Stubacker, uma atração fatal que ela mesma provocou, e que certamente explorou. — Ela não parou de falar quando Peabody entrou. — Quando ela conseguiu o que queria dele... A sua ajuda para tirá-la do sistema de forma limpa, ela o descartou por completo. Como era apenas uma menina, e uma menina durona, ela provavelmente fez ou disse algo que o feriu muito, que o irritou, que o fez se sentir um inútil.

— Não, não... Não! Ele teria conversado comigo sobre isso.

— Conversar com a irmã sobre a garota de treze anos que lhe oferecia boquetes? Não acho provável. Ele estava era com vergonha. Sabia que tinha feito algo errado, algo que ia contra os códigos de conduta, ia contra toda a criação que ele tinha recebido. E a culpa era dela. Tudo culpa de Shelby. Ela era uma das garotas más — acrescentou Eve, pensando no que Lonna tinha lembrado. — Ela precisava ser punida, ou salva, ou ambos — continuou Eve. — E ele precisava fazer a coisa certa que era... purificá-la por completo. E na noite em que ele planejou fazer isso, ela foi até a casa *dele*... o antigo Santuário. Porque este lugar aqui onde estamos, este lugar bonito, limpo e novo não era *dele*. E foi lá que ele a esperou. Ela, por sua vez, achava que aquele lugar antigo era dela; planejava montar um clube de *bad girls* lá, mas nunca conseguiu. Mesmo que tenha aparecido lá com outra garota, ela não conseguiria tornar aquele lugar dela.

— Você não pode ter certeza de tudo e acreditar nisso. Simplesmente não pode!

— Eu posso *ver* tudo isso — rebateu Eve. — Posso juntar todas as peças e enxergar. Ela provavelmente disse a ele para dar o fora, mas ele já havia se preparado. Provavelmente já tinha colocado o sedativo na cerveja. Sabia que ela negociaria tudo e permitiria que ele ficasse, desde que lhe oferecesse algo em troca.

Sim, ela conseguia ver tudo. O prédio grande e vazio, as meninas, o homem que lhes ofereceu bebidas. Pelo bem da missão.

— Elas certamente aceitaram a cerveja. Levaram salgadinhos que compraram no mercado ao lado, então todos comeram e beberam; Shelby provavelmente mostrou o lugar e contou dos seus planos com a outra jovem, a linda garota asiática. Elas começaram a se sentir mal e, quando compreenderam o que estava acontecendo, se é que chegaram a esse ponto, já era tarde demais. E desmaiaram.

— Por favor, pare. — Lágrimas escorreram pelo rosto de Philadelphia — Por favor.

— Nas semanas seguintes outras garotas chegaram, ou ele mesmo as levou. Ele conhecia a vocação dele agora, tinha descoberto sua missão na vida. Ele sabia mexer com carpintaria, o suficiente para construir as paredes. Imagino que ele se orgulhasse disso e caprichasse para fazer um bom trabalho. Ele nunca mais estaria sozinho. Elas estariam com ele, na casa que ele fez. Algo só dele. Mas na noite em que DeLonna fugiu e foi até lá à procura de Shelby, as coisas não saíram como o planejado. Nash chegou, viu o que ia acontecer. E não compreendeu.

— DeLonna? Mas ela nunca fugiu...

— Fugiu, sim. — Eve colocou a palma das mãos sobre a mesa e se inclinou. — Ela queria ver Shelby, então fugiu pela janela do quarto numa noite de setembro e foi até o prédio antigo. Eu a encontrei e ela se lembrou de quase tudo. E vai se lembrar de mais. Naquela noite o seu irmão mais velho viu o seu irmão caçula no antigo prédio. Eles gritaram e brigaram quando Nash encontrou DeLonna drogada, nua, a banheira cheia à espera dela. Diga-me o que Nash teria feito se encontrasse o irmão prestes a afogar uma jovem; uma jovem que estava sob os cuidados de vocês.

— Ele não conseguiria... isso o deixaria arrasado. E eu saberia de tudo.

— Não se ele não quisesse que você soubesse. É função dele proteger você, ele está no comando. Esse acontecimento terrível ocorreu enquanto ele estava no comando. Seu irmão ficou arrasado. Trouxe DeLonna ainda inconsciente de volta para cá, depois de dar um jeito em Monty. Vestiu-a com sua camisola de dormir, trancou a janela. E não contou nada a você.

— Não, essa menina deve estar enganada. — Mas tanto a dúvida quanto o horror se infiltraram na voz de Philadelphia.

— Ele nunca te contou. Como conseguiria? Você jamais poderia descobrir a coisa terrível que seu irmão tinha feito; a coisa terrível que ele teve que fazer com o mais novo de vocês. Então ele contou a você que tinha enviado Monty para a África.

— Mas não... não! Foi o próprio Monty que me contou que estava a caminho de uma missão na África. — A esperança aumentou em sua voz e em seus olhos. — Você está errada, viu só? Monty me procurou e contou que Nash iria enviá-lo para a África. Estava com medo, chorou e me pediu para deixá-lo ficar. Nash e eu chegamos a brigar por causa disso.

Os olhos de Eve se aguçaram.

— Quando foi que isso aconteceu?

— Poucos dias antes. Pouco antes de ele partir. Nash se mostrou absolutamente inflexível, muito diferente do seu normal, e cuidou de tudo com uma rapidez admirável. Ele disse que Monty precisava ir embora, para o próprio bem. Disse algo sobre aquilo ser o único jeito, a única escolha. Ele nem me deixou ir com eles quando levou Monty para o aeroporto.

— Kyle ainda estava aqui?

— Não. Não... Ahn... — Pequenos indícios de medo voltaram a surgir em suas palavras. — Acho que ele tinha ido embora um ou dois dias antes, não me lembro bem. Foi uma época perturbadora. Senti que estávamos enviando Monty para estranhos, para um lugar que ele não conhecia, para tentar ser algo que ele não conseguiria ser. Mas ele se saiu muito bem. Nash tinha razão. Ele...

— Nunca foi Monty. Foi Kyle. Você não me contou nada disso, nem sobre a discussão entre vocês, nem a chateação por ele ir embora.

— Eu não estava entendendo por que o nosso distúrbio pessoal ocorrido há tanto tempo teria a ver com essa história. Deve ter outra explicação para tudo isso. Nash nos explicará tudo.

— Quanto tempo ele ficou fora, supostamente levando Monty para o aeroporto? Não minta para mim agora — avisou Eve, quando Philadelphia hesitou. — Isso não vai ajudar seu irmão.

— Ele não voltou por muitas horas. Ficou fora o dia todo. Eu estava revoltada. Acusei-o de ficar longe de mim para não precisar me enfrentar depois do que ele tinha feito. Isso o magoou. Lembro-me de como ele me olhou quando eu disse isso.

— O que ele fez quando voltou, depois de levar Monty embora?

— Ele... ele foi para a Sala do Silêncio. Ela ainda não estava totalmente pronta. Ainda estava em obra, mas me lembro muito bem, pois estávamos os dois tão chateados, mal falando um com o outro, de que ele entrou lá e avisou que não queria ser incomodado.

— Ele foi para lá — considerou Eve. — Onde vocês colocaram a placa em homenagem a Montclair.

— Isso mesmo. Aquele é o nosso espaço meditativo e restaurador. Nash ficou lá dentro mais de uma hora, talvez duas. Evitamos um ao outro até o dia seguinte, quando recebemos um e-mail de Monty nos avisando que ele havia chegado são e salvo. Ele nos contou como o espaço era lindo, como parecia o lugar mais espiritual da Terra. Foi um momento tão feliz e positivo que eu me desculpei com Nash. Reconheci que estava errada. As coisas voltaram ao normal. Estávamos muito ocupados, colocando tudo no lugar e criando uma nova rotina.

— Peabody, a Sala do Silêncio. Comece a revirá-la de cima a baixo. Dessa vez vamos desmontá-la.

— Sim, senhora.

— Por quê? — exigiu saber Philadelphia. — Vocês já procuraram lá.

— Vamos procurar de novo. Você disse que o lugar ainda estava em obra. O que isso significa, exatamente?

— Só quis dizer que ainda não tínhamos terminado a pintura, nem instalado os bancos. Não queríamos que parecesse uma capela, mas, sim, um espaço tranquilo para meditação. Ainda estávamos instalando o pequeno lago, a fonte da parede, as flores e plantas.

— Ok, pode continuar com sua rotina habitual. Vou até essa sala com minha parceira. Ninguém entra lá!

— Tenente. — Ela ficou parada ali, a irmã entre dois irmãos, parecendo aflita. — Monty... Monty não foi para a África?

— Não, nunca foi.

— Você acha... realmente acredita que Nash seria capaz de machucá-lo? Ele não conseguiria. É incapaz de ferir alguém. E ele amava Monty, profundamente. Ele jamais o machucaria, isso eu seria capaz de jurar para você.

— Então onde ele está? Você sabe me dizer onde estão seus irmãos?

— Não, não sei. E rezo para que você os encontre.

Eve pegou o *tele-link* assim que saiu do escritório de Philadelphia e seguiu direto para a Sala do Silêncio.

— Aparelhos eletrônicos não são permitidos lá dentro — avisou Shivitz.

Ignorando-a, Eve entrou na sala. Peabody já tinha tirado as poucas peças de arte das paredes e passava um pequeno scanner sobre elas.

— Morte ou encarceramento — disse Eve.

— As duas únicas coisas que impedem um assassino em série.

— Exatamente! Olá, Roarke.

— Olá, tenente — respondeu ele, da tela do *tele-link*.

— Preciso de um favor. As finanças de Nashville Jones parecem ok, não vi nada errado.

— Você quer que eu dê uma olhada nelas?

— Não. A irmã dele é quem administra tudo, então não deve haver nada lá. É possível que ele tenha outra conta, que a irmã não tenha conhecimento. Uma conta que ele vem mantendo fora do radar.

— Intrometer-se no dinheiro de outra pessoa não é um favor, tenente. É uma diversão.

— Imaginei que você iria dizer isso.

— Deixe que eu aviso você caso encontre alguma coisa.

— Acho que ele pode usar o nome do próprio irmão nessas operações. Talvez você deva procurar por Montclair como sobrenome.

— Você só vai conseguir me irritar se me disser como planejar meu jogo.

— Então tá. Divirta-se!

Ela desligou.

— Só existem duas possibilidades — disse Eve a Peabody. — Nashville Jones pode ter levado o irmão caçula ao aeroporto de forma ostensiva, mas matou-o e livrou-se do corpo, o que torna o ato um assassinato premeditado. A outra possibilidade é ele ter levado o irmão a algum lugar onde o deixou preso.

— Morte ou encarceramento.

— Sim. Se for morte, encontramos Jones e arrancamos os detalhes dele. Se for encarceramento nós vamos descobrir o lugar, porque trancafiar alguém exige dinheiro, um lugar que prenda as pessoas e não seja prisão.

— Uma instituição?

— Isso exige muito dinheiro. Roarke está procurando esse dinheiro. Vamos ver se Jones deixou alguma pista aqui.

— Você acha que ele pode ter escondido algo aqui?

— Acho que ele não ficou sentado aqui meditando durante horas a fio quando poderia ter ido para seus aposentos, seu escritório, ou simplesmente ter ficado longe por mais algum tempo. De acordo com Quilla, a que tudo sabe e a que tudo vê, ele passa muito tempo aqui até hoje.

Eve deu de ombros e decretou:

— Vamos desmontar esse lugar.

Capítulo Vinte e Dois

Elas arrancaram as fotos das molduras, tiraram as capas das almofadas, esvaziaram os vasos com plantas e sujeira.

— Ela disse que eles ainda estavam montando a sala, instalando coisas e pintando. — Eve olhou para as paredes com os olhos semicerrados. — Talvez ele tenha tido a mesma ideia do irmão e escondeu algo atrás das paredes.

— Vamos precisar de um scanner maior.

As probabilidades eram baixas, pensou Eve. Mesmo assim...

— Vamos pegar um lá embaixo. Ele está chocado e culpado, vive uma mentira agora. Vem aqui para pensar, rezar, meditar, seja lá o que for. Levou o irmão embora, tirou-o de cena e não consegue olhar a irmã nos olhos. Ele é o chefe da família — continuou Eve, vagando pela sala. — Fez o que acredita, ou se convenceu a acreditar, ser a coisa certa. Ele precisa arcar com tudo sozinho. Mas não é isso que eles fazem, certo?

— O scanner e um par de peritos está a caminho — avisou Peabody. — O *que* eles não fazem?

— O lance de carregar os fardos sozinhos. Não é assim. A questão é confiar no poder superior, certo?

— Bem...

— Não há material religioso aqui. Nada de cruzes, budas, pentagramas, estrelas.

— Eles são uma casa não denominacional, mas têm símbolos e os quatro elementos.

— Que símbolos, que elementos?

— As plantas... coisas que crescem na terra; velas, para simbolizar o fogo. O mural com nuvens, que fala de ar. E a...

— Fonte. A água da fonte. Ele encontrou seu irmão prestes a afogar Lonna. Água!

A fina e clara lâmina de água deslizava por uma seção de meio metro na parede sobre o que ela presumiu ser uma falsa pedra. O líquido caía de forma suave, musicalmente, numa vala estreita projetada para se assemelhar a cobre esverdeado com azinhavre, onde a água se acumulava sobre pedrinhas brancas.

— É bonito — comentou Peabody. — Sempre tivemos fontes em casa, fontes solares nos jardins. E meu pai construiu uma linda fonte de pedra no solário. Acho que era a nossa Sala do Silêncio. Era cheia de plantas, bancos de pedra e almofadas no chão. Não muito diferente disso aqui, exceto pelas paredes de vidro. Costumávamos... Ah, você não está interessada.

— Como se desliga essa coisa?

— Nossa fonte era movida a energia solar, mas algo assim provavelmente tem um interruptor principal em seu espaço útil. Talvez uma chave de segurança em algum lugar, para o caso de o sistema pifar e começar a transbordar água por todo lado.

Peabody olhou para cima e franziu a testa ao ver a barra superior.

— É um design legal. Veja só, aquela saída lá em cima se parece com a moldura do teto e se mistura; isso nos dá a ilusão de que a água está saindo direto da parede. Mas é importante que tenha uma chave de segurança de fácil acesso.

Ela se agachou e começou a engatinhar em volta da vala lateral.

— Eu simplesmente não vejo onde... Espere, achei! Quase não dá para ver este painel.

Ela abriu uma portinhola e girou o pequeno interruptor que havia lá dentro.

O fluxo de água diminuiu, pingou e parou.

— Veja só... Boa!

— Os Peabody são úteis. — A útil Peabody agachou-se. — Isso faz a reciclagem. A água desce para a piscina e depois torna a subir pelo sistema de tubulação atrás da parede.

— Não há drenagem para a água?

— É possível drenar, se houver algum problema.

— Doze meninas mortas e suspeitos desaparecidos são um belo problema.

— Certo. — Peabody voltou a ficar de quatro, girou outro interruptor e, com um gorgolejo, o nível da água começou a baixar.

— Os Peabody são realmente úteis. — Eve se ajoelhou, levantou a manga e começou a movimentar a camada de pedras. — Precisamos de um balde ou algo parecido.

— Vou pegar um balde ou algo parecido.

Eve continuou a cavar através da água que ainda drenava e as pedras brancas lisas. Provavelmente nada aqui, pensou. Talvez ele tenha simplesmente ficado aqui, sentado, sentindo pena de si mesmo e perguntando ao universo por que seu irmão acabou sendo um maluco homicida.

Mas de repente seus dedos apalparam algo. Quando ela puxou o objeto, viu um pingente em uma corrente de prata que ainda pingava.

Metade de um pingente, corrigiu, como se fosse meia peça de um quebra-cabeça com a inscrição Nash de um lado e irmãos do outro.

— Veja só, Peabody — disse, ao ouvir a porta se abrir. — Uma pista.

— Uau, você fez uma bagunça aqui.

— Quilla! — Droga! — Você não pode estar aqui.

— Eu só quero ver. Para que você fez essa bagunça tão grande? Isso aí estava dentro da fonte? Por que alguém jogaria seu colar de união na fonte? Ficou todo molhado.

— As fontes molham. Colar de união?

— Óbvio. Algumas das crianças os criam com seus melhores amigos. Sabe como é esse lance de "Somos duas metades do mesmo todo, nos encaixamos perfeitamente", ou alguma baboseira desse tipo. Esta cidade é muito esquisita.

Mas enquanto falava, Quilla olhou para o pingente como se desejasse ter um.

— Talvez seja isso mesmo. Você usa o próprio nome ou o da "melhor amiga para sempre"?

— Dã. Melhores amigas para sempre, óbvio. Essa é a questão, certo?

— Ok. Agora vaza!

— Ah, qual é? Todo mundo anda circulando em silêncio por aí como se tivesse medo de acordar algum monstro. É um tédio só!

— Vá ficar entediada, então. Peabody — chamou Eve, quando sua parceira entrou com um grande balde branco.

— Ah, ei, você não devia estar aqui.

— Essa não é exatamente uma Sala do Silêncio com vocês aqui dentro. Querem esvaziar a fonte? Eu posso ajudar.

— Não! — reagiu Eve, com firmeza. — Vaza!

— Merda de cidade esquisita.

Ela saiu emburrada.

— Isso tem outra parte. Com Monty gravado nela.

— Eles tinham colares de união. Isso geralmente é para casais, para garotas ou meninos muito jovens.

— Ele colocou o colar de união de Monty aqui, e depois colocou o dele. Dessa forma ele poderia mantê-los escondidos, mas ao mesmo tempo juntos. Para diminuir um pouco da culpa, talvez, ou simbolizar a limpeza; vamos deixar Mira desvendar essa parte. Embale-o.

Peabody pegou o pingente e largou o balde.

— Você não vai tirar as pedras?

— Deixe-me só ver se... achei! Esse é o complemento.

Ela ergueu a segunda metade com MONTY inscrito de um lado e PARA SEMPRE do outro.

— Nome na frente, "irmãos para sempre" atrás. Unidos, haja o que houver. Mas Nash não conseguiu usar o dele, não depois de tudo que aconteceu. E ele não podia permitir que seu irmão ficasse com o dele. Mas Nash Jones sempre saberia que eles estavam aqui. Poderia se sentar aqui, pensar no irmão e dizer a si mesmo que o que ele fez foi o melhor para todos.

— É triste, quando você para pra pensar nisso tudo.

— Talvez seja triste, mas também é burrice. Responsabilidade de verdade significa fazer o que é certo, mesmo quando é difícil. Lidar com o próprio irmão, de um jeito ou de outro? Isso é autoindulgência. É como roubar um cachorro.

— Um cachorro? Ah, como no caso de DeWinter e Bones. Ok, mas o cachorro está muito feliz.

— O cachorro poderia ter ficado igualmente feliz se a situação tivesse sido tratada de forma adequada, seguindo a lei. E algo está faltando aqui.

— Faltando?

— Algo para representar as irmãs. — Ela voltou a cavar nas pedras. — E ele também não se sentiria responsável pelo primo? Ele não pensaria "Eu o mandei para a morte", ou algo assim? Ele precisaria...

Enquanto ela cavava, seus olhos se viraram para a placa:

Em memória amorosa de
MONTCLAIR JONES
Amado irmão de
Selma, Nashville e Philadelphia
Ele vive em nosso coração.

— "Ele vive" — murmurou Eve. — Tire essa placa da parede.

— Você quer a placa da parede? — Coçando o nariz, Peabody ficou analisando o objeto. — Está aparafusada. Preciso pegar...

— Quilla! — disse Eve, mal levantando a voz.

A garota enfiou a cabeça para dentro da porta.

— Eu só estava...

— Deixa pra lá. Traga uma chave de fenda.

— Fui!

— Isto só vai adicionar peso à acusação — disse Eve, enquanto desistia de buscar entre as pedras molhadas e começava a retirá-las para colocar dentro do balde. — Não serve para nos contar onde Jones está, nem para confirmar que seu irmão está vivo.

— Consegui uma! — Quilla entrou correndo com uma chave de fenda na mão. — Posso desaparafusar?

— Não. Peabody!

— Por que você não segura os parafusos enquanto eu os tiro? — Com um zumbido giratório, Peabody colocou a broca no parafuso.

— Por que você quer tirar isso da parede? Está aí em cima desde sempre. A supervisora vai parir seis cestos de gatinhos quando souber o que vocês fizeram aqui. Como é que vocês...

— Cala a boca! Posso esquecer que você está onde não devia se ficar calada.

Quilla revirou os olhos, mas fechou a boca com firmeza.

— Último parafuso. A placa é mais pesada do que parece. Segure esse lado, Quilla, para não despencar... Pronto!

Peabody levantou a placa da parede.

— Eles usaram bronze de verdade. Ela é muito pesada e... tem dois lados.

— O primo está na parte de trás — disse Eve.

— Acertou em cheio!

Quando Peabody virou a placa, Eve leu:

Com profundo pesar e tristeza, em memória de Kyle.
Um homem de fé, lealdade e espírito puro.

— Quem é Kyle? — quis saber Quilla. — Por que colocaram o nome dele de frente para a parede? Isso não é justo.

— Realmente, não. Guarde a placa, Peabody. Tem mais outra coisa. — Ela puxou um pequeno coração de ouro em uma corrente fina. — É da irmã mais velha. Tem Selma inscrito na parte de trás.

Peabody se aproximou com um saco de evidências.

— Isso torna tudo ainda mais triste.

— Que se dane a tristeza — afirmou Eve, e cavou novamente entre as pedras. — E aqui está a peça que faltava.

Eve exibiu um anel.

— Uau! Isso também estava aí dentro? O que mais tem ali?

— Não toque em nada! — avisou Eve para Quilla.

Ela examinou o anel com corações ligados a uma pequena pedra branca no ponto em que se tocavam.

— É muito bonito — disse Quilla, mas manteve as mãos atrás das costas.

Peabody bufou enquanto lacrava a placa pesada como evidência.

— O tipo de anel que você dá a uma namorada.

— Será? — Com isso em mente, Eve virou a peça e apontou-a para a luz. — Bom palpite. Está inscrito dentro dele: P & P = 1 *coração*.

— Vamos descobrir quem é o segundo P. Vá embora! — Eve ordenou a Quilla. — E mantenha o bico fechado.

— Entendido! — Ela sorriu. — É simplesmente o máximo! Vou escrever sobre isso.

— Todo mundo está escrevendo sobre alguma coisa. Mande os peritos virem pegar as evidências, registrá-las e lacrar a sala.

— Entendido! — disse Peabody, com um sorriso. — Vou só colocar as plantas de volta nos vasos, para não morrerem.

— Rápido.

Ela saiu e foi até a bancada de Shivitz.

— Onde está a sra. Jones?

— Em sessão terapêutica.

— Tire-a de lá agora mesmo, ou eu mesma vou fazer isso.

— Acho você uma pessoa fria e cruel. Lamento muito por você.

— Ache o que quiser, mas traga-a aqui.

Com o nariz apontado para o teto, Shivitz seguiu por um dos corredores. Momentos depois, Philadelphia voltou a passos miúdos pelo mesmo caminho.

— O que foi? O que aconteceu?

— Quem é o outro P desta peça?

— Ó meu Deus! — Por um momento, uma espécie de luz surgiu em seus olhos. — Ahh... Onde você encontrou isso? — Com a luz ainda brilhando, ela estendeu a mão para Eve. — Achava que o tinha perdido, mas isso aconteceu anos atrás e fiquei com o coração despedaçado.

— Quem é P?

— Peter. Peter Gibbons. Ele foi meu primeiro amor. A gente era adolescente, mas éramos muito apaixonados. Meus pais não aprovaram, lógico. Nós éramos jovens demais e ele era... bem, era um rapaz de lógica e ciência, não de fé. Ele me deu isso no meu aniversário de dezoito anos, pouco antes de eu entrar na faculdade.

Eve permaneceu calada enquanto Philadelphia deslizava o próprio dedo para dentro do anel e o analisava com um sorriso suave.

— Ele foi cursar outra faculdade, mas juramos que nos casaríamos um dia e formaríamos uma família. Óbvio que não era para acontecer. Casei-me com um homem que meu pai aprovava. Não funcionou para nenhum dos dois. Ele é um bom homem, meu ex-marido, mas nunca fomos felizes de verdade. Eu me pergunto se alguma pessoa já sentiu por outro alguém o mesmo que sentiu pelo seu primeiro amor.

Ela ergueu os olhos do anel e completou:

— Muito obrigada, tenente, mas onde você o encontrou?

— Onde seu irmão Nash o escondeu, junto com o pingente de ouro com um coração, da sua irmã Selma.

— O coraçãozinho de Selma! Mas...

— E os colares de união que pertenciam a ele e ao seu outro irmão. Todas essas peças estavam escondidas debaixo das pedras da fonte.

— Mas isso não faz o menor sentido. — A luz se apagou de seus olhos. — Por que ele pegaria o meu anel, e por que ele...

— Onde está Peter Gibbons?

— Eu... nós não mantivemos contato. Ele é médico, psiquiatra. Dirige um pequeno instituto particular no norte do estado.

— Onde? — exigiu Eve, assim que seu *tele-link* tocou.

— Fica em Adirondacks, perto de Newton Falls. É o Instituto Plena Iluminação do Bem-Estar. — Colocando a mão com o anel sobre o coração, Philadelphia esfregou-o ali em círculos trêmulos. — Você acha que o Monty está lá? Acha que Nash levou o Monty para Peter?

— Espere um instante. — Ela atendeu o *tele-link*. — O que você descobriu?

— Estou me reportando conforme solicitado, tenente. Uma conta secundária sob o nome de Kyle Montclair foi aberta quinze anos atrás, com um depósito inicial de oito mil dólares. Desde então houve depósitos pequenos, mas regulares, com todos os pagamentos automáticos indo para o...

— Instituto Plena Iluminação do Bem-Estar.

— Não sei por que me dou a todo esse trabalho se você sempre chega antes de mim.

— Fica no norte do estado, perto de um lugar chamado Newton Falls.

— Sim, eu sei — disse ele, secamente. — Eu fiz a minha tarefa.

— Tenho outra. Preciso chegar lá o mais rápido possível.

— Tudo bem. Vá para o centro de transporte aéreo do West Side, na minha estação privada. Estarei lá em vinte minutos.

— Obrigada. De verdade!

— Preciso ir com vocês — pediu Philadelphia, quando Eve desligou. — Se o que você acredita é verdade, tudo verdade, preciso ver meus irmãos. Tenho que falar com meus irmãos.

— Provavelmente é uma boa ideia. — Ela olhou ao redor quando dois peritos entraram com um scanner portátil, e apontou para a Sala do Silêncio.

— Eu só preciso avisar à supervisora.

— Você tem dois minutos. Peabody, venha comigo — chamou, enquanto voltava para a Sala. — Quilla, pelo amor de Deus, fique fora daqui.

— O que está rolando?

— Muitas coisas oficiais. Escute — disse Eve, cedendo um pouco —, você nos ajudou, então vou te contar tudo mais tarde. Peabody, vamos nessa!

Ela esperava um jatinho executivo, o que já era ruim o suficiente. Mas sentiu o estômago e todo o restante embrulhar ao embarcar num helicóptero a jato com Roarke na cabine.

— Vá lá para trás — ordenou Eve a Philadelphia, e entregou-lhe protetores de ouvido. — Coloque isso e mantenha-os nos ouvidos o tempo todo.

— Isto é o máximo! — declarou Peabody, ao travar o cinto de segurança. — Eu nunca estive nos Adirondacks. Devia estar usando botas de neve. Aposto que está nevando lá.

— Vamos sobreviver. Recapitulando... — Ela atualizou Roarke sobre os desenrolares da história e explicou quem era Peter Gibbons para ele e Peabody. Aquilo ajudaria a afastar da mente o fato de eles estarem voando, em grande velocidade, dentro de um brinquedinho com hélices. Não ajudou em nada eles começarem a passar em grande velocidade sobre várias montanhas com cumes cheios de neve.

Aquilo parecia muito grande, e estava muito perto.

— Foram só alguns ventos cruzados — explicou Roarke, quando o helicóptero estremeceu.

— Ele não podia simplesmente ficar na cidade? Existem muitos lugares na cidade... mas não, ele teve que resolver isso em uma cabana onde não existe nada além de montanhas e árvores. Uma *porrada* de árvores e montanhas imensas.

— É lindo! — Peabody, com o nariz colado à janela, pulava de alegria no banco. — Olha o lago! Está todo congelado.

— Quando a gente cair vamos quicar, em vez de afundar.

Roarke riu e começou a voar em círculos.

Eve agarrou as laterais do banco como tábuas de salvação.

— O que você está fazendo?!

— Descendo, querida. Lá está o instituto.

Com os dentes cerrados, ela se forçou a olhar para baixo. Não era uma cabana na floresta, afinal, e sim um complexo grande que se espalhava no fundo do vale entre as imensas montanhas nevadas. De sua relutante visão aérea, parecia uma mansão gigantesca, ou mais, corrigiu si mesma... uma escola importante.

Então, como aquilo a deixava tonta, parou de olhar para baixo e se segurou com força até sentir o helicóptero tocar o chão com suavidade.

Saiu do heliporto imediatamente, esperando que suas pernas ficassem firmes novamente. Ainda não tinha conseguido quando viu várias pessoas correndo para o heliporto, vindas do prédio principal. Mesmo um pouco enjoada, sabia reconhecer uma equipe de segurança quando alguma ia até ela.

— Esta é uma instituição privada! — anunciou alguém. — Preciso lhes pedir que...

Eve simplesmente exibiu seu distintivo.

— Peter Gibbons.

— Preciso saber do assunto a se tratar com o dr. Gibbons.

— Não, não precisa. Ele é que deve vir tratar do assunto. Ou ele aparece agora mesmo para falar comigo ou farei com que este lugar seja cercado por policiais e fechado. Gibbons! — repetiu.

— Vamos entrar.

— Ninguém deve sair das instalações. — Ela o acompanhou lado a lado em seu passo apressado. Peabody estava certa sobre a neve, mas o piso estava limpo e formava caminhos de pedra através das mantas brancas. — Há quanto tempo Montclair Jones está aqui?

— Não posso comentar sobre pacientes com ninguém.

Não precisava, pensou Eve. Ele acabara de confirmar suas suspeitas.

Por dentro, o prédio estava silencioso feito uma igreja. Não parecia um hospital, e sim um centro de reabilitação confortável criado para os muito, muito ricos. Plantas floresciam, os pisos brilhavam e havia até mesmo uma lareira a gás esquentando o lugar.

— Espere aqui — disse o segurança. Seus dois companheiros ficaram de guarda enquanto ele subia uma pequena escada.

— Você vai me deixar ver Monty? — quis saber Philadelphia.

— Já vamos chegar nessa parte.

— Você vai prendê-los. Meus dois irmãos. Vai colocar ambos na prisão.

Eve não disse nada, mas observou um homem descer correndo a escada. Altura mediana e aparência comum sob uma primeira impressão. Seus olhos afiados num azul-claro e uma mandíbula forte acrescentavam algum charme.

— Sou o dr. Gibbons — apresentou-se ele. Seus olhos azuis invernais se arregalaram e logo ficaram quentes como o verão. — Philly!

— Ele passou direto por Eve, com as mãos estendidas, e agarrou as de Philadelphia. — Você não mudou nada!

— Não, isso não é verdade.

— Para mim, é. Nash entrou em contato com você, não foi? Fico feliz com isso. Sinto muito, mas ele não devia ter escondido tudo de você. *Eu* não devia ter escondido isso de você.

— Vocês esconderam isso de todo mundo durante quinze anos.

Ele se virou e seus olhos tornaram a se esfriar quando encontraram os de Eve.

— Não, não é o que vocês estão pensando. Devemos subir para a sala de reuniões. Em meu escritório não vai caber todo mundo.

— Onde está Montclair Jones?

— O quarto dele fica no terceiro andar, ala leste. — Ao ouvir o longo suspiro de Philadelphia, tornou a olhar para ela. — Sinto muito. Nash está com ele. Quero ter a chance de explicar as coisas para você... tenente Dallas é você, correto?

— Isso mesmo. Explicar é um bom começo. Peabody, quero você na porta do quarto dos Jones.

— Nenhum dos dois vai fugir, mas eu entendo. Meus seguranças vão escoltá-la — disse a Peabody.

Quando Peabody saiu com os seguranças, Eve subiu a escada ao lado de Gibbons.

— É por aqui. Nash veio à minha casa ontem à noite. Estava em um estado de profunda ansiedade, diria mesmo de pânico.

— É, eu consigo imaginar.

Gibbons abriu uma porta e convidou todos a entrar.

O lugar pareceu a Eve mais um salão de eventos do que uma sala de conferências, embora houvesse a indispensável mesa comprida. Gibbons levou Philadelphia até um sofá.

— Quer alguma coisa para beber? Suas mãos estão frias. Um chá?

— Não, nada.

— Você ainda está usando esse anel — disse ele, baixinho.

— Não. — Ela olhou para o anel e depois para ele. — Eu... Ah, Peter.

— Isso é difícil para você. Para todos nós. — Ele se sentou ao lado dela, pegou sua mão e encontrou os olhos de Eve novamente. — Eu devia começar a falar de quinze anos atrás, quando tudo aconteceu. Nosso instituto ainda era relativamente novo naquela época. Eu tinha vindo trabalhar aqui no ano anterior, bem no início. Mas mantive contato com Nash ao longo dos anos.

— Eu não sabia disso.

— Nós dois nos casamos, e depois ambos nos divorciamos. Philly. Você tinha a sua vida e eu estava construindo a minha. Nash entrou em contato comigo muitos anos atrás, abalado, quase desesperado. Contou-me que Monty estava com problemas, que tinha tentado machucar uma das garotas sob os cuidados de vocês, e não parecia entender as consequências de suas ações. A garota já estava a salvo, mas ele não podia permitir que Monty continuasse perto daquelas crianças, não podia permitir que ele continuasse sem receber ajuda psiquiátrica séria. Lógico que concordei em aceitá-lo como paciente, embora tenhamos discordado quando ele insistiu que você não deveria saber de nada, Philly.

— Na melhor das hipóteses, Montclair Jones tinha cometido uma agressão — assinalou Eve.

— A polícia deveria ter sido notificada? Talvez. Mas um amigo me pediu para ajudar o irmão. Foi o que eu fiz. Quando Monty veio para cá, parecia uma criança. Ele se lembrava de mim, e isso ajudou muito. Ficou feliz em me ver e presumiu que você iria chegar a qualquer momento, Philly, já que eu estava aqui.

— Ele sempre gostou muito de você — disse Philadelphia.

— Sim, isso ajudou — respondeu Peter. — Ele estava com muito medo de ser mandado embora. Ainda mais para a África, entre tantos lugares. O estado mental e emocional dele era muito delicado.

— Como minha mãe — acrescentou Philadelphia.

— Ele não tem tendências suicidas — assegurou Gibbons. — Nunca teve, embora tenhamos tomado precauções no início. Eu me aproximei dele muito lentamente, a princípio. Ele era passivo, obediente. Acreditava que, caso se comportasse bem, poderia voltar para casa, ou que você e Nash viriam para cá. Quando conversamos sobre o que aconteceu, ele disse que a menina era muito má e ele queria purificá-la nas águas daquela casa, porque, uma vez limpa, ela poderia permanecer ali. Todos estariam em casa.

— Ele a teria afogado — disse Eve.

— Na sua cabeça, ele a estava ajudando. Limpando-a do pecado e dando-lhe a vida, não tirando. Sua mãe morreu em pecado. Era nisso que seu pai acreditava, Philly.

— Eu sei. Não acredito nisso... não consigo. Mas nosso pai acreditava, sim.

— Isso marcou Monty de forma muito profunda; ele acreditou que poderia acabar da mesma forma e ser expulso de casa.

— Meu Deus. Mas a gente se esforçou *tanto* para ele se sentir seguro lá.

— A doença dele impediu isso. Já conversei com Nash sobre como me sinto em relação ao tratamento que ele e sua mãe receberam. Falaremos sobre isso mais tarde. A questão com Monty é que sempre que eu tentava me aprofundar mais na raiz daquela doença, ele ficava agitado, muitas vezes a ponto de precisarmos sedá-lo. Em vez de progredir, ele regredia. Nada que eu fiz, nada do que eu tentei fazer, nada conseguiu alcançá-lo e...

— Ele matou doze garotas — interrompeu Eve. — Ele nunca mencionou isso?

A frustração percorreu o rosto de Gibbons quando ele fez que não com a cabeça.

— Ele me contou dos seus rituais de limpeza, do lar delas, e de nunca ter que sair de lá. Agora ele não fala mais em voltar para casa, pois acredita que este é o seu lar. Durante as sessões, ficou evidente que, se conseguisse sair daqui, ele voltaria a tentar esses rituais de purificação novamente. Ele acredita que essa é a sua missão. Ele se vê finalmente tendo um propósito na vida, como sempre via em você e em Nash. Ele iria purificar as meninas, limpá-las e trazê-las para casa.

— Doze delas — disse Eve.

— Suspeitei que poderia ter havido outra tentativa, mas nunca consegui chegar ao fundo da sua mente; nunca consegui que ele revelasse a extensão do que tinha feito. Não tive sucesso quanto a fazê-lo falar sobre o porquê de ele achar que tinha essa missão, nem dos elementos sexuais dela. Só posso dizer que nem Nash nem eu imaginávamos que, em vez de Nash encontrá-lo com a primeira vítima antes de ele conseguir terminar sua "missão", na verdade ele tinha encontrado Monty com a última. Eu poderia passar horas discutindo a psique desse rapaz com vocês, explicando minha opinião sobre os porquês, as maneiras, e como ele conseguiu ocultar e reprimir tudo que fez. Mas posso assegurar que ele acredita que tudo que fez era correto e necessário; que seu irmão nunca entendeu, não confiou nele, não acreditou nele, e por tudo isso ele não conseguiu realizar o seu trabalho. Foi só nos últimos anos que ele conseguiu se reaproximar de Nash, e mesmo assim, eles ainda estão em corda bamba.

— Sua psique é algo para você e outros psiquiatras discutirem. Ele matou doze garotas e tentou matar a décima terceira. Em vez de ser levado à Justiça ele morou aqui, com todo o conforto, sem sofrer as consequências do que tinha feito.

— Eu não concordaria com relação às consequências, tenente. Não sabíamos dos assassinatos. Quando finalmente compreendeu que Monty era o responsável, Nash veio até aqui e me contou tudo.

— E mesmo assim você não entrou em contato com a polícia.

— Estávamos prestes a fazer isso quando vocês chegaram. Nash queria passar um tempo com o irmão, antes de a gente levar Monty para Nova York a fim de o entregarmos a você, tenente.

Gibbons pegou a mão de Philadelphia novamente.

— Nash estava arrasado quando veio me procurar ontem à noite, Philadelphia. Porque ele sabia que teria que entregar o irmão de vocês à polícia. O irmão que vocês dois amam, o irmão pelo qual ele se sente responsável. E você teria que saber o que Monty fez.

— Preciso ver os dois — anunciou Eve.

— Eu sei. Monty está nervoso por fazer uma nova viagem, por voltar para Nova York. Já lhe apliquei uma medicação para diminuir sua ansiedade. Ele não vai para a prisão, tenente. Nenhum médico e nenhum tribunal o julgará legalmente são. Ele nunca será livre, nunca saberá o que é ter uma vida, se apaixonar, formar uma família, ter um emprego e um lar de verdade. Talvez isso não seja justiça verdadeira, mas são as consequências.

— Preciso vê-lo — disse Eve, levantando-se. — Preciso falar com ele.

— Sim, com certeza.

— Não posso...

— Não, não agora — disse Eve, antes que Philadelphia terminasse a frase.

— É melhor esperar — assegurou Gibbons. — Ele já está tendo dificuldades para se adaptar à ideia de ir embora daqui. Mas quando a polícia estiver pronta para levá-lo, ajudará se você estiver lá com ele.

— Podemos tomar aquele chá agora? — sugeriu Roarke, olhando para Gibbons.

— Sim, boa ideia. Vou providenciar um chá. Tenente, vou levá-la até ele.

Ela esperou até que eles saíssem da sala para subir mais um lance de escada.

— Em todos esses anos, você nunca conseguiu que ele admitisse os assassinatos? — perguntou Eve a Gibbons.

— Nunca me ocorreu que pudessem ter tido assassinatos. Tenente, ele não é violento e, como eu disse, é passivo. Falava de várias garotas, no plural, mas presumimos... a gente tinha certeza, na verdade... que ele as via como um todo. As garotas más, as garotas perdidas. Ele salvaria todas elas. Ele sofre de transtorno delirante, e com a criação que teve desde criança... Bem, como eu disse, levaria horas para explicar. Mas você vai ver que ele não as vê como mortas, e sim como salvas. Ele não entende que as matou. Sua mente é como a de uma criança. Sente raiva, mas agora isso está difuso. Ele tem deveres aqui, uma rotina e pessoas que cuidam dele. Nunca lhe pedimos para fazer algo que ele se sinta incapaz de realizar.

Ele parou diante da porta onde Peabody continuava de guarda.

— Você permitirá que eu fique, e Nash também? Ele ficaria menos ansioso.

— Tudo bem, mas, se você interferir, está fora.

Com um aceno de cabeça, Gibbons abriu a porta.

Nash Jones levantou-se imediatamente, quase pulou da cadeira onde estava sentado, observando seu irmão dobrar lentamente as roupas antes de colocá-las em uma pequena mala.

— Tenente, eu...

Gibbons fez que não com a cabeça e disse:

— Monty, você tem companhia.

— Vou viajar.

Ele parecia uma criança no corpo de um homem. Seu rosto, macio a ponto de parecer sem vida, estava muito pálido sob uma mecha bagunçada de cabelo cor de areia. Seus olhos tinham uma aparência opaca e desorientada.

— Estou fazendo as malas. Consigo fazer isso sozinho.

— Preciso te fazer algumas perguntas.

— Dr. Gibbons faz as perguntas.

— Eu também.

— Você é médica?

— Não, sou da polícia.

— Ô-Ô... alguém está encrencado! — Ele sorriu para o irmão como se compartilhassem uma piada.

— Vou ler seus direitos e deveres. Você sabe o que são direitos?

— Sei, sim. Tudo bem se eu comer a sobremesa antes, de vez em quando, desde que eu coma o resto.

Ai, caraca!, pensou Eve, mas recitou toda a declaração dos direitos e deveres dele.

— Você entendeu alguma coisa disso?

— Entendi. Não sou obrigado a falar com você, a menos que eu queira.

— Isso mesmo. E pode ter um advogado ao seu lado.

— Já tenho o Nash e o dr. Gibbons aqui. Eles são inteligentes. — Com um cuidado excessivo, ele dobrou um suéter azul-marinho e o colocou na mala. — Posso ser inteligente também, se eu me esforçar bastante.

— Ok. Quero falar com você sobre a época em que você morava em Nova York. No Santuário.

— Não posso mais voltar lá. Aquilo não é mais o meu lar. *Isto aqui* é um lar.

— Mas quando lá era o seu lar você conheceu Shelby. Você se lembra da Shelby?

— Ela é má. Disse que ia ser minha amiga, mas foi má comigo. Ela é má — repetiu Monty, baixinho. — Quero fazer as malas para a minha viagem.

— Você pode falar com a tenente Dallas enquanto faz as malas — disse Gibbons, com um tom gentil.

— Dallas é uma cidade no Texas. Todo mundo sabe disso. Eu também sou uma cidade.

— Como a Shelby foi má para você?

— Por que é que eu tenho que te contar? Nash me obrigou a contar para ele. Disse que eu *precisava* contar por que ele é meu irmão. Você não é minha irmã.

— Você deve contar a ela tudo que me contou. — Com a voz embargada, Nash pôs a mão no ombro do irmão.

— Você ficou bravo. Não gosto quando você fica bravo.

— Fiquei bravo em Nova York, já faz muito tempo. Eu estava chateado e não devia ter falado com você daquele jeito. Mas não fiquei bravo hoje, quando você falou comigo, quando me contou sobre Shelby e... e as outras garotas.

— Porque nós somos Nash e Monty. Irmãos para sempre!

— Por que você não contou a Nash sobre Shelby e as outras garotas antes? — perguntou Eve.

— Nash estava muito bravo, então eu não contei. Então tive que vir para cá, mas o Peter estava aqui, então isso foi bom. Depois eu me esqueci. Eles não têm garotas más aqui, e eu me esqueci de tudo lá. Nem tenho mais sonhos com nada daquilo.

— Por que você não me conta sobre isso, agora? Sobre Shelby? — incentivou Eve.

— Não tem problema contar para ela, Monty — garantiu Peter. — Ela não vai ficar brava.

— Shelby disse que me faria sentir bem de um jeito especial, de um jeito secreto. E conseguiu, mas foi uma coisa má. Ela vai ter problemas se eu contar a vocês. Não sou fofoqueiro.

Ele passou a mão sobre os lábios como se fechasse um zíper.

— Tudo bem, então. O que aconteceu com Shelby?

— *Nada*. — Ele ergueu as mãos no ar e as sacudiu várias vezes. — Nada, nada mesmo. Ela queria ficar no Santuário. Eu também, mas Monty e Philly disseram que não. Só que o outro lugar não era minha *casa*, então eu e Shelby queríamos ficar no lugar antigo. Shelby disse que eu podia ficar, mas depois resolveu que eu não podia mais ficar lá porque eu era burro. Isso machucou os meus sentimentos. Ela era má. A gente tem que ajudar as garotas más a virarem boas. Eu a ajudei a ser boa. E a amiga dela também. Ajudei todas aquelas meninas para que elas ficassem bem e permanecessem em casa. Agora vou viajar.

— Como você as ajudou?

— Não me lembro. — De forma ligeiramente astuta, ele olhou com rapidez para a direita e para a esquerda. — Eu não penso nisso.

— Acho que pensa, sim. Você colocou um sedativo em algumas bebidas. Você precisava que elas ficassem quietas e caladas.

— Tive que fazer aquilo. — Monty estufou as bochechas e soltou todo o ar. — Elas não entendiam o quanto eram más. Depois, elas entendiam. Depois que eu lavava todo o mal delas. Enchia a banheira e deixava a água bem quentinha. Água fria não é divertido. Não queria que elas passassem frio porque eu precisava tirar as roupas delas. Não toquei em nada. Juro! — Ele jurou com a mão no peito. — Elas não podiam ficar com as roupas dentro da água, senão não seriam limpas de verdade. Coloquei Shelby na água morna e rezei, como a gente deve fazer. Então ela ficou muito limpa e dormiu bem quietinha. Eu a enrolei com carinho para deixá-la confortável, antes de ajudar sua amiga. Então eu as levei lá para baixo. As pessoas viriam me dizer que elas não podiam mais ficar ali, mas eu resolvi o problema para que ninguém as visse e elas pudessem ficar em casa.

— Como?

— Eu sei construir coisas, então fiz uma nova parede, e elas conseguiram o seu lugar secreto. O clube que elas queriam.

— Ok. — Ela se aproximou e pegou um cachorro de pelúcia surrado de uma prateleira. — Onde você arranjou isso?

— Esse é o meu cachorro. Ele estava perdido, mas eu o encontrei. Ele é meu. O nome dele é Baby.

— Baby pertencia a outra pessoa antes.

— Talvez, mas ela não cuidava dele. Eu cuido.

— Você encontrou Baby. Também encontrou outras garotas más.

— Quando você é missionário, deve procurar as pessoas com pecados e ajudá-las. Mas não na África. Lá é assustador. Não quero ir para a África, Nash.

— Não, você não precisa ir.

— Mas vou viajar. Preciso fazer as malas — disse ele a Eve.

— Sim, vá em frente. Faça as malas para a sua viagem.

Epílogo

No fim daquele longo e miserável dia, Eve quase se arrastou para dentro de casa. Queria tomar um banho quente e esquecer tudo.

Em vez de Summerset e o gato aparecerem no saguão, foi Roarke que a recebeu, com o gato em seu encalce.

— Não estou acostumada a ser recebida assim.

— Eu queria estar aqui quando você chegasse em casa. Você parece exausta.

— Estou exausta. Obrigada pela sua magia em hackear aquela conta, e pelo transporte.

— Aquilo foi fácil e divertido. Quanto a isso... — Ele colocou um braço em volta dela e acompanhou-a escada acima. — Isso é *necessário*. Tenho certeza de estar nas regras do casamento.

— O quê?

— Abraçar e acalentar a esposa ao fim de um dia difícil. Você não precisa falar sobre isso.

— Na verdade, colocar tudo para fora talvez ajude. Ele não sabe o que diabos está acontecendo. Monty Jones.

— O que está acontecendo?

Ela se sentou na beirada da cama e conseguiu sorrir quando ele se agachou e arrancou suas botas.

— Ele vai passar algum tempo na ala de deficientes mentais do Presídio de Rikers, por enquanto. Será examinado, entrevistado, testado, furado e cutucado. Quando começo a sentir pena dele, penso nas meninas do meu quadro. — Ela caiu de costas na cama por um momento e olhou para o teto. — Ele sabia o que estava fazendo quando matou Shelby. Apostaria meu distintivo nisso. Estava chateado e magoado, embaralhou tudo em sua cabeça e a fez pagar tornando-a boa e pura. Mas ele *sabia*. Acho que foi isso que desmontou de vez sua sanidade: perceber o que tinha feito quando era tarde demais para mudar isso. Então ele teve que matar Linh, mas precisou acreditar que aquilo tudo era uma missão. Mas com Shelby ele *sabia*. Teria sido considerado legalmente são se o tivéssemos agarrado naquele momento.

— E agora?

— Agora ele é uma figura patética. — Ela tornou a se levantar e piscou para o vinho que ele ofereceu a ela. — Ah, sim, excelente ideia. Gibbons tem razão. Ele não vai ser preso, mas vai passar o resto da vida naquela enfermaria. Nunca mais vai sair dali, e isso terá que ser o suficiente. *Acho* que é o suficiente, porque é o que temos.

— Seria mais fácil se ele fosse perverso, violento e são.

— Por Deus, muito mais! Como eram os pais de algumas vítimas, como foram os nossos pais, o meu e o seu. Dá para colocar tudo de forma objetiva em um lado da linha e saber que tudo está certo. E quando vejo o rosto das vítimas, posso dizer... Ok, fiz meu trabalho, fiz o meu melhor para defender vocês.

— Mas você fez isso. — Ele se sentou ao lado dela. — Fez *exatamente* isso.

— Ninguém viu o que estava acontecendo. Nem a família dele, nem a equipe treinada, nem mesmo o psiquiatra... não por completo. Ele era uma bomba-relógio ambulante e falante, mas eles não viram. Achavam que era apenas o tímido Monty, de raciocínio lento. Mas ele teve muita cautela em algum momento, Roarke. Isso acabou depois, mas na época certamente ele tomou cuidados. Foi cauteloso o suficiente para saber a forma certa de incapacitar as vítimas, de levá-las para onde ele queria, como escondê-las, como se esconder das pessoas mais próximas a ele. Essa pessoa não estava naquele quarto hoje, mas já existiu.

— Talvez isso também seja uma espécie de justiça. Aquele homem se foi, está trancado em outro lugar. E se um dia ele sair, será tratado.

— Mas ele levou muita gente com ele. Doze vidas jovens.

— E quanto ao irmão dele?

— Eu o interroguei. Acredito que ele não sabia dos assassinatos. Ele simplesmente não conseguiria conceber isso. Vai ter que responder pela forma como lidou com o problema, mas já me conformei com a realidade de que a Promotoria não vai acusá-lo, pelo menos não de algo que resulte em algum tempo de prisão. De que serviria isso? Ele vai passar a vida toda sentindo que falhou com o irmão, com a irmã, sabendo que o irmão era um assassino. Gibbons também vai ser atingido. Pode perder seu cargo, talvez até sua licença, não sei. Mas vai conseguir se recuperar. E provavelmente vai voltar para a Philadelphia.

Com uma risada, Roarke a puxou para mais perto dele.

— Então é só isso?

— Ela não teve envolvimento. Não fez nada além de acreditar nos irmãos e no seu trabalho. Não dá para culpá-la por isso. Quanto ao médico? Basicamente ele tentou ajudar um amigo, tentou ajudar o irmão de um amigo. Não vou reclamar se eles sentirem um pouco de remorso, se isso acontecer.

— E não deve reclamar também pelo seu sentimento de satisfação não totalmente completa.

— O caso está fechado, as perguntas foram respondidas. Com exceção da... última vítima. Ela não tem nome. Não está em nenhum registro. Se estivesse, Feeney a teria encontrado. Seja lá de onde ela tenha vindo, não se deram o trabalho de dar um nome a ela.

— Isso faz você lembrar de si mesma.

— Meus pais não me deram um nome porque eu era apenas uma coisa para eles. Acho que a vejo como algo parecido. Para quem a trouxe ao mundo, ela era só uma coisa. Não importava para ninguém, exceto, por um curto espaço de tempo, para o homem que a matou. E nem ele sabia o nome dela.

— Dê um nome a ela.

— O quê? Ela é uma Maria Ninguém.

— Ela merece mais que isso. Dê um nome de verdade a ela.

— O que eu sei sobre dar nomes?

— Você deu um nome ao gato.

Ela franziu a testa para Galahad, que dormia na cama com as quatro patas para cima.

— É verdade. Mas uma pessoa merece um nome e um sobrenome.

— Ela foi encontrada no West Side. West pode ser seu sobrenome. Pronto, já fiz minha parte. Qual vai ser o primeiro nome dela?

— Eu não sei... Angel. — Como isso surgiu em sua mente como um relâmpago, Eve aceitou a ideia. — Pode muito bem ser coisa do tal poder superior. Mas ela merece algo assim.

— Angel West será o nome dela, então. E ela é importante.

— Ok. — Ela soltou um longo suspiro. — Por que não nos sentamos aqui um pouco, bebemos este vinho e olhamos para a árvore de Natal?

— Boa ideia.

— Gosto disso. — Ela apoiou a cabeça no ombro dele. — Natal. Acho que tenho que comprar coisas.

— Horror dos horrores!

Ela riu e tomou um gole de vinho.

Ela conseguiria superar, disse a si mesma. Iria desmontar o quadro dos crimes e fechar sua agenda de assassinatos. Tinha feito o seu trabalho, tinha feito o seu melhor. Agora ela estava em casa com a lareira acesa, a árvore cintilando, o gato ronronando e o homem que a amava sentado ao seu lado.

Aquilo era muito mais que suficiente.

Este livro foi composto na tipografia Adobe Garamond
Pro, em corpo 12/16, e impresso em
papel offset no Sistema Cameron da
Divisão Gráfica da Distribuidora Record.